U0468335

主　编◎段崇轩

穿越：乡村与城市
——"晋军"小说新方阵扫描

中国社会科学出版社

图书在版编目(CIP)数据

穿越:乡村与城市:"晋军"小说新方阵扫描/段崇轩主编. —北京:中国社会科学出版社,2015.12

ISBN 978-7-5161-6972-8

Ⅰ.①穿… Ⅱ.①段… Ⅲ.①小说研究—山西省—当代 Ⅳ.①I207.42

中国版本图书馆 CIP 数据核字(2015)第 251135 号

出 版 人	赵剑英
责任编辑	郭晓鸿
特约编辑	席建海
责任校对	周 昊
责任印制	戴 宽

出 版	中国社会科学出版社
社 址	北京鼓楼西大街甲 158 号
邮 编	100720
网 址	http://www.csspw.cn
发 行 部	010-84083685
门 市 部	010-84029450
经 销	新华书店及其他书店
印 刷	北京君升印刷有限公司
装 订	廊坊市广阳区广增装订厂
版 次	2015 年 12 月第 1 版
印 次	2015 年 12 月第 1 次印刷
开 本	710×1000 1/16
印 张	20.5
插 页	2
字 数	353 千字
定 价	76.00 元

凡购买中国社会科学出版社图书,如有质量问题请与本社营销中心联系调换
电话:010-84083683
版权所有 侵权必究

《穿越：乡村与城市》编委会

主　任：张明旺　杜学文
主　编：段崇轩
副主编：傅书华
编　写：（以章节先后为序）
　　　　吴　言　傅书华　阎秋霞
　　　　段崇轩　刘芳坤　杜学文
　　　　金春平　廖高会　王春林
　　　　白　杰　许孟陶　赵春秀
　　　　李金山　何亦聪　侯文宜

目　录

序言　文学转型中的新锐作家群 / 1

一　同宇宙重新建立连接
　　——刘慈欣科幻小说综论 / 3
　　刘慈欣小档案 / 17

二　写作，以及那无穷的怀念
　　——葛水平文学创作论 / 27
　　葛水平小档案 / 41

三　"尴尬"中走出的壮阔风景
　　——李骏虎的小说创作 / 53
　　李骏虎小档案 / 65

四　现代视野中的城乡梦幻
　　——王保忠小说综论 / 73
　　王保忠小档案 / 85

五　新"西西弗斯时代"的绝望救赎
　　——评孙频的小说 / 97
　　孙频小档案 / 109

六　生命、存在及其意义
　　——读杨遥的小说 / 119
　　杨遥小档案 / 131

七　个体化时代的文化拯救与诗意信仰
　　——小岸小说创作论 / 141
　　小岸小档案 / 153

八　厂房上空的笛声
　　——张乐朋小说综论 / 161

张乐朋小档案 / 173

九 失陷的乡村
　　——韩思中中短篇小说论 / 181
　　韩思中小档案 / 193

十 点亮生存痛感中的生命之光
　　——评闫文盛的文学创作 / 201
　　闫文盛小档案 / 213

十一 "一点办法也没有"
　　——手指小说论 / 223
　　手指小档案 / 233

十二 灰色人生的自我救赎
　　——李燕蓉的小说创作 / 241
　　李燕蓉小档案 / 251

十三 现实主义道路上的探索
　　——杨凤喜和他的中短篇小说 / 257
　　杨凤喜小档案 / 267

十四 萧然物外,自得天机
　　——读李来兵小说 / 275
　　李来兵小档案 / 287

十五 黑色而温情的煤矿世界
　　——陈年小说综论 / 295
　　陈年小档案 / 307

后记 / 311

序言　文学转型中的新锐作家群

段崇轩

1. 今天的中国作家，都置身在一种剧烈、持久的社会和文学转型中：即从传统的农业文明和文化向现代工业科技文明和城市文化的蜕变；从作为主潮的乡村文学向现代城市文学的演变。其实，这场转型从20世纪90年代就开始了，但到近年来才越演越烈，形势逼人。据统计，2011年中国的城市人口首次超过农村人口；全国每天消失80到100个自然村，2012年前的十年间消失的自然村落有90万个。据观察，乡村题材文学呈现衰退现象，城市题材文学呈现出繁荣态势，在长篇、中篇、短篇小说领域都是如此；譬如每年公开发表的两三千篇短篇小说，乡村题材占不到三分之一，城市题材占三分之二以上。这些现象足以反映，中国社会和文学的转型，正在走向深入，加速推进。在这场文学转型中，中国文学的格局、面貌将发生深刻变化，一个以城市文学为主、乡村文学为辅的时代逐渐展开，中国文学将变得更为成熟、强大、高雅起来，进而融入世界文学大潮。面对这样的文学大变局，有的作家早已积极应对，有所作为，奉献出了呼应时代的优秀作品。有的作家则茫然不知，故步自封，在创作上停滞不前，或转行，或罢笔。这场文学转型，是对整个文学的考验，是对每个作家的检验。

山西是一个有着深厚的现实主义文学传统，并以乡村题材小说为强项的文学大省。在从乡村文学向城市文学的历史性转型中，所经受的冲击无疑是首当其冲的。想来陕西、河南、山东、河北等文学界也会感同身受吧。进入20世纪90年代后的山西文学，创作上一度出现下滑现象，逐渐失去其在全国文坛的领先位置。但到21世纪前后，山西文学再度复兴。创作题材变得丰富多样，各种文体的发展齐头并进，在思想和艺术上呈现出多样化、个性化特征。而最引人注目的是，一个新锐小说家群落风生水起地成长起来，他们是山西的第五代作家，评论界也称其为"'晋军'新方阵"。这一创作群体兴起于21世纪前后，重点作家有二十几位，其中十几位佼佼者已走向全国，受到了文坛和读者的广泛关注。他们不再像前辈作家一样，独尊农村题材小说，而是乡村、城市、城乡交融题材乃至其他各种题材兼容并蓄。他们在思想和艺术取向上，不再固守传统现实主义，表现出更大的包容性、自主性。尽管他们的创作还存在这样那样的局限和问题，但他们无疑给山西文学注入了活力和生机，推进了山西文学的变革和转型。

2. 在全国文学格局中，山西文学有着举足轻重的位置。"十七年"时期，以赵树理为旗帜，以马烽、西戎、束为、孙谦、胡正为主将的"山药蛋派"，是山西的第一代作家，他们的作品是清一色的农村生活题材，代表着新中国文学的主流方向。文学"新时期"，以成一、李锐、柯云路、张石山、韩石山、张平等为中坚作家的"晋军崛起"，是山西的第三代作家，其创作同样是以农村题材为主，在全国位列前茅。而"山药蛋派"之后的第二代作家，"晋军"之后的第四代作家，也一样是把农村生活作为主要表现对象的。六十多年的发展，几代作家的耕耘，已经形成了一个源远流长的文学传统。而到20世纪90年代特别是21世纪之后，全国范围内城市文学强势兴起，乡村文学逐渐衰微，山西乡村文学传统受到了前所未有的冲击和挑战，面临着艰难甚至是痛苦的转型。幸运的是，山西文化和文学自古以来就有厚重、开放、包容的品格和特征，山西的第三、第四代作家从20世纪80年代中期就开始探索多样化的创作路子，这些都为山西第五代作家的崛起和创新铺平了道路。

21世纪前后，在山西文学界，一个阵容可观的青年作家群落逐渐形成，诗歌、散文、纪实文学等领域，都有各自的方阵，人才济济、佳作迭出。而其中最具实力和潜力的是新锐小说家方阵，经过几年的时间，这一方阵不断壮大，实绩丰硕，走向了全国。这一代作家，是在市场化、城市化的社会背景下登上文坛的，他们的人生和文学生涯变得曲折而困难。他们大多数出生在农村和小城市，有着大学学历，有过进城打工经历，因文学上的爱好和成就，逐渐进入县、市、省的文化和文学创作和管理部门。他们的年龄段集中在20世纪60—80年代，年龄最大相差20岁。过去十年一代作家的状况不复存在，现代社会在一定程度上抹平了代际差异。其中20世纪60年代出生的作家有：刘慈欣、张乐朋、葛水平、王保忠、韩思中、曹向荣；70年代出生的作家有：李来兵、杨凤喜、小岸、陈年、李心丽、燕霄飞、李骏虎、李燕蓉、杨遥、闫文盛；80年代出生的作家有：手指、孙频、陈克海；等等。从中不难看出，这一代作家是以20世纪70年代人为主的，而20世纪60年代人的创作实绩更为突出一些。现在，他们正值30岁至50岁之间，已是山西文学的中坚力量。他们的创作，体现着山西文学的实力和风貌，他们的未来，决定着山西文学的命运。而他们的问题，也制约着山西文学的走向、发展。

对山西文学来说，第五代新锐作家，既是承传、发展的一代，又是叛逆、创新的一代。或者说是在否定、扬弃中实现了他们的继承和超越。山西的前代作家，都有较统一的思想理念或思想资源，如"山药蛋派"的政治意识形态思想，如"晋军"作家的现代启蒙思想。而第五代作家更信奉的是自己的人生体验与领悟，追寻的是自己感兴趣的思想观念。在创作思想上呈现出一种多样化或者说无序化状态。山西前代作家，都钟情农村生活题材，尽管第三、第四代个别作家在题材上已作了多方探索，但农村题材是主流，正统的地位是难以动摇的。而第五代作家已没有强烈的题材意识，农村生活、城市生活、城乡交融生活乃至历史题材、科幻题材、职场题材、婚恋题材等，都可以为我所用。在题材内容上显示出一种多姿多彩的特色。山西前代作家，在审美思想和表现形式上，追求的是一种经典现实主义和现代派创作模式，譬如大叙事、大主题、民族性、地域性、现代性等。而第五代作家虽然继承了现实主义精神，但大多青睐的是小叙事、小主题、个性化、碎片化等。在创作风格和形式上体现出一种多样化、自我化、自由化态势。山西前代作家，大多痴迷短篇小说文体，第五代作家学习前辈经验，从短篇小说上练笔、起步，有的始终坚持短篇小说创作，有的兼写中长篇小说，打下了扎实的写作基础。他们同全国新锐作家相比具有相似的代际特征，但又有山西特有的现实主义底蕴。

在这一代作家中，刘慈欣是一个特例。他从1999年开始，用15年时间创作了400万字的长中短篇科幻小说，最具代表性的是长篇小说《三体》三部曲。他创造了一个浩瀚神奇的科幻宇宙世界，描绘了科学和自然的伟大力量，揭示了人类面临的困境和人性自身的缺陷。他把厚重的现实同极端的空灵融为一体，打造出一种具有中国特色的科幻文学范式。他的作品受到广大读者的追捧和文学界、科技界的赞誉。众多作品译介到国外，具有了世界影响，被公认为是中国科幻文学的领军人物。刘慈欣是山西文学史上的一个奇迹！尽管他并不认为自己与山西文学有什么内在联系，但山西文学厚重的现实主义精神，山西上古时期丰富灿烂的神话传说，能对刘慈欣没有影响吗？有评论家说得好："中国文学一直缺少一种飞扬，山西这块土地则更为滞重。文学需要扎根大地，也需要将枝叶伸向苍穹，在风中翻飞起舞。"我们相信，随着时间的推移，刘慈欣的科幻小说终将会被越来越多的山西人所垂青，他的科幻精神终将会成为山西文学演进中的宝贵元素。

3. 山西新锐作家传承了生生不息的乡村小说创作传统，秉持了现实主义精神，在一定程度上实现了突破和创新，对山西乃至全国的乡村题材创作做出了贡献。但这一代作家对乡村题材已经不再"情有独钟"，其中只有一部分还在执着坚守，偶尔也写点其他题材；而多数作家已经兴趣分散，或乡村、城市兼而写之，或已主攻城市或其他题材了。对乡村小说创作，当下存在什么问题，未来应该如何发展，大家都有点茫然。这是山西的一种状况，也是全国的普遍现象。21世纪前后，从全国文学格局看，乡村小说渐呈颓势，而积淀深厚的山西却在这一颓势的背景下，走出了几位优秀的乡村小说作家。他们以独特的乡村图画和鲜明的创作特色，给乡村小说增添了新的活力和生机。

晋东南的葛水平，2004年如一匹"黑马"闯入文坛，中篇小说处女作《甩鞭》《地气》风行南北。她既写现实乡村，也写历史乡村，在时空重叠中凸显古老土地和乡村社会的历史沧桑，展示各种农民特别是女人的生存状态和情感世界。她的长篇小说《裸地》，讲述从清末民初到20世纪40年代，太行山一个乡镇的移民史和盖氏家族的兴衰史，把历史变迁与家族命运、农民与土地、时代风云与复杂人性熔为一炉，谱写出一部悲壮幽深的社会人生交响曲。葛水平的乡村小说，以广阔的社会生活、驳杂的思想内涵、强劲的人物形象、独特的艺术形式，打破了山西乡村小说的创作模式，给中国的乡村小说吹进一股自由的山野之风。晋北的王保忠却呈现出另一种创作风貌。在山西新一代作家中，他无疑是最得山西文学精神与写法的作家，但他又上下求索，转益多师，形成了自己的创作路子和风格。赵树理的"问题小说"写法，沈从文的诗化抒情模式，鲁迅的现代启蒙思想，都在他的创作中得到了融合和体现。他执着短篇小说文体，《张树的最后生活》《美元》《家长会》等，均成为脍炙人口的经典型作品。系列短篇构成的长篇小说《甘家洼风景》，逼真而艺术地记录了社会转型期一个晋北自然村的衰落情状，成为近年来乡村小说中的一部精品。出生在晋南土地上的李骏虎，是"70后"的代表作家之一。他有着丰富的乡村体验和曲折的城市经历，都化作了他源源不竭的创作资源。他"脚踏两只船"，既写现实乡村生活，也写当下城市故事，二者几乎是平分秋色。近年来则转向了革命历史题材创作，显示了他丰厚的创作潜力和高远的创作志向。就他的乡村小说创作而言，中篇小说《前边就是麦季》，展示了晋南一带的地方风俗和农家女人的日常生活，长篇小说《母系氏家》，在更广阔的历史背景上描绘了一个村庄两代三位女性的人生命运和情感精神世界。两部作品对山西乡村小说既有深度继承又有创造性发展。此外，晋西北的韩思中、晋中的杨凤喜，都是执着于乡村题材的作家，他们努力揭示乡村的社会问题，精心塑造各种农民形象，着力描绘地域特色和风俗，较忠实地承袭了山西乡村小说的写法和神韵。

百年来的乡村小说创作潮流，今天面临着严峻危机。众多的自然村落在衰败，悠久的乡村文化在消逝。过去错综复杂的农村问题，现在突然风吹云散，代之而生的是更加沉重的三农问题。但中国距离真正的城市化还很遥远，新农村、新城镇建设步履维艰。在这样的历史转型中，山西新锐作家需要弄清中国的发展道路，探究农村的改革路径和存在问题，总结既往乡村小说的经验与教训，为建构新的乡村小说做出自己的努力和贡献。

4. 城市题材创作一直是山西文学的弱项，尽管"晋军"作家中的钟道新、蒋韵等，创作了不少表现城市生活和知识分子的优秀作品，但并不占据山西文学的中心位置。直到山西的第五代作家才改变了这种状况，促成了城市写作潮流，使山西文学呈现出一种转型态势。这一代作家已经没有农村题材写作的"专家"了，即便是葛水平、王保忠、杨凤喜这些以农村题材为主的作家，也兼写城市题材。还有相当一部分作家，擅长从乡村和城市的交融中切入社会人生。而更有一些作家，主写城市题材小说，实绩卓著，引人瞩目，成为全国文坛上的活跃作家。当然，山西的城市题材写作初现气象，还显得稚嫩，但它确实丰富和提升了山西文学，有着广阔的前景，因此是格外值得我们关注和研究的。

在山西的城市题材写作中，"70后""80后"女作家成为活跃的主力作家。年轻的孙频从2008年开始写作，短短六七年时间，创作了六十余部中篇小说，以及部分短篇和长篇小说，总字数达二百多万。她突出地表现了现代城市中青年男女特别是知识女性的生存状态，尤其是她们的爱情婚姻困境，以及她们的情感阵痛和精神探索，具有一种浓郁的苍凉感和荒诞感，在当下的城市题材创作中引领风骚，受到了众多读者的垂爱和文坛的关注。她的《鱼吻》《九渡》《醉长安》《月煞》等中短篇小说，已成为城市文学中的扛鼎之作。另一位女作家小岸，则专写小城市生活和普通百姓的人生，特别是中青年女性的婚爱家庭境遇，她并不拒绝表现社会问题和人生悲剧，但却着力发掘普通人身上的美好人性与人情，洋溢着一种质朴、纯净、温暖的抒情格调。她的《你是你我是我》《温城之恋》《车祸》《失父记》等，都具有一种现代的古典之美。李骏虎一手写乡村，一手写城市，《奋斗期的爱情》《公司春秋》《婚姻之痒》三部小长篇小说，都是写的城市生活、职场故事、青年人的打拼，既有自叙色彩又有审视意识，写得行云流水、蕴藉好读，是山西城市写作的重要收获。李燕蓉同样是写城市男女青年的日常生活，在人生的细微处尽显人物的精神风景生活哲理。她不漏痕迹地运用着荒诞、象征等手法，巧妙借鉴绘画艺术中的画面感、色彩感，代表作《3%灰度》《那与那之间》《飘红》等，显示了她在小说艺术上的现代追求。

城市题材写作是山西文学的新潮流，但还没有形成一定的规模和气势，存在的问题是显而易见的。譬如我们的作家还缺乏自觉的城市意识，不能用更宏观、更理性的眼光去看取城市。譬如我们对各种各样的城市人了解、深入还很不够，作品中鲜有鲜活而丰厚的人物形象。譬如我们的作家还不善于从乡村小说的思想内容和表现形式中汲取精华，进而创作出一种丰沛、成熟的城市小说来。对山西文学而言，城市小说写作真是任重而道远！

5. 山西新锐小说家在表现城乡交织领域生活方面，充分显示了他们的实力和才华，开拓出一片广阔而崭新的文学天地，创作出一批思想艺术俱佳的作品。在当下中国，城市与乡村的界限越来越模糊，呈现出一种犬牙交错、互融互补的状态。而这种状态，在乡镇、城镇乃至一些小城市（如县城）表现得格外突出。农民工进入城市打工创业，现代企业和城市人驻扎乡村发展产业，你说是乡村题材还是城市题材？我们不妨把它称为城乡交融题材。山西相当一部分新锐作家的人生经历、思想倾向，使他们能够自然而然地走进城乡交织地带，走进各式各样的乡镇、城镇乃至小城市世界，在城乡交融题材上有所作为。

杨遥是一个有着独特的思想和艺术追求的作家，在短篇小说创作上独辟蹊径。他写乡村，代表作如《二弟的碉堡》，他写城市，重要作品如《谯楼下》。但写得最拿手的是城乡交织地带的生活。《闪亮的铁轨》写一位流浪少年寻找失踪母亲的故事，小说中古老而荒僻的弧村，从远方城市逶迤延伸到村边的闪亮铁轨，轰轰隆隆开来开去的火车，构成了一幅乡村与城市既隔膜又交织的象征图画。《刺青蝴蝶》描述的是20世纪80年代一个小镇上发生的青春故事。小说表现的是城市孩子身上的现代文明对农村孩子的巨大吸引力。在农村孩子的心目中，城市还是一个美丽的"乌托邦"，他们在两种文化的矛盾、交织中探寻、成长。这些作品情节平淡，但构思机智，意蕴丰盈。张乐朋在青年作家中的"不同凡响"之处，是继承了鲁迅一代作家的现代启蒙思想，在描写城乡接合部的矿区和工厂，刻画各种各样的农民、农民工、工人、知识分子时，融入了他的理性审视与批判意识。在《边区造》《涮锅》《乱结层》《快钱儿》等作品中，表现了他对人物身上的愚昧、麻木、自私、奴性、窝里斗等国民劣根性的揭露，以及对真诚、善良、仁爱、自尊等美好品格的讴歌。闫文盛在他的大量短篇小说中，表现了打工青年进入城市后的打拼谋生、理想追求、精神探索，不少作品带有自叙自语色彩。手指则突出地刻画了小城"80后"青年，懒散、无聊的生活和迷惘、虚无的精神，作品的内容和形式颇有现代特点。此外，李来兵对偏远小城底层生活和平凡人物的深入书写，陈年对煤矿社区和矿工以及妻子儿女的温情描述，都表现了这一代作家对城乡交融生活的深刻体验和有力把握。

城市与乡村的交织，已成为中国社会的常态。新城镇建设，已然是中国发展中的紧迫重大工程。未来的中国，将有千千万万现代城镇诞生，与大中型城市形成互通互补格局。这一历史变迁和现实，将孕育一种崭新的城镇文学。中国现代文学史上就曾有别具一格的乡镇文学，如鲁迅的鲁镇、茅盾的江南小镇、沙汀的四川乡镇等。山西新锐作家可以接续乡镇文学文脉，在这一领域深入探索下去，创造出自己的现代城镇小说来。

6. 从乡村文学向城市文学的转型，实质上是文化和文明的转型。这一历程无疑是艰难而漫长的，需要几代人的努力。先天缺钙的城市文学需要思想理性和艺术上的经典化，呈现颓势的乡村文学需要接通现实地气和寻找新的叙事形式，二者的与时俱进和取长补短，才能真正建构一种以城市文学为主以乡村文学为辅的多元共荣的现代中国文学。这一历史使命已落在青年作家身上。但就山西新锐作家来说，存在的局限与问题也是不容忽视的。譬如思想理念与情感积累的匮乏与单薄，他们对当下的城市社会、乡村生活还缺乏一种宏大、高远、深入的理性认识，缺乏情感的厚重与纵深；譬如生活体验的狭窄，他们对个人、圈子之外的社会和人物，还了解、理解甚少、甚浅；譬如文化功底的薄弱，他们的文学修养、文化积累，似乎还难以支撑他们进一步的艺术创新和更长久的创作爆发力。这些已成为这一代作家突破和跨越的"瓶颈"。穿越乡村与城市，夯实自身的基础，潜心打造精品，这一代作家的文学之路天高地阔！

是为序。

2015年6月26日

吴言

本名李毓玲,生于 1969 年,祖籍山西原平同川。计算机工程师,金融从业者。山西文学院第四届签约作家。热爱文学,却几经辗转和蹉跎,年过不惑才积蓄决心和勇气追寻。2011 年开始发表作品。属意小说,却因散文化评论受到关注。发表作品有:《向五十年代致敬》《一蓑烟雨任平生——我读张洁》《字字如莲、莲开遍地——评王安忆小说〈天香〉》等。2014 年在《名作欣赏》做五十年代作家访谈系列。非专业文学评论人士,珍视独立自由的评论基点。视文学评论为一种文学创作,愿使文学评论多元、多姿、多彩。所写评论从读者的角度出发,以学习者的心思体察,融入自身的人生经验,追寻文学的精神意义,最终呈现诗性的表达。

一　同宇宙重新建立连接
——刘慈欣科幻小说综论

吴　言

为了撰写本文，在对科幻文学的了解不断深入的过程中，我逐渐悟出这样一个道理：科幻文学同一国的科技创新能力、技术应用能力有着一定的正相关关系，某种程度上，科幻文学可以折射出一个国家文化中蕴含的技术含量。科幻文学是工业革命的产物，它于19世纪末发端于英国、法国，在20世纪30—60年代兴盛于美国，创造了科幻文学的"黄金时代"，至今在美国仍然枝繁叶茂，影响遍布全球。法国的科幻文学已经没落，英国则在平淡中延续着。俄罗斯（包括苏联）创造了独立于美国科幻体系外的自身的科幻体系。日本的科幻文学在20世纪20—30年代就对中国产生过影响，其科幻文学虽然有起落，但一直比较发达。

科幻文学作为地道的舶来品，它在中国落地生根的过程同百年来中国的科技强国梦发生着共振。晚清末期国家风雨飘摇之际，一些文化志士就涉猎过在西方兴起的科幻文学，并在其中寄托自身的救国梦想。新中国成立后，掀起了第一次科幻文学的高潮，应和当时百废待兴的发展形势，科幻主要集中在科普功能上。改革开放后的20世纪80年代前后，既是科学的春天也是文学的春天，科幻文学迎来了第二次短暂的高潮，当时的科幻文学同主流文学的界限并不分明。以1997年在北京举行的世界科幻大会为标志，开始掀起第三次科幻文学高潮。这次高潮有显著的自发性和民间性，同主流文学受到的冲击正好相反，科幻文学是在出版业市场化过程中受益和成长起来的类型文学。以成都《科幻世界》杂志为平台，凝聚了大批科幻迷，发掘和培养了重要的科幻作家，逐步使科幻文学进入产业化。而这个时期，正是中国进入工业化、信息化的快速发展时期，社会生活因科学技术发生着深刻的变革。

刘慈欣正是在科幻文学第三次高潮中涌现和成长起来的代表性作家。随着他的《三体》在国内引发的热潮,科幻文学已经从孤岛状态进入大众文学,也把科幻文学的第三次高潮推向了高峰。《三体》第一部英文版在美国获得星云奖、雨果奖、坎贝尔奖、轨迹奖和普罗米修斯奖五个奖项的最终提名,是本年度在美国获得提名最多的长篇科幻小说,最终获得了被称为"科幻文学诺贝尔奖"的雨果奖。这表明中国科幻文学已经可以同世界比肩,在世界格局中占据一席之地的时刻终于来临。

在写本文之前,我只是一名文学爱好者,并没有关注过科幻文学。年事渐长,于生活,于文学,绚丽的追求正渐次脱落,更为关注的,是文学于人生精神层面的价值和意义。所以,在刘慈欣的科幻世界面前,最初曾有些踟蹰——能不能寻找到自己想要的?

创世界:心灵·科幻·宇宙

2012年第3期《人民文学》选登了刘慈欣的四篇科幻中短篇小说,这被认为是时隔近三十年科幻文学被主流文学重新接纳的标志性事件。刘慈欣创作的中短篇小说数量不少,风格多样,为什么是这四篇呢?作为最具影响力的主流文学杂志,其中暗含的尺度耐人寻味。

第一篇是《微纪元》,是刘慈欣的"末日三部曲"之一。说的是地球毁灭之后,地球人利用基因技术将人类改造成细菌大小的微人,人类社会进入微纪元。微纪元因为对资源的微消耗而同目前的人类社会形成了巨大的反差,符合科幻创造未来理想世界的宗旨。第二篇是《诗云》,小说中的"诗云",是无所不能的宇宙之神,寻中国诗词精髓不得,最后利用量子计算机将所有汉字进行了排列组合,产生了全部的诗,用太阳系全部物质加以储存,从而形成的一片星云。同《论语》中常出现的"诗云",既有形象上的对应,也有哲思上的暗合。小说最后表达的是"智慧生命的精华和本质,是技术所无法触及的"。如果说《微纪元》是在技术的向度上一直向未来延伸,那么《诗云》对技术和艺术的想象,相信会给读到它的人带来强烈的震撼。第三篇是《梦之海》,同《诗云》一起组成了"大艺术"系列。宇宙低温艺术家创造出壮阔的横跨银河系的冰环"梦之海"。第四篇是《赡养上帝》,同前几篇不同,这篇从当下现实出发,日渐衰老的上帝文明降临地球,因此引发了雷同于赡养老人时出现的矛盾。这篇的亮点是对文明生命周期的想象。

但在刘慈欣的中短篇小说中,最具震撼力的是另一种类型。他在《乡村教师》开篇写道:"你将看到中国科幻史上最离奇最不可思议的意境。"

《乡村教师》乍看同一篇普通的纯文学小说没什么区别,写的是一位罹患绝症的乡村教师,在最后时刻竭尽生命向学生传递知识。但是后部跳跃到了太空,当从碳基帝国俯视低等的地球文明时,两代生命之间传授知识的个体,是被称为太古词汇的"教师"——此时读者的心灵一定会受到撞击。单纯从现实角度描写乡村教师,会是令人感动的《凤凰琴》,而从宇宙的广阔的背景下俯瞰卑微的生命,会产生传统小说所不能及的强烈的震撼。从这一点上说,科幻文学确实拓宽了文学的边界。

还有一类小说是很多男性感兴趣的战争题材,有很多世纪之交局部战争热点的影子。用科幻演绎战局,影响战争走向,想必是很多人的梦想。《全频带干扰阻塞》,想象中的电子战,英雄主义放置在太阳系的背景下,确实有着壮阔的震撼的效果。《混沌蝴蝶》的背景是科索沃战争,利用蝴蝶效应改变战区气候以阻止空袭,读后会希望这不仅仅是科幻。小说中对巨型计算机运行机制的描写,非常出神入化。《光荣与梦想》有阿富汗战争的影子,科幻色彩不强,只是虚构了北京奥运会,想要通过体育场的竞技换取和平。其中微妙的心理描写,流畅的意识流写法,即便在纯文学领域也很少看到这样精彩的小说——这是读刘慈欣中短篇小说常有的感觉。刘慈欣对这类异国题材的把握能力很强,很逼真,很有现场感,令人惊讶于战争细节的信息他是如何获取的。科幻小说有这样的优势,不必局限于地域,可以纵横驰骋到地球上的任意点。

2010年,刘慈欣在创作完《三体Ⅲ·死神永生》后,写了文论《重归伊甸园——科幻创作十年回顾》。他把自己的创作分为三个阶段。第一阶段是纯科幻阶段,"对人和人类社会完全不感兴趣","科幻小说的成功,在很大程度上取决于其幻想的奇丽与震撼的程度"[1]。《人民文学》所选的除《赡养上帝》外的三篇,均可视为纯科幻阶段的作品。纯科幻作品一直是刘慈欣心仪的文本,也符合普通读者甚或主流文学对科幻的期许。

以《乡村教师》为代表作的阶段被刘慈欣划分为创作的第二阶段,"人与自然阶段","由对纯科幻意象的描写转而描述人与大自然的关系。这一阶段的共同特点,就是同时描述两个截然不同的世界:一个是现实世界,灰色的,充满着尘世的喧嚣,为我们所熟悉;另一个是空灵的科幻世界"[2]。刘慈欣说自己最成功的作品都出自这一阶段,代表作还有中篇《流浪地

---

[1] 刘慈欣:《重归伊甸园——科幻创作十年回顾》,《南方文坛》2010年第11期。
[2] 同上。

球》,长篇《球状闪电》和《三体》第一部。这个阶段也体现了科幻文学界为了吸引更多的科幻迷外的读者所做的努力,科幻作品的现实性和文学性被着意加强。

比照文学史上"魔幻现实主义",这种写作方法可以称为"科幻现实主义"。刘慈欣的中篇小说绝大部分都是两万多字,也可界定为短篇小说。短篇小说是非常体现一名小说家功力的文体。目前主流文学界的短篇小说创作已难有新意,作家为了凸显个性常常求怪求异,这种后现代主义的创作手法令短篇小说愈发支离破碎。刘慈欣的风格被冠以"新古典主义",他在科幻领域重拾古典主义写作手法,无论是摹写现实还是构建科幻,都非常有耐心,不苟细节。这种扎实的写作风格不仅使刘慈欣成为"硬科幻"的代表,也用"实"平衡了科幻文学本身自有的"虚",使得刘慈欣的科幻作品传递出更深厚的力量。"科幻文学的发展必须经历一个相当丰富的古典主义的时期。"[1] 这一论断是有道理的,因为即便把这一点放在主流文学界也是成立的。一棵大树的生长必须先有主干,无论是主流文学还是科幻文学,都不可能超越社会的发展阶段。

就中短篇小说创作而言,上述两个阶段从最初的 1998 年开始,大致持续到 2002 年。令人惊讶的是,在 2000 年左右明显地感觉到刘慈欣创作的中短篇小说有了一个质的跃升。这些发生在仅仅发表了几篇作品后,一些堪称经典的中短篇小说就在刘慈欣笔下问世了。究其原因,除了有着多年对科幻的痴迷和热爱,本身已经积累了一些创作经验,厚积薄发之外,想必是 1999 年 7 月刘慈欣首次应邀参加了成都科幻文学笔会,他受到了科幻界的接纳和触动,开始认真思考科幻文学和自己的创作。此后,其创作呈"井喷"之势。从 1999 年至 2005 年,刘慈欣连续六年以中短篇小说获得中国科幻文学银河奖。

第三个阶段,刘慈欣称之为"社会实验阶段","这期间,我主要致力于对极端环境下人类行为和社会形态的描写","星空的自然属性被大大弱化了,代之以明显的社会属性"[2]。这个阶段的代表作品有长篇《三体Ⅱ·黑暗森林》,中篇《赡养上帝》、《赡养人类》等。《赡养人类》写得很像警匪片,科幻成分的比例很小。《镜子》将触角深入到反腐领域,彰显出刘慈欣的现实关照,也应该划入这个阶段。这一阶段基本从 2004 年开始持续到

---

[1] 吴岩、方晓庆:《刘慈欣与新古典主义科幻小说》,《湖南科技学院学报》2006 年第 2 期。
[2] 刘慈欣:《重归伊甸园——科幻创作十年回顾》,《南方文坛》2010 年第 11 期。

2008年《三体Ⅱ·黑暗森林》完成。明显感觉到，这一阶段所创造的科幻世界，是人类社会的某种投射，人的社会性在这些作品里占了很大的比重。第一阶段纯科幻那种空灵的美感，第二阶段介入现实后那种悲悯的情怀，在这一阶段消失了，读完后没有了科幻那种飞翔。刘慈欣也在反思，认为这个趋势是不正确的，"科幻小说中的自然形象一旦被弱化，科幻文学便失去了灵魂，失去了存在的依据，变得与其他文学类型没有本质的区别"[①]。

在写《重归伊甸园——科幻创作十年回顾》时，《三体Ⅲ·死神永生》还未正式出版。在这部书中，刘慈欣试图重新找回大自然的形象。在《三体Ⅲ·死神永生》创作之初，他没有太多考虑科幻圈之外的读者，而是肆意纵笔，将其写成了一部很纯的科幻小说，其间科幻的比例远远超过人的社会性的比例，技术的比例远远超过前两部。但这部书却取得了前所未有的成功，说明这条创作道路是正确的。我想刘慈欣重归伊甸园的愿望已经实现，经过否定之否定，已经不是第二阶段的重复，丰富性和坚定性已然不同。

研读刘慈欣十几年来的科幻创作，发现作为一名科幻作家，所走过的创作道路同主流的纯文学作家的同质性远超过差异性。同很多取得成就的纯文学小说家一样，到目前为止，刘慈欣的创作体系已经比较完整。这个体系通常由三部分组成，第一部分是创作大量的中短篇小说，这是基础；第二部分是文论、杂文，对科幻文学的发展和规律进行思考，增加文学的自觉性，这对创作道路走得深远是非常重要的；第三部分是长篇小说，经过最初几部的实践锻炼，最后创造出辉煌之作。如果说有什么不同，那么应该是科幻作家不可能一夜暴红。科学技术是一个积累的过程，科幻文学也是如此，不可能凭一篇构思奇异的作品突然站在舞台中央。

文学是想象力的世界。对于一个纯文学作家来说，他笔下的世界可能有一副世俗的面容，也可能是某种抽象和变形，无论怎样都不是现实世界的简单镜像，他创造的是一个属于自己的心灵世界。随着科技的发展，世界的神秘性已经渐退渐让，如果还有"神"存在，他早已脱离三界，归于广漠的宇宙。科幻文学可以突破地域限制，将地球作为自己的舞台，也可以借助科学的制动力，脱离地球引力，在无际的宇宙创造自己的世界。

早在2001年，刘慈欣就表达过："反观中国科幻，最大缺憾就是没有留下这样的想象世界，中国的科幻作者创造自己世界的欲望并不强，他们满

---

① 刘慈欣：《重归伊甸园——科幻创作十年回顾》，《南方文坛》2010年第11期。

足于在别人已经创造出来的世界中演绎自己的故事。"[1] 那时候,刘慈欣一定已经有了创造自己科幻世界的志向。经过十几年的创作实践,至《三体Ⅲ·死神永生》完成,我想他的这个理想已经基本实现了。"可以说他在科幻田地里,是一个新世界的创造者——以对科学规律的推测和更改为情节动力,用不遗余力的细节描述,重构出完整的世界图像。"[2]

元要素:准则·他者·细节

这一节,我们想要探讨的是刘慈欣构建科幻世界所用的元素、要素。

准则。在科幻世界里,现实世界遵从的法则失去效力,需要创造这个世界的运行规则。"塑造科幻形象的基础工作是世界设定,就是为小说中的想象世界确立一个基本的框架、规律和规则。"[3] 刘慈欣的科幻世界首先依从的准则是科学规律。

居里夫人说过"科学有种伟大的美",这是任何有幸深入到科学内部的人所能感受到的。理论物理学领域,又在穷尽着人类的想象力,它的探索深刻地影响着哲学的基础和人类的世界观。如"不确定性原理",在考验着"永恒真理"是否存在,连爱因斯坦都不愿接受,他坚信"上帝不掷骰子"。理论物理的最重要的两个分支,广义相对论和量子力学,一个指向广漠的宇宙,一个指向微观尽头,在刘慈欣这里反映的是"宏"与"微"。而迄今为止无法将二者统一而建立宇宙大统一模型,为科幻留下了无尽的想象空间。宇宙是一个广阔的舞台,适合用科幻的笔法尽情演绎传奇。

对宇宙终极真理的探索,是科学家们的人生信念。这一点在刘慈欣的短篇小说《朝闻道》中有着精彩的呈现。模拟宇宙大爆炸的实验被宇宙排险者封锁,面对一个不可知的宇宙,科学家们的人生变得毫无意义。为了一窥真理奥秘,他们纷纷走上真理祭坛,以生命为代价换取了终极真理。在《三体》的开篇,很多理论物理学家纷纷自杀,也是因为类似的原因。

"科幻的世界设定需遵循科学规律,它是超现实的,但不能超自然。"[4] 刘慈欣笔下的科学规律,是在科学规律的基础上经过变造的,是经过缜密推演的,也是逻辑自洽的。科学规律只是科幻依赖的一部分,这一部分是大自

---

[1] 刘慈欣:《球状闪电·后记》,四川科学技术出版社 2004 年版,第 281 页。
[2] 宋明炜:《弹星者和面壁者——刘慈欣的科幻世界》,《上海文化》2011 年第 5 期。
[3] 刘慈欣:《超越自恋——科幻给文学的机会》,《山西文学》2009 年第 7 期。
[4] 同上。

然的，是客观的。另一部分涉及人类的、社会的规则需要自行创立。科幻界目前最为成功的准则设定，是阿莫西夫在《我，机器人》中设立的"机器人三准则"，它已被人工智能领域所采用，产生了实质性的影响力。刘慈欣在自己的小说里，很早就体现出了这种创造"准则"的意识。在《朝闻道》里，刘慈欣设立了"知识封闭准则"，封锁了低级文明探索宇宙终极真理的可能。《三体》中创建了"黑暗森林法则"，整个《三体》系列就是建立在"黑暗森林法则"上的一个世界。

他者。对于坚信平行宇宙存在的刘慈欣，并没有去直接创造外星文明的直观形象。那是《E.T》之类的科幻电影要做的。他在自己的科幻世界里，创造得最多的是宇宙的他者。除了"吞食者"有些像消逝的恐龙，视人类为"虫虫"，其他都没有具象的面容。"排险者"出自《朝闻道》。"思想者"没有特指，只是用来表明宇宙的模型很像大脑的信号传递，宇宙本身就是位思想者。"弹星者"出自《欢乐颂》，弹星者来到我们星系，以太阳为乐器，弹奏的乐曲以光速传遍所有时空。在《三体Ⅲ·死神永生》中，出现了"歌者"，是宇宙之神的侍者，唱着歌谣，做着宇宙的清理工作。还出现了"归零者"，也叫"重启者"，让宇宙坍缩成奇点，再重新大爆炸，把一切归零。他者是更高一级的智慧文明，在他者眼里，宇宙是二维的，他者如神般俯视着整个宇宙。

科幻文学将人物形象拓展为族群形象，于是有了刘慈欣笔下的另一些他者，如上帝文明、星云文明、星舰文明、低温文明等。

细节。文学中最具艺术表现力的是细节。对于科幻文学，则产生了区别于传统文学的"宏细节"。"在这些宏细节中，科幻作家笔端轻摇而纵横十亿年时间和百亿光年的空间，使主流文学所囊括的世界和历史瞬间变成了宇宙中一粒微不足道的灰尘。"[1] 在《朝闻道》中这样的描述就是"宏细节"：

> 排险者露出那毫无特点的微笑说："这很难理解吗？当生命意识到宇宙奥秘的存在时，距它最终解开这个奥秘只有一步之遥了。"看到人们仍不明白，他接着说："比如地球生命，用了四十多亿年时间才第一次意识到宇宙奥秘的存在，但那一时刻距你们建成爱因斯坦赤道只有不到四十万年时间，而这一进程最关键的加速期只有不到五百年时间。如

---

[1] 刘慈欣：《从大海见一滴水——对科幻小说中某些传统文学要素的反思》，《科普文学》2011年第6期。

果说那个原始人对宇宙的几分钟凝视是看到了一颗宝石,其后你们所谓的整个人类文明,不过是弯腰去拾它罢了。"

科幻小说的特点是人类作为一个"族群"出现,很少像传统文学那样突出个体的主人公,不以塑造文学形象为主旨。但刘慈欣被冠以"新古典主义"科幻作家,他一方面是坚持以科学技术为基石的"硬科幻"风格,另一方面还结合了很多主流文学的表现手法,在塑造人物方面下了很多功夫,很多时候能深入到人物的内心深处,使得这些人物形象丰满。《三体》系列每部都有形象鲜明的人物,《三体Ⅱ·黑暗森林》则突出塑造了一系列的"面壁者",这些人物的内心活动刻画得非常细微。书中第一个破壁人出现是这样描写的:

作为政治家的泰勒,一眼就看出这人属于社会上最可怜的那类人。他们的可怜之处不仅仅是物质上的,更多是精神上的卑微,就像果戈理笔下的那些小职员,虽然社会地位已经很低下,却仍然为保护住这种地位而忧心忡忡,一辈子在毫无创造性的繁杂琐事中心力交瘁,成天小心谨慎,做每一件事都怕出错,对每个人都怕惹得不高兴,更是不敢透过玻璃天花板向更高的社会阶层望上一眼。

从上面的两段引用中不难看出刘慈欣的文字风格。文学的细节都是通过语言抵达的,作家最后创造的世界无不依赖语言实现。不管是纯文学还是类型文学,语言的粗糙是难以创造经典之作的。刘慈欣的语言风格有着科学技术人员的简练、精准,同时不失文采。刘慈欣是可以直接阅读英文原著的,这点对于科幻创作尤为有益。想必英语的简洁增强了他文字的洗练程度。

致幻剂:三体·黑暗·死神

至此,我们已经分析到,刘慈欣具备了创造自己科幻世界的雄心,累积了各方面的素材,经过了足够的实践练习,那么这个世界宏伟的主体建筑该问世了。这一节我们讨论的是目前为止刘慈欣最具影响力的代表作品,即"地球往事三部曲":《三体》《三体Ⅱ·黑暗森林》《三体Ⅲ·死神永生》。

《三体》是指整个"地球往事三部曲"系列,实际它是第一部的名字。《三体》创作于2005年。2012年英文版在美国发行,2015年获得美国科幻雨果奖的是系列的第一部《三体》。除了作为系列总称和第一部名称这两个代称,"三体"在小说中至少还有三个含义。它首先是个古典物理学的经典问题,研究三个质量相同或相近的物体在相互引力作用下如何运动,对天体运行研究有着重要意义。在数学上三体问题是不可解的,或者说只能求出某些特解。由此引申出第二个含义,外星文明"三体",指的是在半人马座的一个由三颗恒星组成文明,相当于天空中有三个太阳,因为三颗恒星的无规律运行,行星上的生态环境酷烈,文明经过几百次的生灭,造就出了比地球人更强悍的三体人。对于这个外星文明,刘慈欣没有做正面描述,而是发挥了宏大的想象力,由一款名为"三体"的电脑游戏对那个世界进行了模拟,这是"三体"的第三个含义。在此显示了小说架构上的精巧构思。由"三体"游戏进而建立了地球"三体运动",是由一些对地球文明厌恶的地球叛徒组成的,试图接应三体人以毁灭地球的反人类组织。

由此可见,三体世界的构建,是建立在一个缜密的、严谨的技术构想基础上的,而刘慈欣卓越的细节描述能力,将这种凌空幻境落定到坚实的平台上。这也形成了刘慈欣的风格。

《三体》第一部中最具想象力的部分是"三体"游戏,这个游戏亦真亦幻,将历史、科学史融入文明进化史中。三体游戏世界中,历史人物周文王、秦始皇等,同科学家伽利略、爱因斯坦等同台登场,文明沿着战国、中世纪、工业革命、信息时代一路进化,最终确定了三体问题不可解,于是三体世界确定了飞向宇宙,寻找新的家园的战略,为入侵地球做了铺垫。三体游戏中,秦始皇指挥三千万兵卒进行人列计算机演算的恢宏场面非常令人震撼。

《三体》第一部中刘慈欣再度发挥自己擅长的现实+科幻的构建法,除间接引入三体世界外,所描述的时间是"文革"历史和当下,所探及的空间除三体世界外,人类甚至没有跨出地球。可以说科幻色彩并不是特别浓厚。

在第二部《三体Ⅱ·黑暗森林》的序章里,假借叶文洁之口给出了宇宙的"黑暗森林法则",这是整个《三体》系列赖以展开情节的准则,也可以说是构建整个《三体》系列的基石。"黑暗森林法则"建立在一门虚构的学科"宇宙社会学"基础上,将宇宙中的文明看成一个个点,众多的点组成宇宙社会。这个社会的状态是黑暗森林,谁暴露目标谁就首先被攻击和毁灭。

《三体Ⅱ·黑暗森林》主要描述的是地球应对三体世界来袭的面壁计划。在这一部中,刘慈欣放弃了第一部中模块化的书写方式,全书只分为上中下三部，至少八九条线索穿插进行。因为未分章节，直接进行切换，使得整部书更像一部影视作品。当然，因为面壁计划是以欺骗三体人为目的的，第二部更像一部悬疑剧。《黑暗森林》上部和中部描绘的还是当下。下部中因为有了冬眠技术，人得以进入一二百年后的近未来，初次出现了对未来世界的直接描写。空间也拓展到整个太阳系，甚至逃离太阳系后的人类异化得更加黑暗邪恶，发生了宇宙黑暗战役。

看完第二部，心情沉重。黑暗、邪恶、暴力……这样的科幻不美。好在一直避免丑化、妖魔化科学形象的刘慈欣保持了一份自觉，他把《黑暗森林》归于自己创作的第三个阶段"社会实验阶段"。回顾这段创作历程，他认为这种趋势是一条歧路。所以在《三体》第三部《死神永生》中，刘慈欣试图回归，重归科幻本身的大自然属性。

《三体Ⅲ·死神永生》是最具科幻色彩的一部，时间从危机纪元的201X年一直延伸到DX3906星系黑域纪元的18906416年，甚至延伸至无穷的时间之外。空间已经从太阳系一直扩展至其他星系，对多维空间的描述是最具想象力的，而且并非凭空想象，是建立在弦论的基础上的。为了拯救地球，各种计划相继展开，群星计划、阶梯计划、掩体计划……正是利用了空间降维打击，太阳系被二维化，地球仅保留了两个生命……

在《三体Ⅲ·死神永生》中，很多地方能让人领略到诗意。借鉴经典文学的写作手法，这部书中有独立于情节的外篇，被称为"时间之外的往事"，是女主人公程心在宇宙和时间的尽头写的回忆录，对情节进行旁白和反思。这种俯瞰的方式，增加了作品的文学性。云天明编的童话，融合了玄幻的手法，暗喻拯救地球文明的方法，又统领此后的情节走向，是非常高的文学技巧。宇宙的歌者唱着歌谣，弹指一挥，散出"二向箔"，开始了对太阳系的清理。太阳系被二维化后，展现的画面是凡·高的《星空》，展示出了绚丽的美感。程心的回忆录，最后一篇结束于《责任的阶梯》，无论是为地球还是为宇宙，最终她都选择了责任，与宇宙的命运融为一体……

读完《三体Ⅲ·死神永生》，掩书之际，心中激动不已，同读到好的经典文学作品感受是一样的。我想，我找到了自己想要的。

救世主：技术·道德·文学

这一节我们讨论在刘慈欣的科幻世界里很关键的几个词。当然，从来就没有救世主，在此提出这几个关键词，是因为他们对科幻文学来说有着特别的意义。也因为，刘慈欣对三者的态度截然相反，对技术极度推崇，对后两者均不以为然。

人类的末日体验，是科幻文学的重要题材。科幻文学这种特性，总是将我们引入道德和价值观的困境。刘慈欣称自己是疯狂的技术主义者，认为技术能解决一切问题。对于一个热爱科学的人，将技术作为自己的信仰可以理解，但一旦成为"主义"不免引发争议和怀疑。好在人们看到的刘慈欣是一个充满人文关怀的作家，在他的作品中也能感受到一种道德坚持。

在此，我们不妨借鉴刘慈欣在《三体Ⅲ·死神永生》中三体世界衡量执剑人的威慑度的方法，再设立技术指数和道德指数，对《三体》三部中出现的几个救世主式人物进行度量，以对比技术和道德在他们心目中的分量。所谓"威慑度"，是指执剑人在受到三体世界攻击时，是否选择向宇宙发射地球和三体世界的坐标广播，使得两个世界同归于尽。

人物	威慑度	技术指数	道德指数
叶文洁	—	50%	0
章北海	—	80%	2%
罗辑	90%	50%	50%
维德	100%	95%	5%
程心	10%	20%	100%

叶文洁出现在第一部，是整个故事的引子。因深受"文革"之害对人性失去信心，她充当了地球的叛徒，向三体世界发出了信息。她的道德指数为0，是因为她不惜以牺牲地球为代价，且从未表露悔意。书中虽然对她所受的迫害做了详细的铺陈，但她果断剪断绳索，让上司甚至自己的丈夫葬身崖底的行为还是让人不寒而栗，何况她已有身孕，即将成为母亲。章北海出现在第二部，他有着中国军人钢铁般的意志，为达到保留地球文明种子的目的，不惜以毁灭同类为代价，之所以道德指数为2%，是因为在太空黑暗战役的最后时刻他犹豫了一下，比对手慢了3秒，结果从毁灭者变成了被毁灭者。罗辑也是第二部中出现的人物，作为一名三流学者，也是一名嬉皮士，虽然受过叶文洁指点，最终发现了宇宙"黑暗森林法则"，但对责任的承担是被动的。维德和程心都是第三部中的人物。维德是个极端理智因而也极端冷酷和疯狂的人，道德指数5%，是因为冷硬到极点的他，最后也露出无助和乞求，把是否研制光速飞船的最终决定权交还了程心。程心威慑度为10%，这一点早为三体世界所知，所以他们蓄谋已久，在程心接管执

剑人的刹那，毫不犹豫地发动了对地球的攻击。她的道德指数100%，是因为她总是选择爱和责任，为此背着沉重的十字架，尽管因此错失了拯救地球的机会。

我个人认为《三体Ⅲ·死神永生》的成功至少有一部分要归功于程心这个人物塑造得有血有肉。尽管科幻文学中人类常常以族群出现，塑造人物不是科幻小说的目的和长项，但塑造这样一个普通人，这样一个女性，增加了《死神永生》的文学性和内在力量。相比之下，那些技术狂人、冷血战士，倒显得很二维化、平面化。

回顾自己创作的第三阶段"社会实验阶段"，刘慈欣说转折源于这样的发现："我看到了科幻文学的一个奇特的功能：现实世界中任何一种邪恶，都能在科幻中找到相应的世界设定，使其变成正当甚至正义的。这个发现令我着迷，且沉溺于其中不可自拔，产生了一种邪恶的快感。"这些加上前面提到的"疯狂的技术主义"，催生了《三体Ⅱ·黑暗森林》。通过这样的创作实践，刘慈欣认为这是一条歧路，是将焦点集中在了"宇宙中人与人的关系上"，但我感觉是因为焦点过多集中在了邪恶上。黑暗森林法则是建立在一个零道德的宇宙上，但法则本身透露出一种"负道德"，它就是宇宙的丛林法则。

在《三体Ⅲ·死神永生》中刘慈欣进行了回归，但实际上随着《三体》系列的流行，黑暗森林法则传播最快、最广。而在第三部《死神永生》中程心为了爱和责任所做的努力，很快湮灭，被人淡忘。黑暗森林法则在互联网界已被誉为从业圣经，那一句有点强盗逻辑的"我灭了你，与你有什么相干"，越来越多地挂在互联网精英们的嘴上，在这个竞争激烈的领域，成为他们合理化自身行为的理论依据。而若用指数来衡量互联网这一行业，那么它的技术指数在递增，而道德指数在递减。作为互联网一路发展过来的见证者，你不得不为日益肮脏、充斥色情和暴力、道德水准低下的网络环境而担忧。如果你身为父母，肯定不愿意自己的孩子生活在这样的网络雾霾之下。

恶的传播速度永远比善要快，繁殖能力永远比善要强。放弃抵御和反抗，不去维护道德底线，无视公平与正义，如同恶化的生态环境，我们迟早都会成为受害者。当下的中国，本身处于转型期，工业体系脆弱，社会整体价值观不够稳固，又遭遇信息时代的浪潮，所受到的冲击要大过西方国家。在人们思想混乱的时期，我们每个人能做的是让善传播得比恶快一些，远一些。

末日体验中的道德困境，在伦理学领域经常被讨论。生命的数量和质量能否作为利益衡量的标准？少数服从多数是否是应然之道？如果说这是伦理哲学中的功利主义，你是否还坚持原来的观点？科学和理性精神是中国的文化基因里欠缺的，我们有理由在科幻文学中寄托这样的期待。对技术的过度崇拜是不是符合科学和理性精神是值得商榷的。

人类文明发展史上，技术的积累一直是持续的，人性的进化和道德的积累却要缓慢得多。人类的道德是否足以驾驭技术？进入20世纪，可称为"技术爆炸"时期。核技术、基因技术的发展，人类的命运已经被技术挟持。人类社会的道德底线和价值体系受到了空前的挑战，人类社会能否经受得住这样的撕裂，是个巨大的考验。对技术保持一份警惕是必要的。

至于文学，从来担当不了救世主，尤其在文学日渐式微的时代。文学能做的只是自我救赎。虽然刘慈欣本人有很好的文学素养，但他说自己从来不是文学爱好者。在很多科幻作家眼里，主流文学是自恋的。作家阿来也曾说过，中国作家是写大自然最少的。中国人没有热爱自然的传统，也很少去仰望星空。但这并不是全部，若说文学是自恋的，那也只能是人的心灵出了问题，远离了文学的精髓。如果深入到文学的深处，会发现那些最深沉的精神跋涉者们，大自然仍然是他们精神力量的源泉。

在科幻文学领域，常能看到主流文学大师的身影，卡尔维诺、博尔赫斯，日本有安部公房、村上春树，他们有的作品本身就是科幻，另一些则借助了科幻的想象力。著名的乌托邦三部曲，均是借助科幻手段实现的经典文学作品。为老舍先生赢得国际声誉的是他的可称之为科幻作品的《猫城记》。科幻文学对主流文学产生影响的现象在国外很常见。可以说，科幻文学是对主流文学最有反哺功能的类型文学。在文学的声音日益被遮蔽的今天，科幻文学和主流文学更应联手。

结语：云端·天际

让我们从李白的两句诗说起：

> 月出峨眉照沧海，与人万里长相随。

这并不是李白诗作中最有名的，但是李白的诗，总是能将人霍然间超拔到云端，以一种仙人的眼光俯视人间大地，那种壮阔无人能及。所以称李白为"诗仙"是贴切的。

如果不是为写本篇评论，我可能没有机会走近科幻，领略到科学之美，感受到科幻文学的魅力。当人拓宽自己的世界观边界，将宇宙纳入时，我想他已经同宇宙重新建立了连接。

随着对科幻文学了解的深入，这个类型文学虽然不免驳杂，但其核心部分仍然引发了我更多的尊敬。科学的发展造成了今天学科过分专业化的局面，哲学和文学关乎人类的世界观甚至宇宙观，如果仅仅将自身局限在社会科学范畴内，将自然科学摒弃在外，那本身就是在窄化自身的视野。科学技术一直是中国社会发展中薄弱的一环，中国文化乃至中国文学也一直因"文"而"弱"，迄今为止这种状况并未得到根本改变。如何弥补这种基因中的不足，是需要我们自省和自觉的。

文学的丰富除了需要巩固自身的特性外，也需要不断增加异质性，以开放的视野和宽阔的胸怀接纳和吸收不同的特质。中国文学一直缺少一种飞扬，山西这块土地则更为滞重。文学需要根扎大地，也需要将枝叶伸向苍穹，在风中翻飞起舞。

很早以前摘录了奥维德《锐变》中的一句话，我想用作结束语是合适的。在刘慈欣的小说《朝闻道》中写到了类似的场景，37万年前，原始人抬头仰望星空，宇宙排险系统开始报警。它也许表明了宇宙的某种指引，涵盖了人类直立行走的意义——

> 其他动物都俯视地面，人却天赋一张脸，可以将眸子转向星空，将目光投向天际。

刘慈欣小档案

刘慈欣 1963年出生，祖籍河南信阳市罗山，在山西阳泉长大。1985年毕业于华北水利电力学院，同年参加工作，山西娘子关发电公司高级工程师。中国作家协会会员，中国科普作家协会会员，中国新生代科幻小说代表作家，被公认为中国科幻文学的领军人物，作品因宏伟大气、想象绚丽而获得广泛赞誉。20世纪90年代开始写作，已发表作品约400万字，包括7部长篇小说，10部作品集，16篇中篇小说，18篇短篇小说，一部评论集以及部分评论文章。作品蝉联1999—2006年中国科幻小说银河奖，2010年赵树理文学奖，2011年度《当代》长篇小说五佳第三名。2011年华语科幻星云奖最佳长篇小说奖、2010、2011年华语科幻星云奖最佳科幻作家奖，2012年人民文学柔石奖短篇小说金奖，2013年首届西湖类型文学奖金奖，第九届全国优秀儿童文学奖。2015年世界科幻协会雨果奖，为亚洲首次获奖。2015年华语科幻星云奖最高成就奖，中国科幻银河奖特别功勋奖。

刘慈欣主要作品目录
(1999—2014)

一　出版作品情况

长篇小说

《魔鬼积木》，福建少儿出版社2002年版

《超新星纪元》，作家出版社2003年版。同年台湾稻田出版社再版

《当恐龙遇见蚂蚁》（又名《白垩纪往事》），北京少儿出版社2004年版

《球状闪电》，四川科学技术出版社2005年版

《三体》，重庆出版社2008年版

《三体Ⅱ·黑暗森林》，重庆出版社2008年版

《三体Ⅲ·死神永生》，重庆出版社2010年版

中短篇小说集

《爱因斯坦赤道》，台湾天海文化2003年版

《流浪地球》，台湾天海文化2003年版

《带上她的眼睛》，人民文学出版社2004年版

《带上她的眼睛》（与上重名，内容不同），上海科普出版社2004年版

《流浪地球：刘慈欣获奖作品集》，长江文艺出版社2008年版

《白垩纪往事·魔鬼积木》，长江文艺出版社2008年版

《时光尽头》，花山文艺出版社2010年版

《微纪元》，沈阳出版社2010年版

《白垩纪往事》，辽宁少儿出版社2010年版

《天使时代——中国科幻名家名作大系》，人民邮电出版社2012年版

《乡村教师：刘慈欣科幻自选集》，长江文艺出版社2012年版

《中国太阳》，辽宁少年儿童出版社2014年版

《时间移民》，江苏凤凰文艺出版社 2014 年版
《2018》，江苏凤凰文艺出版社 2014 年版
《刘慈欣谈科幻》，湖北科技出版社 2014 年版

二　获奖作品

《带上她的眼睛》，1999 年度第十一届中国科幻银河奖一等奖
《流浪地球》，2000 年度第十二届中国科幻银河奖特等奖
《全频带阻塞干扰》，2001 年度第十三届中国科幻银河奖
《乡村教师》，2001 年度第十三届中国科幻银河奖读者提名奖
《中国太阳》，2002 年度第十四届中国科幻银河奖
《朝闻道》，2002 年度第十四届中国科幻银河奖读者提名奖
《吞食者》，2002 年度第十四届中国科幻银河奖读者提名奖
《地球大炮》，2003 年度第十五届中国科幻银河奖
《诗云》，2003 年度第十五届中国科幻银河奖读者提名奖
《思想者》，2003 年度第十五届中国科幻银河奖读者提名奖
《镜子》，2004 年度第十六届中国科幻银河奖
《圆圆的肥皂泡》，2004 年度第十六届中国科幻银河奖读者提名奖
《赡养人类》，2005 年度第十七届中国科幻银河奖
《三体》，2006 年度第十八届中国科幻银河奖特别奖
《太原之恋》，2009 年度第二届中文幻想星空奖最佳短篇小说奖提名
《超新星纪元》，2007—2009 年度赵树理文学奖儿童文学奖
《三体Ⅲ·死神永生》，2010 年度第二十二届中国科幻银河奖特别奖，2010 年度第二届中文幻想星空奖最佳中长篇小说奖；2010 年度第二届中文幻想星空奖特别贡献奖；2010 年首届全球华语科幻星云奖最佳科幻奇幻作家奖
《三体Ⅲ·死神永生》2011 年第二届全球华语科幻星云奖最佳科幻作家奖金奖，2011 年第二届全球华语科幻星云奖最佳长篇科幻小说奖金奖，2011 年《当代》长篇小说年度五佳
《赡养上帝》，2012 年首届柔石小说奖短篇小说金奖
《三体》，2013 年第一届西湖·类型文学双年奖金奖
《三体Ⅲ·死神永生》，2013 年第九届全国优秀儿童文学奖科幻文学奖
《三体》第一部英文版，2015 年世界科幻协会雨果奖最佳长篇小说

三　文学期刊发表作品

中篇小说

《地火》,《科幻世界》2000 年第 2 期
（收入作家出版社《中国九十年代科幻佳作集》）
《流浪地球》,《科幻世界》2000 年第 7 期
《乡村教师》,《科幻世界》2001 年第 1 期
（收入《2001 年中国最佳科幻小说集》）
《全频带阻塞干扰》,《科幻世界》2001 年第 1 期
（获 2001 年银河奖，收入《2001 年中国最佳科幻小说集》）
《中国太阳》,《科幻世界》2002 年第 1 期
（获 2002 年中国科幻小说银河奖，收入《2002 年中国最佳科幻小说集》）
《梦之海》,《科幻世界》2002 年第 1 期
《天使时代》,《科幻世界》2002 年第 6 期
《吞食者》（又名《人和吞食者》）,《科幻世界》2002 年第 11 期
《诗云》,《科幻世界》2003 年第 3 期
（收入《2003 年中国最佳科幻小说集》）
《光荣与梦想》,《科幻世界》2003 年第 8 期
《地球大炮》,《科幻世界》2003 年第 9 期
（收入《2003 年中国最佳科幻小说集》）
《镜子》,《科幻世界》2004 年第 12 期
《白垩纪往事》（中篇版）,《科幻大王》2004 年第 9、10、11 期连载
《创世纪》（《超新星纪元》节选中篇版）,《科幻大王》2004 年第 12 期、2005 年第 1 期两期连载
《赡养上帝》,《科幻世界》2005 年第 1 期
《赡养人类》,《科幻世界》2005 年第 11 期
《山》,《科幻世界》2006 年第 1 期

短篇小说

《鲸歌》,《科幻世界》1999 年第 6 期
《微观尽头》,《科幻世界》1999 年第 6 期
《坍缩》,《科幻世界》1999 年第 7 期
《带上她的眼睛》,《科幻世界》1999 年第 10 期

(《青年文摘》《少年文学》转载)
《微纪元》,《科幻世界》2001年第4期
(收入《2001年中国最佳科幻小说集》)
《纤维》,《科幻世界·惊奇档案》2001年第8期
《命运》,《科幻世界·惊奇档案》2001年第11期
《信使》,《科幻大王》2001年第11期
《西洋》,收入《2001年度中国最佳科幻小说集》
《混沌蝴蝶》,《科幻大王》2002年第1期
《朝闻道》,《科幻世界》2002年第1期
(收入《2002年第中国最佳科幻小说集》)
《思想者》,《科幻世界》2003年第12期
(收入《2003年第中国最佳科幻小说集》)
《圆圆的肥皂泡》,《科幻世界》2004年第3期
《欢乐颂》,《九州幻想》2005年第8期
《月夜》,《生活》2009年第2期
《2018年4月1日》,《时尚先生》2009年第1期
《太原之恋》,《九州幻想》2010年第1期

四 创作谈等

《越长越小的文明》,《科幻世界》2003年第1期
《远航！远航！》,《科幻世界》2003年第5期
《向前半个世纪的胡思乱想》,《企业家》2006年第1期
《世界科幻博览》评论专栏2007年第1—12期
《西风百年——浅论外国科幻对中国科幻文学的影响》,《科幻世界》2007年第9期
《超越自恋——科幻给文学的机会》,《山西文学》2009年第7期
《技术奇点二题》,《读库1005》2010年第5期
《从大海见一滴水——对科幻小说中某些传统文学要素的反思》,《科普文学》2011年第6期
《重返伊甸园——科幻创作十年回顾》,《南方文坛》2011年第11期
《一个和十万个地球》,《周末画报》2012年新年特刊
《重建对科幻文学的信心》,《作家通讯》2012年第2期
《最糟的宇宙和最好的地球——〈三体〉和中国的科幻小说》,《当读》

2014 年第 11 期

五　相关评论文章

吴岩、方晓庆：《刘慈欣与新古典主义科幻小说》，《湖南科技学院学报》2006 年第 2 期

贾立元：《"光荣中华"：刘慈欣科幻小说中的中国形象》，《渤海大学学报》2011 年第 1 期

江晓原、刘兵：《碾碎中国科幻小说的〈三体〉系列》，《中国图书评论》2011 年第 2 期

宋明炜：《弹星者和面壁者——刘慈欣的科幻世界》，《上海文化》2011 年第 5 期

严锋：《创世与寂灭——刘慈欣的宇宙诗学》，《南方文坛》2011 年第 9 期

王德威：《乌托邦、恶托邦、异托邦——从鲁迅到刘慈欣》，《文艺报》2011 年 7 月 11 日

傅书华

1953年生于北京。文学博士，太原师范学院二级教授、硕士生导师，山西师大、东北师大兼职硕士生导师，山西省重点建设学科中国现当代文学首席学科带头人，山西省教学名师。《名作欣赏》杂志副总编。中国作家协会会员，山西省作家协会全委会委员，中国赵树理研究会副会长。曾在《文学评论》《中国现代文学研究丛刊》《文艺争鸣》《二十一世纪》（香港）、《领导者》（香港）、《教育研究》等重要学术刊物上刊发论文百万余字，出版个人论著《山西作家群论稿》《蛇行集》《边缘处的言说》《边缘之声》《从"山药蛋派"到"晋军后"》《边缘之思》《走近赵树理》等。参编国家教育部统编教材《中国当代文学》《女性文学教程》《中国近现代文艺思潮》等。主编21世纪汉语言文学专业系列教材之《中国现当代文学史综合教程》（北京师范大学出版社）、高等师范院校通用教材《大学语文》（外语教学与研究出版社）。曾由香港浸会大学出资邀请到香港讲学，主持国家社科项目一项、省级多项。曾获中国文联文艺评论二等奖，山西省哲学社会科学优秀成果奖二等奖，山西省赵树理文学奖，山西省教学改革成果一等奖等奖项。

二 写作,以及那无穷的怀念
——葛水平文学创作论

傅书华

女人 写作 在者

　　山神凹是葛水平的故乡,我对叫这样一个名字的村庄一直模糊不清,它的成分应该是一个山坳,有一山神小庙、农田、树木、人和家畜。山神是什么样子呢? 晋东南地处内陆,古为上党,自古为兵家必争之地,战乱把时间耽误完了,世态往往逼人紧张,进而沦入文明交融地。山里人依然山性十足,说话从不把舌头焐暖,自说自话,直来直去,不苛待自己,常把自己当了山里多姿的风景,这也许就是山神的形象。

　　葛水平就是从这样一个山坳里走出来的,山外的世界挡不住她对世界的认知,便有了她山水间片刻留影。这也难怪,女性对瞬间、鲜活、柔嫩、蓬勃的美,总是有着一种特殊的敏感与怜爱,所以,你看看各个风景点上,总是女性在拍摄自然美景的居多。女性的生命形态,其特质也有着鲜活、瞬间、柔嫩、蓬勃的一面,梁实秋先生以写人性著称,在他的《女人》一文中,对此就有着准确而又生动的描写:"女人不仅在决断上善变,即便是一个小小的别针的位置也常变,午前在领扣上,午后也许就移到了头发上。三张沙发,能摆出若干阵势;几根头发,能梳出无数花头。"女性的生命形态特质既然如此,女性喜欢把自己与自然美景一同留在照片里,自然也就是顺理成章之事。社会是坚硬的,作为社会主体的男人是忙碌的,这两个原因导致女性所看重的这鲜活、瞬间、柔嫩、蓬勃之美,常常是被忽视的,临水照花、顾影自怜也就成了女人的专利,而把自己与自然之美一同留在照片里,就是这专利权之一。对于葛水平这样艺术气质特别强的女人来说,更是如此。

　　端详葛水平的照片,你会觉得美丽、沉静、大气,如果你的眼睛足够

"毒"的话,你还可以从中看到那内潜深隐着的超越世俗规范的妩媚、妖娆,看到这妩媚、妖娆超越世俗规范的尖锐力度。

你切不要以为我所谈的这些与葛水平的文学创作无关,或许,这些正是打开葛水平文学创作"黑箱"的"密钥"呢。

葛水平从小生长于山西晋东南沁水的大山里,幼小的时候,曾随其小爷爷,在山间坡畔牧牛放羊。隔代的亲情与山水花草、蓝天白云,共同氤氲着自然之气,孕育、滋养了葛水平的身心。心理学家所讲的生命意义上的这一儿童记忆,如影相随于葛水平其后的人生之旅中。你在她其后的创作中可以时时看到,只要她的笔一接触到如格式塔心理学所说的与之类似的异质同构形态,她的笔就有如神助一般,顿时神光四射,让你心惊魂颤。

大概是过了十岁,葛水平被送进剧团学戏,其后又进了戏校,然后是在戏剧研究室,从事着戏曲的创作与研究。如果说,影视是现代大众性的,那么,戏曲则最具民间性,戏曲的舞台,是通过虚拟来演绎、超越民间现实人生的舞台。你有时还真的不得不佩服大自然的造化,它让葛水平顺着其从小生活的自然天地的逻辑,进入到了这样的一个艺术的人生空间,顺应、丰富、强化了她的自由的天性。你如果让她进入正规的"王牌"小学,在教鞭的规训下,她可能会因为受到压抑反而激发出更多的创作欲求,但也可能在规训下,损伤了她的天质。

用乡间比较"糙"的话来说,葛水平是在吃百家饭中"放养"长大的,不是在"圈(juan)养"中长大的,无论这"圈"是怎样的,也无论这各种各样的"圈"会受到怎样各种各样的称赞与认可。这种"放养"的品格,再加上后面我们将要论述到的晋东南一带人基于自然生长条件所形成的自信与偏执,使葛水平总有着冲破社会现实生活中各种各样的"圈"的冲动,也使得葛水平在这冲动所形成的创作中,不受各种各样的文学创作的"圈"的限制。她的创作形态与她的生命形态同质同构,都处于"放养"之中。

山水间无尽的奢华,与百姓中常存的朴素,在葛水平眼里有了一个鲜明的分界。她最开始的创作,是诗与散文。其实,细细考究下来,她那时的散文,其特质也仍然是诗性的。她可能是有着太多的基于个体生命的自我与外部世界冲突所形成的自我表达自我抒情的冲动。这一期间的创作,她将其结集为诗集《女儿如水》《美人鱼与海》,散文集《心灵的行走》。这时,她的创作特质、基质,虽然如胚胎或三岁的幼儿已经初步形成,虽说"三岁看老",但她这时的创作,并没有引起读者及敏锐的文学评论家的关注,她还要丰满自己,等待时机。而那个时期,她想望得更远,目光却被山弹回来了。

2004年，葛水平38岁，正是一个女人生命最为胀满的年龄，葛水平找到了中篇小说这一与她自己这年龄最为合适的表现形式，她先后创作、发表了中篇小说《甩鞭》《地气》《喊山》《狗狗狗》《天殇》等五个中篇，引发了文坛的巨大震动，转载、座谈、研讨、评论、获奖，接连不断，以至于事后文坛在评价2004年的中篇小说时，会将其称之为"葛水平年"。这之后，葛水平的中短篇小说创作，如井喷般，一发而不可收，在几年的时间里，先后创作了《黑口》《黑雪球》《黑脉》《道格拉斯在中国》《比风来得早》《连翘》等数十篇中短篇小说，而又以中篇为主。这些作品，先后被《小说月报》《小说选刊》等各种选刊及各种年度选本所收录，结集为《喊山》《地气》《守望》等多部小说集出版，并荣获中国文学界的最高奖项"鲁迅文学奖"及"人民文学奖""赵树理文学奖"等奖项。

2011年，葛水平发表了她的第一部长篇小说《裸地》，甫一出版，即大受好评，并荣获了第五届鄂尔多斯文学奖大奖、首届剑门关文学奖大奖、2011年度优秀女性文学奖。

2013年，葛水平发表了她的长篇散文《河水带走两岸》，再次引发了文坛的轰动，也标志着葛水平的文学创作，达到了一个全新的高度。

葛水平的作品发表后，从不同视角、层面对其作品的各种评论蜂拥而至，无论是正解还是误读，都是对其作品意蕴的丰富与深化，但又似乎与其作品本义有着相当的距离，这是一部好作品的标志之一。如果我们在非常宽泛的误读的意义上借用海德格尔的"在"与"在者"的概念，我们也许可以勉强对葛水平的创作作一概括：如果我们将文学的本性、本体视为超越社会与人生的"在"，那么，葛水平则是一个"在者"，因为"在者"的存在，使"在"得以"敞开"并为我们提供了无尽的言说空间与言说可能。

精彩的中短篇小说世界

葛水平的中短篇小说世界精彩纷呈，但其最为耀目者，却无不与她的生命形态生命特质相关，那就是对鲜活、瞬间、柔嫩、蓬勃的生命力生命形态的描写与赞美，这样的描写与赞美，在葛水平以各种内容为题材的作品中，均有出现，且流光溢彩，美不胜收。试举几例：在《甩鞭》中，作者极写主人公王引兰与第一个财主丈夫麻五的男女情爱，写作为这情爱象征的金黄金黄的油菜花的诱人，后来，麻五在土改中丧命，王引兰不得已嫁给了出身好的李三有，但一直未与其同房。在若干故事情节之后，作者写李三有在野地里教王引兰识别野菜，作者说这野菜"当季是菜，过季就是草了"，在写了这样一句意味深长的话后，作者写道："草生草落，世事茫茫，人还不如草木。王引兰把目光落在了一个地方，那地方有丛野菊花生长着，花瓣很稠很浓，在太阳光下闪闪烁烁。山菊花的黄有点像油菜花，花朵在风的作用下不停地翻动。她和太阳的目光在翻动着的花朵上就一起高兴了起来。李三有看到王引兰高兴，就想有什么事也该行动了。走过去撩了撩她额前被风吹下来的乱发，感到心酥了一下，两人的目光相撞，有些闪烁。"作者接下来写二人的男女欢爱：王引兰顺手揪下那捧山菊花，朝着那金黄的软垫躺下去，酥酥张开双臂。阳光从疏密不一的高粱叶子空隙漏下来，空气里浮游着细碎的金点子，地上山菊花发出湿软的沙沙声。她看到有一只大鸟俯冲下来，几朵云彩如棉花一样开放。她闻到了青草香味，野菊花香味，泥土香味。想，和一个人在油菜地田埂上做事就是好，只是这不是油菜花也不是春天。风抚着她的大腿和腹部，搓弄着她的乳房。从未有过的激动，在一种大幅度撞击声中，她从喉管里挤出了："麻五，嗷麻五，麻五麻五。"如果只是叙述二人的结合而没有类如"油菜花""山菊花"这样的充满象征的描写，没有"当季是菜，过季就是草了"的点穴之语，美好生命在世间的断裂性、延续性、瞬间性、蓬勃性、鲜活性等等以及这其中相互复合的复杂性、敏感性，对美好生命瞬间性的珍惜，对王引兰生命受到重大打击挫折后，其生命力的顽强与蓬勃的赞美，就都无以表达，葛水平小说的特色也就无从体现。在此，我们也看到了葛水平在写这些中篇小说之前，对诗歌、散文的写作，为其中篇小说的写作做了怎样的充分的准备。类似这样的描写，在《甩鞭》中对"甩鞭"气韵的描写，在《地气》中对王福顺、翠花、李苗三人看城市夜景的描写中，有着更为浓烈、直接的体现。

鲜活、瞬间、柔嫩、蓬勃的生命力生命形态固然美好，但却往往是与社会规范相违背相冲突的，然却在这其中，体现了生命力生命形态的原发性、顽强性、对社会的批判性。譬如前述《甩鞭》中，王引兰与李三有在野外田间的男女欢爱，就不合社会规范。再如《狗狗狗》中，武嘎与拴柱女人秋的男女情爱，秋与虎庆的男女情爱就都不合社会规范："秋知道她想要做的事（与虎庆的男女之事）是有教养和有信条的人不能赞许的，然而她又无论如何无法和人说出她的仇恨，她的仇恨像一匹母马一样甘愿套上羁轭，她心甘情愿为此而劳作，劳作。"正是这不合社会规范之处，显示出了生命力生命形态对压抑进行反抗的酣畅，对暴虐进行反抗的大气坦荡。拴柱与秋的合乎社会规范的婚姻关系，反而因为拴柱的性无能，而显得分外猥琐，这一猥琐在拴柱面对日本鬼子时尤为凸显。

　　典型学说中的一种观点认为，把事物属性推向极端时，就因了其对这一属性的极致体现而构成了一种典型之美。对生命力生命形态与社会规范社会形态的冲突的表现也是如此。一旦达于极致，就因在冲突中生命被撕裂而露出的血色猩红、撼人心魄、痛彻肺腑，构成了一种惨烈之美。这一惨烈之美，有两种表现形式。一种是外在的，更多的是通过力度来体现。譬如《狗狗狗》中日本鬼子对村民的屠杀，再如《喊山》中腊宏对红霞丧失说话能力的迫害，暴力美学在这里有着最为鲜明强烈的体现。相较这种外在表现，体现在《甩鞭》铁孩这一形象塑造中的化为生命内部的内在的"暴力"，更具深度，更具力度，更有沉重丰厚的分量。我们看到，痴情、欲望、暴力、血腥、阴谋集于铁孩一身，而之所以如此，是与铁孩的被压迫的下层位置及在这压迫中身心的扭曲分不开的：身居下层造成了美的缺失。这在作者最初将王引兰置于大户人家，因主人衣食无忧才形成的对美的欣赏及其对王引兰的影响可以见出，譬如王引兰对冬天在屋中围着炭火静心闲聊情趣的羡慕等即是如此。铁孩因美的缺失而形成的对美的化身的王引兰的艳羡、向往、痴情，本无可非议，但被压迫的下层位置，使他这一对美的追求，几无实现的可能，不能实现所形成的身心扭曲，一旦有了实现之势，即可以借势而用阴谋、血腥、暴力这样的扭曲方式实现自己的心愿，这就是他因妒忌而对王引兰两任丈夫的谋杀。愿望虽然有可能实现，却因实现方式的丑陋而与最初愿望的美好南辕北辙，这也是王引兰可以接受李三有却最终不接受铁孩的原因之所在。生命力生命形态与社会规范社会形态冲突的复杂性、惨烈性，由此可见一斑。

　　面对这样外在的内在的惨烈对生命力生命形态的打压与扭曲，生命力生命形态对自身健康的复苏及复苏后对自身的顽强守护，就显得更为可贵。在《地气》中，我们看到，作者将生命力生命形态被扭曲的校长常小明与民办教师艳红的乱情纵欲与健康的鲜活、瞬间、柔嫩、蓬勃的生命力生命形态，是做了严格的区分的。作者又通过翠花与王福顺的交往、与剧团后生的意外性遇、与最初性无能的丈夫德库的婚姻生活及其后德库在接受科学做了手术后的正常的夫妻生活，写了健康的生命力生命形态的复苏过程。特别是通过王福顺的形象塑造，写了生命力生命形态对自身的顽强守护，这里有对常小明所代表的邪恶势力的抗争；有在与翠花交往中，对寂寞生活中男女情热的警惕；有在与自己学生李修明的情爱中的坚定与热烈；有对在男女之事上可畏人言的无畏。特别是小说最后，当所有的人都下山之后，王福顺与李修明留居山上，就更让人在此意味深长中倍受感动。在《喊山》中，这样的复苏与顽强守护，体现在韩冲对红霞从最初的无心到最后的有意上，体现在这一过程中，韩冲对一度对之情迷欲乱的琴花的拒绝上，也体现在红霞从失语到最终发出了自己的声音，从"哑巴"最终恢复为有了名字的"红霞"。那震撼人心灵的"喊山"声，则是这一复苏与顽强守护的强烈体现。

需要补充说明的是，葛水平中短篇小说中的精彩之处，是通过其现实主义手法与现代主义手法的相互生成水乳交融来完成的。其现实主义手法，譬如，在《地气》中对社会现实中乡村生活的凋敝与乡村精神的不绝绵延的描写；在《黑脉》中，对矿难事故的如实呈现及其中的对资本经济的批判；在《比风来得早》中，对官场损害人性的揭示与批判；等等，都使她的小说有着强烈的现实的时代意蕴。但她在对现实的描写中，又常常通过细节与场面的描写，在字里行间中充斥着大量的隐喻、象征、意象等现代主义小说的要素、手法，从而使她的小说意蕴有了更多的无法用概念、理性言说的内容，而这，又是与她曾经的诗歌、散文写作中对意象设置的学习，与她"放养"的生态是非常吻合的。

《裸地》：民间性的乡村史诗与生命史诗

葛水平中短篇小说中的精彩之处，在其长篇小说《裸地》中依然存在，但作为长篇小说，却又自有其独特之所在，那就是它作为民间性的乡村史诗与生命史诗。

作为乡村史诗之"史"，首先要求作品有相当广阔的历史时空，有相当丰富与厚重的社会内容，有相当的对时代的概括力，并且将其体现在对乡村的描写之中。所谓民间性，则是说其对此一乡村史诗的描写，是基于民间立场的，是对乡村民间形态的描写。《裸地》可以说比较好地做到了这一点。

小说的时间跨度从民国初年写到土改年代，重点则是民国初年到抗战初期。乡村是各种社会力量的逃亡地、落脚地、汇集地，并因此构成了乡村形态的历史性、民间性与繁复性。这里有因天灾无法生存沦落到此的难民，如聂广庆；有因在社会动乱中被欺辱而无处安身的文明女子女女；有共和之后从皇宫逃出来的太监；有西方来的洋人传教士；有在城市受到现代文明教育的财主的后代；有横遭迫害藏身于此的受迫害者；自然也有本土的财主、家奴、农民、无赖、风水先生、各种女性以及贫富阶层之间、家族力量之间的争斗、商业经济初起后的残酷竞争；等等。他们轻重、大小、浓淡不一地在

二 写作,以及那无穷的怀念

乡村格局中,据有着自己的位置,发出自己的声音,呈现自己的生活形态,显示自己的力量,并因此在相互的冲突与张力中,形成了乡村这一时代的生存形态。这一生存形态,官家的力量暂时还管不着,呈现着一种自在自为的混沌的民间形态。对如此的乡村社会,从阶级角度、家族角度、文化角度等给以厘清的努力从未中断过,并相应地产生了许多类型的乡村小说,如乡村政治小说、家族小说、文化小说等,但葛水平却完全弃之不用,而是试图呈现出乡村那民间性的整体风貌来。对这样的以乡村整体为史诗本体的乡村史诗,我们还缺乏足够的理解力,我们更习惯于接受那些以既定理性视域下的乡村生活为史诗本体的乡村史诗,但也正因此,葛水平显示出了她的冲破"圈养"的"放养"品格所带来的原创力、创新性。

犹如一枚硬币的两面,这样写优劣长短同在一体。从优长说,《裸地》对乡村民间形态的呈现是整体的混沌的,但又是生动的鲜活的,犹如大地上的万物,有男女老少、鸡犬牛羊、堂屋草舍、草树杂花。它们以各自的理由各自自在地生存着,并因了这生存,与其他生物发生着或交相利用或相互侵害或互不相干的各种关系,构成了一幅动态的无法理清的全景生态图,给读者以更多的意义解读与领悟的空间与"缝隙"。从劣短说,《裸地》的主体结构、线索显得有些零乱。小说以盖运昌与女女的命运为主线,其间又黏合着聂广庆与聂大乃至西洋传教士,黏合着上土沃原姓、下土沃柴姓、暴店盖姓之间的权势斗争。但女女、聂广庆、聂大乃至西洋传教士与原姓、柴姓、盖姓三大家族的权势斗争却又没有紧密的联系。小说中的抗战时期到土改时期,写得过于仓促而没有对相关各个方面给予充分的展开,更像是一个尾声部分。这或许与葛水平女性思维特性有关,那就是擅长以具象体现、传递自己所要表达的东西,不大擅长以理性来统领宏大的结构。

但一旦用具象来体现人物的命运及其变迁,并以此来构成生命史诗,葛水平的优长之处就毫无争议地显示了出来。在小说中,我们通过盖运昌、女女、聂广庆、西洋传教士、吴老汉、六月红、耿月民等,看到了人生长河的流淌,看到了这流淌中的泥沙俱下、鱼龙混杂。即以盖运昌为例:在传统的土地生产上积累了财富,又及时顺应时代转型转入商业经济角逐,财大气粗,名重一方,但却子嗣不旺。娶了四房太太,或为传统家婆,或为玩笑所得,或为倡优戏子,或为同业之后。前三房太太均未生男孩,喻示其与传统形态结合传后发展无望,而与同业之女婚后虽生男孩,却体弱多病,喻示着与新的商业形态结合,由于这新的商业形态在中国的先天不足,所以,虽可衍后,但却骨血不足,气神不旺,最终前途未卜,盖运昌之子盖家生其后果然不知所终。盖运昌对女女的追求及二人相合，显示着盖运昌对新的希望的追求。女女的文明女子之身，其被西洋人强奸过的经历，其后沦落于乡村民间，其所生之子是西洋人与她相合的产物，都使盖运昌在对女女的追求与实现中所表现的这新的希望，有了多种混合的意味，而西洋传教士的出现及女女对其的误解，则在某种程度上，是对西洋这一"外来者"的丰富与补充。盖运昌其后面对日本鬼子的正义所为，盖运昌其后在土改中的一落千丈财富散尽，都让人感慨世事的沧桑、命运的无常。再以次要人物吴老汉为例：男女在皇宫外偷情，父子在乡下情深，身为老爷之父却以下人身份忍辱负重，最后为了儿子与乡亲以性命与日本鬼子相拼，其人生历程的繁复与生命的百般滋味，又是另一番人生形态。即如女女对女性生命形态的呈现，六月红作为戏子的生命的张扬，西洋传教士对盖腊苗人生的影响，聂广庆作为下层人的奋争努力与视野局限，等等，作为多种同形异质、异形同质、异形异质的人生形态，共同组成和演奏了一个历史时段的生命交响曲。

人生繁华落尽，草木枯荣一秋。小说结尾，伴随着对盖运昌的下葬，给人以大地万物凋零后裸地茫茫的悲凉之感，令人感到了绝望与虚无。但大幕虽然落下，毕竟上演过精彩的大戏，虽然裸地茫茫，但毕竟曾经万物生长，这就是小说中所讲的各种各样的人生故事，且小说的最后一句是："秃坟冒堆时（女女之子）二把手里的柳木哭棍插在了坟头上。七日后，女女看到哭棍上长出了麦芽大的青绿"。由之，裸地上曾经有过的万物生长与裸地上可能的新的万物生长的循环，构成了对绝望与虚无的反抗，这或许正是小说《裸地》所讲述的故事的耐人回味之处。

"神性"观照与新的写作形态的形成

在葛水平小说创作的高潮之后，其长篇散文《河水带走两岸》是把她的文学创作特色予以了总结性的鲜明与突出的显现，并且预示着一种新的写作形态的形成。

读《河水带走两岸》，你能在字里行间时时地感受到神性的流光溢彩。所谓"神性"，就是说，它不是社会中的实然存在，而是现实世界中注定不能实现的，它不能科学实证，属于"信"的性质。譬如说，与他人不一样的一个独立的个体生命，其一次性的生命过程如何最好地得以实现，这是无法验证、无法假设的，被不同的历史时空的社会条件所限制，也是无法自我把握的。我们对每一个不同于他人的一次性的个体生命过程意义的设定，都是"虚无"，但不能因为是"虚无"就认可既定现实，而是要"反抗虚无"。不能因为历史法则、现实法则的不可抗拒性,因为沧海桑田的历史演变的不可抗拒性,就认为其是合理的,而是明明知道其不可抗拒,明明知道这种抗拒是没有现实实现的可能性的,才要去作抗拒。正因为注定不能实现,所以,构成了对现实此岸世界的价值召唤。这就是相对于此岸世界的彼岸世界。这就是"神性"。正是彼岸世界的神性观照,才可以见出此岸世界的种种缺陷与需求。这二者之间的关联性,构成了越是具有神性意味的,越是具有人文性;越是具有神性意味的,越是具有超越具体现实时空内涵的深刻性,虽然这种现实内涵也是丰富的深刻的。如都市乡村的冲突,传统与现代的冲突,等等。构成这二者关联性的要素,在葛水平的《河水带走两岸》中,主要体现在时间、个体生命、日常性和博爱情怀上。

在《河水带走两岸》中,河水即是时间的象征,在时间的流动中,空间具有了新的内容与内涵、意义的变化,带走两岸,即谓此。海德格尔的一个重要贡献就是,把对事物的观照,从三维空间,因为时间维度的引入,成为四度空间,从而赋予事物更为丰富的含义。所以,葛水平才会感叹说:"时间迅疾而过。有多少生命骨殖深埋于时间中,亲情、友情、爱情,终于待在了一个安全的地方,那个去处直叫人呼吸到了月的清香、水的沁骨。生命的决绝让我的爱在产生的文字中获得回归……时间如中国画缥缈的境界,明知道一切不可能出现,却还愿意在疲倦的时候沉溺其中。天地方寸间怀古,秋风年年吹,春草岁岁枯。逝去的以另一种方式活在现实中。"正是对时间的这一清醒认知,使葛水平笔下的现实存在中的人与事不仅仅是现实存在形态的反映,而且成为如海德格尔所说的,连接着作为过去了的"曾在"与对未来指向的"将在"的"此在"。

个体性是葛水平构成这"此在"的主要内容,那就是对时间长河中,曾经存在过的每一个不同的一次性的个体生命的有限性给以价值认可。这种一次性的个体生命,在葛水平笔下,既是大自然形态的花草树木,是日常生活的器皿物件,也是一个个曾经生活在她身边的家乡人。对个体生命的有限性与时间性的引入,导致对生命虚无感的形成,海德格尔讲:存在与时间。存在与虚无。海德格尔将此引入对荷尔德林诗歌的研究,认为人诗意地栖居在大地上。认为人生是"林中路"。所以,葛水平这篇散文的字里行间,充满了对各种一次性生命过程中美好瞬间的消失的惆怅感。譬如夕阳中的花、乡间的驴鸣,山野上空如仙雾缭绕开来的二胡声,午后暖阳下斜靠在女儿门扉前欣悦地凝视着女儿的父亲的目光,等等。"铁铺首都锈烂了,铁钉子换成了膨胀螺栓,五毛一斤的旧门板买了用来烧木炭。我们丧失了许多,恰恰可能是有关生命最高秘密的隐喻和福音。"《河水带走两岸》对这许许多多"丧失"了的一次性的鲜活、瞬间的个体生命形态的凭吊、珍惜与抚慰,是葛水平试图将诗意栖居于大地,是对存在虚无的拒绝与反抗。

日常性是个体性所赖以存在的基础,并因此构成了所有历史风云所赖以存在的基础,因为任何的历史风云,都是由一个一个的个体及其相互关系形成的。日常性是活动于天地之间历史时空的帝王将相、平民百姓,男人和女人们得以生存的前提,也是人性得以保存和成长的河床。所以,葛水平的这篇散文写的都是狗呀,猫呀,小巷子呀,门墩子呀,炕狮子呀,铁钉子呀,床呀,等等。"我不能说床就是纯粹的私人化空间,我只能说我爱床就像爱天空一样情深。"把实现个人日常性存在的床与广阔的天空相等同,让人想到了张爱玲的《小团圆》的开头与结尾,都是把军队的大战与个人的考试等同起来:"大考的早晨,那惨淡的心情大概只有军队作战前的黎明可以比拟。"也让人想到了《红楼梦》中,贾宝玉把女孩子瞬间的眼泪看得高于家族的百年兴亡。

对个体性、日常性"此在"价值的醒悟与自觉,形成了《河水带走两岸》的博爱情怀。这一博爱情怀体现为两个方面。一个方面是葛水平在这本散文《后记》中所说的:我有理由知道她的美丽。即试图走进每一个不能重复的一次性的个体生命的过程,即走进这些大自然形态的花鸟鱼虫、日常生活的器皿物件、形形色色的普通日常人生等的生命过程,并对这一过程给予理解、赞美。另一个方面是这些事物,因为其普通、琐碎,或者因为其日常性地就在我们身边,或者因为其已经消失,不具备实用性、功利性,所以被我们所忽视所遗忘。葛水平的这篇散文,就是试图恢复我们因此而失去了的爱的记忆、爱的感觉。这样的记忆与感觉我们已经丧失得太久太久了,所以,临水照花、顾影自怜,是现状,也是对这一丧失的警醒与抗争。

如是,《河水带走两岸》中的所见所写,是现实的具象的,但其价值立足点却是"神性"的,是明知其必然消失却仍然要做出的无望挽留,是对社会、历史以合理性方式,消损鲜活、瞬间的一次性个体生命的价值性拒绝,是站在彼岸世界对此岸世界的神性观照、生命观照。这样的一种写作,预示着一种新的写作形态的形成,由此,也可以引发我们对葛水平文学创作的重新审视。我们对葛水平文学创作的评价,可以放在不同的层面、范畴上进行,这是一个优秀作家优秀之所在。我们可以从时代、社会的具体时空中的意义构成上对其给以评价,如乡村与都市、传统与现代、乡土中国等,但我们也可以从生命哲学的角度,从性别的角度,对其创作进行评价。西方名著《圣杯与剑》认为，男性是用批判、斗争来求社会价值、人的解放的实现的。女性是用爱来求的。由于社会现实的残酷性，我们一向重视用批判、斗争来实际地改变世界改变人的生存环境，对用博爱不能实际地改变社会现实的"神性"情怀，则不予重视，甚至被指斥为"脱离社会现实"而往往给以批判。这种男性思维方式也同化了许多女性的思维方式。在这样的单向度发展中，心灵、情感的坚硬化、钢铁化由之形成。但也有一些女性作家或者男性作家，却在坚守着爱的立场。如冰心、沈从文、孙犁、茹志鹃等人。这条隐隐约约却连绵不断的价值一线，在今天实在有着重新给以整理的必要。这是因为历史上的长期的残酷斗争，因为今天现实的金钱导致的物欲泛滥，让大家普遍地感到爱的缺失。把葛水平的文学创作放在这样的视野中，给以重新审视，可以因此而发现其创作新的价值所在。同时，这样的文学创作，在中国文学中，从历史层面上，是处于前沿的边缘的。其之所以能够进入"中心"，是因为与"中心"有交叉性，有重叠之处。但"中心"对葛水平文学创作在意义层面上的收编，是以牺牲葛水平创作在意义上的丰富性为代价的。但如果从价值层面上，从逻辑层面上，葛水平这样的创作又是主流性的。因为历史是人的历史，时间因为人的存在才具有了意义。

从赵树理到葛水平

从赵树理到葛水平，一直是学界所感兴趣的话题，这倒并不是仅仅因为他们都是山西晋东南沁水人，而是因为二人的文学创作之间，确实有着许多内在的承继、延续、变革的关系，值得我们给以研讨。

就人生形态而言，他们都与乡村血肉相连，并且顽强地守护着自己的乡村生活形态。表现在赵树理那里，是大家所熟知的他对晋东南地方戏曲的热爱，是居于国内外大都市而不改自己的乡村生活习俗的各种趣闻趣事，是一次次返回家乡时对家乡牵肠挂肚般的关心。表现在葛水平那里，是其一贯的乡村服饰，是这一乡村服饰的特立独行，是她房间中对久远乡间旧物的满目陈放及在这一"气场"中对自己"形神"的感应，是对家乡山水风土的热爱之情："我只是想寻找到一种人与阳光和水同质的语言。回到出生地，回到我初生的背景，虽然我已经找不到一张我熟识的脸，然而，乡村，总让我有俯拾皆是的热爱。"

就创作立场创作方式而言，赵树理与葛水平都是站在民间的写作立场上进行写作，少儿时代的生命记忆对他们日后的文学创作都产生着很大的影响，他们都是从自己的生命体验出发，忠实于自己的生活感受进行创作，而不是用社会某种流行的观念来规范自己的创作。表现在赵树理那里，就是对"文坛"的拒绝与对"文摊"的立足，表现在葛水平那里，则是对观念的拒绝与对审美感受的立足。所以，赵树理的小说被"文坛"讥讽为"小儿科"，所以，葛水平的小说，其主题、意蕴总是含混的多义的。他们都坚守着自己的创作立场，不为时风所动。这其中，固然有着赵树理对农民利益的执着，有着葛水平不为各种"圈"所束缚的"放养"的原因，但与其生养之地的民风亦不无关系。晋东南地区，沟壑纵横，交通不便，但小盆地位于其中，天灾人祸较少，金木水火土五行俱全，生存足以自足，因之，形成了其自信与偏执的民风，对外面之人一概蔑之以"草灰"之称即是一例。此种民风，对赵树理、葛水平文化心理结构的形成及其作品内容中的表现的影响，不容忽视。

就创作内容而言，赵树理与葛水平都重视对乡民日常生存的真实描写，并于其中体现出了对此的价值认可、理解情怀等。但赵树理是从此在向未来的敞开，葛水平是从神性向此在的观照。赵树理的民间生命本体性，体现在具体的社会层面上，体现在乡民作为日常生存的具体实在的物质生活与精神生活的实际实现上。譬如他的合作化的小说，一定要落实在乡民具体的物质生活如何实际地得以改变。葛水平的民间生命本体性体现在生命层面上，且更多地体现在乡民超越现实物质生存的情感形态、审美趣味及幻想性追求上。譬如前述王引兰对冬天围炉夜话的羡慕，在野外草木之间男女亲热的自然之情。赵树理的时间观念是在历史的延续性上，表现在作品中，是作品在时间上的内容的不同。如20世纪40年代的"三仙姑"发展到20世纪50年代就是"小飞娥"，发展到20世纪60年代就是"小腿疼"。葛水平的时间观念是在空间的凝结性上，是把历史中的时间延续，引入同一时间中的空间内容上，表现在作品中，就使她笔下具体时间空间中的各种事物具有了历史、现实与未来的丰富性。譬如她对乡间铁匠铺、钉马掌的描写，就让人看到了乡间的过去、现在与未来的指向。

就外界对他二人作品的接受而言，郭沫若说赵树理一出现就是一个成熟的作家，是"一株子大树子"，葛水平也是在2004年以成熟的作家面目为社会所认可。虽然赵树理的长篇《李家庄的变迁》要比描写相对过于"干净"的《小二黑结婚》《李有才板话》来得更为丰满，但其受重视的程度却远远不及《结婚》与《板话》。同样，虽然葛水平的长篇《裸地》要比描写相对"精致"的《地气》《喊山》更具意义上的"张力"，但其声誉却远远不及《地气》与《喊山》。让赵树理一下子成名四方的一个重要原因，来

二 写作,以及那无穷的怀念

自于作为强势文化的政治文化对他的接受与解读,这就是赵树理方向的提出,虽然这种接受与解读与赵树理文学创作本身不尽一致。让葛水平以"葛水平年"一下子为文坛所知,来自于作为强势文化的现代都市文化对她的接受与解读,这就是对葛水平小说中,现代都市所缺少的乡村文明价值的高度肯定,虽然这种接受与解读同样与葛水平文学创作本身不尽一致。在这些众说纷纭面前,面对毁誉不一的评价,面对权力或者媒体的大力介入,赵树理与葛水平如同汪曾祺对赵树理的赞美那样:"脱出了所有人给他规范的赵树理模式,而自得其乐地活出一份情趣。"

对赵树理文学创作的评价时高时低,但对其的研究从未停止过,对葛水平文学创作的研究才刚刚开始。

葛水平小档案

葛水平 1965年生，山西沁水人。长治市文联主席，山西省作家协会副主席，一级作家，国务院特贴专家。中国作家协会会员。出版有长篇小说《裸地》，中篇小说集《喊山》《地气》《守望》《陷入大漠的月亮》《官煤》。长篇散文《河水带走两岸》，散文集《今生今世》《走过时间》。担任过电视连续剧《盘龙卧虎高山顶》《平凡的世界》、电影《地气》编剧。其作品曾获"鲁迅文学奖""赵树理文学奖""人民文学奖""鄂尔多斯文学奖""优秀女性文学奖""蒲松龄文学奖"及《上海文学》《北京文学》《小说选刊》《中篇小说选刊》等设立颁发的多种奖项。有作品被翻译为英、法、蒙文。

葛水平主要作品目录
（1992—2014）

一 长篇小说

《裸地》，作家出版社 2011 年版

二 作品集

诗集《女儿如水》，山西高校联合出版社 1998 年版
诗集《美人鱼与海》，香港华文出版社 1992 年版
散文集《心灵的行走》，中国文联出版社 2002 年版
中篇小说集《喊山》，春风文艺出版社 2006 年版
中篇小说集《守望》，百花文艺出版社 2006 年版
中篇小说集《陷入大漠的月亮》，河北教育出版社 2006 年版
中篇小说集《喊山》，台湾宝瓶文化出版社 2006 年版
中篇小说集《官煤》，湖南文艺出版社出版 2007 年版
中篇小说集《地气》，北岳文艺出版社 2008 年版
短篇小说集《所有的念想都因了夜晚》，春风文艺出版社 2010 年版
散文集《今世今生》，文化艺术出版社 2010 年版
名家中篇小说典藏《喊山》，浙江文艺出版社 2011 年版
散文集《绽放的华栱》，文物出版社 2011 年版
散文集《走过时间》，昆仑出版社 2012 年版
长篇散文《河水带走两岸》，北岳文艺出版社 2013 年版
短篇小说集《一时之间如梦》，二十一世纪出版社 2013 年版
文学对话集《来一场风花雪月》（与人合作），山西北岳文艺出版社 2013 年版
散文集《我走我在》，浙江文艺出版社 2014 年版

三 获奖作品

中篇小说《地气》，获《黄河》2004年"雁门杯"优秀小说奖

中篇小说《甩鞭》，获《中篇小说选刊》2004—2005年度优秀中篇小说奖、《黄河》2004年"雁门杯"优秀小说奖

中篇小说《喊山》，获第四届"鲁迅文学奖"、2005年度"人民文学奖"、《小说选刊》"全国优秀小说奖"、第二届（2004—2006）"赵树理文学奖"

短篇小说《瞎子》，获首届"蒲松龄文学奖"

中篇小说《比风来得早》，获《上海文学》"中篇小说大赛特等奖"、第三届（2007—2009）"赵树理文学奖"

中篇小说《荣荣》，获第五届《北京文学》奖

长篇小说《裸地》，获第五届鄂尔多斯文学奖大奖、2011年度优秀女性文学奖

散文《妈妈，带我去找河》，获第三届"漂母杯"全球华文母爱主题奖

散文《缘，需要一颗善心来恩养》，获2011年"岱山杯全国散文大奖"

四 文学报刊发表作品

《甩鞭》（中篇小说），《黄河》2004年第1期

（《北京文学·中篇小说月报》2004年第3期转载、《中篇小说选刊》2004年第3期转载、《小说月报》2004年第3期转载、《通俗文学选刊》2004年第10期转载，入选《小说月报2004年精品集》，百花文艺出版社、《2004当代中国文学最新作品排行榜》，台海出版社、《新世纪第三届中篇小说获奖作品集》，时代文艺出版社）

《地气》（中篇小说），《黄河》2004年第1期

（《北京文学·中篇小说月报》2004年第4期转载、《小说选刊》2004年第4期转载，入选《21世纪年度小说选》，人民文学出版社、《2004年中国年度中篇小说》，漓江出版社、《21中国文学大系2004年中篇小说》，春风文艺出版社、《2004中国小说排行榜》，齐鲁出版社）

《天殇》（中篇小说），《黄河》2004年第3期

（《中篇小说选刊》2004年第5期转载、《小说月报》2004年第5期转载）

《狗狗狗》（中篇小说），《小说月报·原创版》2004年第5期

（《中篇小说选刊》2004年第11期转载，入选《小说月报原创精品

集》，百花文艺出版社）

《喊山》（中篇小说），《人民文学》2004年第11期

（《小说选刊》2005年第1期转载、《小说月报》2005年第1期转载、《名作欣赏》2005年第3期转载、《作品与争鸣》2005年第6期转载、《北京文学·中篇小说月报》2007年第12期转载，入选《2004中国中篇小说精选》，长江文艺出版社、《中国2005年度中篇小说》，漓江出版社、《华文2005最佳获奖小说》，汕头大学出版社、北京燕山出版社、《人民文学奖历年获奖作品精选·中篇小说卷》，重庆大学出版社、《中国当代乡土小说大系》，农村读物出版社、德文版《空的窗·2010年德国出版中国当代小说选》，作家出版社等十多种文学选集）

《经典》（短篇小说），《黄河》2004年第5期

《黑口》（中篇小说），《中国作家》2005年第5期

（《小说选刊》2005年第7期转载、《小说月报·增刊》2005年第7期转载）

《陷入大漠的月亮》（中篇小说），《小说月报·原创版》2005年第3期

《黑雪球》（中篇小说），《人民文学》2005年第8期

（《小说选刊》2005年第9期转载、《小说月报》2005年第10期转载，入选《2005中国中篇小说年选》，花城出版社、《2005中国小说排行榜》，齐鲁出版社）

《浮生》（中篇小说），《黄河》2005年第5期

（《中华文学选刊》2005年第9期转载、《北京文学·中篇小说月报》2005年第11期转载）

《空地》（中篇小说），《黄河》2005年第5期

《夏天的故事》（中篇小说），《北京文学》2005年第10期

（《小说选萃》2006年第1期转载、《京华文学》2008年第4期转载）

《黑脉》（中篇小说），《人民文学》2006年第1期

（《作品与争鸣》2006年第4期转载）

《守望》（中篇小说），《中国作家》2006年第3期

（《中篇小说选刊》2006年第3期转载，入选《2006年度中国中篇小说精选》，天津人民出版社）

《连翘》（中篇小说），《芳草》2006年创刊号

（入选《2006中国小说排行榜》齐鲁出版社）

《凉哇哇的雪》（中篇小说），《芙蓉》2006年第5期

《第三朵浪花》（短篇小说），《文学界》2006年第6期

《道格拉斯/china》（中篇小说），《上海文学》2007年第3期

（《新华文摘》2007年第9期转载、《小说月报》2007年第5期转载、《文学》2007年第1期转载）

《瞎子》（短篇小说），《特区文学》2007年第3期

（《小说选刊》2007年第7期转载）

《喜神》（中篇小说），《飞天》2007年第5期

（《小说月报：未用稿2》转载）

《比风来得早》（中篇小说），《上海文学》2007年第9期

（《北京文学·中篇小说月报》2007年第10期转载、《作品与争鸣》2007年第10期转载、《小说月报》2007年第4期转载，入选《2007中国小说排行榜》，齐鲁出版社、《改革开放30年中篇小说选》（卷二），上海文艺出版社、《指甲花开》，上海文艺出版社）

《纸鸽子》（中篇小说），《小说界》2008年第2期

[《中篇小说选刊》2008年第3期转载、《小说月报》2008年第5期转载、《小说月报未刊精选（中篇卷1）》转载]

《我望灯》《玻璃花儿》（短篇小说），《青年文学》2008年第6期

《所有的念想都因了夜晚》（短篇小说），《文学界》2008年第3期

《一时之间如梦》（中篇小说），《小说月报（原创版）》2009年第3期

（入选《青春小说》，百花文艺出版社）

《荣荣》（中篇小说），《北京文学》2009年第12期

《远情》（中篇小说），《飞天》2009年第3期

《月色是谁枕边的灯盏》（短篇小说），《小说界》2010年第6期

《浊漳河切开太行向东流》（散文），《中国国家地理》2010年第4期

《胭脂》（散文），《散文》（海外版）2010年第1期

（入选《中国随笔年度佳作2010》，贵州人民出版社）

《春风杨柳》（中篇小说），《青年文学》2011年第1期

（《小说月报》2011年第4期转载、《北京文学》2011年第3期转载）

《井底诗画》（散文），《人民日报》2012年8月1日

（入选散文精选《诗人江湖老》，人民日报出版社）

《我走过时间》（散文），《北京文学（精彩阅读）》2012年第3期

（入选《散文海外版》，辽宁人民出版社、《2012最佳散文年选》，百花文艺出版社、《2012中国散文年选》，花城出版社）

《石头坐在岁月深处》（散文），《艺术广角》2012 年第 6 期

《天下》（中篇小说），《时代文学》2013 年第 11 期

《沁河人物》（散文），《花城》2013 年第 2 期

《风过处　回到从前》（散文），《山西文学》2013 年第 3 期

《花开富贵》（中篇小说），《芒种》2013 年第 11 期

《香从臭中生（外一篇）》（散文），《黄河文学》2014 年第 4 期

《武汉的腔调》（散文），《中国作家》2014 年第 8 期

《成长》（中篇小说），《花城》2014 年第 4 期

《书本是我最近的邻居》（散文），《文艺报》2014 年 3 月 17 日

《榜样的力量》（散文），《文艺报》2014 年 4 月 11 日

五　创作谈

韩石山、葛水平：《对事物最朴素的感情和判断帮助了我》，《文学界》2008 年第 3 期

《文学是从泥土里生长出来的树——访谈作家葛水平》，《小说界》2008 年第 2 期

葛水平：《我和我小说中的乡村女性》，《名作欣赏》2010 年第 4 期

葛水平、姜广平：《我首先尊重我生活的这片土壤》，《西湖》2011 年第 1 期

葛水平：《投向苦难的黄土地——长篇小说〈裸地〉创作谈》，《光明日报》2011 年 11 月 23 日

吴玉杰、葛水平：《有一种气场叫善良——葛水平访谈录》，《小说评论》2011 年第 4 期

葛水平：《归于静的写作方式》，《时代文学（上半月）》2013 年第 11 期

葛水平、张滢莹：《我是乡村遗失在城市里的孩子》，《文学报》2013 年 7 月 11 日

葛水平、王春林：《乡村记忆的宏阔与深邃——葛水平访谈录》，《百家评论》2014 年第 3 期

六　相关评论

段崇轩：《求索之旅——读葛水平的中篇小说〈甩鞭〉〈地气〉》，《黄河》2004 年第 1 期

段国强：《乡土记忆与审美表达——论葛水平的写作资源及艺术品格》，

《当代文坛》2005年第6期

  陈世旭：《行走在北方——葛水平印象》，《黄河》2005年第5期

  韩石山：《这个样子的葛水平》，《山西日报》2005年11月1日

  罗四鸰：《窑洞里走出来的"练家子"》，《文学报》2005年6月9日

  傅书华：《失语的女性与女性的失语——读〈喊山〉》，《作品与争鸣》2005年第6期

  吕政轩：《乡村风俗的生命解读——评葛水平的中篇小说〈地气〉〈甩鞭〉和〈喊山〉》，《名作欣赏》2006年第3期

  段崇轩：《打开小说的"可能"之门——评青年作家葛水平的小说创作》，《当代作家评论》2007年第5期

  程德培：《当叙事遭遇诗——葛水平小说长短论》，《上海文学》2007年第9期

  何向阳：《歌为太行山——葛水平创作的地气》，《文艺报》2007年11月13日

  白烨：《俗中见雅 平中有奇——关于葛水平》，《当代文坛》2008年第1期

  傅书华：《边缘的女性与女性的边缘——读〈比风来得早〉》，《作品与争鸣》2008年第1期

  肖敏、张志忠：《葛水平小说论》，《当代文坛》2008年第1期

  孟繁华：《葛水平小说论》，《文艺争鸣》2008年第2期

  贺绍俊：《暖暖地气中的灵性》，《文学界》2008年第3期

  石立干：《葛水平小说文化内蕴解读》，《名作欣赏》2009年第5期

  郭剑卿：《葛水平的乡村想象与草根文化认同》，《小说评论》2010年第3期

  石立干：《论葛水平小说的地域文学特色》，《文艺理论与批评》2010年第4期

  徐慧琴：《守望生命——论葛水平的散文集〈心灵的行走〉》，《名作欣赏》2010年第11期

  吴玉杰：《葛水平论：气场美学与复调思维》，《文艺争鸣》2011年第10期

  赵春秀：《缘于对男权话语的认同——葛水平小说女性悲剧探因》，《文艺争鸣》2012年第9期

  岳雯：《无法简化的葛水平》，《中国作家》2012年第7期

雷达：《一首乡土中国的风俗诗》，《文艺报》2012年1月6日

牛玉秋：《人物命运奇特　文化底蕴深厚》，《文艺报》2012年1月6日

梁鸿鹰：《立主脑　密针线　减头绪　审虚实》，《文艺报》2012年1月6日

张佳惠：《论葛水平乡土小说》，《小说评论》2013年第6期

毛郭平：《葛水平中短篇小说的空间》，《小说评论》2013年第6期

王春林：《农业时代的乡村文化博物馆——评葛水平系列散文集〈河水带走两岸〉》，《文艺评论》2014年第3期

李蒙蒙：《以善涤恶　与善为邻——葛水平小说的伦理阐释》，《名作欣赏》2014年第12期

阎秋霞

1972年生，山西稷山人，文学硕士。太原师范学院文学院硕士生导师，长期从事中国现当代文学史教学与研究。1995年毕业于山西大学中文系，2001年北京大学中文系访问学者，鲁迅文学院第26届青年作家高级研修班（文学评论班）学员，山西省作家协会评论委员会委员。2013年曾赴韩参加韩国外国语大学BK新韩中文化战略事业团举办的第九届青年学者国际学术研讨会。至今已完成学术论文数十万字，并在《中国现代文学研究丛刊》《文艺争鸣》《文艺理论与批评》等各级刊物发表论文多篇，出版著作《现实的坚守与焦虑——转型期山西文学研究》，编著教材《中国当代文学教程指要》《中国现当代文学史综合教程》。主持多项省级课题。

三 "尴尬"中走出的壮阔风景
——李骏虎的小说创作

阎秋霞

"70后"生人,"尴尬的一代"几乎成为他们的一种文化标示。他们没有"50后"充满磨难的生命体验,也没有"60后"在欧风美雨中对形式迷恋的热衷,更缺乏"80后"包装炒作的消费意识;他们既无法撼动"50后""60后"在文坛的盛名,又无法与"80后"的锐气比肩,历史坐标的模糊注定了这一群体的尴尬境遇。然而,另一方面,尴尬作为一种生存背景,也为作家提供了别样的文学经验,呈现出不同的文学风景。他们"相比被各种文学思潮挟裹的'60后'","文学观念更加合理";相比"80后","又具有文学上的理想主义和经典情结"[①]。处在"50后""60后""80后"夹缝中的李骏虎,将前辈处理复杂生活的经验和新生代对于现实敏感而尖锐的目光加以融合,开辟了自己的创作道路,并越走越开阔。从当下的城市生活进入,实时书写纷繁生活图景,捕捉隐藏在杂乱脚步中的真情实感,探究日常生活下人性的复杂和欲望的五光十色;进而走进怀有深刻成长体验的乡村世界,展开现时与曾经互为观照的乡土叙事,寻找那已经被我们远远丢在身后的纯美精神家园,唤醒本不该沉睡的记忆;潜回历史现场,翻晒被岁月覆盖的往事,进行真诚而深入的对话,让现实的心灵感受历史的温度,以历史的光芒照亮现实的世界。李骏虎以线性式的叙事一步步开掘创作视野的纵深感,从现实的鲜活走向历史的厚重,构建出当下与历史、感性与理性共生的文学世界,宏大而精微,雄浑而细腻。

李骏虎从夹缝中走出的壮阔风景,无疑是令人惊喜的。自1995年短篇小说《清早的阳光》发表以来,他已走过20年的创作生涯。数百万字的作

---

① 宫雪:《李骏虎:我那扎根乡土的文学梦》,http://blog.sina.com.cn/s/blog_4df985b40100tfhz.html。

品显示了其不俗的创作实力；小说、散文、随笔、评论等全面开花，彰显了其出色的文体驾驭能力。山西21世纪文学奖、庄重文文学奖、鲁迅文学奖、赵树理文学奖各级奖项，说明他已经获得了文坛的高度认可。在山西新锐作家群中，李骏虎无疑是中坚之一；在当今文坛，他也越来越受到关注，并显现出成为重要作家的可能。

创作资源：独特而丰富的滋养

李骏虎由近及远的创作路向之所以是一种必然，是由其独特而丰富的创作资源决定的。

首先，乡村出身和青年时期艰难曲折的奋斗历程，在李骏虎创作生涯中烙下深刻的精神底色和文化印记。他出生于山西省洪洞县的一个小乡村，在那个文化贫瘠的岁月，文学之于乡村实在是太遥远的怀想。然而，他的父亲，一个农民，却每每骑行30里路，只为期期不落地购买《汾水》杂志的热情，不仅仅是最初滋养李骏虎的文学养分，更是一种仪式根植在其内心深处，成为其日后始终保有宗教情怀的文学信仰。从小县城洪洞的一个小编辑，到省城《山西日报》的八年历练，再到调入山西省作家协会，凭着出众的文学才华和创作实力，李骏虎改变了自己的生存境遇。

其次，三晋文化的特质与赵树理文学精神对李骏虎的精神成长、文学观念的影响不可小觑。洪洞隶属晋南地区，是典型的农耕文化，天人合一、黜华尚实是最重要的文化基因。而以赵树理为代表的"为民立言""家国天下"的文学精神，深刻影响了李骏虎的创作追求和价值取向。因此，尽管经历了先锋文学的洗礼，对马尔克斯、博尔赫斯以及卡夫卡等西方现代大师也曾膜拜有加，但他最终还是选择"现实主义才是最先锋的"文学观念作为自己的创作之本。

再次，李骏虎既搞创作又做评论的双重身份，对其文本具有重要影响。他指导自己走向创作的腹地，并通过评论的方式完成了原始文学经验、文学技巧的积累，形成了最初的文学观念。而且不断"总结阅读和创作经验，修正和完善自己对文学的认识"，"从懵懂混沌的创作状态发展到清晰地知道自己要写的是什么，写的东西会起到什么作用，以及能够看清自己未来的方向和阶段"[①]。如果说创作是感性、激情、才情的酒神在点燃欲望，那么评论就需要理性、严密、冷静的日神控制，李骏虎却把两种根本相对的思维

[①] 王春林、李骏虎：《让作品跟身处的时代发生关系》，《创作与评论》2012年第12期。

组合在一起,汪洋恣肆的自由驰骋与理性节制的无形规约总是如影随形,构成其文本的张力与魅力。

城市叙事:迷失在城里的孩子

李骏虎真正走上文坛,依靠的是城市叙事的作品。主要包括:长篇小说《奋斗期的爱情》《公司春秋》《婚姻之痒》《浮云》,其中,《公司春秋》由《局外人》《流氓兔》《解决》《合租情事》组成,《浮云》由《七年》《玫瑰》《逆流而上》《退潮后发生的事》《此案无关风月》《那我们去哪里呢》《还乡》《焰火》组成;以及中短篇小说《一位小姐的心灵史之谜》《女儿国》《牛郎》《心跳如鼓》《安的身世》《爱无能兮》等。值得提及的是,备受作者珍视的《奋斗期的爱情》2002年获得第四届山西21世纪文学奖;《婚姻之痒》跻身于2005年全国文学类畅销书前五名,后被拍成电视连续剧,是一部集传统文学、网络文学、影视文学特点于一身的作品。

应当说,这些作品作为线性发展的序列,是和作者自身的生活经验、心理经验同步成长的:从最初《奋斗期的爱情》里那个青涩、敏感、自卑、自恋又充满了理想的李乐,到《爱无能兮》中失去爱的激情和能力的尹南平,新鲜朝气的个体生命逐渐被社会同化、异化,从寻找生命的意义到迷失自我的痛楚,作者完成了对"迷失在城里的孩子"的系列塑造。活跃在这些作品中的主人公,要么被爱情所困,要么被事业所累,要么被欲望所苦,要么被生存所迫,要么被婚姻束缚……所有的人物几乎都身处被动,不断挣扎,试图为自己找到一个呼吸的出口。诚如2009年第十二届庄重文学奖对其的评价:"李骏虎用小说的方式为同龄人画像。他对同龄人的生存态度、思维方式、情感特点体验得特别深刻。他努力表现一代人独特的生活感受和情感轨迹。"李骏虎正是通过对"城市生活的人心画像",写出了生命的痛感以及堂吉诃德式的反抗。

文学创作无疑是作者处理自己与世界、与他人、与自我关系的一种方式。对于"70后"生人,进入社会的时期恰好与中国经济体制改革同步。一方面,个体生命最大限度地获得了自由,另一方面,也会遭遇生存、物欲、爱情、理想等更为极端的挑战。和王小波一样,李骏虎也把两性关系作为解构社会的重要方式,只是王小波用性的描写来消解和戏谑政治的严肃,暴露高压政治之下人性的尴尬,而李骏虎则是用性的坚守或者放纵,作为和社会抗争的一个道具,以此展开自我救赎。

《奋斗期的爱情》中李乐与四位女性有暧昧关系,却分明有酒神和日神两个叙述者,前者正视李乐青春的性萌动,后者负责监督提醒。面对欲望的引诱,李乐总能在突破防线的最后关头清醒过来,"虽然我的血液里几乎生来就燃烧着肉欲的烈火,但直到最冷静、最迟熟的素质都发达起来的年龄,我始终是守身如玉地保持住纯洁"。很显然,立志为文学殉道的信仰成为对抗欲望的灵丹妙药,爱情不过是人生奋斗的试金石。

《公司春秋》当然包括职场硝烟弥漫的尔虞我诈,但这部作品真正的价值却在于邵儿在处理各种爱情的关系中,对传统人格诸如忠诚、善良等的坚守。他与清纯美女刘小珊、办公室的有夫之妇、高级妓女文静、老板夫人云儿、留学女孩以及真正意义上的恋人李美等多位女性有过错综复杂的关系,但与报答老板的知遇之恩相比,情色不过浮云。与其说邵儿用这种方式嘲讽爱情的脆弱,不如说他在用爱情的脆弱反衬善良与忠诚的可贵。《婚姻之痒》中马小波因不堪忍受婚姻琐碎的日常生活而出轨,但最终还是回归了家庭,只是老婆庄丽在幸福就要降临的时候身患绝症,危在旦夕。选择悲剧的结局,如同作者所言,是为了强化道德审判的力量。《爱无能兮》的尹南平被婚姻冷冻了爱的激情和能力,离婚之后,马上恢复了原始本能,但又成了一个无法自控、情欲泛滥的精神病人。在这些以建构不同两性关系的作品中,欲望伦理、婚姻伦理与道德伦理之间的矛盾,得到了反思和深化。

《浮云》取自网络用语,意为人生的虚无缥缈、转瞬即逝。但主人公张伟却在浮生若梦、不过尔尔中,继续着困兽犹斗的努力和反抗。不同于其他作品中女人的性解放、性自由,孟小桥、秦晓寒对情的认真、性的保守,在这个释放本能为恒常的社会,获得了张伟的敬重。他可以和风月场上的任何一个女人做爱,但不能不对纯粹的、古典的爱情深怀敬意。女性裸露的身体终于在遮羞布的复归中重新获得了尊严。然而,"80后"女孩赵菁菁大胆、热烈的挑逗,又让张伟感到强大的自卑,好不容易获得的自信在张扬的性力面前再次失效。那个在《奋斗期的爱情》中坚守贞洁、追逐理想的李乐,在喧嚣的尘世早已迷失了自己,文学梦想再难成为抵御欲望的武器。生命的虚空痛楚、灵魂的无所依傍、随波逐流的放纵,以及靠性的刺激唤起生活的热情、证明生命的活力,是何等的悲哀!还有比放任自己更让人无助无奈的吗?

《安的身世》的视角很特别,安是常人眼里的傻子,又是一个具有哲学思辨能力的精神病人,他的出场伴随着寻爱的迷茫。这里有安与师母、表姐、妻子之间的肉欲之爱,也有安寻找生母的亲情之爱,处在寻找状态的安,实际上已经成了这个时代的一个隐喻符号,即缺乏安全感、缺乏真正爱的能力与被爱的现代病人。

三 "尴尬"中走出的壮阔风景

至此，我们在李骏虎城市叙事的游历中，发现了一个迷失的孩子，以及他的生命悲情与生命困境。一个来自乡村的孩子，带着乡野的气息和血脉，在进入城市的过程中，新奇、迷茫、困窘、无助、迷失、寻找等各种原始的生存体验，转换为李骏虎所有创作最基本的文学底色。从李乐到邵儿再到马小波、张伟、尹南平等，为我们勾勒出一个怀揣理想与文学梦想的乡下孩子触摸城市的心路历程。从激情到麻木，从坚守到放纵，从专情到滥情，从迷失到寻找，这个孩子始终都在爱欲与文明、本能与压抑的两极矛盾中痛苦地挣扎。一方面，他身上的每一个细胞都充满了欲望的折磨，任由生命本体完成使自己快乐的仪式，去寻求彻底的、纯粹的释放和快感，生命枯萎、年华渐老，我们却无力挽留其离去的背影，唯有纵情声色，借用性的能力证明自己的存在；另一方面又对完全不受道德控制、束缚的身体有着落荒而逃的懦弱和警惕。如弗洛伊德所说，人的历史就是人的压抑史，就是人不断被剥夺天然快乐，以适应文明造就的桎梏的历史。因此，在快乐原则与现实原则无法调适时，生命本体会永远充满悲情。然而，与生命本体的悲情相比，精神本体的迷失才是更深刻的悲剧所在。在完全敞开的日常生活中，尤其是在日常生活琐碎日子的消磨中，不仅生命力的野性、伟力正渐行渐远，而且自我也在喧闹的岁月中被迷失、被湮没。文学青年、知识分子从社会的最底层一路奋斗，获取了一定的社会地位与权力，却突然间迷失了方向，面临被这个时代吞没的危机。张扬的欲望、混乱的两性关系只是这个时代的浅表病症，深层原因却是无所依傍的颓废带来的生命痛感，这些无法回避的精神困境，才是李骏虎对现代人生存状态关注的根本原因。

乡土叙事：拯救精神的乌托邦净土

人有病，天知否？找不到答案的李骏虎只好带着他们，回到曾经养育自己的乡村大地，试图在天地自然雨露中洗涤蒙尘的灵魂。《浮云》中的张伟，历经各种职场、风月的淘洗，在灵魂最绝望的时候，把还乡作为再生的希望："太阳喷薄而出了，霞光刺破浓雾，河上的雾墙轰然倒塌时，仿佛一条彩色的河流将他托起。张伟望着流光溢彩的田野，感到一切都那么新鲜，自己就像一个刚出世的婴儿。"《师傅越来越温柔》中的师傅在下岗之后，给徒弟打工，受尽各种呵斥的羞辱，维护自己的尊严的方式也是回到乡下种地，靠天吃饭。乡土在这里已然变成城市病患者最后的净土，是所有遭遇不幸、苦难、挫折的人安放自己的最佳所在。也许因为拯救的动机过于迫切，李骏虎有相当一部分乡土叙事呈现出诗意化、乌托邦化的特征。

　　1995年，其处女作《清早的阳光》取材于乡间传说，1997年，《乡长变鱼》写乡长的官场遭际和精神世界，两篇小说均有荒诞的底色，其风格深受先锋派与现代派影响。2000年《人民文学》发表的他的散文《对乡村的两种怀念》，情感基调温馨而诗意，是他刚进城市时一种不自觉的防护和慰藉。事实上，直到2008年，李骏虎的创作皆以城市生活、个体经验为言说对象。叙事空间的转移，除了在成熟期的自然回望，是创作规律使然，还有一个契机就是2005年的挂职经历。体验生活，一方面唤醒了他潜藏在内心的乡土记忆，另一方面他在深入生活的过程中，记忆的乡村与现实的乡村相遇，加之正遭遇精神平庸化的危机，乡土，就成了反抗岁月、抵制沦丧最好的武器，也是魂兮归来的最后希冀。除此之外，2007年鲁迅文学院作家高研班的学习经历也是重要因素。此时的李骏虎正经受创作瓶颈的困扰，这就是怎么写与写什么哪个更重要的问题。是继续关注个体生命的形式探索，翻新创作花样，还是让生命回到最初出发的地方，扎根在深广的乡间大地，寻找精神生长的深度和高度？很显然，秉承三晋文化特质与赵树理文学精神滋养的李骏虎选择了坚实肥沃的土地。

　　文学的乡土从来都千姿百态，各有特色。有鲁迅式启蒙的乡土，有沈从文式怀旧的乡土，还有赵树理式现实的乡土。可以批判，可以想象，也可以相濡以沫，但选择何种乡土形态来承载自己对乡土的言说，取决于作家和乡土的情感关系、时空关系，也取决于作家的精神气质。近百年来的乡土叙事，除了赵树理、柳青等的作品少有外来文化的参照，立足乡土写乡土，从而最大限度地接近了乡土的现实土壤之外，其余的乡土叙事都有第三只眼，即城市文化的参照。鲁迅的乡土之所以"哀其不幸怒其不争"，根本原因在于他并不曾有过真正的乡土经验和情感，难免有些隔膜；沈从文的乡土之所以"忧伤而美"，成为希腊神话中人性的"神庙"，是他对城市文化极端绝望的转身之后的幻想与疗伤。相对于很多作家较为单一的乡土形态，李骏虎的乡土叙事糅合了上述三种乡土传统：《乡长变鱼》《后福》《漏网之鱼》《大雪之前》《留鸟》《焰火》《庆有》等反映现实的小说依稀能看到鲁迅笔法；散文《对乡村的两种怀念》、小说《用镰刀割草的男孩》在追忆过往的流年中，略带淡淡的忧伤；给其带来鲁迅文学奖荣誉的《前面就是麦季》以及《母系氏家》《五福临门》《还乡》等，语言风格的本土性、风俗人情的细腻性深得赵树理精髓；但把其作为乌托邦诗意的指向、拯救现代人灵魂的净土又显然具有沈从文余韵。

三 "尴尬"中走出的壮阔风景

李骏虎从经典中获取营养,在乡土叙事上,显示了自己的特色。

其一,展现了浓厚的乡村生活气息、风俗画卷和风土人情。作者非同一般的把握细节的能力,让这些作品充满了鲜活的生命质感。在《母系氏家》中随遇而安的莲、直爽善良的红芳、泼辣个性的兰英,与农田依依不舍的刘军茂,为保住两亩田地的钉子户李启发……一系列充满乡间泥土味的人物扑面而来。家长里短、儿女情长,这里演绎的是最淳朴自然的风土人情,人性的舒展与自由,构成了乡土自在的世界。如《五福临门》中的二福与人私通,被捉奸打残,生意又遭灭顶之灾,媳妇莲却坦然受之,依然细心侍奉。我们也许不能因此而赞誉莲的人生境界有多高,但不能不承认,这是民间伦理之下最为真实的生存状态,生老病死,婚丧嫁娶,均在一个封闭、自足的世界里自生自灭。没有外来文化侵入的乡村就像一条河流,爱恨情仇均化解在静水流深之中。在这部分乡土叙事中,作者真正触摸到了乡村灵魂所在,叙述的视角尽可能地贴近乡村本身,他只作为一个忠实的记录者,拒绝一切的道德评价与好恶取舍,最大程度地还原了乡土生活,其真诚与热爱的情感立场,无疑与赵树理最为接近。

其二,乡村在转型期剧烈的动荡中,在现代性、城市化推土机的轰鸣中,正走向不可知的未来,这种悲壮强化了作者的批判意识。《乡长变鱼》写了乡长在官场的遭遇;《后福》写了兄弟、夫妻之间因为金钱而扭曲的关系;《漏网之鱼》写煤矿开发给乡村带来的灾难,以及人在攫取利益最大化时的贪婪本性;《大雪之前》对当下农村干部选举的贿选狂欢给予了深刻的揭露……尤其在《留鸟》中,南无村的乡民在整村拆迁,失去了祖祖辈辈赖以生存的田地之后,那种不安、不舍的心态写出了人对土地的眷恋之情,身份可以改变,然而人与自然的血脉关系却没有办法强行分割。农耕文明中的农民与土地是彼此相依、同生共死、相互滋养的情感关系,但是,天人合一这种最朴素的人生哲学终结在机器的轰鸣声中。《庆有》中的庆有与学书偷西瓜的情景再现,既有《用镰刀割草的男孩》淡淡的、甜蜜的忧伤,更有对乡村在现代化进程中不知不觉沦丧的无奈。结尾写庆有和支书、村长进城,因为酒后无法回乡,去洗澡按摩,却巧遇做了按摩女的、庆有的小姨子秀芳,故事在一群人的尴尬中结束,而这尴尬又何尝不是乡村必然的遭遇呢?

其三,进一步纯化了一种诗意乌托邦的乡村净土。《前面就是麦季》远离喧嚣,回到乡村的静谧纯美的世界,充分体现了李骏虎创作新的转向特色。这成为他华丽转身之作,并得到了广泛的认可,获得2010年第五届鲁迅文学奖。"一部纯正的、关于心灵和道德净化的乡土小说……作者自觉的现代叙事意识和较成熟的叙事能力,在《前面就是麦季》里得到了较好的体现。"授奖词给予其高度评价。长篇小说《母系氏家》是在此基础上的丰富与扩张,以婆婆兰英、儿媳红芳、老姑娘秀娟为主线,还原了南无村五十多年的历史变迁。但是,作者着墨所在并非是宏大的历史本身,而是三个女人曲折命运背后对人性、道德的思考。"方圆多少村子也挑不出第二个好模样的兰英,偏偏嫁给了比土疙瘩多口气的矮子七星。"一朵鲜花还未绽放就遭遇寒霜。只是兰英的偷情并没演绎俗世欲望伦理诱惑的俗套,她主动勾引公社秘书和土匪长盛,只是害怕儿女继承了七星的基因而导致悲剧的未来,因此,在如其所愿借种成功之后,便和他们"两两相绝",不再往来。尽管长盛真正唤醒了她作为一个女人的身体,知道"做女人原来这么快活",但她并没有放纵情欲,因为她毕竟对矮子"心里有愧"。然而,偏偏儿子福元不能生育,秀娟则因儿时目睹了兰英与长盛的偷情,有了心理障碍,用终老不嫁惩罚母亲。费尽心机借来的"种"就此终结,笼罩在耻感文化之下的道德审判与《婚姻之痒》如出一辙。当然,道德审判只起到一种震慑作用,不会完成道德净化的目的,而秀娟无疑是作者塑造的一个具有完美道德的理想化身,是整部作品的灵魂所在。她几乎综合了人性的所有优点,内心善良,对人宽容豁达,是个"不用给别人找原因就能原谅别人的人",是个为了别人而活着的人。不仅主动出让了自己居住的磨坊给连喜,让他给村里建纸箱厂,而且唯一的交换条件就是"工人要用村里的人",首先解决寡妇莲和艳以及在县里以卖淫为生的媳妇彩霞的就业问题。在弟弟福元抱养的小孩满月时,因高兴醉酒,两个小伙子送她回家,竟然偷了她的钱逃到了南方。村里谣言四起,说老姑娘守不住了,主动引诱强和军军强暴了自己,秀娟却始终不予声辩,直到最后水落石出,清白自现,也不想送他们到派出所。在莲为儿子娶媳妇向自己的舅舅借钱遭到拒绝时,秀娟却主动上门借钱给她,帮她渡过难关。秀娟只是一个平凡的小人物,最远只到过县城,她不懂得何谓崇高的志向,何谓悲悯的情怀,但是,唯其普通才更亲切、更可贵。以此人格对照城市叙事中充斥的情色交换、相互倾轧、争权夺利,乡村简直就是现代人安放疲惫灵魂的最后净土。

当然,这样的乡土想象并不稀奇,《边城》的余韵至今依然令无数读者向往。但20世纪90年代以来的乡土文学,主流热衷于乡村宗法制、家族史、政治史的演绎,苦难美学、暴力美学、底层美学、审丑美学占据大半壁江山，乡村世界变成屠宰场、风月场、权力争斗场、家族斗争场。写历史就哀鸿遍野，写现实就剑拔弩张。现实的乡村沦落了，文学的乡村也万马齐喑。当然，这并非是否认这一时期乡土文学的特有价值，因为对人性、对苦难、对现实的挖掘也很有必要。但是，这些作品基本上都缺乏一种对善和美追求的情怀，难以寻觅正能量的踪迹。从这一意义上说，李骏虎的这部分乡土叙事在审美向度上，显示了其独特价值。

历史叙事：最佳叙事与史诗品格的统一

开拓精神和挑战勇气继续引领李骏虎走向历史的纵深之处。

中篇历史小说《弃城》写得精致、细腻、圆润，充分发挥了作者善于描写景物细节、捕捉人物心理的特长。云丘山地形地貌如在眼前，主要人物姬中和的形象塑造丰满，一个家国情怀的军人跃然纸上。云丘山的保卫战，阎锡山、共产党、日军等几方力量交织在一起，让这部小说具有了不俗的视野，这种建立在历史本体基础上的大胆想象，强化了历史文本的文学性与可读性。

与《弃城》相比，历时四年完成的长篇历史小说《中国战场之共赴国难》，则探索出另一种历史文本的可能性。2014年12月，该作刚刚在《芳草》发表，就获得《莽原》文学杂志第四届汉语文学女评委奖最佳叙事奖。紧接着，杜学文先生撰写长文给予高度评价，认为该小说"最重要的价值就在于以艺术的手法，以红军东征为核心事件，生动地揭示了在事关中华民族生死存亡的历史关头，不同政治力量终于形成抗日民族统一战线的历史必然性。正因为这部小说具有宏阔的历史视野、透过现象直达本质的穿透力，使之具有了恢宏的史诗品格"[①]。"最佳叙事"与"史诗品格"，从文学性与历史性两个方面给予了高度认可。

其实，进入历史叙事的空间是一件非常冒险的事情。如何处理历史与文学、真实与想象的关系，历史本体与历史文本如何才能互文互证，对作家的哲学素养、历史素养、人文素养以及文学素养均有极高的要求。尤其是面对刚刚过去的历史，现场犹在，余音回荡，故人尚存，怎样才能最大限度地还原历史，对作家的历史眼光是巨大的挑战。历史从来都不只是过去时态的静默者，而是通过被叙述的声音参与建构现实，于是如何叙述就成了进入历史空间首先要解决的问题。20世纪50年代以刚刚过去的历史为题材的作品，

---

① 杜学文：《中国战场之共赴国难》，《文艺报》2015年3月18日。

穿越：乡村与城市

大多数的叙述者本身就是战争、历史的参与者，个人经验、个人记忆、个人情感等的差异，使他们努力想要抗拒被历史同质化的可能，但彼时要求个人服从民族国家的想象，以证明历史的当代合法性，文本历史化就成为一种必然。20世纪80年代中期之后，现代主义的个人性、后现代主义的解构性，被众多学人接受，克罗齐"一切历史都是当代史"的历史观被广泛吸纳。他们认为"重要的不是历史发生的年代，而是叙述历史的年代"，没有节制的主观化倾向，热衷于发现人性的所谓文学深度，把历史叙事变成了纯主观虚构，把人文审美变成了人性审丑。不仅混淆了历史本体与历史文本之间的界限，而且"片面放大了历史文本主观性的合理限度，无视历史本体客观性对历史文本主观性的制约，只讲'历史的文本性'，规避'文本的历史性'"[1]。最终，由虚构历史走向了虚无历史。

很显然，《共赴国难》既有"文本的历史性"之客观呈现，又有"历史的文本性"之文学想象。为了最大可能地接近红军东征的历史，还原历史本真性，作者和托尔斯泰当年写《战争与和平》一样，动笔之前，准备和思考了三年。他"收集、购买相关著作、回忆录、资料一百多部"，"但凡涉及的真实历史人物，即使只出现一次，有关他的生平、言谈举止、学问主张等必须充分了解和把握"，在零碎而多有矛盾的史料中，通过研读、梳理、做笔记的方式与历史对话。当然仅仅依靠史料，也许具备了史实需要，但依旧缺乏作者生命经验的感知。对此，李骏虎做了大量的实地考察和走访工作。在永和等"红军东征渡河、战斗的重要地区，对当前的地理环境、季节气候、人民基础等情况进行了考察了解，包括房屋用什么建成、那个季节长什么树木花草、老百姓吃什么主食、养什么牲畜、方言什么特色等，努力使自己置身于当年的政治、人文、地理、战争的真实氛围和环境里"[2]，以考证的严谨构成历史的框架，保证了文本的历史性客观属性。同时，还通过咨询专家、采访当事人，丰富了历史的细节，最大限度地还原了历史原貌。尤其是文中直接引用的电文原稿，无疑增强了历史的现场感和本色感，提高了历史的可信度。由历史资料、他人回忆、自我生命的现场感知共同写就的作品，就具有了永恒的历史价值和鲜活的文学生命。

李骏虎认为这部小说的历史价值大于文学价值，其实，这部具有恢宏气魄的大作，其文学价值丝毫不逊色于历史价值。首先，三十万言以红军、阎

---

[1] 张江：《文学不能"虚无"历史》，《文学评论》2014年第2期。
[2] 李骏虎：《三年走出的三十万言》，《太原晚报》2015年4月16日。

锡山、蒋介石和张学良以及杨虎城四方力量为线索，结构宏大，气势恢宏。彼此之间错综的关系网络增加了作品内部的复杂构造，对历史深度、广度的把控，显示了作者超强的驾驭能力。如红军内部的分支既包括陕北中央后方、东渡指挥部、长征途中的部队，以及全国各地的地方组织与学生运动等等；蒋介石的国民党内部又分为积极抗日和保守力量；除此还涉及苏联、日本等国际力量，其复杂程度超越了众多历史小说的单线或者双线并进的结构。其次，人物的塑造也突破了历史小说常见的模式。革命历史小说因为要体现历史的本质规律，加上写作者都是战争亲历者，在回忆曾经并肩作战的战友时，感情充沛，缺乏一定的节制，所以，人物形象较多主观想象，尤其在塑造敌我双方的人物时，会有感情投射导致的脸谱化倾向。新历史叙事的小说又因为急于解构，还原所谓真实的历史人物，缺陷美似乎就成了立体人物的必备要素。

而《共赴国难》中写了100多位历史人物。既有毛泽东、蒋介石、阎锡山、张学良、杨虎城等众多影响巨大的历史人物、高级将领，又有士兵、老百姓等普通小人物，作者采取让人物回到人物自身而非政治本身，回到个体生命而非宏大叙述的办法，把这些历史人物立了起来。毛泽东指挥东征的胸有成竹、对林彪三番五次要拉着部队打游击的包容、对战士具体生活的关心等均有细腻描写，但并没有因此而神化毛泽东。蒋介石尽管性格多疑并多有暴虐，阎锡山尽管保守且较为独断，但是小说也并没有丑化、夸张。如蒋一方面派宋子文积极与共产党方面联系，另一方面又派出嫡系前往苏联接洽，自己稳坐后台，幕后操控，既试探了各方态度，又让自己可进可退，游刃有余，这固然体现了蒋的多疑性格，但也未尝不是一种政治智慧。这种对人物形象的处理方式，突破了成王败寇的惯常逻辑，避免了脸谱化的倾向。

历史叙事之于李骏虎的意义在于其对自我的挑战。前期一直存在的素材反复利用、生活资源已近枯竭的问题得到了解决，显示他已具备进军广阔创作领域的能力。

就这样，在原本尴尬的文学生态中，李骏虎在不断地突破创作瓶颈，壮阔着文学的风景。从城市到乡村再到历史，完成了形式方面怎么写、内容方面写什么以及思想方面为何写的创作探索。随着题材的广泛涉猎，个体叙事逐渐走进宏大叙事的深处，文学观念、价值取向、审美取向越来越成熟，形成了文坛一道独特的风景。我们有理由相信，正行进在创作之路上的李骏虎会有更惊喜的收获。

李骏虎小档案

李骏虎 1975年生，山西洪洞人。中国作家协会会员、山西省政协委员、山西省作家协会副主席、山西省青年联合会副主席。1995年参加工作，历任洪洞报社编辑、记者、文艺科副科长，《山西日报》编辑、记者，《黄河文化周刊》主编，曾挂职洪洞县县长助理。2007年进入鲁迅文学院第七届中青年作家高级研讨班学习，2008年调入山西省作家协会，历任创作研究部副主任、调研员、主任，2013年当选为山西省作家协会副主席。1995年发表第一篇短篇小说，作品入选多种选刊、选本、排行榜，至今发表、出版文学作品300余万字。曾获第四届山西21世纪文学奖、第十二届庄重文文学奖、第五届鲁迅文学奖、2007—2009年度赵树理文学奖及赵树理文学奖荣誉奖。

李骏虎主要作品目录
（1995—2015）

一 长篇小说

《奋斗期的爱情》，长江文艺出版社2001年版，收入"九头鸟长篇小说文库"

《公司春秋》，中国社会出版社2004年版

《婚姻之痒》，朝华出版社2005年版

《母系氏家》，陕西出版集团陕西人民出版社2009年版

《中国战场之共赴国难》，北岳文艺出版社2014年版

《众生之路》，山西出版传媒集团山西人民出版社2015年版

二 中短篇小说集

《李骏虎小说选》（中篇卷/短篇卷），山西出版集团山西古籍出版社、山西人民出版社2007年版

《前面就是麦季》，北岳文艺出版社2011年版

《此案无关风月》，北岳文艺出版社2015年版

三 散文、评论集

随笔集《比南方更南》，作家出版社2000年版

散文集《受伤的文明》，山西出版传媒集团山西人民出版社2014年版

四 文学奖项

2002年获得第四届山西21世纪文学奖

2009年获得第十二届庄重文文学奖

2010年10月，中篇小说《前面就是麦季》获得第五届鲁迅文学奖全国优秀中篇小说奖

2010年11月，长篇小说《母系氏家》获得2007—2009年度赵树理文学奖长篇小说奖。

2010年11月，因第十二届庄重文文学奖和第五届鲁迅文学奖，获得两项赵树理文学奖荣誉奖

2014年12月，长篇小说《中国战场之共赴国难》获得第四届汉语文学女评委奖最佳叙事奖

五　文学报刊发表作品

1. 短篇小说

《清早的阳光》，《山西文学》1995年第1期

《不惑之年》，《太原日报》1995年1月双塔文学周刊

《解决》，《山西文学》2002年第6期

（收入人民文学杂志社选编、李敬泽主编《2002年文学精品·短篇小说卷》，敦煌文艺出版社出版）

《师傅越来越温柔》，《鸭绿江》2002年第9期

（《小说选刊》2002年第12期转载）

《流氓兔》，《广州文艺》2003年第1期

（《小说月报》2003年第3期转载，收入人民文学出版社《21世纪年度小说选·2003短篇小说》）

《把游戏进行到底》，《人民文学》2003年第3期

《后福》，《中国作家》2004年第7期

（收入谢冕、朝全选编、华艺出版社出版《好看短篇小说精选》）

《最近比较烦》，《北京文学》2004年第7期

《奔跑的保姆》，《鸭绿江》2008年第1期

《退潮后发生的事》，《绿洲》2008年第5期

《牛郎》，《黄河文学》2010年第6期

《割草的男孩》，《芒种》2011年第2期

《还乡》，《红岩》2011年第2期

《科比来了》，《青年文学》（上旬刊）2012年第2期

《亲密爱人》，《山花》2013年第5期

《刀客前传》，《大家》2013年第1期

《一日长于百年》，《福建文学》2014年第5期

《来自星星的电话》，《光明日报》2014年5月23日周末作品版

2. 中篇小说

《炊烟散了》,《现代小说》2006 年第 10 期
《心跳如鼓》,《飞天》2008 年第 2 期
《逆流而上》,《小说界》2009 年第 3 期
《五福临门》,《山西文学》2009 年第 7 期
(《小说月报》2009 年增刊中篇小说专号第 4 期转载)
《前面就是麦季》,《芳草》2008 年第 2 期
(《小说选刊》2008 年第 4 期转载,《中篇小说选刊》2008 年第 3 期转载)
《弃城》,《当代》2012 年第 1 期
(《作品与争鸣》2012 年第 2 期转载)
《庆有》,《山西文学》2013 年第 1 期
《大雪之前》,《清明》2013 年第 4 期
《此案无关风月》,《长江文艺》2013 年第 9 期
《爱无能兮》,《芳草》2014 年第 4 期
《云中归来》,《深圳特区报》2014 年 11 月 20 日

3. 散文随笔

《仰视诗人》,《诗刊》2000 年第 5 期
《对乡村的两种怀念》,《人民文学》2000 年第 12 期
《属于"晋南虎"》,《天津日报》2010 年 4 月 5 日文艺周刊
《手不释卷的李存葆》,《中国艺术报》2010 年 12 月 24 日九州副刊
《老鼠旅馆》,《今晚报》2011 年 6 月 4 日今晚副刊
《景老师消失在地平线》,《文艺报》2012 年 3 月 12 日文学院专刊
《大风到来之前》,《散文》2013 年第 7 期
《河北三思》,《文艺报》2013 年 8 月新作品版
《北地树》,《光明日报》2013 年 30 日,光明文化周末"大观"版
《那年花好月圆时》,《山西日报》2013 年 10 月黄河文化周刊
《广武怀古》,《山西日报》2013 年 11 月黄河文化周刊
《行走广西》,《光明日报》2014 年 2 月 21 日光明文化周末作品版
《寻尧记》,《深圳特区报》2014 年 3 月 12 日人文天地首发版
《不安的"出逃"》,《人民日报》2014 年 4 月 23 日大地副刊
《在乡亲和大师之间》,《山西日报》2014 年 5 月 14 日黄河文化周刊笔会版
《雨中去吕梁》,《山西日报》2014 年 10 月 29 日黄河文化周刊笔会版

《汉的长安》,《光明日报》2014年11月7日光明文化周末文荟版

《生命因为阅读而丰盈》,《群言》2015年第5期

4. 诗歌

《迟到的乌鸦（外一首）》,《诗刊》2000年第1期

《黑与亮（二首）》,《诗刊》2001年第7期

《纪念（外一首）》,《诗刊》2002年第5期下半月号

六　创作谈与评论

《看刘心武魔幻手法续红楼》,《中国艺术报》2011年3月18日文艺评论版

《我与〈奋斗期的爱情〉》,《中华读书报》2014年6月11日书评周刊文学版

《人民是文学的生命力》,《文艺报》2014年12月29日

《经典的背景》,《小说选刊》2015年第1期"小说课堂"

《化身：大师的"壶中妙法"》,《文学报》2015年1月22日论坛专版

《红色题材的求真魅力》,《山西日报》2015年4月黄河文化周刊

《文学怎样为历史负责？》,《作家通讯》2015年第4期

《今天怎样写"救亡史"》,《文艺报》2015年6月5日新作品专版

七　相关评论

傅书华：《〈母系氏家〉对现实主义的真实书写》,《文艺争鸣》2012年第1期

李艳婷：《李骏虎小说中的人性叙述》,《山西师范大学》2012年第2期

陈坪：《向着大地的回归——李骏虎中短篇小说创作论》,《创作与评论》2012年第12期

张丽军、乔宏智：《从都市情感到重返乡土——李骏虎中短篇小说漫谈》,《新文学评论》2014年第3期

何亦聪：《〈受伤的文明〉：笔墨从胸襟中来》,《中华读书报》2015年2月25日

杜学文：《历史观、方法论与艺术表达——读长篇小说〈中国战场之共赴国难〉》,《文艺报》2015年3月18日

王春林、杨东杰：《启示：李骏虎〈中国战场之共赴国难〉的新历史叙事价值》,《黄河》2015年第3期

段崇轩

1952年生，山西原平人。1978年毕业于山西大学中文系，历任山西大学中文系教师、《五台山》文学杂志编辑、《山西文学》月刊社编辑、主编，山西省作家协会副主席，现为山西作协文学评论专业委员会主任，山西文学院一级作家。为中国作家协会会员、中国当代文学研究会理事。1978年开始从事中国当代文学及文学评论研究，在乡村小说、短篇小说、文学批评及山西文学等领域方面，多有著述，在全国各大报刊发表理论批评文章500多篇，共400余万字。著有长篇传记《赵树理传》（合作），评论集《生命的河流》《永驻的厚土》《边缘的求索》，专著《乡村小说的世纪沉浮》《马烽小说艺术论》，散文随笔集《蓝色的音乐》等。2013年年底完成50余万字的《中国当代短篇小说演变史》，入选2014年国家社科基金后期资助项目，由中国社会科学出版社出版。有多篇作品获全国及省内奖项。

四 现代视野中的城乡梦幻
——王保忠小说综论

段崇轩

在承传创新之路上

山西当代文学走到今天,又涌现了一个文坛瞩目的新锐作家群,是为山西的第五代作家。王保忠无疑是这个群体中的中坚之一。比之既往的第三代、第四代作家,这代作家的创作自然更多元、新潮、个性了,但保忠的创作却呈现出一种守成、融合特色,可以说是最得山西文学精神和底色的作家。但保忠的创作又分明表现出多方求索、努力创新的自觉追求,颇有点集大成的气象。正如评论家贺仲明所评价的:"山西曾经产生过赵树理和以他为中心的'山药蛋派'。这一流派的风格是朴实自然,作为21世纪的作家,王保忠的创作显然有很多的变化,如叙述方法上充分借鉴了现代小说的手法,但也可以看出他对传统有所秉承。"①

保忠是20世纪60年代出生的作家。对这一代作家,评论界有过深入的讨论,有的认为他们的"童年记忆情结"和"个人化迷恋",导致了一种精神"窄门"现象,成为创作"瓶颈"。而保忠的创作是一个例外,他执着乡村社会,观察城市生活,努力用宏观的、现代的眼光,把握从乡土中国到城乡中国的转型,显出一种厚重、开阔的创作风貌来。他的小说叙事自然有着鲜明的个人特色,但在那个真诚朴实的讲故事人背后,又隐含着一个土地的儿子、赤诚的知识分子的身影,有一种"大我"、大气的东西。他在精神谱系上更靠近20世纪四五十年代的作家。也许是这种"不合群"的创作,使王保忠在文坛上受到了某种忽视,但也正是这种"不合群",显出了保忠的分量和价值。雷达指出:"王保忠是一个尚未被文坛充分认识的作家,实际

---

① 贺仲明:《当下乡村面貌的真实呈现》,《文艺报》2013年8月23日。

上他已经成熟，是一个重要的乡土作家了。"①

与众多山西中青年作家一样，保忠走过了一条坚实的人生和创作道路。他1966年出生在晋北桑干河南岸大同县一个叫凤羽的山村。凤羽村——一个多么美妙的村名。1982年考入雁北朔县师范学校，三年时间阅读了大量文学经典。毕业后分配到一所偏僻的乡村学校教书，度过了几年孤独的岁月。1989年到山西教育学院中文系进修，四年时间接受了正规的文学教育。1994年调入大同县委工作，历任农委干事、通讯组副组长、文联主席等职。2012年调入山西省作家协会，任《山西作家》执行主编。王保忠1994年开始写作并正式发表作品。他以小说创作为主，兼写多种文体。长篇小说《银狐塬》早已开笔，但还没有最终完成。他的主要成就集中在中篇小说特别是短篇小说上，已发表中篇小说20余部，重要篇什有《遥远的秋天》《愤怒的电影》《王富毛的梦中情人》《何康的最后一条新闻》《万家白事》等；发表短篇小说100余篇，代表作有《西王铺二题》《前夫》《美元》《长城别》《一百零八》《周城恋》《菩提钟》等。辑集出版的中短篇小说集有《张树的最后生活》《尘根》《我们为什么没有爱情》。系列短篇小说构成的长篇小说《甘家洼风景》，由北岳文艺出版社出版，并获得赵树理文学奖；短篇小说《家长会》获得《小说月报》"百花奖"；短篇小说《回家》获得全国首届郭澄清农村题材短篇小说奖。此外还出版了微型小说集《窃玉》，散文随笔集《家住火山下》，纪实文学《当农民的日子》《直臣李殿林》等。王保忠的创作题材多样、内容厚实、写法精湛、数量庞大，在山西新锐作家中，无疑是突出的。

20世纪60年代出生的作家，乃至20世纪七八十年代出生的作家，面对的一个重大的社会和文学局势是，乡村文化和文学正在向城市文化和文学转型。这对王保忠这类作家来说几乎是致命的。他生长在农村、工作在农村，写农村和农民几乎是他安身立命之本。许多中青年作家，因社会重心和文学题材的转变，有的改换门庭，有的落伍辍笔。而保忠所以能在"逆风千里"的情势下，脱颖而出、立足文坛，原因就在于他写出了转折时期中国农村和农民的真实命运，把握住了生活深层的某种脉动。同时他穿越城乡壁障，用乡村眼光审视城市社会和人生，描绘了一幅幅独特的城市图画。站在乡村看城市、立足城市看乡村，努力从现代视野的高度，观照城乡交融的历史变迁和走向、特别是其中的曲折和阵痛以及人们心理世界中的幻灭和探

---

① 雷达：《生活的芬芳及小人物的尴尬》，《文学界》2014年第8期。

寻，成为保忠小说的思想内核和精神特征。当然，我们还不能说保忠站得有多高、看得有多远，具有了成熟的现代思想。恰恰在这一点上，显出了他的局限和问题。

王保忠是一个稳健型作家，既不新潮，也不守旧。他始终在探索着一条经典小说的路子。他在一篇创作谈中说："我以为，现当代文学有三种经典的乡土书写方式：一种是鲁迅的启蒙主义思想主导下的书写方式，这种视角下的农村和农民，落后、麻木、愚昧、封闭；一种是沈从文式的浪漫主义的书写方式，其现实背景虽然也苦难重重、危机四伏，但却是一个理想的或者想象的精神家园；再一种是赵树理式的农民化的书写方式，呈现出来的是一个原汁原味的充满矛盾的乡村世界，其笔下的农民大致不变形、不矮化。"① 这是保忠多年探索乡村小说的理性认识，也是一种实践心得。其实保忠创作的成功，就在他转益多师，熔铸新我。他继承了鲁迅的现代启蒙思想，揭示了农村中的专制遗毒、封建迷信特别是农民身上的奴性，表现了一个知识分子作家的现代思想。他吸纳了沈从文的浪漫抒情文学传统，发掘了普通农民身上的真善美品格，表现乡土家园的自然美、民俗美，创作了一系列优美、隽永的短篇小说精品。他承传了赵树理问题小说、民间立场等文学精髓，揭示社会问题、直面底层生存，努力呈现一种原汁原味的社会人生，显示了山西传统现实主义的力量和风采。此外，山西前辈作家成一、李锐、张石山、王祥夫、曹乃谦等在小说特别是短篇小说上的经验和写法，都对他产生了很深的影响。同时，保忠又是一个面向现代和世界的作家，经典现实主义作家和现代派作家，都是他深入研读、努力效法的。譬如契诃夫、欧·亨利、海明威，譬如陀思妥耶夫斯基、多丽丝·莱辛、雷蒙德·卡佛等，他们的创作理念和表现形式，都润物细无声地化入了他的创作中。总之，王保忠的小说，是以现实主义为根基，以现代意识为烛照，以诗意抒情为神韵的小说。这是一条艰难、漫长的创作路子，也是一条扎实而富有后劲的创作路子。

乡土家园中的探寻

从 20 世纪 90 年代之后，乡村与城市的发展出现巨大反差，传统农业文化向现代工业科技文化缓慢蜕变，广大农村走向凋敝、衰退。据说，近十年来全国每天消失的村庄有 80 个到 100 个。它直接导致了乡村写作的式微和退潮。但在这一深广的文学转型中，却出现了乡村小说"回光返照"式的

---

① 王保忠：《在乡土的经典书写之外》，《文艺报》2012 年 7 月 11 日。

复兴景象。多部长篇小说杰作诞生,众多中短篇小说精品问世。由此可见,观照已逝的乡村历史,描绘阵痛中的乡村现实,依然可以写出惊世之作来。现在,文学的这一使命还远远没有完成。王保忠在这一乡村写作的"波浪"中,可以说是让人瞩目的。他用短篇和中篇小说的形式,揭示乡村社会存在的种种问题,描绘晋北一带的民情风俗,塑造具有传统美德的农民形象,记录一个古老村庄在败落过程中的惨痛情状以及底层农民的生存困境与精神迷惘。他笔下的乡村虽然也不乏温暖、希望、亮色,但基调却是沉重、悲凉、梦幻的。

直面乡村社会,揭示时代问题,期望通过文学对现实产生变革作用。赵树理的"问题小说"理念对山西几代作家都有深刻影响,作为山西文学传人的王保忠,同样秉承了这种理念。其实1994年走上文坛的王保忠,最初是沿着沈从文的浪漫抒情和赵树理的批判现实两条路子前行的,但他后来偏重于赵树理一路,兼顾了沈从文一路。从1997年开始,他一鼓作气写了多篇乡村问题小说,显示了现实主义文学的强劲生命力。虽然他后来有所调整,弱化了小说中的"问题",但作为一种现实主义精神,在他的小说中却绵延不绝。

《丰年》写的是种粮大户玉米丰收后遇到的种种烦恼与困难,延续的是经典作品"粮贱伤农"的社会主题。《树了个典型》写的是农民办婚事和丧事的故事,揭示了村乡政府的造假行为和农民的无奈。2009年的《家长会》是一篇短篇小说精品,表现了以煤老板为代表的商品(煤金)文化同以人民教师为象征的精英文化,二者之间的胶着、对峙和冲突,刻画了余黑子的狂妄、狡黠、霸道,汤河校长的正直、严厉、清高,形象突兀,问题尖锐。保忠的中篇小说同样精彩。《愤怒的电影》以农村放电影为故事主干,展示了20世纪70年代,一个小山村的政治、经济、文化状况和农民的生存与生活,揭示了农村文化生活的匮乏以及正直农民同腐化、堕落的县干部的矛盾斗争。《万家白事》以一位下煤窑的农民工的"死"而复生为情节主线,描绘了一连串的戏剧性事件。这位农民工张冠李戴的"死"导致了万家一场复杂的丧事,而他的活着回来,又引发了万家一场无端的官司,最终让家长老万送了命。小说深刻地折射了农民的卑微地位和他们任人耍弄的命运,乡村农民的拜金主义和奴性行为,渗透着作者的启蒙思想意识。两部中篇小说提出的问题也许不是那样尖锐,但思想内涵显得更为丰富,作者的情感表现更为浓郁。

王保忠对乡村社会问题的揭示,集中在村民与村干部的矛盾冲突上。

《大水》《柳叶飞刀》都表现了乡村干部徇私枉法、横行乡里,村民的懦弱无助、走向反抗。中篇小说《老枪》的中心事件是护秋风波,但展开了北方农村错综复杂的矛盾斗争,其中有周姓与邢姓两个家族几十年来的历史恩怨、权力争夺,有当权派周家弟兄的大权独揽、仗势发财、上下勾结,有在野派邢家的韬光养晦、伺机夺权、借机挑衅……表现了农村家族矛盾的尖锐、激烈。《遍地西瓜》同样是写村民与村长的纠葛,村长吉顺的西瓜秧被人拔掉,引发了村长兴师动众的破案行动,充分展示了一个专横跋扈、媚上欺下、玩弄权术的具有典型意义的村长形象。这些问题小说故事精彩、人物强烈、语言遒劲,有些可谓现实主义力作,有些则存在着故事编造、思想浮浅、情感过激的弊病。2005年之后,这种过分戏剧化的小说在作家的创作中就很难看到了。

  扎根晋北土地,书写民情风俗,展示一个地方的地域特色和文化变迁。晋北是一个古老、封闭、贫困,具有独特民风民俗的地方。一个普普通通的小村子,往往就有数百年的历史,保存着丰富的文化断层信息。曹乃谦的《温家窑风景》就诞生在这里。王保忠挚爱、谙熟这块土地,对这里的地理风貌、民情风俗有一种息息相通的感情,因此常常自觉不自觉地写进小说中。《1973年的乡村婚礼》写"文革"期间,"我"叔叔娶媳妇,全篇洋溢着一种热烈、喜庆、幽默的情调。整个婚礼程序中新娘登场、向毛主席以及父母亲行礼、向媒公大人敬酒、上菜开席、新人开饭、大闹洞房等,写得真实、生动、有序。虽然其中增添了许多时代内容,但基本上还保留着传统的套路。特别是那位喜倌马二,不仅深谙婚礼程式,而且是民间的语言天才,出口成章,擅编四六句子,把婚礼主持得有声有色,深受全村人的喜爱和尊敬,这是保忠小说中一个不可多得的形象。《说个媳妇给根娃》写的是晋北农村配阴亲的风俗,村长的儿子不幸死亡,配阴亲成为村长乃至全村的一件大事,表现了晋北一带重死轻生的地域文化。《安魂》把笔触深入到了乡村风俗和人际关系中,通过主人公陈树在村里一连串不幸遭遇的描写,表现了乡村社会看不见的人际关系和道德要求。村人聚众上坟去唾地的驱鬼风俗,同样是一种独特的地域风俗。此外,在《村长》《关于厕所》《干鼻梁》《吃请》等系列小说中,作者以支教女老师为视角,写了晋北农村村长的家长作风、学校与农家的厕所特点、吃水的艰难以及打场收粮后的请吃庆祝,展现的是晋北农村的生存环境和风俗习惯,视角新颖,描写细腻。尽管保忠在表现地域特色方面已有一定成绩,但做得显然还不够。他还没有自觉地理性地表现那块土地的地域特色和文化,发掘出更丰富独特的内涵来。

塑造底层人物形象，发掘真善美品德，让小说给人以信心和温暖。2007年英国作家多丽丝·莱辛获诺贝尔文学奖，她的小说以及创作观念吸引了保忠。莱辛十分敬佩托尔斯泰、司汤达、陀思妥耶夫斯基、巴尔扎克、屠格涅夫这些19世纪的经典作家，并说："我不是在（他们的作品里）寻求对传统道德价值观念的再度肯定，因为其中有很多我也不能接受；我不是在寻找重温旧书的快乐。我要找的，是那种温暖、同情、人道和对人民的热爱。正是这些品质，照亮了19世纪文学，使那些小说表现了对人类自身的信心。我觉得，这些品质也正是当代文学所缺少的。"[①] 这番话让保忠有茅塞顿开之感，坚定了他塑造具有传统美德的底层人物的信念。其时，不重视或者说不会写人物已成为众多青年作家的创作症结，保忠在这方面显示了他的厚实功力。描写乡村女性形象是保忠格外擅长的。《美元》中的艾叶，一张20美元的钞票，竟把她投入了一个陌生、尴尬、屈辱的社会环境中。她无法应对外面的世界，于是决然地把自己劳动所得的美金弃之荒野。一个美丽、纯真、腼腆、坚执的农村女孩子形象跃然纸上。《前夫》里的巧枝，面对畸形的婚姻，她以死抗争、机智逃脱；面对不曾爱过但深信是好人的前夫，她从容接待，真心关怀；面对她的家庭急需的几万元资助，她不为所动、理智自尊，充分表现了一个农家妇女真诚、宽厚、温情、睿智、坚强的精神性格。还有《长城别》中的女教师巧枝以及她的丈夫，是在同城市人的对比中，强烈反衬出他们置身底层而乐天知命、职业卑微而矢志不渝、家境贫困而温暖踏实的生存状态。

刻画传统的农民形象也是保忠倾注力气的。《天大的事》中的根子，面对进城为娼将被遣送回村的妻子，他有一种塌天的感觉，但他宽恕妻子、善待岳母、劝说支书，凸显出一位善良、宽厚、仁义、深情的敦厚农民形象。保忠甚至从乡村历史中，发掘那种具有高尚精神的农民形象。《粮食》里的余黑子，为给抗战筹送军粮，饥寒交迫不动一颗粮食，往返奔波搭上了整个生命，一个忠诚、坚韧、悲壮的形象力透纸背。当然，保忠笔下也刻画了一些性格复杂、有负面因素的农民形象。《张树的最后生活》中的光棍放羊汉张树，因取悦卖东西的女人和花钱去找小姐，在养老院和村人眼里成为不光彩的角色。其实他一直想做一个安分守己、以苦为生的放羊汉。他把卖东西的女人当作"梦中情人"，绝不想也不敢去冒犯她。他找小姐是受了别人的怂恿。这是一个诚实、勤劳、善良、厚道的典型农民，是贫困、压抑的生存

---

① 多丽丝·莱辛：《小小的个人声音》，《世界文学》2008年第2期。

四　现代视野中的城乡梦幻

环境以及他内心的情感需求，促使他走上了悲剧道路。保忠对这一人物寄寓了深切的理解和同情。《尘根》里的老万，是一个老实巴交的农民。怀揣用儿子的生命换来的 20 万元存折，决心给儿子办一场体面的丧事，让人为儿子配阴亲，杀死村长的狗做陪葬。自然是金钱膨胀了头脑。但他在亲手料理儿子丧事的过程中，表现出来的悲痛、悔恨、慈爱、坚强的情感和性格，同样震撼人心。张树、老万比根子、余黑子更具有现实主义的深度和力度。

记录历史转型期一个村庄的衰落，展示当下农民以及作家自己的精神困境与迷惘。从 2009 年到 2011 年，王保忠不再满足用一篇一篇的中短篇小说的形式，而是用系列短篇小说的形式，集中展现一个村庄的沧桑之变，终于出版了《甘家洼风景》。这是一部由 20 个短篇小说构成的长篇小说，全书 21 万字。它的出版使我们想到同样是山西作家李锐的《太平风物——农具系列小说展览》，曹乃谦的《温家窑风景》。这是保忠的一部重要作品，出版后在文坛和读者中颇有反响，多位知名评论家给予好评。

《甘家洼风景》描绘的是晋北一个极普通的村庄，村外有几座沉寂的老火山，种着一些常见的农作物。村里是火山岩垒就的房舍，狭窄的街巷。它存在了已经几百年，也有兴旺、热闹的时候。但在城市化、现代化的浪潮中迅速衰败，大量的青壮年进城谋生了，但依然心系故土，村子几近"空巢"。而守在村子里的只有老人、妇女、孩子，村子说不定哪天就会撤并、消失。关于作品的思想内涵，评论家们众说纷纭，作者自己也困惑着。杜学文指出："《甘家洼风景》似乎并不着意于告诉我们如何从经济的、政治的层面来实现这样的转变。但是，它却以生动的心理揭示警醒我们，农村、农民的物质世界与精神欲求。"又说，作品"为我们生动而深刻地勾画出传统农民在向现代化迈进进程中精神世界的迷茫与痛苦"[1]。这一概括应该说是准确的。关于作品中的人物塑造。作者写了众多的人物形象，譬如外出打工的男人天成、二旺、磨粉等，女人小雪、小凤、天霞等。譬如留守村庄的村长老甘，年轻媳妇月桂、秀巧，上学的孩子清华、北大，还有老人婆婆、葵爷等。作者在众多篇章里塑造了老甘的形象，这是一个思想情感停滞在集体时代、对村庄和村民有一种质朴的责任感、在孤寂中守护乡土家园的底层村干部形象。《甘家洼风景》表现出作家在把握和表现现实乡村方面的审美能力，同时也暴露出作家在洞察乡村的深层问题、发展走向等方面的

---

[1] 杜学文：《现代化进程中农村的陷落与新生》，《黄河》2012 年第 3 期。

思想匮乏。

对城市世界的揭示

在王保忠的小说创作中，城市题材比重不大。在喧嚣的城市文学潮流中，自然默默无闻。但他的这部分小说是值得关注的，它反映出保忠同样具有表现城市生活的功力，且由于他视野的开阔，对城市世界有着独到的感受和揭示。

在城乡交融地带表现城市社会和人，是保忠经常关注的领域。过去我们把题材划分成乡村的、城市的等，现在这种题材的界限完全打破了，乡村与城市已经你中有我、我中有你，水乳难分。农民工进入城市打工的故事，往往就变成了一种城市题材。《职业盯梢》中的老实农民栓成在城里干着盯梢暧昧男女、趁机敲诈勒索的龌龊勾当，是他无意中受了城里人的诱惑和欺骗，上了贼船。《云雀》里的朴实青年忠强所以学云雀一样飞翔而导致坠楼，是城市给他的压力和污染，使他无颜活在世上。《城里的老玉米》中的一帮农民建筑工，也保护不了他们的村里姑娘被财大气粗的工程老板所占有。《萨克斯》里的老孙头父子们的工程队，尽管在城里备受艰难困苦，依然对生活对未来怀有信心。在这里故事都发生在城市，农民工所遭遇的是辛劳、危险、欺骗、压抑、损害，暴露出城市阴暗、险恶的一面。城市对乡村的入侵也是无情的，故事大多发生在乡村。《红套裙》中的有福本来有一个圆满幸福的家庭，但妻子进城当保姆竟跟主人上了床而一去不回，一个美好的家庭破碎了。《明星是怎样炼成的》里的老村长竟被城里药店的经理所误导，做了假药广告的"明星"，弄得痛悔不已。中篇小说《王富毛的梦中情人》，描述了光棍汉王富毛的悲苦人生和对一个城里卖杂货的女人的痴心梦想，最后终于明白："卖东西的女人对他没一点感情，她一直在变着法子赚他的钱。"城市与城市人不仅剥夺着乡村的财富、人力，也在剥夺着农民的精神、情感。这样的思想理念也许是偏激的，但也是尖锐的。

表现官场生活中现代人的生存与精神状态，是王保忠创作上拿手的一面。作者在县委机关工作了18年，对基层官场不仅熟悉，而且感悟多多。《努力表现》写几位抽调到县委当解说员的女孩子，抱着各自不同的目的，在县领导面前努力表现、使用手段，把官场的生存环境以及进入官场的人的奴性，表现得活灵活现。《活动假牙》以一颗失而复得的假牙为"道具"，展现了一个小公务员老周，在单位被忽视、在家里是妻管严、在朋友圈中一副寒酸样，处处表现出一种谨慎、懦弱、平庸的公务员典型性格。保忠还在中篇小说里,在更开阔的背景上表现了官场的复杂与残酷。《何康的最后一条新闻》写区委新闻办公室的人事纠葛与权力之争,清高的才子何康也不得不卷入竞争之中,他用了争功、送礼手段,而同事用了告状、传谣伎俩,最终他成为副主任,却身心受伤逃往南方。一个基层官场的微妙人际、恶劣生态,写得逼真、鲜活、深刻。《谁跟我开了个玩笑》围绕一个乡金属镁厂的上马,展开了村、乡、县三级党政的官场风云、经济改革乃至社会风云,凸显了一些官员的好大喜功、争权夺利以及腐败堕落。

直接深入城市人的生存状态中,揭示城市社会的冷漠、严酷、虚幻。中篇小说《天堂,在另外那个街角》以细腻的笔调、斑驳的生活、有力的人物,展现了北京大都市豪华、严峻、梦幻般的生活图画,显示了几位打工青年生存的艰难与精神上的困境。三位曾经的文学青年,先后来京城打工,但命运却各不相同。大光走的是"女人路线",为了地位和财富与又老又丑的女老板结婚,最终却反目成仇用花盆砸倒了女老板,主动自首进了监狱。耗子一边在建筑工地做苦力一边搞对象,为了给女朋友看病拦路劫财,最后也身陷囹圄。王小三"我"则依靠自己的写作能力在一份打工杂志当记者,看够了打工者的艰辛与悲剧,也看够了现代城市华丽外表下的无情与虚幻。《周城恋》直接切入了现代青年的爱情、婚姻生活中。从事社科研究的副研究员马德,他的婚姻是如此"没意思":结婚是随意的,离婚是冲动的,复婚是无奈的。他的爱情是如此的"没结果":独身期间与江南女子搞网恋,网上谈得缠绵悱恻,但宾馆的一夜情却连女子的面容也没看到。作品艺术而深切地表现了现代青年婚姻的无聊和爱情的虚幻。保忠还视角下移,描写了城市底层百姓的生活境遇和精神性格。在《闲人老Q的幸福生活》系列小小说中,他用25个短章,刻画了下岗工人老Q勤劳、热心、正直的性格,以及他在城市社会遇到的种种喜剧、悲剧和闹剧,是一幅城市社会的市井图。

城市小说不是保忠的"主打",但不多的篇章证明他有这方面的潜力。而且这一代作家面临着文学的转型,学会写城乡交融题材乃至单纯的城市题材,这是必需的。但真正要写好城市题材,首先要熟悉、理解城市以及城市人,并上升到理性的、审美的高度,保忠以及同代人,在这一领域才刚刚起步。

打造一种经典小说文体

2010年前后,学界展开一场关于文学经典化的讨论,指出当下的文学凭感觉和经验去写作，就像无根之树，缺乏长久的艺术生命力。王保忠小说创作的可贵之处，就在于潜心中国现当代文学和西方现实主义与现代派文学，博采众长，在继承的基础上发展，形成了一种经典小说文体。

首先是精心选择叙事立场和叙事角度。既往的叙事立场和角度，主要有鲁迅、沈从文、赵树理等三种。赵树理的创作是保忠格外服膺并神往的，但他深感未必能做得到和做得好，而一般知识分子的叙事方式，又是他不愿选取的。通过多年的求索，他逐渐确立了自己的叙事立场。在关于《甘家洼风景》的访谈中，他说："我假想的倾诉对象是'城市'，是城市里的'你们'，我要把甘家洼的事讲给你们听，而不是反过来说给甘家洼的人们听，这就是你所说的写作意图。"[①] 这就是说，以城市人为读者对象，就要求作品写得阳春白雪一些。而作为乡村的"代言人"，又要求讲述内容是现实的、乡土的。作者事实上成为城市与乡村之间的中介，即以知识分子的身份，立足底层社会立场，讲述农村和农民的故事。当代作家刘醒龙、何申、关仁山等，大体上也是这样的叙事立场。这样的叙事立场，带来的是叙事角度的多样化和叙事语言的复合化。保忠小说的叙事角度可谓变化多端。《张树的最后生活》《柳叶飞刀》叙事者是本色的作者自己，一个有底层情怀的知识分子作家。《1973年的乡村婚礼》是一个孩子——童年的"我"。《铜货》是傻子天宝。《野店》是死后的满子的灵魂。而《雪国》模拟的则是一只叫皮皮的狗。保忠小说的叙事语言也是独具特色的，就是把叙事者（作者）的讲述化入全部情节和人物中，以故事、人物、心理发展为主干，熔故事推进、人物活动特别是心理、环境展开为一炉。叙事语调一以贯之，视角自由转换，多角度、全方位地展示社会和人生，形成一种朴素、流畅、绵密、机智、深切的叙述风格。

其次是探索多样的小说艺术模式。小说是一种复杂多变的文体，但万变不离其宗，它的艺术特质决定着它的表现模式只有四五种。王保忠深入研究了许多古今中外的经典作家，因此他的艺术模式就比一些同代作家丰富得多。他对短篇小说钟爱有加，写得最多也最纯熟，几种艺术模式轮番使用，创作了一批力作和精品，形成了自己的创作路子和特色。第一种艺术模式是故事小说。保忠是很擅于讲故事的，在短篇小说憋窄的空间里，能把一个故事讲述得一波三折、引人入胜、出人意料。譬如《城市里的老玉米》《鸳鸯枕》《周城恋》等，都是故事曲折内涵丰富的小说。但保忠也有些小说因戏

---

① 王保忠、刘秀娟：《始终站在乡村的这边》，《山西文学》2011年第11期。

剧性强而影响了主题的开掘和人物的刻画，值得注意。第二种艺术模式是人物小说。在当下的青年作家中，忽视人物塑造已成为一个突出问题。保忠小说的成功，得益于他扎实的人物形象。譬如《丰年》中的种粮大户梁万仓，《前夫》里的中年女人巧枝，《美元》中的山村姑娘艾叶，《老瓜棚》里的留守女人月桂，《故里人物》中的伯父、公岁叔、舅爷、六爷、张铁嘴等，都是富有社会内涵和性格特点的人物。第三种艺术模式是意境小说。这种小说不大注重故事、人物，而更着力意境的营造。即运用散文笔法和诗意语言，创造一个诗情画意般的审美境界。它实际上是沈从文、汪曾祺小说类型的演化。保忠有多篇这样的作品，譬如《一百零八》《教育诗》《粮食》等，这是一些艺术精品，创作上有更高的难度。第四种艺术模式是心理小说。保忠在创作中大量使用了心理描写乃至意识流，多数是局部的，是故事推进中的有机部分，也有用全部心理流动构成文本的，如《雪国》写的是一只狗的感受和心理，如《酒国》写的是村长老甘醉酒后的内心活动，均是精彩的心理小说。

最后是吸纳中国小说和西方现代小说的表现方法和手法。阅读保忠小说，经常可以感受到他对经典小说表现形式的自觉借鉴。譬如西方的荒诞手法和象征手法。《何康的最后一条新闻》中结尾写主人公变成一只大鸟飞走了，《万家白事》里下煤窑的万福生的"死亡"和归来，情节既荒诞又深刻。譬如《向日葵》中打工女人想象中的故乡的向日葵，象征了一种"乡愁"；譬如《普通话》里打工妹熟练的普通话和相亲人们不自觉的普通话，象征了一种城市文明；譬如《菩提钟》里悠扬的钟声，象征了一种宗教精神；等等，都颇有意味。此外，保忠在继承中国小说的现实主义方法中，还大量运用了抒情、白描、空白等技巧，强化了小说的中国神韵和色彩。

王保忠的小说创作已走过20年的历程，虽然步子坚实，成果丰硕，但综观地看，还存在一些突出的问题，譬如在创作的思想理念上，还缺乏一种更敏锐、更深刻的意识。思维太正容易滑向平板。譬如在创作的表现形式上，还鲜有一种更自由、更个性的原创，继承太多也难免成为束缚。对保忠来说，需要的是突出"围城"，实现超越。

王保忠小档案

王保忠 1966年出生于山西大同县农村。做过乡村教师，1994年调入大同县委工作，历任农委干事、通讯组副组长、文联主席等职。1994年开始创作。在《人民文学》《中国作家》《十月》《北京文学》《山花》等刊发表作品300余万字，小说多次被《小说月报》《小说选刊》《作品与争鸣》《长江文艺好小说》《新华文摘》转载，部分短篇小说被译成英文。著有长篇小说《甘家洼风景》，中短篇小说集《张树的最后生活》《尘根》《窃玉》《我们为什么没有爱情》《守村的汉子》，散文随笔集《家住火下山》《我们的火山》，纪实文学《直臣李殿林》《当农民的日子》《远逝的乡土》等。先后获第三届赵树理文学奖短篇小说奖、《小说月报》第十四届百花奖、第十四届北方十五省市优秀文艺图书奖、首届郭澄清农村题材短篇小说奖、第五届赵树理文学奖长篇小说奖等。中国作家协会会员，鲁迅文学院第十三届高研班学员。现在山西省作协工作，为山西省作协中短篇小说专业委员会副主任，《山西作家》执行主编。

王保忠主要作品目录
(1994—2014)

一　中短篇小说集

《张树的最后生活》，北岳文艺出版社 2006 年版
《尘根》，北岳文艺出版社 2008 年版
《窃玉》，四川文艺出版社 2012 年版
《我们为什么没有爱情》，三晋出版社 2014 年版

二　长篇小说

《甘家洼风景》，北岳文艺出版社 2011 年版

三　获奖作品

《柳叶飞刀》，《黄河》2003 年首届"雁门杯"优秀小说奖
《遍地西瓜》，《山西文学》2000—2006 年度山西文学优秀作家奖
《张树的最后生活》，2004—2006 年度赵树理文学奖短篇小说奖
《家长会》，《小说月报》第十四届（2009—2010 年度）百花奖
《回家》，《小说选刊》《山东文学》全国首届郭澄清农村题材短篇小说奖
《甘家洼风景》，山西省优秀文艺作品奖；第十四届北方十五省市优秀文艺图书奖；2010—2012 年度赵树理文学奖长篇小说奖

四　文学期刊发表作品

《遥远的秋天》（中篇小说），《黄河》1994 年第 4 期
《短篇二题》，《山西文学》1997 年第 3 期
《大水》，《山西文学》1997 年第 11 期
《丰年》，《山西文学》1998 年第 7 期

《老枪》（中篇小说），《山西文学》1998年第7期

《遍地西瓜》，《山西文学》2000年第5期

《大腿上的护兵》，《山西文学》2000年第9期

《柳叶飞刀》，《黄河》2003年第4期

《树了个典型》，《黄河》2003年第4期

（收入葛红兵主编《2003—2004文学作品双年选》）

《1973年的乡村婚礼》，《黄河》2003年第4期

《关于茅坑》，《黄河》2003年第4期

《老弯的哞叫》，《黄河》2003年第4期

《红套裙》，《黄河》2003年第4期

《说个媳妇给根娃》，《黄河》2003年第4期

《努力表现》，《黄河》2003年第4期

《张树的最后生活》，《小说选刊》2004年第11期

《潜伏》，《黄河》2007年第2期

《大盗》，《黄河》2007年第2期

《前夫》，《山西文学》2007年第5期

（《小说月报》2007年第8期转载，收入《中国最新短篇小说》，美国夏威夷大学出版社2013年出版）

《美元》，《黄河》2007年第5期

（《小说月报》2007年第12期转载）

《一百零八》，《黄河》2007年第5期

（《新华文摘》2007年第24期转载）

《长城别》，《山西文学》2007年第12期

（《小说选刊》2008年第1期转载；《小说月报》2008年第2期转载）

《活动假牙》，《山西文学》2008年第1期

《奶香》，《北京文学》2008年第3期

《凶手》，《短篇小说》2008年第3期

《盯梢》，《文学界》2008年第3期

《野店》，《佛山文艺》2008年第4期

《洗澡》，《短篇小说》2008年第5期

《周城游戏》，《都市小说》2008年第5期

《铜货》，《芒种》2008年第7期

《天堂》，《山西文学》2008年第7期

《天大的事》,《山西文学》2008 年第 7 期
《尘根》,《佛山文艺》2008 年第 7 期
《化妆盒》,《黄河》2008 年第 4 期
《怀孕》,《鸭绿江》2008 年第 7 期
《天堂在下一个街角》(中篇小说),《青年文学》2008 年第 6 期
《悬挂》(中篇小说),《时代文学》2008 年第 4 期
《萨克斯》,《人民文学》2008 年第 8 期
《故里人物(五题)》,《都市》2008 年第 8 期
《闲人老 Q 的幸福生活》(系列小说),《佛山文艺》2008 年第 8 期至 2009 年第 8 期连载
《所有的梦都与桃花有关》,《文学界》2008 年第 9 期
《玩笑》(中篇小说),《星火中短篇小说》2008 年第 5 期
《明星是怎样炼成的》,《阳光》2008 年第 10 期
《冲喜》,《佛山文艺》2008 年第 10 期
《八十岁等你来娶我》,《当代小说》2008 年第 11 期
《纵火案》,《青年文学》2008 年第 11 期
《光斑》,《光明日报作品版》2008 年 12 月 13 日
《北京的金山上》(中篇小说),《时代文学》2008 年第 11 期(《小说月报中篇小说专号》2009 年第 1 期转载)
《闹喜》,《延河》2009 年第 1 期
《一丝不挂》,《鸭绿江》2009 年第 1 期
《水》,《文学界》2009 年第 2 期
《我和一个弹肖邦的女人》,《当代小说》2009 年第 2 期
《解说词》(中篇小说),《时代文学》2009 年第 3 期
《寻找马兰花》,《山东文学》2009 年第 3 期
《家长会》,《山西文学》2009 年第 5 期
(《小说月报》2009 年第 7 期转载)
《怀孕》,《山西文学》2009 年第 5 期
《手起刀落》,《佛山文艺》2009 年第 5 期
《木工老王的杰作》,《文学界》2009 年第 6 期
《澡堂里的那点事》,《厦门文学》2009 年第 7 期
《太阳出世》,《鸭绿江》2009 年第 7 期
《月亮之上》,《山西文学》2009 年第 8 期

《纵火案》,《时代文学》2009 年第 7 期

《教育诗·干鼻梁》,《长城》2009 年第 6 期

(《小说月报》2010 年第 2 期转载)

《活物》,《黄河》2009 年第 6 期

《夜活儿》,《山西文学》2009 年第 12 期

《浮石》,《山花》2010 年第 7 期

《普通话》,《山西文学》2010 年第 10 期

(《小说月报》2010 年第 12 期转载)

《赌注》,《青年作家》2010 年第 11 期

(《小说月报》2011 年第 2 期转载)

《空城计》,《北京文学》2011 年第 1 期

(贾平凹主编:《2011—2012 文学双年选短篇小说卷》选载)

《桃花洞》,《青年作家》2011 年第 3 期

《狐媚·向日葵》,《时代文学》2011 年第 3 期

《看西湖去》,《时代文学》2011 年第 3 期

《男人不能腿软》,《佛山文艺》2011 年第 3 期

《香火》,《芙蓉》2011 年第 4 期

《去张城》,《山西文学》2011 年第 8 期

《结婚》,《山西文学》2011 年第 8 期

《狗东西》(中篇小说),《山东文学》2011 年第 8 期

《雪国·酒国》,《黄河》2011 年第 4 期

《花篮里花儿香》(中篇小说),《时代文学》2011 年第 9 期

《知己》,《山西文学》2011 年第 12 期

《鸳鸯枕·回乡》,《山西文学》2011 年第 12 期

《弹力裤·杂种》,《黄河》2011 年第 6 期

《大年夜》,《作品》2012 年第 1 期

《老瓜棚》,《中国作家》2012 年第 1 期

《闹喜》,《朔方》2012 年第 1 期

《张顺的刀》,《时代文学》2012 年第 5 期

《王富毛的梦中情人》(中篇小说),《文学界》2012 年第 8 期

《阴阳人》(中篇小说),《创作与评论》2012 年第 6 期

《乡下人很要脸》,《佛山文艺》2012 年第 8 期

《忍冬果》,《北京文学》2012 年第 9 期

四　现代视野中的城乡梦幻

《何康的最后一条新闻》（中篇小说）《小说月报原创版》2012 年第 11 期
《神奇的作品》，《山东文学》2012 年第 11 期
《你是我的心头肉》（中篇小说），《清明》2012 年第 6 期
（《作品与争鸣》2014 年第 1 期转载）
《小狐媚》（中篇小说），《芙蓉》2013 年第 1 期
《香格里拉》，《时代文学》2013 年第 3 期
《回家路有多长》（中篇小说），《创作与评论》2013 年第 4 期
《鹰嘴东》，《文艺报》2013 年 4 月 8 日新作品版
《张生的逻辑》（中篇小说），《朔方》2013 年第 4 期
《安魂》，《山西文学》2013 年第 5 期
（《小说选刊》2013 年第 6 期转载）
《一件艺术品的诞生》，《光明日报》5 月 10 日作品版
《心爱的儿子》，《中国作家》2013 年第 6 期
（《小说月报》2013 年第 8 期转载）
《女生哪儿最好看》（中篇小说），《佛山文艺》2013 年第 8 期
《第三十一计》，《山西文学》2013 年第 8 期
《我们为什么没有爱情》（中篇小说），《广州文艺》2013 年第 4 期
《万家白事》（中篇小说），《十月》2013 年第 4 期
《北京人》，《作品》2013 年第 9 期
《短篇小说三篇》，《都市》2013 年第 9 期
《借宿》，《海燕》2013 年第 9 期
（《小说月报》2013 年第 11 期转载）
《老王的艺术品》《长城》2013 年第 5 期
《守村的汉子》（中篇小说），《星火中短篇小说》2013 年第 5 期
《仲明的心事》，《文艺报》2013 年 11 月 22 日新作品版
（《长江文艺好小说》2014 年第 2 期转载）
《医药园》（中篇小说），《清明》2013 年第 6 期
《爱情算什么》，《光明日报》2014 年 4 月 18 日
《愉快的歌声满天飞》，《文学界》2014 年第 8 期
《秘密婚姻》，《福建文学》2014 年第 9 期
《云雀》，《山西文学》2014 年第 10 期
《唱大戏》（中篇小说），《广州文艺》2014 年第 10 期
《菩提钟》，《天涯》2014 年第 5 期

《艳阳天》（中篇小说），《星火中短篇小说》2014 年第 5 期
《短篇两题》，《创作与评论》2014 年第 11 期
《爱情行为》（中篇小说），《清明》2014 年第 6 期
（目录中未标明体裁的均为短篇小说）

五 创作谈

《小说的品质》，短篇小说集《尘根》自序
《滋养我写作的一个源头》，《山西文学》2009 年第 5 期
《写不尽的甘家洼》，《阳光》2010 年第 10 期
《在乡土的经典书写之外》，《文艺报》2012 年 7 月 11 日
《田园将芜，胡不归?》，《星火中短篇小说》2013 年第 5 期
《在小说的丛林里》，《文学界》2014 年第 8 期
《小说是一棵树》，《星火中短篇小说》2014 年第 5 期

六 相关评论

鲁顺民：《庄重的乡村庄重的小说》，《山西文学》1998 年第 7 期
董大中：《小中见大拙里藏巧——读王保忠的四篇小说》，《黄河》2003 年第 4 期
杨占平：《真切地表现当代农民的生活态度》，《山西日报》2007 年 12 月 11 日
蔡润田：《妙在叙事贵在情怀——读王保忠获奖小说〈张树的最后生活〉》，《黄河》2008 年第 1 期
胡磊：《精神变异中的伦理困境——王保忠的小说叙事及其文本意义》，《青年文学》2008 年第 11 期
阎晶明、张陵、王干、牛玉秋、吴秉杰、黄宾堂等：《王保忠作品研讨会发言综述》，《黄河》2009 年第 1 期
王薇薇：《在质朴中积聚力量——读王保忠中短篇小说》，《光明日报》2009 年 2 月 6 日
吴秉杰：《在延续中寻求新的突破——读王保忠短篇小说》，《山西文学》2009 年第 5 期
牛玉秋：《金钱与权力的二律背反——读王保忠中短篇小说》，《山西文学》2009 年第 5 期
赵月斌：《穷人的命数及变数——王保忠短篇小说论》，《山西文学》

2009 年第 5 期

  李云雷：《作家气质、"底层"与陀思妥耶夫斯基——读王保忠小说》，《山西文学》2009 年第 5 期

  杨占平、王春林、傅书华：《关于"后赵树理写作"——以王保忠为例》，《山西文学》2009 年第 5 期

  王保忠、刘秀娟：《始终站在乡村的这边——作家王保忠访谈》，《山西文学》2011 年第 12 期

  杜学文：《现代化进程中农村的陷落与新生——王保忠〈甘家洼风景〉的社会文化学解读》，《黄河》2012 年第 3 期

  文瑛：《王保忠：晋北乡村的守望者》，《传记文学》2012 年第 9 期

  张云丽：《乡村世界，有声与无声——韩少功〈赶马的老三〉和王保忠〈甘家洼风景〉比较》，《南方文坛》2013 年第 1 期

  贺仲明：《当下乡村面貌的真实呈现——读王保忠长篇小说〈甘家洼风景〉》，《文艺报》2013 年 8 月 23 日

  黄惟群：《短篇小说的写作艺术——以王保忠的〈教育诗〉为例》，《文学报》2013 年 7 月 18 日

  雷达：《生活的芬芳及小人物的尴尬——王保忠短篇小说印象》，《文学界》2014 年第 8 期

  段崇轩：《自觉的人物塑造和文体追求——王保忠短篇小说论》，《文学界》2014 年第 8 期

刘芳坤

1982年出生于山西省太原市。中国当代文学研究会会员，山西省作家协会会员。现为山西大学文学院中国现当代文学专业教师，硕士研究生导师。曾就读于四川师范大学文学院（2001—2005年）、东北师范大学文学院（2005—2007年）、中国人民大学文学院（2009—2012年），专攻中国现当代文学与文化研究，分别获得文学学士、硕士、博士学位。2014年9月进入东北师范大学中国语言文学博士后科研流动站从事研究工作。主持、参与多项国家级、省部级文学科研课题。在《南方文坛》《小说评论》《当代文坛》《山西文学》《名作欣赏》等刊物发表评论文章二十余万字，其中部分文章被《人大报刊复印资料》《高等学校文科学术文摘》全文转载。

五 新"西西弗斯时代"的绝望救赎
——评孙频的小说

刘芳坤

自《黄河》2009年第2期发表小说《追债》开始，短短几年，孙频的创作激情一发不可收，如今已经洋洋洒洒二百万字。"无极之痛"构成笼罩孙频小说的阴霾，重重霾雾之下的人们却在继续着西西弗斯神话，而尊严与爱欲似乎就是西西弗斯推动的那块石头。在希腊神话里，西西弗斯触犯众神被惩罚推动一块总也无法推上山顶的巨石，无效无望的劳动没有将他的生命消耗殆尽，在一个微妙的时刻，人类领悟到征服本身的实现感。孙频的小说拥有异常精湛的叙事，她往往极端又细腻地捕捉到人们面对"尊严"的一阵阵疼痛，女性面对"爱欲"的一寸寸绝望。初看小说苍冷阴郁的叙事氛围，似有当年"五四"女作家感伤附体，又现张爱玲们的灵魂余温，然而就在故事结尾的瞬间，站立于小说涅槃般的空旷之地，历史空间却得以绵绵扩展延伸，甚至出现了宗教的情怀与彻悟。《同体》里的冯一灯为救情人湮没于一片火海，照出了"三界如临火宅"的彻悟："自观一切有情，同体大悲。"《无相》里的于国琴也在自己裸体的展览后，听到了"夜色夹裹着万物生长的声音涌了进来"，感悟宇宙一切无相无形，凡所有"相"都是虚妄。作家从文本到情怀，故事从生长到爆裂，一切皆来自于我们身处的一个时代，一个千千万万的"80后"再次创造西西弗斯神话的时代。孙频，"80后"小城女性的普通一员，也许正是身为"普通女人"的内韧无比的叙事纠葛，再次实践了鲁迅先生的一句："绝望之于虚妄，正与希望相同。"[①]

[①] 鲁迅：《希望》，《鲁迅全集》第二卷，人民文学出版社2005年版，第182页。

穿越:乡村与城市

地理:"边缘"地带的突进

作家经常为自己的小说建立地理坐标,而女性作家的小说空间又总是富有独特的魅力。如果说,曾经由张爱玲们缔造的现代女性写作史,是一场逝去国度的华美之旅,而今,青春写手们又常常带人进入精致舒雅的文艺采风。孙频却用同一副深挚彻骨的灰色调,描绘了城市/乡村的二元图景,从"边缘"地带对人类灵魂游移之地猛撞强攻。与人性的卑微和扭曲相应,故乡的交城山水在孙频的笔下就常常露出粗粝的棱角,《女儿坟》里几位母亲生命的离奇逝去,已经初步展现了乡土是回不去的田园,而在《半面妆》《无相》《月煞》《青铜之身》等小说里多次直接出现的"拉偏套"或以性供养家人生存的细节,更说明乡土是被抛弃的停滞世界。"土地"的原型必然包含农民的描写,大地与农耕文明的结合构造出文学不灭的"男神"/"土地公"或"地母"/"后土夫人"的形象,前者如《人生》中的德顺老汉,《我的遥远的清平湾》中的破老汉,后者则如路翎的《饥饿的郭素娥》、贾平凹的《浮躁》《天狗》,或者是女性的内在力量分担了历史的苦难,或者是菩萨般的母性慈悲播种了时代的温情。在这一文学史的脉络里,孙频的小说就不再是丑陋的展览,而是在释放有关求生的执拗能量,特别是塑造出了女性在幽暗沉湎的世界中一曲悲壮的拯救之歌。

"怀乡"构成古往今来文学诗意的情感母题,孙频也从生她养她的"交城的山,交城的水"开始了灵魂的寻找之旅,当年晋商皮坊的颓败激起小说的"历史热情":

> 城南这条老街在明清时期曾经全是些老皮坊,晋商的分支,皮商,曾经几乎全部聚集在这座小城里。房屋早已颓败了,青砖青瓦上长着很高的草,月光下整院的房屋带着一层毛茸茸的柔和的凄清。街门上都是雕花的,牡丹石榴葡萄缀在上面繁复得像藤蔓。街门一般都隐在幽深的巷子深处,因为终年没有阳光而长满了青苔,早晨木门响起的时候,混浊的吱嘎声就在没有人迹的巷子里来回碰撞,再落地。①

青春回到历史记忆里皈依,来自山西土地的厚重回声轰然奏响,然而孙频的"怀乡"却告别了山西女作家蒋韵那一代的精神之恋,也大大不同于

---

① 孙频:《铅笔债》,《北京文学(中篇小说月报)》2011 年第 4 期。

葛水平式的"静谧邃远的农家"。孙频的小说不似大地恋曲,却与张爱玲写上海那样,和女性个体体验的地理相连接。戴锦华曾指出,张爱玲的小说叙事在实践一种"追忆":"作为一个在追忆中把过去托付给未来的行为。"①而孙频一旦从女性"怀乡"的写作历史魅影里出走,继而挣脱了山西乡土的"追忆",似乎可以反戴锦华之定义,被称为:"在求索中把未来寄寓给过去"。就在这告别"过去"的祭坛上,人物斑驳的命运萧索寂然:

> 最后一点余晖在即将完全沉入山里的时候,忽然变成了一种玫瑰色,整个县城像枚黑白印章一样被拓在了玫瑰色的天空里。四合源皮坊大门也只剩下了黑白的剪影,好像一堆被清洗过的记忆,萧索,干净,喑哑。这时他突然看到,皮坊大门上的那角飞檐突然像只动物巨大的角一样高高地优雅地伸向了天空,肃穆安详,飞檐上生锈的铜钟正发出斑驳的钟声,整座皮坊忽然像废墟中长出来的佛境,邈远,不真实。最后一缕光线正在消失,整座皮坊暗下去了,暗下去了,像一艘沉船正向着深不见底的大海沉下去。②

孙频毅然决然构造的家乡,却流露出锈迹斑斑甚至狰狞可怖的面影。《相生》的故事发生在交城,主人公阎小健是六口神经病之家里唯一的"正常人",正常人开始呕心沥血疗救其他的五个亲人,在玻璃瓶厂暗无天日的劳动后,阎小健把微薄的收入全送进了精神病院。在29岁那一年,他意识到终生不会有妻子相伴,于是他将所有的积蓄买了架相机。阎小健开始玩摄影有一个"自由跋扈"的隐衷:身体里另外50%的非正常神秘基因可能使他进入到果戈理、海明威、狄更斯等构成的另外一个艺术狂魔构成的世界中去。交城的面影,就在这个"一半是疯子一半是苦力"的阎小健的相框中呈现了,相框中的风景再也无法成为观赏之"风景",百年的沧桑历史很快成为命运执拗转折的平面:"他默默地念叨着,只有在癫痫发作和苏醒中间的一个间歇的瞬间里,意识才能达到一个理想境界。"勾魂摄魄的相机一天天将他往"天才艺术家"的深渊引去,最后他终于"疯了"。沉没的不仅是晋商百年前的辉煌,如今的小县城里的年轻人也在昏暗中沉沦。在绝大多数的小说里,孙频展现的正是如此这般"边缘地带"的困顿或曰"边缘心态"

---

① 孟悦、戴锦华:《浮出历史地表》,中国人民大学出版社2010年版,第234页。
② 孙频:《相生》,《2012山西文学年度作品选中短篇小说卷》(下),三晋出版社2013年版。

的突进。《祛魅》就是其中的代表之作,在大龄文艺女青年李林燕的眼中,坐落在吕梁山脉的方山中学不啻为"青春修道院":

> 城的边上,出了校门就是黄土高坡,周围全是荒山野林,倒也肃静,寺庙似的。学校里只有一个残缺不全的操场,几排破破烂烂的窑洞就是教室,窑洞是依着山势一层一层摞起来的,楼房似的。摞在最上面的一层破窑洞就是单身教师宿舍,几个刚分配来的老师星星点点地缀在里面。到了晚上亮起灯的时候,从下面望上去,简直是手可摘星辰的耸然感。①

自命诗人的李林燕,显然不能被这寂寥耸然的黄土高坡所禁锢,小说展现的是一个"不合地理"的年轻女性的生命挣扎,而女性之挣扎不光存在于荒野中的威风凛凛,另一面却在于从不同男性的身上开始了解脱之道。"祛魅"是指对于科学和知识的神秘性、神圣性、魅惑力的消解,那么小说开始就将男性视为女性精神自救的神圣体,之后的李林燕无论是跟旅美作家风月一场,还是和县城文艺男惺惺相惜,都无法回应歇斯底里的生命呼救。有趣的是,小说中的李林燕1985年考上大学,按年龄来讲,正好构成孙频乡土世界的中介,上一辈女性自然而然维持着乡村逻辑的生态平衡:"如果家里有个女人在拉偏套,那男人就是什么都不做,一家人也基本活得了。男人们晚上就给自己的女人拉皮条,帮自己的女人拉拉客。山里的女人拉的偏套越多地位就越高。女人晚上拉偏套的时候,自己的男人和孩子并不回避,十七八岁的大姑娘也是夜夜睡在母亲身边听着母亲一声高过一声的叫唤,还未嫁人就对这些事烂熟于心了。只要一嫁人了便也像母亲一样戴起帽子开始拉偏套,所以拉偏套的传统在吕梁山上才会薪火相传。"② 李林燕、阎小健这一辈人无法走出黄土高坡,却成为卡在乡村肌体里的一根鱼刺,而更为年轻的一代的出走,则有了更为清晰的"毁灭"性标记。

"毁灭"的背景就出现于"边缘人"游荡的城市角落:这里是巷子狭窄逼仄的城中村、违章建筑林立,楼上摞着楼,住满了流动人口的出租屋。"一楼是发廊,桃红色的灯光孵着小姐们的大腿,鲜亮地摆在玻璃门后面像刚出炉的商品。旁边就是性用品专卖店,再旁边是小诊所,头痛感冒能不能

---

① 孙频:《祛魅》,《2012山西文学年度作品选中短篇小说卷》,三晋出版社2013年版。
② 孙频:《无相》,《小说月报(中篇小说选刊)》2013年第10期。

治不知道，主打性病和堕胎。真是一条龙服务。"① 这里是"租来的两室一厅进化成了栽培蔬菜的温室，自给自足地长出一块块形如砖头的热量，又轰隆隆地开足马力把这屋子所有的昼与夜都砌了个水泄不通。人就是这温室里的蔬菜，由于终日被炙烤着，已经半熟了"②。孙频所注视的城市依然是被轻蔑和破坏的人性暂居地，这使她的叙事与青春女性空间分道扬镳，诚如项静所说："城乡接合部是小说这个体裁所需要的那个模糊地带，相比于越来越一体化的都市格局，相比于日渐消失的故乡。在这个城乡接合部的链条上，出现了山西'80后'女作家孙频，她给予了'山西'一个属于自己的文学出场方式。"③ 如果说"80后"作为一个独立的审美对象出现于城市文学当中，甚至于带有"文艺""小资""逆反"等附带的审美定式，那么相当一部分具有乡土经历作家的涌现，多少对"80后"写作的审美成规构成了反拨。

城乡接合部的边缘游荡一旦出现，孙频再度启用了她所熟稔的女性叙事，"贞操"的被剥夺无疑是一则乡土伦理丧失的寓言，而来自女性生命卑微又执拗的"西西弗斯神话"在精神系统里源源反射。《同体》里的冯一灯原是看不起做肉体生意的，却在被设计的一次轮奸之后皈依于情感的施虐者；《无极之痛》里的储南虹为了分得一套住房，而不停设计如何将身体送给男人；《不速之客》里的纪米萍原本是个妓女，却专注于是否"接吻"的纯情，最后沦为一次次被遗弃在楼道的不速之客。"身体"是尊严与爱的载体，而当"身体"已经无法承载理想与欲望之重，个体就会随着地理消亡。让人叹惋的是，在这样一幅沉痛的城乡二元地理坐标里，孙频所描绘的不是天塌地陷时刻的男女传奇，而是欲说还休"一头独热"的个人悲伤。如果说，末日贵族式的女性写作还可以陈述兴亡，追忆似水流年、往日繁华，而"边缘地带"的不断突进，是弱势区域里的弱势挣扎，留下的就只是一个有关未来的巨大空洞，这正是孙频小说地理提供的时代可能性所在。

辞理：荒芜的"隔世感"

就在"边缘人"的突进中，时间停滞了。几乎在孙频的所有小说里，我们只看到了一段紧张的心理时间，这是一种与象征语词系统紧密相连的

---

① 孙频：《菩提阱》，《人民文学》2012 年第 5 期。
② 孙频：《无极之痛》，《长江文艺》2014 年第 12 期。
③ 项静：《尘世的恐慌和安慰——孙频小说阅读札记》，《名作欣赏》2014 年第 31 期。

"隔世感"：

> 框在窗户里的那块天空是一点一点暗下来的，像一枚纽扣，一点一点扣下来，最后把所有天光的关节处都扣死了，扣到最后严丝合缝的时候，整间屋子突然就暗下来了，像掉进了一口井里。①
>
> 高空的窗户是一块被切割下来的隔世和失重。
>
> 她的影子像一尾游鱼一样浸泡在玻璃后面的天空里。黄昏里金色的光线和暖钝的云影水草一般摇曳在她的身体里，一寸一寸地沉下去，暗下去了。②

"边缘"构成了孙频小说的空间系，那么，"沉下去"、"暗下去"又构成其小说的时间系。作为有极强个人语言风格的作家，孙频反复使用比喻修辞格，构造的是一片肃杀的心理时间，她的小说将具体的日常生活抽象为一种荒芜的"隔世感"，其叙事触目惊心的程度，在这一代女作家里，可说凤毛麟角。孙频素日喜爱钻研心理学著作，对于人的直觉有特别的强调，在小说里，她常将历史和时间内化为人的非理性直觉，并通过这种直觉才能达到沟通世界的本质。在这一层面上来讲，孙频更多地与现实主义之"内真实"③相亲缘，而摒弃了宏阔具体的历史渲染，小说虽然有强烈的历史紧张感，但是"人就不是同现实本身交往，而只是从个人的角度来感知现实的孤立和碎片"④。"隔世感"的激烈程度首先来自于物化构造的明喻修辞中，小说始终存在着对未来与希望的终结的冲动：

> 他从最下面的门缝里窥到了楼道里一线昏暗的灯光和那个正守在门前的影子，那影子也一动不动，像是本来就长在他门口的一株植物。他希望它能走开，可是，它因了黑暗和绝望的浇灌反而长得更葳蕤了。它简直要在他家门口繁衍出一片森林来。⑤
>
> 当常英长到一岁半的时候，她奇异地变成了一截枯树桩，然后，一

---

① 孙频：《凌波渡》，《钟山》2012年第3期。
② 孙频：《菩提阱》，《2012山西文学年度作品选中短篇小说卷》，三晋出版社2013年版，第430页。
③ 阎连科：《发现小说》，《当代作家评论》2011年第2期。
④ 朱立元：《当代西方文艺理论》，华东师范大学出版社2005年版，第77页。
⑤ 孙频：《不速之客》，《收获》2014年第5期。

个叫常勇的男人就从这枯树桩里,就着她的血液,从她的身体内部长了出来。他掐指算算,就是从这枯树桩里长出来居然也活了二十二年了。然而,无论他向着空中能长出多高,他都知道,他不过是嫁接在常英身上的一株植物。她是他深埋在泥土里的那截根。①

植物,是孙频强大喻体系统中的第一个特色。清代的李重华说:"无端说一件鸟兽草木,不明指天时,而天时恍在其中;不显而地境,而地境宛在其中;且不实说人事,而人事已隐约流露其中"。②孙频反复使用的比喻不仅将从《诗经》到《楚辞》的植物风情彻底消解,天时、地境、人事皆融入近乎偏执狂的辞理当中。不论是"葳蕤"的森林,还是枯了的树桩,都是反审美的意象,是现实的沉痛和生命的隐忍。更富有况味的是,喜用比喻将日常生活抽象化,却没有形成寓言和象征,她的小说结局常常是生命的终结。没有"超然"就还是"此在",还是压抑之"隔世感"贯彻行文,这层辞理的悖论,可能就是住在孙频身体里的靡菲斯特。读者从孙频的小说里读不出世俗气,甚至有非常强烈的"鬼气",究其原因也在于抽象荒芜的"隔世感"。孙频的小说里,只存在一种时间维度,就是"现时"。在柏格森意义上的时间"绵延"里,小说人物总是周而复始地完成荒诞的复制。根据现代性时间终结之概念:"过去的历史并非客观存在,而是从这个现时推衍出来的一种过去,它像是阴魂一样附在'现时'的阴影中,等到恰当时机出来捣乱。"③所以,"爱"的慢性毒药总是能在各类女主人公身上频繁地发作,所有的人物似乎都围绕一个永不过去的"现时"运动着,"西西弗斯"神话于是再度上演。

如果说植物是一种典型的"物化苍凉"的喻体,那么,服饰的描写又将"现世感"和"此在"更为突出地体现了出来。服饰是人的第二语言,它是人们精神世界的隐秘通道。有人说,女人是住在衣服套子里的,女性对服饰超乎于男性的特殊关注也使得服饰对于女性有着特殊的意义。孙频把服饰和女性很好地糅合在一起,以衣达意,服饰符号承载了"现世感"的人生内容,不再仅仅是依附于人物身上的道具,而是人物的代言人,预言人物的命运,带有浓浓的悲剧色彩。《天堂的倒影》中两个女人围绕一个男人产

---

① 孙频:《乩身》,《花城》2014年第4期。
② (清)李重华:《贞一斋诗说》,《清诗话》,上海古籍出版社1978年版,第921页。
③ 李欧梵:《苍凉与世故》,人民文学出版社2010年版,第16页。

生了畸形的友情，从初见开始一直在服饰上较量。查桑燕在刘春志办公室第一次见祝芳，"女人穿着一件猩红色的毛线编织的旗袍"，再加上一系列细致的搭配，毫无破绽，这样精致地包裹着自己的年纪，更加显出内心的空虚。查桑燕穿着是一种"不动声色的精致"，衣服仿佛流着血液，连着肉体；祝芳是精致细腻，每一寸都恰到好处。两个女人在天堂餐厅，处处是对方的倒影，投射出相似的命运。最后，两人穿着华丽的旗袍去参加这个男人的婚礼，为两人悲剧的命运做注脚。以服饰展示人物的内心世界同样是《凌波渡》的重要特色，这集中体现在陈芬园对衣服的畸形热爱上，她所追求的是"衣不惊人死不休"，不分场合，不符身份的穿着（白天她穿着拖到脚跟的晚礼服，几乎将整个背都露了出来）使她成为校园里的"异类"。对陈芬园来说，那些衣服更是一种无声的语言和注解。作为一个不甘平庸的人，陈芬园放弃了中学教师的职业，重返校园，受尽歧视，倍感压抑。她18岁的青春没有来得及绽放就匆匆结束了，而生活拮据的她更是困守在两件衣服里，这一切又必须接受别人审视的目光。在如愿以偿地考上最好的大学之后，她觉得自己有足够的资本肆无忌惮了，有足够的理由去要求补偿。她要用衣服去激活已经远逝的青春，去填满生命的缺口。因此，她将一年当别人的三年或十年来过，如同一个"收藏岁月的容器"，尽情地活在自己的衣服里。在这部分强烈的修辞中，孙频对女性生存意识进行了反思。"美"对于女人来讲，本身即是一个救赎的悖论："美"被女性视为最大的专长和生存武器，但也因之留下了理性和奋斗的缺席。英国学者玛丽·沃斯通克拉夫特在《女权辩护》的引言中曾悲伤写道："事实上，妇女的行为和态度明显证明了她们的思想是不健康的；像培植在过于肥沃的土壤中的花草一样，力量和用途都为'美'而牺牲了；而那些绚丽的花朵，在使好品评的观众感到赏心悦目以后，远在它们应该达到成熟的季节以前，就在枝干上凋谢，不受人们重视了。"[①] 小说中的女性对抗现实境遇的方式就是一步步固执地展览"美"，最终被"美"耗尽生命。人物反抗的贫弱，也正是造成"隔世荒芜"的一大原因。

月亮，是孙频"辞理"系统中另外一抹幽暗的光。经历代诗人反复歌咏，月亮已经成了特定情感的载体，一个饱含浓烈情感色彩的原型意象。月亮同时也是女性心灵、情感在客观现实中的投射物、内心独白的承载物，它的不断变化，飘忽不定的特质正是小说中女性人生状态的象征。无言的小说

---

① [英] 玛丽·沃斯通克拉夫特：《女权辩护》，王蓁译，商务印书馆 2007 年版，第 3 页。

世界强化了现世的悲凉:"她看着那月亮就像站在一面波光粼粼的镜子前,里面满是她的倒影,槐影清寒,参差烟树,愈发衬出了异乡的孤寂。"在悲凉的现世之中,月亮甚至成为罪恶的前兆:"街上满是月光。无孔不入的月光,是不是所有这些要发生点什么的夜晚都有这样凄厉的月光?这样像舞台灯光一样尖锐明亮而荒诞的月光。"① 纵观孙频的全部小说,"凛冽""凄厉"正构成整体的基调。月色荒诞,时间的定格,使得孙频有了"当代张爱玲"的称号。孙频怀着对情爱的质疑来否定一个无爱的世界,从中透露出那实实在在的人生苍凉,但孙频的月亮却不同于张爱玲"三十年前的月亮",张爱玲的小说里从来没有爱情,她塑造的旧时代的人物如"屏风上的画鸟"又如"黄金枷锁下的苍凉手势",一个没落时代的荒芜毕竟不同于孙频之"隔世感",因此,孙频比之张爱玲的"彻底性"在于肯定在巨大的阴影中活着的俗世男女的无奈与挣扎,肯定他们生活中对平凡欲求的执着和认真,在语词系统里细微的差异造就了孙频更为坚韧和成熟的女性叙事和现实求索。

情理:"80后"的困境自救

从小说地理和辞理的构造来看,孙频显然开始大踏步地走出那个有张爱玲的幽灵存在的奇异空间。究其根本原因,在于女性书写代际的更迭和历史境遇的变迁。孙频曾谈道:"这是个人人心里带伤生活的时代,带着疼痛,也带着救赎。"② 在诸如"商业化写作""青春写作""叛逆传统"这一类刻板印象式的叙述之下,有一股汹涌的暗流在反抗自身被规定、被安排、被描述的命运:坚守"纯文学"信念的作家没有放弃与时代对话的可能。在这样一个群体中,孙频凭借自身对于时代敏锐的感悟和轻车熟路的叙事技术,着力书写这一代人的困境与自救,并试图勾勒一代人的心灵史。

"剩女"是孙频小说的重要关注群体,在此可以列出一串长长的名录《醉长安》《鹊桥渡》《隐形的女人》《凌波渡》《祛魅》《自由故》……类似于许多同时代的作家,孙频的小说中充满着孤独感。《鹊桥渡》讲述了一个"剩女"反抗孤独的故事。"男人们恨不得在结婚的时候就把养老问题解决了,女人们恨不得在结婚的时候就把后半生的衣食住行解决了。"人们争

---

① 孙频:《月煞》,《上海文学》2013年第2期。
② 孙频:《关于这个时代的疼痛》,《北京文艺网》,2015年2月5日,http://www.artsbj.com/Html/observe/zhpl/wypl/wenxue/sw/243630.html。

先恐后地把自己的情感和身体在婚姻市场上做投资，所有人在把自己异化为商品的同时也在争先恐后地挑选"商品"，唯恐做了赔本买卖。在此，原本象征着爱情的"鹊桥"被"市场化"的历史情境完美解构。邵向美就是在这样一种"市场秩序"中沦为"剩女"的，当她精心算计着别人的时候，也在被别人小心翼翼地算计着。母亲的绝症成为更大的打击："卖肾"不成之后只能"卖身"："'卖肾救母'上线了，一刹那她自己不存在了，她坐在电脑前，看着另一个面目全非的自己冲到另一个陌生的世界里去。"这种人格分裂般的叙述把邵向美心中对于救赎的渴求书写得淋漓尽致。最终，在母亲的死亡面前，她向庸常的生活投降，接纳了暗恋自己多年的石三明，从此"岁月静好，现世安稳"。《自由故》将目光投向被妖魔化为"第三性"的女博士。吕明月放弃学业只身来到德令哈"寻找自由"，却碰了一鼻子灰。在对昔日博士生活的追忆中，"生活在别处"的虚妄感力透纸背。面对"剩女"时代，作家或许无法为她们找到出路，但她笔下的"剩女"始终是有力量的：她们始终在实现着对于自身困境的突围，即使碰得头破血流也在所不惜。她们毫无疑问属于传统意义上的"弱势群体"，是"成功学"视野之下的"失败者"，但同时又是艰难处境中的勇者：她们以自救的力量抗拒日常生活的平庸感，抗拒人们关切的或者嘲讽的目光。困守于两性对立迷宫的大龄女青年具有广泛的社会阶层：女工、女大学生、女白领甚至残疾人，其小说因此具有了"底层"女性写作的魅力。伴随着社会的转型和女性意识的觉醒，"剩女"问题俨然已经成为人们眼中的"时代病"，孙频不啻为从生理和心理的最基本需求写出了一曲"剩女"时代的挽歌。

另外，孙频同样给她笔下的男性主人公以深刻的理解与同情，更指出阉割他们的社会生态和文化语境，这样的胸襟为她的小说染上了一种残酷与慈悲并存的气质。《假面》的故事设计证实了这位"反鸡汤"的作者必然不会给出一个"励志型"的答案：这个来自底层的青年唯有经上层社会的强奸与阉割才能将自己镶嵌在这个超稳定的社会结构的缝隙之中。一次次情书被拒，狼狈的漂泊，三流院校的贫寒出身——作者以简洁的笔法勾勒出这个时代的先天性失败者。他对异性的渴望一次次喷涌而出却一次次被压抑，即使当他睡过美丽的"包子西施"之后王姝，却毫无征服感可言，反而更多一重形影相吊的痛楚："是他被强奸了，被睡过她的老男人们强奸了，被整个社会阶层强奸了。"张爱玲式的精致与左翼的冷静在这里并置：这种强烈的挫败感来源于昔日羞辱的重重积累，在他还是一个处男的时候，就已经被社会阉割了。在与王姝的两性关系中，李正仪终究成为被动的一方：一个淳朴、没钱的大学生，多么适合一个昔日的"金丝雀"，今朝的"包子妹"。在此，女人是主语，男人是宾语。这种反传统情爱模式的性别倒置意味深长：一方面女人依然置身于自身的性别困境，另一方面男人同样可能成为一个"不完整"的性别。这对处于各自困境中的小夫妻只能以夜夜虐恋维系感情，他们以为唯有"生活在别处"才能抹平昔日的屈辱史。然而面对这个世界，他们无处逃遁：当曾经见证过他惨痛岁月的舍友在李正仪的生活中重现并揭开他们昔日的伤疤时，人格分裂的一幕上演了。李正仪灵魂深处的痛感瞬间迸发，他拿出一张张性爱面具扣在王建脸上，审问着自己和王姝的灵魂，面具之后，你可以是任何人。诚如批评家徐勇所言，孙频的小说讲述或思考的主旨是"'被侮辱和被损害的'在面对创痛屈辱时的毁灭与自我救赎的故事"[①]。从某种意义上而言，"80后"正在成为被讲述、被观看、被代言的一代。从小说经验来讲，似乎这一代人与轰轰烈烈的改革开放同步成长，却难以在板层结块的历史困境中寻找到自己的位置。救赎的道路，同时也是自我寻找的过程，孙频的小说是一则时代寓言，一则"80后"在"被围观"的历史困境中寻找定位的寓言。

  必须指出的是，正因为孙频总是深刻聚焦同时代的生命体验，她的小说高强度高烈度地反复向人类西西弗斯高地冲锋，也就造成了创作偏执的"西西弗斯结构"：一种模式的不断强化，一个故事的恣肆演绎。即使在历史题材的小说中，这种结构依然在反复地操演。孙频小说情节有极端化的倾向，修辞又过于浓烈，有堆砌之感。"80后"一代作家的写作还未成熟，表现在孙频这里，就是叙事呈现一种亢奋激烈的"隔世"，在几乎所有的小说里，孙频将人物推向了壮烈的祭坛，以完成她"十字架上的耻与荣"的创作设计。小说深刻的救赎感也许不只在象征式结尾中才能达成，也不需要所有的人物都无法面对后半生的辩证法，如何从日常生活的芯子里找到生命的完满，孙频，还在路上。

---

① 徐勇：《城市的边缘人与游荡者——读孙频的三部中篇》，《名作欣赏（上旬刊）》2014年第11期。

孙频小档案

孙　频　1983年出生于山西交城。毕业于兰州大学中文系，现供职于太原文学院。中国作家协会会员，山西文学院第三批签约作家，江苏省合同制作家。2008年开始小说创作，在《人民文学》《收获》《十月》《当代》《花城》《钟山》《上海文学》《山西文学》《黄河》等文学刊物发表中短篇小说两百万字，部分作品被《小说月报》《小说选刊》《中篇小说选刊》《中华文学选刊》《北京文学·中篇小说月报》等刊物选载。有长篇小说《绣楼里的女人》和中短篇小说集《隐形的女人》《九渡》《三人成宴》出版。中篇小说《月煞》入选中国小说学会2013年度中国小说排行榜。短篇小说《不速之客》入选中国小说学会2014年度中国小说排行榜。曾获第二届"紫金·人民文学之星"中篇小说奖，2010—2012年度"赵树理文学奖"文学新人奖，《小说月报》第十五届百花奖，第十届上海文学奖，第五届北京文学奖等奖项。

孙频主要作品目录
(2009—2014)

一 中篇小说集
《隐形的女人》，北京燕山出版社 2014 年版
《九渡》，三晋出版社 2014 年版
《三人成宴》，作家出版社 2015 年版

二 长篇小说
《绣楼里的女人》，北岳文艺出版社 2013 年版

三 获奖情况
2010 年短篇小说《鱼吻》获"中环杯"《上海文学》短篇小说新人大赛二等奖
2011 年中篇小说《九渡》获第五届北京文学奖暨第四届中篇小说月报奖
2010—2012 年度"赵树理文学奖"文学新人奖
2013 年中篇小说《醉长安》获《小说月报》第十五届百花奖
2013 年中篇小说《月煞》获第十上海文学奖
2014 年获第二届"紫金·人民文学之星"中篇小说奖

四 文学期刊发表作品情况
《追债》，《黄河》2009 年第 2 期
《姐妹》，《山西文学》2009 年第 8 期
《血镯》，《厦门文学》2009 年第 11 期
《女儿坟》，《鸭绿江》2009 年第 11 期

《最后的罂粟》，《厦门文学》2010 年第 1 期
《心在南方》，《黄河》2010 年第 2 期
《红妆》，《山西文学》2010 年第 2 期
《鱼吻》（短篇小说），《上海文学》2010 年第 2 期
《皇后之死》，《辽河》2010 年第 4 期
《合欢》，《文学界》2010 年第 4 期
《天堂倒影》，《大家》2010 年第 5 期
（《北京文学·中篇小说月报》2010 年第 6 期转载）
《转朱阁》，《文学界》2010 年第 6 期
《同屋记》，《山西文学》2010 年第 6 期
（《小说月报》2010 年第 7 期转载）
《耳钉的咒》，《山西文学》2010 年第 6 期
《却波街往事》，《满族文学》2010 年第 6 期
《流水，流过》（短篇小说），《山花》2010 年第 7 期
《我为什么爱上你》，《章回小说》2010 年第 10 期
《一步天堂》，《鸭绿江》2010 年第 12 期
《疼痛的探戈》，《青年文学》2010 年第 16 期
《玻璃唇》，《十月》2011 年第 1 期
（《中篇小说选刊》2011 年第 3 期转载）
《罂粟的咒》，《十月》2011 年第 1 期
《铅笔债》，《文艺风赏》2011 年第 1 期
（《北京文学·中篇小说月报》2011 年第 4 期转载）
《碛口渡》，《上海文学》2011 年第 1 期
（《北京文学·中篇小说月报》2011 年第 3 期转载）
《琴瑟无端》，《江南》2011 年第 5 期
《鹊桥渡》，《山西文学》2011 年第 6 期
《车中父亲》，《大家》2011 年第 21 期
《醉长安》，《钟山》2011 年第 6 期
（《小说月报》2012 年第 1 期转载）
《半面妆》，《山花》2011 年第 21 期
《西江月》，《作品》2011 年第 8 期
《胭脂罪》，《章回小说》2011 年第 11 期
《隐形的女人》，《芙蓉》2012 年第 1 期

（《小说选刊》2012 年第 3 期转载）

《骨节》，《江南》2012 年第 3 期

《凌波渡》，《钟山》2012 年第 3 期

（《小说月报》2012 年第 5 期转载）

《美人》，《山花》2012 年第 7 期

《菩提阱》，《人民文学》2012 年第 5 期

《相生》（短篇小说），《文艺风赏》2012 年 5 月

《祛魅》，《作家》2012 年第 13 期

（《名作欣赏》2014 年第 25 期转载）

《九渡》，《山西文学》2012 年第 6 期

（《北京文学·中篇小说月报》2012 年第 8 期转载）

《夜无眠》，《长江文艺》2012 年第 10 期

（《中篇小说选刊》2012 年第 6 期转载）

《蔻丹》，《辽河》2012 年第 11 期

《三人成宴》，《花城》2013 年第 1 期

《一万种黎明》，《钟山》2013 年第 1 期

（《长江文艺好小说》2013 年第 2 期、《中华文学选刊》2013 年第 4 期转载）

《异香》，《当代》2013 年第 1 期

（选载于《小说月报》2013 年第 3 期）

《杀生三种》，《山花》2013 年第 3 期

《月煞》，《上海文学》2013 年第 2 期

（《北京文学·中篇小说月报》2013 年第 4 期、《作品与争鸣》2013 年第 4 期转载）

《捐客》，《创作与评论》2013 年第 3 期

（《小说月报》2013 年第 4 期转载）

《替身》，《文学港》2013 年第 4 期

《青铜之身》，《江南》2013 年第 3 期

（《作品精选》2013 年第 7 期转载）

《无相》，《长江文艺》2013 年第 8 期

（《小说月报》2013 年第 10 期、《中篇小说选刊》2013 年第 10 期转载）

《瞳中人》，《小说界》2013 年第 5 期

（《小说选刊》2013 年第 10 期、《小说月报》2013 年贺岁专号转载）

《恍如来世》,《十月》2013 年第 6 期
《羔羊之灯》,《文艺风赏》2014 年第 1 期
《同体》,《钟山》2014 年第 2 期
(《北京文学·中篇小说月报》2014 年第 5 期转载,选入林建法《2014 年中篇小说年选》)
《假面》,《上海文学》2014 年第 2 期
(《小说选刊》2014 年第 3 期转载)
《乩身》,《花城》2014 年第 2 期
《月亮之血》,《江南》2014 年第 4 期
(《北京文学·中篇小说月报》2014 年第 8 期转载)
《十八相送》,《作品》2014 年第 5 期
(《小说月报》2014 年第 7 期转载,选入小说月报 2014 年年选)
《不速之客》(短篇小说),《收获》2014 年第 5 期
(选入贺绍俊主编《2014 年短篇小说年选》,洪治纲主编《2014 年短篇小说年选》)
《海棠之夜》,《山花》2014 年第 11 期
《自由故》,《创作与评论》2014 年第 17 期
(《长江文艺好小说》2014 年第 12 期转载)
《无极之痛》,《长江文艺》2014 年第 12 期
(《北京文学·中篇小说月报》2015 年第 2 期、《中华文学选刊》2014 年第 6 期转载)

(目录中未标明体裁的均为中篇小说)

五 访谈、创作谈

《用文字和世界对话》,《山西文学》2010 年第 6 期
《作家的偶像效应利于时代进步》(访谈),《三晋都市报》2013 年 6 月 27 日
《内心的旅程——对话:孙频 & 郑小驴》,《大家》2010 年第 3 期
《华美的悲情与生命的厚度》(蒋韵、孙频对话),《上海文学》2012 年第 2 期
《满目疮痍中的赤诚相见》,《钟山》网络版
《小说中真正需要什么》,《解放军艺术学院学报》2014 年第 1 期
《好像亲人在注视你》,《上海文学》2014 年第 1 期

《创作谈：永恒的生存困境》，《北京文学》2014 年第 8 期

《女性的突围与救赎》，《名作欣赏》2014 年第 25 期

《十字架上的耻与荣》，《收获》微信专稿 2014 年 9 月 18 日

六　相关评论

傅书华：《"她世纪"下的新一代女性叙事——论孙频的小说》，《山西日报》2010 年 8 月 2 日

刘汀：《"空心美人"的悲剧和希望》，《钟山》网络版

阎秋霞：《孙频小说叙事研究》，《文艺争鸣》2012 年第 9 期

秦香丽：《苍凉与悲悯——读孙频的〈凌波渡〉》，《小说评论》2012 年第 3 期

刘涛：《入乎张爱玲内——论孙频》，《创作与评论》2013 年第 2 期

李德南：《看那苍凉而幽暗的人生——孙频的叙事美学》，《山花》2013 年第 2 期

徐刚：《苍凉卑微的"剩女"爱情故事》，《文艺报》2013 年 3 月 25 日

陈丽军：《城市空间、男性与自我镜像——孙频女性叙事的三个维度》，《创作与评论》2013 年第 3 期

刘媛媛：《孙频的诱惑》，《黄河》2014 年第 1 期

王越：《绝境与突围——孙频小说叙事空间研究》，《文艺评论》2014 年第 5 期

刘芳坤：《小城女性救赎史——读孙频小说〈祛魅〉》，《名作欣赏》2014 年第 25 期

徐勇：《城市的边缘人与游荡者——读孙频的三部中篇》，《名作欣赏》2014 年第 31 期

项静：《尘世的恐慌和安慰——孙频小说阅读札记》，《名作欣赏》2014 年第 31 期

刘芳坤：《〈三人成宴〉：一个女版"堂吉诃德"的求索》，《新京报·书评周刊》2015 年 5 月 30 日

杜学文

1962年生，山西寿阳人。长期从事文化工作，并从事文艺理论与评论及文化理论的研究。著有文艺评论集《寂寞的爱心》《生命因你而美丽》，文化随笔集《追思文化大师》等；合作主编有《聚焦山西电影》《世界反法西斯战争中的山西抗战文学》；主持或参与了《山西文学大系》（副主编）、《山西八大文化品牌》（总策划）等多套学术著作的编撰；在省内外报刊发表文艺理论与评论及文化理论研究文章若干。曾获中国文联文艺评论奖、中国金鹰电视节电视艺术论文奖、赵树理文学奖、山西省社会科学优秀成果奖、山西省文联文艺评论奖等多种奖项。现任山西省作家协会党组书记、主席。

六　生命、存在及其意义
——读杨遥的小说

杜学文

　　杨遥最早引起我注意的小说是《闪亮的铁轨》。当时这篇小说被收录在《山西中青年作家作品精品选》中。因为要开这套书的研讨会，逼迫自己读了书中的一些作品。但是这并不等于杨遥在那时才引起文坛的关注。事实上，这时的杨遥已经写了差不多十年左右的小说，成果颇丰。不仅创作的数量多，而且影响也日见其大。先后获得了一些小说类的奖项，作品也多有被各类年度选刊选录。杨遥正以自己独特的风姿被文学界看好，且表现得日见生龙活虎。

　　《闪亮的铁轨》是一篇非常有特色的小说，也正因此引起了更多的关注，对这篇小说的评价分析也比较多，众说纷纭，所论各异。而我以为，这篇小说表现出杨遥创作最主要的特点。他所表现的生活正是当下——一个从传统向现代转变的时刻。横亘在苍茫宁静的村庄上的铁轨正象征着另一种与延绵了数千年之久的传统不同的生活——现代化，即以技术、钢铁、速度为标志的新时代。技术改变了人们的生产方式，钢铁成为这个时代——以高度的工业化为基础的时代——最重要的符号，速度则是人类诞生以来变化最大的生存状态，特别是在互联网时代。现代化，就这样毫不客气地不以人的意志为转移地穿过了人们世世代代生活的领地，从不知何处而来，又向不知何处而去。这种"不可知"成为现实中人们对自己及别人难以把握的心理症结。正如那铁轨一样，现代化义无反顾、轰轰隆隆、不可阻挡。但是，人们并不能在铁轨上生活。人们仍然生活在自己熟悉的乡村之中，比如小说中的村庄"弧"。只是，生活在乡村中的人们不得不去面对这钢铁与速度的时代，并希望这闪亮的铁轨能够把自己带到更加美好的未来。这其实也就是当下中国的时代与现实。在这种强烈的传统与现代的胶着中，人们失去了往日的平静。正如闯入宁静的弧中的那个孩子。小说似乎描写了这个闯入者与村民之间淡淡的却又强烈的隔膜、对峙。但是，更主要的是，小说描写了他们相互之间随着时间的推移渐渐生长出的同情、理解、不舍。我更看重的是这种发自弧村人们心性中的善良，以及最后孩子对弧村及其人们的依恋。因为这种看似不经意的描写，表达了人类内心深处潜伏的善良、人性，以及人们因此而能够相互依偎、扶持，走过千年并走向未来的原动力。如果说杨遥的小说表现了什么，我以为可以从《闪亮的铁轨》中找到答案。

人物与形象——非典型的大多数

讨论杨遥的小说，很多人都说他比较热衷于描写"边缘化"的人物。从某种角度来看，我认为这种分析是有道理的。因为在杨遥的小说中确实没有那种力拔山兮气盖世的英雄。或者说，没有那种能够把握全局、掌控一切的"主流"人物。他们多是些普通人，如打工者、修鞋匠、拾荒者、小贩，甚至妓女，等等。他们的基本生存状态是处于社会的底层，收入不高，处境艰难。但是，这种分析似乎也并不能概括杨遥小说中人物的全部。因为他也描写了许许多多社会地位比较高的人们，如大学生、警察、老板、官员、干部。这些人，就个人的社会处境而言，并不能说处于所谓的边缘、底层，甚至应该说具有某种比一般大众更多的社会优势。他们或者是被人羡慕的天之骄子，或者掌有公权力，或者事业正处于上升的地步。他们与前面所说的人是不同的，绝不是所谓的被边缘化了的人。甚至也可以说，他们从某种意义上代表了社会生活的主流。但是，在杨遥的小说中，这些身份、处境不同的人却总是表现出相同的生存状态，那就是缺乏自立、自主、自信的状态。他们虽有积极的努力，却总是在现实面前表现得无奈；从自我出发，又不能很好地融入社会；有理想和希望，但不能圆满地实现；等等。如此来看，我们也不能简单地说杨遥描写的是社会底层人物或者"边缘化"的人物。实际上，应该说杨遥感受到的是"人"——不论是什么人——的一种生存状态。这种状态并不因为个人的身份、地位、金钱而改变。它应该是生命的一种超越了具体时间、地点和社会地位的具有恒定意义的生存状态。

一般来说，人们希望小说能够塑造具有典型意义的人物形象。这些形象应该有鲜明的性格，有生活的自主意识，或者从某种层面代表了社会发展的要求，等等。但是，在杨遥的小说中，我们几乎找不到这样的人物。首先，杨遥并不着意于对人物形象典型性的描写。出现在他小说中的人物不论具有什么样的身份、年龄、性别、经历，其实并不重要。这些人物只是承载作家内心感受的一个符号。那些具有人物特殊性的身份、性别等只是他进行描写时对人物生活环境的需要，而不是人物形象的需要。虽然在杨遥的小说如《二弟的碉堡》《白马记》中也塑造了"二弟""流浪汉"等中国文学中非常独特的人物形象，但就杨遥小说的整体创作来看，人物形象的塑造并不是最主要的。所以，其次，杨遥只是不厌其烦地书写自己体悟到的人生的一种存在状态。这种存在状态不是属于某一种人的，比如被社会边缘化了的人，或者如很多人谈到的所谓的社会底层人物。事实上，这种状态是属于"人"的，即属于社会生活中所有人的。是人就会遭遇这样的状态。或者说，人总是要经历或者处于这样的状态。对这种生命生存状态的表达才是杨遥小说的核心。这种生存状态并不因为人物个人的某种境遇才存在。它不是社会学意义上的管理问题、社会阶层的问题或者政治问题造成的。比如，由于管理体系不健全使某些人处于不利的地位，或者由于政治原因使某种人被淘汰，等等。杨遥所表达的是建立在社会存在的基础之上，但是又超越了这些具体社会原因的生命的存在状态。这种状态并不会因为社会环境的改变、时代的变化、政治环境的不同而消失。它是与生命的出现一体共生的。不论人的年龄多大，从事什么职业，在什么地方生活，这种状态总是与生命如影随形、不离不弃。所以，杨遥为我们描写的是不具备典型形象意义的生命共性，是生活中的非典型的大多数。如果从这样的角度来看杨遥的小说，就会使我们感受到超越了具体存在的具有永恒意义的生命状态。这使杨遥的小说产生了一种哲学意义的价值。

自觉与局限——生命存在的一种常态

一直以来，文学都在探寻、表达着生命的意义。不同的作家，由于所处的社会背景不同，个人的经历、学养不同，对生命的感悟也各异。诸如《离骚》《天问》等作品，究问的是人的生命与"天"——大自然的关系。屈原在那个时代大变迁、思想大活跃、社会大变革的历史时期，也是奠定人类基本价值体系的"轴心时代"，对人的生命产生了强烈的探究欲望。而《女神》等则表达了在中国探寻现代化道路的进程中人的自觉性的觉醒。这些关于人的价值的表达虽然与作家所处的社会背景密不可分，但我们仍然需要以建立其中又超越其上的眼光来看待它们。我们不能脱离社会生活的大背景，同时也不能拘泥于具体的社会生活。简单来说，虽然所处的时代不同、具体的社会环境不同，面临的任务、挑战不同，但总有一些东西是属于生命自身的。生命在具体的社会环境中形成，并表现出自己的价值。杨遥的小说表现了生命存在的种种局限性，以及生命中隐藏的闪光的力量。但是，就杨遥的小说来说，生命总是难以突破自己存在的环境的局限。

就我个人的观点来看，更强调生命的自觉性、力量，以及因此而生成的积极的内涵。但是，并不因此就否认生命的局限性、软弱与被动。而实际上，不论人的自觉性、主动性得到怎样的张扬、发挥，局限与被动总是存在的。我们甚至也可以说，人类的成长发展进程就是这种与自身的局限性、被动性博弈的过程。正因为人类的生命具有了理性、自觉性，才在这种博弈中使生命不断进步、完善。但是，这种进步与完善是一个渐进的过程，不可能在某一时刻终结。如果说有终结的话，是具体生命的终结，而不是生命现象的终结。

杨遥的小说虽然还没有很典型地涉及这些社会人生领域，只是在比较"小"的范围内书写自己的感受。但是，从人与存在的关系来看，杨遥也比较好地表现了人的一种困境及其面临的挑战。他的描写主要是一些琐碎的甚至构不成故事的日常生活，即非典型的大多数的常态生活。在《柔软的佛光》中，童年的"我"似乎对肉和尚的经历、生活充满了我们所说的隔膜、无知。作者并不直接地、清晰地去写肉和尚是一个怎样的人，只是写了一些"我"能够感知的肉和尚的言行。作家没有传统地描写肉和尚这个人物形象，而是从孩子的感知中让读者也感知到这个模模糊糊、充满了未知与神秘的人物。对于"我"及更多的读者而言，对肉和尚的"知"是有限的，而"不知"则是无限的。在《张晓薇，我爱你》中，作者描写了赵小海对自己的同学张晓薇的情感。但是，这种描写是一种被遮蔽的描写。他没有从全知全能的角度来表达这种所谓的"爱"，而是在似知不知中来描写赵小海对张晓薇的情感，以及张晓薇的人生。《我们迅速老去》中的老季与"我"是可以倾吐隐私、两肋插刀的朋友。但是，"我"并不知道也不了解老季的行径。他从哪里来？又到哪里去？在干什么？这些对于"我"来说，都不清楚。我所知道的就是老季是我的某种依靠、寄托、牵挂。杨遥也有为数不多的小说写到了某种行为比较激烈的事件。如在《硬起来的刀子》中，王四与卖烤羊肉的外地人终于爆发了一场血案。但是，杨遥并不刻意去描写二者之间的尖锐对立，而是不厌其烦地从王四的角度描写他内心的软弱、善良、忍耐、纠结。这种种描写充分地表现了王四对自己之外的世界，包括自己生存的环境、卖烤羊肉的外地人等的不可把握。而最后的悲剧则被作者一笔带过。王四终于没有找到能够把握外部世界的理性方法，并酿成了一场血案。在《闪亮的铁轨》中，孩子与弧村村民之间也存在这样的关系。对于孩子而言，弧村是一个似知未知的领域。对于弧村村民而言，孩子也是未知的。

这两个未知构成了一种相互依存的关系，并隐隐约约地展示了他们之间的情感变化。

在杨遥的小说中，一般有两个世界。一个是"个体生命"的世界，另一个是作为这一个体生命对应的"存在"的世界。这两个世界互相独立，却又彼此依赖，形成一种生命存在的状态。他们虽然不能脱离对方，但又难以进入对方，二者构成一种渐进式的依存关系。在《柔软的佛光》中，"我"与肉和尚形成这种关系；在《硬起来的刀子》中，王四与外地人构成了这种关系；在《雁门关》中，"我"与老程等朋友形成了这种关系；等等。在这样的两个世界中，作为生命个体的人总是期望得到存在世界的理解，希望能够走进另一个世界。但另一个世界虽然没有拒绝，却总是不能形成充分的沟通，更难有完全的了解、把握。这实际上就是说，人不可能对自己存在的世界有彻底的把握。总之，我们在杨遥的小说中，看到了人们在一种或有或无、似有似无、有而又无的状态中生存。生命个体即使是在日常生活中也充满了局限性。他们对友谊寄托了希望，但是这种希望在某种时刻又不存在了；他们对未来充满了向往，但是又没有找到通达的路径；他们憧憬爱情，但爱并没有那么热烈、浪漫；他们想改变自己，但自己总是被改变。生命个体的主动性、自觉性被存在缓慢地、柔软地，有时甚至是偶然地消解了。读他的小说，总是勾起人内心一种淡淡的伤感、失落，以及难以化解的纠结。

爱与超越——生命存在的理由与意义

既然生命如此软弱、无力，那么，生命还有存在的意义吗？杨遥虽然给我们传达了许许多多的忧伤，但在他的内心深处总是不断地滋生着倔强的甚至有些悲壮的生命光芒。杨遥是一个生命的歌者。这种"歌"不是丧失了希望的哀歌，也不是陷入绝境又心有不甘的悲歌，而是蛰伏在生命内里的与生俱来的充满感染力的牧歌。他没有写生命的轰轰烈烈、大悲大喜，也没有写生命的顽强倔强、不可战胜，而是描写了生命细胞中生成的如潺潺细流一般的不绝如缕的美好。也正因此，使他的小说在伤感中透露出许多让人感慨的力量，并支撑人们更好地珍爱生命、尊重生命。这是生命存在最为充分的理由，也是他的小说之所以具有审美价值的根本体现，更是他的小说能够超越一般的所谓悲情表达的所在。在杨遥的小说中，那种爱的力量、超越了世俗追求的人格体现、对他人的无功利的关照淡淡地、缓缓地，却又是执着地、无所不在地散发开来，使人的内心被融化，并温暖起来。是的，我们还存在着，并且将一代又一代地永远存在下去。生活中不仅有许许多多的困惑、不如意，还有更多的、从细枝末节中流散出来的美好。这使我们感到了生命的可爱、存在的意义，以及对未来的希望。

杨遥这一代人正生活在一个充满了复杂性的时代。这是一个生龙活虎的时代，也是一个光怪陆离的时代。到处充满了机遇，充满了希望，却也到处都有迷茫，甚至陷阱。就生命的个体而言，面对这样的大变革、大转型，必将经历心灵的、行动的挑战。面对这种剧烈的变革，个人不可抗拒，只能适应，并以自己的良知与有限的认知推动它向更美好的、人性的、理想的方向发展。而杨遥正是在他的小说中表达了这种期望人的生命更完善的无处不在的良知。在他的伤感中，我们仍然能够体悟到人性中闪光的力量。这也使杨遥的作品能够区别于他这一年龄段许多作者作品中弥漫的失望、颓唐，以及人性的失败与生命的无望。生命虽然在很多时候是软弱的、无力的，但生命无论如何仍然是美好的，是充满活力与希望的。在杨遥诸种关于生命局限性的描写中，从来都没有遗忘生命美好的另一面。这似乎与他个人的经历有关。

我对杨遥的了解正是杨遥所表达的状态，似知非知，知而不知。他似乎不善言谈，但肯定不是没有自己的思想，也许他需要找到适合自己言说的对象。他的生活经历比较复杂，一些资料介绍，他曾经在村、乡、县、市、省五级生活工作过。而且是不断地由低向高发展。这种经历被人们解读得有些悲情，用以证明他经历的曲折。似乎人一生下来就在某个比较高些的地方生活就是幸运的。而以我的观点来看，杨遥是真正经历了幸运的人。这种五级生存状态使他能够具体地而不是抽象地、深入地而不是简单地、切身地而不是浮光掠影地体验、了解不同层面的生活状态。这其实是他成为一个作家的大幸运。许多人费尽周折寻找生活基地、进行调查采访，只能以一个外来者的身份进入，而杨遥则是以一个生活在生活中的人的身份生活着。当然，杨遥的经历也并非一帆风顺，期间也经过了许许多多的曲折、考验。比如经济的拮据，社会地位的低下，亲人的病痛与消逝，工作的不稳定不如意，以及理想与现实的错位，由于内心的敏感而形成的伤害，等等。但是，正如杨遥小说中所描写的那样，作为生命个体，他总是能够感受到生活对他的眷顾，比如他的婚姻，一个富有传奇色彩、超越了世俗功利却又平平淡淡的故事；工作的变动，当然是向好的方面变动；事业的发展，自然是表现出蒸蒸日上的状态；等等。这些林林总总构成他生活的全部。这期间有许许多多的机遇、好人在帮助他、支持他。而杨遥对这些来自生活的温暖总是念念不忘、难以释怀。这也反映出他人格方面的光彩，以及由于一个人向上、向

六 生命、存在及其意义

善、超俗、感恩所带来的因果。我曾经在一张报纸上看到介绍杨遥的文章。那是某个关于最佳读书家庭的报道，其中谈到杨遥夫妇在结婚时，由于经济困难，把有限的不多的钱用来买书，却没有添置一般家庭都需要的电视。在一个电视已经成为一般家庭最普通的需要的时候，杨遥与自己的新娘没有用不多的钱来买电视，却买了自己喜欢的书。这种超越了世俗功利的追求令我感动。我没有向杨遥求证是否确有其事，但在内心深处，我对这种心性表示最真诚的钦佩。也正因此，也是出于本性，杨遥不能在自己的创作中遮蔽、忽略生命中那些美好的东西。实际上，杨遥的许多小说即是他的带有自传性质的表达。

  杨遥小说中为我们描写的两个世界是对立的。但在这种对立中总是有相互之间的理解、同情、沟通；杨遥的小说总是使我们伤感，但在这种伤感中却淡淡地流露出生命的美好；杨遥表达了生命的某种局限，但是，他总是能够感受到来自生活的生命自觉性。他把这种表面看起来对立的东西非常随意地融合于一体，为我们描写出生命存在的大多数的日常状态。这就是我们的生活，这就是我们的存在，这就是我们生命之所以不灭的理由与意义。《张晓薇，我爱你》中，少年赵小海因为生活中出现了张晓薇而感到温暖。在以赵小海的视角叙述的张晓薇的生活，经历了一些考验、变故。但是，少年即使将成长为青年，赵小海也没有消泯了这种若有若无的爱。而张晓薇，则依靠自立、人格、劳动继续着自己的生活——这种在旁人看来并不落魄依然美好的生活。所以，张晓薇，我爱你！在《柔软的佛光》中，那个在孩子们看来奇怪的、神秘的，有着不幸家庭的肉和尚，内心却是那么充满了善良、爱心。他为了让久病不起的妻子能够感受到人间的善意，甚至祈求孩子们去给她拜年。他是那样善解人意，为他人着想。这个不被人理解，甚至有些被人鄙视的不存在于生活主流中的曾经的和尚，就是这样地具有一颗大海高山一般的善意——一种发自他生命内里的必然。《北京的阳光穿透我的心》描写了"我"与一群境遇差不多的年轻人在北京的寻找，或者说流浪生活。他们遭遇了失败，也取得了成功；生活拮据，却热爱文学，即使在生意好转、效益增长的时候，仍然在阳光下面的草坪上手捧着《诗品》，向往那种由我们的先人而来的诗意情怀；面对一个陌生的世界上最为庞大、复杂的城市，他们没有感到自己的渺小，却相互扶持帮助，并且感受到了北京及其所象征的生活背后的美好。在"亘古如斯的天底下与屹立千年的长城上，前不见古人，后不见来者，只有五个没名气的男孩与女孩畅谈着人生、理想"，"长城，你是历史的见证，也是我们今天的见证。在这苍茫的天底下，我们要闯开自己的天空"。这是杨遥小说中比较少见的"豪言壮语"，但却是他一直努力的动力，也是这个时代生命个体具有历史文化意义的延续与生命能够拥有未来的精神必然。杨遥的价值就在于他总是在自己散漫的叙述中不经意地表达出这种生命存在的理由与意义。生命，不论遭遇了什么，总是美好的。

哲理与寓言——非现实的现实

但是，这些小说还不是杨遥最具功力的。在他连绵不断、纷纷扬扬的众多小说中，我特别关注那些具有寓言意味也因而表现出某种哲理性的作品。这些小说如《二弟的碉堡》《你到底在巴黎待过没有》《白马记》《在圆明园做渔夫》《在A城我能做什么》《为什么骆驼的眼神总是那么疲惫》等。二弟并不是一个男人，而是一个"绝对粗俗"的女人。她从山里来，手巧能干，十分勤劳，但有许多奇怪的举动，使村里的人对她很反感，以至于想尽办法要赶走她。但是二弟并不吃这一套，在村里盖了一座碉堡一样高大的房子。于是，村人开始在这碉堡四周倾倒垃圾，以至于垃圾越来越多，包围了二弟的碉堡。然而，二弟并没有屈服，而是在自己碉堡的屋顶插了一根挂了乌鸦刺绣的竹竿。从物质的角度讲，这细弱的竹竿当然是单薄的。但从精神的层面看，这竹竿似乎具有了某种不屈且超拔的象征意义，非常辛辣地揭示了人性中的某种卑劣，以及从二弟身上表现出来的倔强。即使如二弟这样的令人生厌的人物，在她的身上也有许多值得肯定的东西。如她特别吃苦，特别能干，心灵手巧，常有许多村人不了解、不知道、不认可的举动。这使粗俗的二弟成为一个不为人所理解容纳的"另类"。但是，二弟在村人的排斥中并没有倒下，而是以一根挂着乌鸦的竹竿表示了自己精神的坚强与执着。这个故事当然是现实生活中不存在的，但其所表现的现象却是现实中可能存在的。阿累是一个从外地来到巴黎找生活的年轻人。他在师傅的剃头铺当学徒，并终于成为一名出了师的剃头匠。但是，在巴黎的多少年中，他的生活只限于师傅与自己的剃头铺。他对繁华的大都市巴黎一无所知。因为他没有机会哪怕是在巴黎的大街上走一走看一看。日子和日子重叠，许多天过去竟然像一天，以至于阿累竟然记不起自己在巴黎干了些什么。直到他后来上了前线，被人们称为"巴黎来的"，才发现他竟然并不了解巴黎。当阿累来到巴黎成为学徒后，觉得自己走上官道了，要让别人的巴黎也成为自己的巴黎。可是，多年后，阿累才发现，门外就是巴黎，而自己离巴黎"好像他们的村庄离巴黎一样远"。从这点来看，阿累是一个典型的失败者。但是，当学徒的阿累认真学习手艺，成为一个出色的剃头匠兼外科手术医生，在战场上发明了治疗外伤的医术,并被巴黎的城市志记录在册。多少时光流逝了,多少人被时间遗忘了,多少成功的巴黎人并没有进入巴黎的城市志。而阿累,这个曾经生活在巴黎却也似乎没有生活在巴黎的尴尬的、可有可无的外乡人却被巴黎的城市志记录,成为巴黎的历史与骄傲。从这点来看,他又是一个非凡的成功者。生命,就在这样的悖异中表现出它的价值。就杨遥这类具有寓言品格的小说而言,《白马记》最为典型。小说写小镇闯进了一位流浪汉。这个人骑着一匹白马,相貌、行为都十分奇怪。镇上的恶人诸如王二都惹不起他。更重要的是他有一种神力,可以治病、整容。镇里的美女白牡丹希望能够摆脱吸毒的无赖丈夫的纠缠折磨。流浪汉便给她吃了一种神奇的药,使她全身渐渐变黑发臭。但在全身变黑后,黑色素会逐渐褪去。这一计策生效,白牡丹的丈夫终于抛弃了她。但是,暗恋白牡丹的钉鞋匠赵七和镇上的人一样,并不知道这是一计。他希望自己能够照顾身患绝症时日不多的白牡丹,却遭到了白牡丹的拒绝。这使赵七深受伤害,决定不再过自己曾经的卑微的日子,让流浪汉把他变得丑陋凶恶。赵七的变化引起了镇里人的兴趣。他们怕别人欺负,也纷纷整容,把自己的容貌改变成更加凶恶的样子。但是,白牡丹的黑色素终于褪去,她"白得像鲜藕,嫩得像水豆腐,整个皮肤婴儿一样"。她的美照亮了大家,人们发现自己变丑了。当人们发现了自己的丑后,纷纷去找流浪汉。而这时,流浪汉已经消失了,无影无踪。这篇小说营造的氛围亦真亦幻、神秘阴冷,寓意丰富。显然,它与杨遥众多小说中那种随意性很强的叙述不同,有深思熟虑的结构与设计。小说通过孩子的眼光进行铺陈,渲染流浪汉的种种奇异之处。然后才进入正题,展开核心内容的描写。其间既有善与恶的较量,也有诸如赵七这样的地位卑微者内心善良的展示。更主要的是,赵七的转变是求善而恶。但是,一旦这种行为成为一种风气、一种社会"习俗",善就难以挽回,恶将大行其道。即使人们从内心反悔也无济于事。因为,能够改变善、恶的流浪汉——超越现实的道义神灵——已经弃之而去,不再复返。

　　在杨遥的这些小说中,为我们虚构了一个非现实的世界。但是,这种虚构并不是空穴来风。它是建立在作家对现实生活的高度感悟与提炼之上的。小说的描写也极力从语言细节、环境氛围等方面表现出追求真实的努力。从而为我们营造出一种非现实的现实。在这些描写中,作者极力通过人物的命运,以及情节性并不强的故事来隐晦地表露出小说的寓意。这种隐含在人物与故事之中的寓意具有非常突出的哲理性。这使小说成为一种借现实生活来超越现实的具有恒定的规律性意味的"道"的文本。这种所谓的哲理虽然是超越了现实的，但却是生成于现实的。也就是说，是作家在对现实生活的感悟、体验中萌发的，因而也是具有非常浓重的现实针对性的。它可能会使人们通过小说中人物的命运来观照自己的行为、灵魂，并确立自己的价值观。当人们浑然不知的时候，可能看不到自己身上的美与丑。但是，当人们被白牡丹的美丽照耀的时候，可能会反思自己。这类小说在杨遥的全部作品中并不占多数。但是，也正因为这些作品的存在，表现出杨遥具有从纷繁现实生活中升华出哲理意味的能力。

文学的表达方式自然是多种多样的，其中有一种表达是建立在现实生活之上，却又不着意于表现现实生活，而是从现实生活中看到了生命所具有的哲理意味的内涵。这种哲理意味不是从哲学范畴或概念进入小说，使小说成为证明某种哲理的论证书，而是从小说中的人物行为、故事情节、氛围营造等流露出来的。这种"流露"的过程越是生动，越具有吸引力，蕴含在其中的思想就越能触动人，越能被读者认可。小说的深刻性与哲理性并不是一个概念。他们不具有简单的同一性。哲理可能是深刻的，但深刻不一定是哲理。深刻性可能更关注现实世俗生活，比如社会发展的某种趋势等。而哲理则是超越了这些具体问题的深刻。它具有一种生命规律的意味在内。虽然我们不能要求文学都具有哲理意味，但可以肯定的是杨遥的创作为我们提供了很好的实践。

深刻与博大——走向更高的期待

从第一次发表小说到现在，杨遥已经有十几个年头的创作经历。他的作品很多，也引起了文坛的关注，表现出很好的发展势头。对文学，杨遥很执着。在这个影响力日见稀释的时代，仍然有杨遥及更多的人在钟情于文学，他们是文学未来的希望，更是民族文化的希望。我们不能想象一个物质极为丰富而灵魂匮乏的时代。因此，我们殷切地希望有更多更好的文学作品涌现出来，在这块代有人才的古老土地上，能够看到文学的旗帜猎猎飘扬，以引领我们被日益强大的物质所挤压的灵魂，是令我们骄傲、自豪的。

杨遥具有极好的艺术感觉。不论如何琐碎的人事，他都可以转化为生动的艺术表达。他的语言功力也很好，丰富的想象、活色生香的比喻、自然流畅的叙述，以及对人物内心世界的把握、表达都很精彩。是不是因为他的这种优势，使他的大部分作品写得比较随意？似乎是他想写什么就写什么，想写到哪里就写到哪里，想什么时候结束就结束。这种表达方式恐怕在日后的创作中应该有所注意和节制。他的小说往往在最后才是画龙点睛之笔。前面

六　生命、存在及其意义

大量的描写叙述都是为了这个"最后"做的铺垫。但是，这些"最后"也是他写得比较简单仓促的地方。杨遥喜欢写许多琐碎的事。这并不是坏事。如果能把那些日常琐事写成小说，我以为是非常不容易的。但是，是不是过于关注这些琐碎之事影响了杨遥小说的格局？我常常对自己产生怀疑，生怕提建议而误导了别人。毕竟创作是一种个性很强的劳动，不同的人有不同的审美倾向、创作趣味。但是，我又非常期待有深度、有大品格的作品出现。不是说写小人物、小事件就不能出现大作品，而是说就一个创作者而言，不能局限于小格局之中。杨遥也不能总是重复自己，需要有大的突破。这种突破口在哪里需要我们很好地讨论。但总的来说，我们正处于一个非常关键的历史时刻，正遭遇着一个非常伟大的时代。我们的现实千姿百态、色彩斑斓，希望与失望交织，成就与挑战共存，力量与危机同在。这样的历史时刻，为文学提供了更加博大、丰富、广阔的舞台。我们有理由期待会有更加具有思想深度、精神力量、情感魅力的作品涌现出来。这其中当然也包括杨遥的作品。

杨遥小档案

杨 遥 原名杨全喜。1975年出生于山西代县。2001年开始在《五台山》《山西文学》《黄河》发表作品,此后在《人民文学》《十月》《当代》《大家》《上海文学》等刊物发表小说多部。部分入选《21世纪文学大系》《小说选刊十年选》等选本。2009年,小说集《二弟的碉堡》入选"21世纪文学之星"。2014年,出版小说集《硬起来的刀子》《我们迅速老去》,文化散文集《脊梁上的行走》。曾获《黄河》优秀小说奖、《山西文学》优秀作家奖、第九届《十月》文学奖、第十届《上海文学》奖、2007—2009年度赵树理文学奖等奖项。中国作协会员,鲁迅文学院第十五届高级研修班毕业,山西作协第二届优秀签约作家。现在山西省作协工作。

杨遥主要作品目录
（2001—2015）

一　出版作品集

短篇小说集《二弟的碉堡》，入选《21世纪文学之星2009年卷》，作家出版社2010年版

短篇小说集《硬起来的刀子》，三晋文艺出版社2014年版

短篇小说集《我们匆匆老去》，北岳文艺出版社2014年版

文化散文集《脊梁上的行走——长治郊区红色记忆》，北岳出版社2015年版

二　获奖作品

《二弟的碉堡》2005年获《黄河》"雁门杯"短篇小说奖、2010年获2007—2009年度赵树理文学奖新人奖

《硬起来的刀子》2011年获第九届《十月》文学奖

《雁门关》2013年获第十届《上海文学》奖

三　文学期刊发表作品

《病孩》，《五台山》2001年第4期

《奔月》，《五台山》2001年第6期

《北京的阳光穿透我的心》，《山西文学》2001年第12期

《梅花与鞋》，《山西文学》2002年第2期

《坐在北方的春天看海》，《山西文学》2004年第1期

《玻璃》，《黄河》2002年第3期

《挽歌》，《黄河》2003年第4期

《苍茫的关隘》，《佛山文艺》2003年3月下

《圣手》，《佛山文艺》2004年8月下

《偷鱼者》，《芙蓉》"'70后'短篇小说年度展"，2004年第12期

《豆腐山》，《黄河》2005年第1期

《二弟的碉堡》，《黄河》2005年第1期

（《小说选刊》2005年第5期转载，入选春风文艺出版社《21世纪中国新文学大系——2005年短篇小说》，入选《华语新势力青年作家十年选》，入选漓江出版社《小说选刊：一本杂志和一个时代的叙事》十年精选，获《黄河》杂志2005年"雁门杯"优秀小说奖）

《同里》，《黄河》2005年第1期

《一只长不大的羊》，《黄河》2005年第2期

《姚三》，《黄河》2005年第2期

《马崽》，《黄河》2005年第2期

《铅色云城》，《佛山文艺》2005年11月上

《我们为什么不会飞》，《佛山文艺》2005年11月下

《那一年，我跑得好快》，《佛山文艺》2005年12月上

《和新疆人交朋友》，《黄河》2006年第1期

《跳棋》，《黄河》2006年第2期

《在A城我能做什么》，《黄河》2006年第2期

《富贵》，《黄河》2006年第2期

《草麦黄》，《黄河》2006年第3期

《太阳悬浮》，《黄河》2006年第3期

《女孩苗苗去上学》，《黄河》2006年第3期

《坐充气跳床回家》，《佛山文艺》2006年8月上

《当我的诅咒应验的时候》，《黄河》2006年第4期

《和冬天一样冷的日子那么多》，《黄河》2006年第4期

《烤烟房》，《黄河》2006年第4期

《闪亮的铁轨》，《人民文学》2007年第3期

《谯楼下》，《黄河文学》2007年第3期

《寒流》，《红豆》2007年第1期

《一个小公务员的梦》，《山西文学》2007年第1期

《战争游戏和鳖》，《佛山文艺》2007年5月上

《公园里的故事》，《黄河》2007年第3期

《结伴寻找幸福》，《黄河》2007年第5期

六 生命、存在及其意义

《王白的长城》,《黄河》2007 年第 5 期

《我们迅速老去》,《大家》2008 年第 5 期

《在旅途》,《大家》2008 年第 5 期

《在六里铺》,《文学界》2008 年第 8 期

《公路上两个可怜的人》,《都市小说》2008 年第 8、9 期合刊

《几幅素描和道听途说的故事》,《黄河》2008 年第 5 期

《江湖谣》,《山西文学》2008 年第 10 期

《广场上的狐狸精》,《山西文学》2008 年第 10 期

《你到底在巴黎待过没有》,《大家》2009 年第 5 期

《硬起来的刀子》,《十月》2009 年第 4 期（获第九届《十月》文学奖）

《逃跑的父亲》,《鹿鸣》2009 年第 5 期

《唐强的仇人》,《当代》2010 年第 1 期

《风从南方来》,《西湖》2010 年第 2 期

《今天请你吃大碗面》,《西湖》2010 年第 2 期

《小孟小孟，干什么》,《西湖》2010 年第 2 期

《奔跑在世界之外》,《天涯》2010 年第 2 期

（入选 2012 年短篇小说年选）

《留下卡卡，他走了》,《大家》2010 年第 3 期

《原锋利》,《大家》2010 年第 3 期

《子弹，子弹壳》,《黄河》2010 年第 3 期

《村逝》（中篇小说）,《鹿鸣》2010 年第 4 期

（入选湖南文艺出版社《新写实小说选》）

《同学王胜利》,《长城》2010 年第 4 期

《跳舞的人是你》,《长城》2010 年第 4 期

《桃花灼灼》（中篇小说）,《五台山》2010 年第 6 期

《脱了鞋，我和你一起干》,《都市》2010 年第 7 期

《一醉方休》,《都市》2010 年第 8 期

《耻辱书》,《山西文学》2010 年第 8 期

《为什么骆驼的眼神如此疲惫》,《大家》2010 年第 6 期

《大街上的人来来往往》,《红豆》2011 年第 1 期

《为什么不把她做成琥珀》（中篇小说）,《芙蓉》2011 年第 2 期

《请你讲讲我爷爷的故事》,《山西文学》2011 年第 8 期

《雁门关》,《上海文学》2011 年第 9 期

《膝盖上的硬币》,《十月》2011年第5期

《白袜子》,《野草》2011年第5期

(《小说选刊》2011年第11期转载)

《恶水》,《大地文学》2011年卷五

《裁缝铺的小子们》,《边疆文学》2011年第10期

《下龙湾女孩》,《作品》2011年第11期

《张晓薇,我爱你》(中篇小说),《山西文学》2011年第11期

《谁和我一起吃榴梿》,《山东文学》2011年第12期

《都是送给他们的鱼》,《文学界》2012年第2期

(《中华文学选刊》2012年第5期转载)

《猴儿子》,《作品》2012年第4期

《表哥和一次青岛游》,《大家》2012年第3期

《野三坡》,《大家》2012年第3期

《大雁塔》,《大家》2012年第3期

《柔软的佛光》,《上海文学》2012年第7期

《白马记》,《山西文学》2012年第9期

(《好小说·长江文艺选刊》2012年第2期转载)

《在圆明园做渔夫》,《长江文艺》2013年第1期

《从滹沱河畔出发》,《长城》2013年第2期

《孤岛》,《创作与批评》2013年第6期

《保险》,《文学港》2013年第7期

《刺青蝴蝶》,《山西文学》2013年第8期

《给飞机涂上颜色》,《福建文学》2013年第9期

《双塔寺里的白孔雀》,《上海文学》2013年第10期

《唐僧是我们的证婚人》,《都市》2013年第10期

《力拔山兮》(中篇小说),《黄河》2014年第1期

《冬天乘雪橇远去》,《鹿鸣》2014年第1期

《树上的宫殿》,《大家》2014年第2期

《过马路是一件危险的事情》,《福建文学》2014年第7期

(《小说选刊》第8期转载)

《水到底有多深》,《光明日报》2014年9月26日

《使劲拉一把》,《山西文学》2014年第9期

《把穷人统统打昏》,《南方文学》2014年第9期

《黑色伞》,《杨树浦文艺》2014年第6期

《养鹰的塌鼻子》,《文学港》2015年第1期

《放生》,《长江文艺》2015年第2期

《山中客栈》,《青年文学》2015年第2期

(目录中未标明体裁的均为短篇小说)

四 相关评论

秦万里:《让小人物显现个性的光彩——〈二弟的碉堡〉序》,作家出版社2009年版

董大中:《下层人的生活承受和感情表达——读杨遥〈二弟的碉堡〉》,《黄河》2011年第3期

王春林:《生活的复杂与文本的暧昧——细读杨遥短篇小说〈闪亮的铁轨〉》,《山西日报》2011年6月13日

李云雷:《杨遥——文学路是最近的路》,《北京青年报》2011年8月17日

鲁太光:《家乡、异乡、家乡——杨遥其人及其小说》,《作品》2011年第11期

高红梅:《异化下的多重焦虑——"70后"作家陈集益、杨遥和肖江虹的乡村底层叙事》,《文艺理论与批评》2012年第4期

吴佳燕:《现实创伤与精神幻境——评杨遥的〈在圆明园做渔夫〉》,《文艺新观察》2013年第1期

陈克海:《杨遥和他的碉堡》,《百家评论》2014年第5期

刘涛:《远方与近处——杨遥论》,《瞧,这些人:"70后"作家论》,北京大学出版社2014年版

王朝军:《杨遥的"非马"》,《山西文学》2014年第9期

金春平

1983年生，山西太原人，文学博士，现为山西财经大学文化传播学院副教授，南京大学博士后，主要从事中国现当代文学研究与当代文学批评。迄今为止，出版专著一部，在《当代作家评论》《民族文学研究》《扬子江评论》《南方文坛》《文艺理论与批评》《中国出版》等报纸和刊物发表论文40余篇。目前主持中国博士后科学基金面上资助项目，江苏省博士后科学基金项目，山西省高校哲学社会科学项目，山西省科技厅软科学项目，山西省教育厅教学改革项目，山西财经大学青年基金项目等。

七 个体化时代的文化拯救与诗意信仰
——小岸小说创作论

金春平

21世纪之交以来，现代工业技术的迅速发展，悄然改变着中国社会的传统城乡格局，城镇化和城市化已经成为当前中国发展的主导趋向，传统农耕文明时代的"社群化"社会开始步入"个体化"社会，所谓的"传统"意识形态，也正在被一切以"后"命名的解构性价值形态所取代。但传统"解构"的结局并非现代性的文化盛事，却是文化残局的真空，现代性的"建构"在中国仍然呈现为"未完成的工程"。尤其是进入21世纪初，全球化浪潮、消费主义、大众文化、物质主义等多元价值理念在当前社会的蔓延，在带来国人感官解放和物质享受的同时，"人"却最终滑向了信仰扭曲的"心灵渊薮"和精神景观的"家园荒原"。城镇化进程引领下的个体化时代，人的现代化如何深入开掘，如何进行解构残局后的文化重建，是21世纪以来中国作家亟待解决的文化命题。山西"70后"女作家小岸，以其独特、沉潜、深刻的女性生命体验，对这一文化难题进行着个体化的诠释和探幽；同时，小岸的小说对"人"的主体性思考，呈现出超越传统现代性或第一现代性的文化特征，进行着第二现代性，即"自反性现代化"建设的趋向；其文学创作的当下性、介入性、时代性，在继承了百年来山西文学现实主义强势的文学传统的同时，也以其古典化、唯美化、诗意化，重构着山西文学现实主义独占鳌头的文学格局和美学版图。

孤独与荒诞：无奈的自由和存在的游戏

中国社会城镇化的历史步伐，正击碎着传统乡土文明以家族本位为纲的宗法制伦理秩序，人开始由社会化和群体化的人上升为个体化和自由化的人。个体化、自由化，既是现代性的要义，也是现代性的期望。但是，个体自由权利的成熟和获取，却演变为"个体越来越受到自由之累，空有自由之身，渐成孤立之人，反而丧失了自主的能力"[①]，对这一隐秘、强大却又无法言说的精神状态，小岸以其敏锐的洞察、细腻的刻画、巧妙的叙事，谱绘出被灯红酒绿的城市景象和大国崛起的浮华和喧闹掩盖下，个体之"人"心灵无以逃遁的"孤独"。

在《比邻若天涯》中，朱文妮在摆脱无爱婚姻之后，却无法弥补自我心灵的自由，与田云飞的邂逅和一夜激情，是对孤独的反抗，但一切仍回归于爱与自由的失落和孤寂；《半个夏天》中的"孤独"女孩小莲对彭思阳的暗恋是她唯一慰藉孤独心灵的方式，但彭思阳的悄然离去，只给这个女孩带来一场"爱情白日梦"；《温城之恋》以诡异的穿越结构，演绎了一场现代版的"人鬼情未了"，迟岩对美丽、单纯、近乎完美的蓝心的极致"纯爱"，在"穿越"到现实之后，仍然是不得不面对的残酷孤独；《水仙花开》以动人的情感笔触，叙述了水仙和张泽兴之间爱情契约的"失信"，看似充盈而丰富的个人日常生活，却始终满溢着忧伤，"孤独"的个体渴望着温暖的情感，却是以悲情结局；《海棠引》中海棠的生活轨迹，更像是萨特箴言"他人即是地狱"的验证，看似"圆满""和谐"的家庭，原来夫妻之间竟然隔着无以言表的孤独之河……

小岸的城镇叙事，摆脱了对宏大历史和时代政治旋涡中人的不自由审视，也不停留于传统乡土文明或现代都市文明对人的禁锢或扭曲的凝望，人不再承受着传统文化枷锁、阶级政治枷锁，甚至物质匮乏枷锁之重，人的心灵在城镇日常生活空间中获得了前所未有的"自由"。但是，小岸并未执着于自由获取之后虚幻而肤浅的狂欢当中，却在其小说中先觉性地触摸到了人在解脱种种无形重负之后的"心灵自由"，实质是陷入了思想自由的"孤独"境况。小岸笔下的孤独，源于对自我本真的清醒认知，也是人的自我权利或曰主体性的确认。它虽然伤感，却并不需要怜悯，"孤独的自由"，是思想的自由释放和驰骋，也是身体权利和伦理陈规的冲决。因此在其小说叙事中，可以一夜激情，可以友情聚散，可以家庭破圆，一切都是在自由的选择中开始和结束，与此同时，人也是从拒绝孤独中又最后走向宿命般的孤独。正因如此，小岸的小说创作，已经迈开了对"当代人的现代化走向"这一难题的个体化言说步伐，并敏锐地感受到了个体的"孤独"和无奈的"自由"，恰是当前社会人类所不得不面对的"精神存在"，这也正是启蒙主

[①] 熊万胜、李宽、戴纯青：《个体化时代的中国式悖论及其出路——来自一个大都市的经验》，《开放时代》2012年第10期。

义者和现代化号召者所始料未及的人的"现代性危机"的负面后果。这种现代性后果，既包含对现代性的合法性在个体化社会失效的质疑，也透视到了隐藏在社会转型中个体心理文化依托资源的失落，小岸直面着虚假喧嚣时代背后人文精神的败局，更审视着个体心灵的柔弱机理。

个体化，其基本含义是人与人之间的高度分化，个体与个体之间的分殊逐步进入层化、级化、甚至极化，其潜在的对比参照概念就是"整体化"，因此，孤独的个体已然失去了整体关系网络的多元化位所，哲学意义上的"荒诞"，在文学生活空间当中就演变为人际和现实的"游戏"和"戏剧"。这是小岸对生活复杂的理路清理，是对"整体生活"与"个体之人"关系的深度刻摹。小岸搭建小说与世界之间的通道，始终是试图走向"深度"的"尽头"，但这个尽头却是令人不忍面对的画面，每个个体都在积极努力地进行自我意义的赋予，但却普遍以"无意义"的"荒诞""困境""虚无"收场，个体之人终究无法逃脱命运之神的捉弄，只能走向心灵的孤独和精神的荒芜。

在《你知道什么》当中，作者以嵌入式的叙事视角进行衍射，一场偶然车祸竟然产生了多米诺骨牌般的心理连锁反应，将一群看似没有任何关联实则又是身处人际封闭圈内的所有人的美满毁灭。在小说中，几乎每个人都在不由自主中走向不可预知的黑色深渊，死亡、背叛、意外、欺骗……在《梦里见洛神》当中，杜浩然与辛晓雪轰轰烈烈的婚外恋情，却因一个藏有两人大量私密短信手机的丢失而发生戏剧化的转折，杜浩然成为"网络红人"，仕途夭折，女儿高考失利，妻子离家而去，为了寻找人间的"真爱洛神"，却被虚拟的"网络厄神"玩弄，真实和虚幻恍如春梦；《车祸》当中的袁小月，在沉闷的日常生活旋涡中，并未放弃对未来美好生活的执着和努力，一次阴差阳错的"被死去"，却最终发现，自己的"死"不仅没有对人际之网和生活之海激起任何波澜，还让很多人的生活变得更加"幸福"，"死亡"与"复活"，"灾难"与"幸福"，竟然奇妙地进行了颠倒、置换和错位，个体化时代的生命、生活和人性，最终裸露出的是不堪入目的"荒诞"和"虚无"。

这种令人"惊异"甚至"绝望"的"存在"发现，显然是小岸对当代社会人类生存透视后的自我构建，更是小岸基于生活审视和生命体验的无奈总结，生活没有完美，生命没有圆满，但残缺和碎片，恰又是当代社会个体化转型当中，个人权利获得高度自由选择的结果，后现代的隐忧不仅悄然成为生活的常态，原来，意义的消解、颠覆、解构，早已存在于人类生活的历史长河当中。也正鉴于此，小岸不仅在山西中青年作家群当中，即使在全国的同代际的作家群当中，也显示出相当的思想先觉性和先锋性。

家园与怀恋：重建的皈依和文化的追忆

个体化社会的转型结果，是在破解权威、消解传统、颠覆经典之后，人也随之呈现出了异质化面貌，人的主体性发展开始进入更高阶段。但与之相随的问题也日益凸显：自我的意义赋予如何获取？人在获得"自由"之后，如何构建主体觉醒、主体独立、主体完整的价值资源？而小岸则以"守望传统"的姿态，开始建构着当代社会个体人的精神家园。这种资源摒弃了第一现代性所提倡的民主、理性、科学等界域分明的实用型、政治型理念，转而以"退"为"进"、借"回归"为"化用"，对"传统文化"和"乡土文明"进行现代化的改造和借鉴，以此来建构个体化社会当中，整合人的流变、多样、未定、异质的共享体系，在这个意义上，小岸的创作呈现出鲜明的"文化拯救"或"文化救赎"的努力意识，内隐着以"传统文化"和"乡土文明"为基石的价值取向，这也成为贯穿其作品始终的灵魂。

首先，小岸的小说着力表现的是个体之人在实现了现代性所倡导的人格独立、性别独立、主体独立，但精神家园丧失之后，以"恪守传统文化伦理法则的方式"进行"个体心灵家园"的"寻觅"和"重建"的温情景观。《回家》当中，家庭的形式组织并未真正蕴藉着"精神之家"的情感认同。但父亲的"宽恕"、母亲的"赎罪"、丈夫的"孝廉"，甚至路人的"亲善"，一个个因情与性的分离造成的情感悲剧，在"以和为贵"的"大爱"蔓浸之下，剥去了晦暗的面纱，展示出家园复得的温馨与魅力。流变中的孤独个体，在传统家族文化伦理的感召下，寻得安身的处所，觅得家园的复归。《杨杨的理想》当中，杨杨几乎苛刻和自虐般地存钱，都是为了她心中圣洁的"家"。传统文化当中的家族伦理信仰成为支撑杨杨不懈努力的心理动机，也正是在对传统文化的守望当中，杨杨看似单调而平凡的生活也因而充盈和丰沛起来。小岸作品世界中的人物，都在努力地寻觅和重建着遗失的心灵家园，这种精神家园的构建，立足和扎根于本土传统文化和乡土道德伦理，它们不仅是个体化时代能够进行个体单元整合的文化黏合剂，同时也实现着对个体社会普遍的精神沉沦的文化拯救和精神救赎，从这个意义上讲，小岸通过温情小说世界的打造，对本土文化资源进行创造性嫁接和转换，并据此对现代性的"副作用"进行着审美式批判。

其次，小岸对当代价值资源真空的文化救赎，还表现为通过"文化追忆"的"怀恋"来反观当下个体精神的溃败，以此实现对人类"文化精神家园"的"寻觅"和"重建"。人在从"人类化"发展到"个体化"阶段，并无法完全摆脱集体文化传统的制约。个体化阶段的"文化多元"，在肯定其对人的自由发展和思维解放的同时，却并未带来新的价值理念的有效整合；现代工业技术和物质财富的巨大进步，在带来个体现代化发展契机的同时，还未能形成整体的个人化历史的可能。个体化社会的到来与自我主体性的独立，使当下人的经验图式、行动方式愈趋淡化，人和人更加难以复制出彼此的经历和体验。于是，对"非个体化时代"的"集体怀恋"和"文化追忆"，就具有了对当下个体之人进行"文化家园""寻觅和重建"的意义。在长篇小说《在蓝色的天空跳舞》中，作者将叙事时空设定为"过去"和"现在"两大情境。小说在追忆青春体验的同时，"青春叙事"更多蕴藉着"人"的文化追忆。苏娅与贾方方、常秀妮、罗小玲等同性之间的友情，在青春期羞涩懵懂的心理浮沉和细腻婉转中，却不失超越现实功利的"纯"与"真"；苏拉对苏娅的朦胧暗恋、苏娅对老师钟远新的执着暗恋，这场"暗恋"与苏娅和姜博键为了婚姻的"择偶"行为，恰恰是功利世俗"爱情"和美好本真"爱情"的对比式反讽；对"爱情"的渴望，以至于苏娅和卷毛的一夜激情之后，苏娅不惜悔婚也要赋予爱情结晶毛毛以生命权利，这是个体化时代女性主体性觉醒的必然，对世俗陈规的冲决，也是价值失衡年代，对以爱情为核心的传统价值理念的守护，对物质主义、消费主义时代精神平庸和心灵单面的文化救赎。《比邻若天涯》中朱文妮与田云飞近在咫尺的回忆，田云飞与顾真真的初恋回忆，《温城之恋》中迟岩与蓝心的纯爱追忆，《水仙花开》中水仙与张泽兴的羞涩初恋，等等，小岸的这类文化追忆和生命怀恋小说，绝非停留于存在主义层面的"再现"，而是不断通过回忆的叠加与当下现实的隐形参照，"表现"个体社会的一种文化认同和价值分享，以此来整合早已松散的文化碎片，重建价值虚空年代的文化基石。

神性与人性：诗意的生存和价值的信仰

个性化社会向个体化社会的转型过程当中，流动、独立、异质成为人的基本生存状态，人在获得了高度个体化自由选择的权利之后，"无根"与"漂泊"也成为当代人的生存困境。自反性现代性，就是对信仰缺失、价值消解的反叛，它试图对人的存在和意义进行整体性的认知自赋，对现代性过程中人的个体化的过度"自由"和"多元"进行制约和整合。小岸的小说，并不回避生活的复杂和残酷，凌厉的生活质感，戏剧般的烦恼人生，残缺不全的爱情婚姻，等等，这些都是小岸必须直面的现实存在，但是，在观照庸常人生与平淡生活之时，小说却始终有着"神性"和"人性"之光的烛照，以此来穿透个体化时代人的心灵沉钝与精神荒漠。"神性"和"人性"的存在，是个体化社会，在心灵漂泊、灵魂躁动、生活迷茫、苦难随行的现实处境当中，人能够诗意生活的带有宗教信仰般的精神资源。

小岸小说中人物的"神性"，"是指不可企及的只存在于彼岸世界的人性的完满性、理想性实现"[①]，有着超越世俗、不染尘埃的"极致"的"天使之美"，这种神性的存在，是对当下俗世人生的参照对比，也是荡涤生活丑陋的上帝般的大智。《温城之恋》中的乡村姑娘蓝心是一位不食人间烟火的神性女子，这个充满古典韵味的穿越式爱情故事，虽有着男权意识下对女性形象的期待和东方式的"蝴蝶情结"，但蓝心的"神性"更蕴藉着对个体化时代风花雪月饮食男女随意爱情和游戏情感的鞭挞，是对个体化时代"爱情自由"选择权利的警惕和反思。在《半个夏天》当中，小莲对彭思阳爱的执着与至真，恰是当下时代真情不在、爱情消解的沉默时代的悠远钟声，这种神性之圣洁，是对心灵尘埃的洗涤和净化，也是对现实功利爱情和婚姻无望破败现状的文学性、想象性鞭笞，深隐着小岸对"理想"爱情和"古典"人伦回归的渴望。在《水仙花开》当中，水仙这样的纯情女子，恰恰烛映出世俗的纷扰和物质喧嚣，个人生活看似卑微，却包含着对人类精神的无法超越、遗忘永恒、拒绝记忆、不信爱情的"时尚"大众理念进行回击的力量，也正是因为有神性之光的存在，小岸的小说有生活的忧伤，却并无生命的绝望。

小岸创作中的"神性"在投射于一系列女性形象之时，男性形象同样有着"神性"的伟岸光芒。他们以其神性般的璀璨和力量，化解着生活中的种种误解、悲情、低微和扭曲，是生活得以继续、圆满，让个体不失追求幸福和诗意生存的动力源。在小岸的小说当中，一系列"父亲"形象，具备了神性之父的所有品质，隐忍、大度、无私、关爱、宽容、无怨……集体无意识当中"父亲"应具备的一切元素，都可以嵌入其作品中的"父亲"形象当中。《回家》中的"父亲"，用理解、宽容、博爱，原谅了母亲年轻时无奈的出轨，包容了儿子并非自己亲生骨肉的事实——只为了家的圆满。《余露和她的父亲》中余露的三次"恋父"情结，是对记忆中父亲神性的守候——因为父亲是因为自己而殉命。父亲俨然成为余露心中的"圣

[①] 傅书华：《神性、人性与社会性的纠结》，《当代文坛》2013年第6期。

七　个体化时代的文化拯救与诗意信仰

洁"之人，这是一种信徒与教父般的虔诚关系，尽管隐藏着心理的危机和乖戾。

　　小岸小说中"神性"人物的存在，在带来精神馈赠的同时，脱俗与空灵也成为其作品的主要特征。生活的多元和复杂，固然需要神性的光芒，更需要以沉潜的姿态，触摸生活的质地，也更需要对人性复杂的深入理解。在当前的个体化社会当中，后现代理念的甚嚣尘上，使得对人性的内涵理解日趋多元，道德化审判已逐渐失效，"多元人性"取代了传统的"道德人性"，并成为衡量个体时代生活模态的基本价值理念。小岸的小说，正是对多元人性与复杂生活的勾勒，生活的"酸甜苦辣"被生活的"丰富多彩"所取代，人性的"善恶美丑"也被人性的"本真"所解构，一切在道德化的"不合理"审判当中，又呈现出"理所当然"的合理色彩。

　　《卡》巧妙地通过一张空白银行卡，串联起了四个家庭、五段人生。对于每个人在生活当中的心理和行为的审视，传统道德审判已经失效，更多的是人性元素的作祟使然。但无论是私吞、行贿、受贿、婚外情，都无法用传统道德伦理的"对错"来衡量，对与错已经没有界限，只有隐藏在所有行为背后的人性使然。在《守口如瓶》当中，小岸设置了"现实生活"和"虚拟生活"两大空间：现实空间当中，苏素、丈夫武修文、朋友唐叶，每个人承担着各自的社会角色，都是戴着镣铐跳舞的生活个体，在生活之流中行进着；但是网络空间的链接，却让三个不同的个体灵魂有了慰藉和依靠的理由，原来"社会角色"和"本真人性"之间的错位和间离是多么的不可思议。"守口如瓶"不是信守任何社会诺言，而是信守着角色重压下人性的纯粹与澄澈。

　　为了凸显个体"人性"在残酷生活中对群体道德伦理法则的超越，小岸在《零点有约》中将"人性"与"法律"进行了尖锐的并置。因杀人而隐匿于山村煤矿的韩国强，怀着对广播节目零点有约主持人钟梅若的无保留信任，最终投案自首。生活的荒凉、世界的残酷、命运的不济，唯有人性，以及人性当中最宝贵的信任，才是这个个体时代和冷漠世界的情感纽带和温暖之火。小岸在《零点有约》当中，彻底完成了对道德化和理性化价值判断体系的扬弃，欺骗、犯罪、巧言，乃至杀人，这些传统道德法则当中惯常认为的"丑"与"恶"，早已被"人性之光"的妩媚和耀眼所遮蔽，人性成为其小说创作的价值灵魂，构筑起了小岸小说人性化叙事的永恒命题。

　　以神性为平庸现实的"理想彼岸"，以人性为观照生活质感的"此岸切

147

口",是小岸小说和故事构筑的内在线索。在个体化社会信仰溃败的年代,"神性"和"人性"既成为个体自我反省的内在价值参照,也是个体之人获得意义确认和赋予的生活理由:"人性"成为小岸有意展示生活奥秘和复杂理解的基础体验和基础话语,而"神性"是小岸小说呈现昭示价值和意义重建的内在价值机体,这也构成了小岸"温情叙事"的文化命理,从而成就了小岸在山西文学界和中国当代同代作家群当中的独特之质。

底层与女性:日常的表达和话语的重觅

个体化,意味着传统的金字塔形阶层固化模态逐渐被打破,个体成为社会网络关系当中的一个基础单元,"个体流动化"将成为个体社会的基本形态,底层这一社群时代的重要概念,也将成为一个相对性概念,底层话语的表达,即演变为日常化话语的表达。因此,小岸的小说,虽有一部分是以"小人物"在社会"底层"中的艰难与苦涩的生存图景为内容,但其"底层意识",即对社会的不公、阶层的压迫、机制的弊端等领域的批判性并不十分显著,一切的悲苦都在"人性温情"的"大爱"之下走向消解。她的小说,一类关注非个体化时代的"小镇生活"。以《水仙花开》《半个夏天》《车祸》《杨杨的理想》等作品为代表,这类作品当中,社群组织是其基本的社会机制,"底层"的概念还有着基本的界限归属,女主人公与男主人公之间的不对等,也因着地域、经济、文化、价值观等的阶层分殊而充满悲情意味,但由于有"人性"之"真爱""宽容""仁善"等作为调和,这类作品的底层化叙事的批判锋芒已经被"真爱"温情所削弱,进而充盈着浓郁的日常化生活气息,人物也"安详""幸福"地享受着虽然清贫却又静好的岁月。另一类作品关注个体化时代的"城镇生活",以《卡》《海棠引》《零点有约》《梦里见洛神》《你知道什么》等为代表,这类作品不着意于人物的社会阶层划分及其道德观照和社会批判,因为在这类作品当中,底层、小资、中产的界限渐趋模糊,所谓的身份和地位的随时转化和置换,已经成为个体化社会不足为奇的景观。即使有对底层悲苦和人性丑陋的展览、鞭挞和追问,但小岸的绝大多数城镇叙事类小说,阶层划分渐趋同构和平面,并通过诗意化的"人性叙事",消弭了底层概念的界限,从而建构了一种个体化时代"底层的日常化表达"的新型话语。应特别指出的是,小岸关于女性话语权的表达,出现了本应独立却被长期遮蔽的"话语权回归",即传统女性的话语由压抑和沉默,走向女权时代对男权的对抗和反叛,但在个体化时代又复归回性别同构、性别平等的两性相对性话语权,"小岸小说

七 个体化时代的文化拯救与诗意信仰

的女性意识打破了男女之间的尖锐对立,采取了另一种更合理的突围方式,与男性站在同一方位,共同去探讨人生境遇中的种种困境"[1]。

小岸的城镇叙事类小说,试图思考从"性"—"爱情"—"婚姻"—"家庭"等一系列生活图景在个体化时代的断裂、抵牾和分散的现实与困惑。按照社会学对"婚姻"的定义,婚姻作为个人活动结果的"生活实体",其核心是:持续的性关系+共同生活(包括情感、经济、生育),但作为"社会设置",其核心是:契约关系的"婚"+当事人家庭的"姻"(当事人的地位、角色、权利、义务);"家庭"作为"生活实体",其核心是:实体婚姻+子女+生活共同体,但作为"社会设置",其核心则是:血缘+供养+继承。[2] 个体化时代的到来,女性的主体性得以彰显,婚姻和家庭当中,两性地位与角色在变化,传统性别的不对等关系正在被颠覆,稳固的、依托的、专制的性别模式,日益被流动的、平等的、民主化的性别模式所取代;个人的自由选择空间空前扩大,传统婚姻和家庭模式当中的"为他人而活"转变为"为自己而活";传统婚姻当中夫妻的共同生活目标,正在被"后家庭时代"的"从需求共同体到选择性亲密关系"家庭理念所取代;传统的两性模式、爱情模式、婚姻模式、家庭模式之间高度统一,因为个体化的社会制度和自由理念的介入,阻断了四者高度统一的可能,更多呈现的是碎片化和分离化。小岸的情爱系列作品,全方位表现了这种个体化社会的转型对传统爱情、婚姻和家庭模式的解构,以及这种解构给当代女性所带来的"自由选择权利"和"传统角色瓦解"之间难以调和的存在、困惑和反思。与此同时,小岸也在其价值构建上,呈现出试图用"真情"和"大爱"来化解这一切残酷生活困境的文学超越性努力。

在小岸的城镇文学空间当中,性、爱情、婚姻、家庭的不协调是其重要的生活审视对象。维持"生活实体婚姻"的核心组件,即"持续的两性关系"和"共同的情感、经济、生育生活"出现分裂并开始走向分解——或者有"性"无"情"(《比邻若天涯》《你知道什么》《杨杨的理想》),或者有"情"无"性"(《海棠引》《你知道什么》)。"社会设置层面的婚姻"也开始出现分化——或者有"婚"无"姻"(《你知道什么》《车祸》),或者有"姻"无"婚"(《零点有约》《在蓝色的天空跳舞》《梦里见洛神》)。"生活婚姻"和"社会婚姻"的错位,最终导致了"生活实体的家庭结构"

---

[1] 赵春秀:《何需杀死安琪儿》,《文艺争鸣》2013年第5期。
[2] 郑杭生:《社会学概论新修》,中国人民大学出版社2013年版,第189—190页。

和"社会实体的家庭结构"构建的难度。因为,个体化时代对传统家庭模式的巨大冲击,或者使得作为生活实体的"家庭结构"(实体婚姻+子女+生活共同体)不再圆满而渐趋残缺(《回家》《守口如瓶》《梦里见洛神》《车祸》);作为社会实体的"家庭结构"(血缘+供养+继承)也在步入碎片和坍塌(《回家》《车祸》《在蓝色的天空跳舞》)。生活实体层面的"婚姻和家庭"和社会实体层面的"婚姻和家庭"本应是高度一致或者基本一致,但是个体化社会"后家庭时代"的到来,使女性有充分的自由与异性进行"亲密关系"的建立,这也导致了两者高度的分离(《在蓝色的天空跳舞》)。在小岸的婚姻小说当中,"情"与"性"、"婚"与"姻"、"家"与"庭"之间的现实落差,是作品当中各个婚姻走向解体的直接原因,小岸通过一个个婚姻失败的文学注脚,反思着个体化社会女性在生活实体婚姻和社会角色婚姻当中,获取一定性别自主权后所必须面对和处理的角色、情感、责任和心理困境。

传统婚姻和家庭的解构,虽然符合现代性所一直倡导的人的自由发展的权利实施预期,但解构的摧枯拉朽却忽略了"情感""责任""义务"的遗失,也直接导致了传统文学情爱叙事经验和道德伦理的尴尬处境和失效境地。而小岸的小说,试图从"人性"出发,去建构一种在性、爱情、婚姻和家庭关系处理当中的"利他型的个人主义"道德伦理——以充分履行"社会设置层面"的婚姻和家庭的责任、权利和义务为前提,以不伤害社会设置层面的"丈夫""妻子""子女"为前提,但又充分享有生活实体层面的两性之间的"性"和"爱情"为目的,并辅之以"宽容""理解""体谅""平等"的"人性之温与善",以此作为个体化时代,整合传统乡土爱情文学和新兴城市情爱文学的一种可能的有效经验。

结　语

传统乡土文学向现代都市文学的转型,是 21 世纪以来中国文学的主潮,但如何构建都市文学的价值体系,如何构建都市文学的审美空间,如何让都市文学介入当前社会和当下的人文精神领地,却是中国乡土文学历史惯性和文化语境下的文学难题。小岸的小说同样具有"70 后"作家不及老一辈作家的共同性"先天不足":"20 世纪 70 年代以后的作家不再可能有深厚的乡村经验。"[①] 这是无可更改的代际缺陷,但是,这代作家同样具有老一辈作

---

① 陈晓明:《城市文学:弯路与困境》,《文艺争鸣》2014 年第 12 期。

家所不具备的先天优势："他们有着充分的自我意识，他们没有强大的 20 世纪的历史记忆，他们更愿意去追随个人的生命旅程。"[1] 与同时代的晋籍和国内"70 后"作家相比，小岸试图以其"城镇叙事"，沟通乡土文学和城市文学的内在价值理路和伦理法则，在看似柔性和温情的人性化叙事背后，则是以"自反性现代性"为内在基石，"与其说中国当代文学呼唤城市文学……根子里是我们未竟的现代性事业"[2]。她的创作不仅将文学的聚光灯聚焦于个体化时代和城市化空间当中的人的荒凉生存图景，而且创造性地借用"传统文化"和"乡土文明"对城镇荒漠的人进行"绿化""惠泽"和"救赎"，并以"文化记忆"的方式，承担起了其他"70 后"作家所普遍拒斥或者遗弃的历史责任感和文化反思权。虽然其文学探险有时也未免存在着理想化、封闭化的倾向，对正面人性的过高期望和宣扬，导致其对人性的复杂，以及对个体化社会运行机制的缺陷的审视，缺乏更为清晰和明确的价值判断，但这样的一种尝试和努力，让我们不仅看到了"山西广袤的黄土地上，一种鲜活的新的绿色生命的生长、成长的可能性"[3]，更重要的是，它代表着中国城市文学走向成熟、成就经典所必经的阵痛、考验和前锋。

---

[1] 陈晓明：《城市文学：弯路与困境》，《文艺争鸣》2014 年第 12 期。
[2] 同上。
[3] 傅书华：《神性、人性与社会性的纠结》，《当代文坛》2013 年第 6 期。

小岸小档案

小　岸　1973年出生于山西省武乡县，1991—1993年，陆续在《山西青年》《山西日报》发表过诗歌和散文，之后近十年没有写东西。一直到2002年，小说处女作《浮尘》发表于《娘子关》杂志。一度在《爱人》《读者》《家庭之友》《女报》等时尚杂志撰写小文章。写过长篇电视剧本《风流侨女》，电影剧本《姐姐》《梨花镇》《久香的恨》等，迄今完成小说作品约一百五十余万字，其他种类作品一百余万字。出版有长篇小说《在蓝色的天空跳舞》，中短篇小说集《桌上的咖啡已冷》《温城之恋》《梦里见洛神》，散文集《水和岸》。2004年加入山西省作协，2011年加入中国作协，2012年在鲁迅文学院第十七届高研班学习。

小岸主要作品目录
（2002—2014）

一　作品集

长篇小说《在蓝色的天空跳舞》，北岳文艺出版社2014年版

中短篇小说集《桌上的咖啡已冷》，中国文史出版社2006年版

散文集《水和岸》，大众出版社2009年版

中短篇小说集《温城之恋》，敦煌文艺出版社2014年版

中短篇小说集《梦里见洛神》，三晋出版社2014年版

二　获奖作品

《你是你我是我》（中篇小说），获2004—2006年度赵树理文学奖

《半个夏天》（中篇小说），获《山西文学》2009年度小说奖

《卡》（中篇小说），获《黄河》2009年度小说奖

《半个夏天》（中篇小说），获第六届全国煤矿文学乌金奖

《车祸》（中篇小说），获《山西文学》2012年度小说奖

《车祸》（中篇小说），获2010—2012赵树理文学奖

《余露和她的父亲》（中篇小说），获第二届鲁彦周文学奖

三　文学期刊发表作品

《浮尘》（短篇小说），《娘子关》2002年第3期

《一杯已空一杯尚满》（短篇小说），《娘子关》2003年第2期

《许冬梅和她的丈夫》（中篇小说），《娘子关》2003年第4期

《小胡是谁》（短篇小说），《佛山文艺》2004年第2期

《桌上的咖啡已冷》（短篇小说），《佛山文艺》2004年第4期（《短篇小说》"选刊版"2004年第7期转载）

《苦楝花》（短篇小说），《阳光》2004年第6期
《你是你我是我》（中篇小说），《黄河》2004年第6期
（《小说精选》2005年第2期转载）
《夏丽英》（中篇小说），《黄河》2004年第6期
《树下的公主》（短篇小说），《佛山文艺》2005年第2期
《三十四路车》（短篇小说），《都市小说》2005年第3期
《四个人》（短篇小说），《岁月》2005年第4期
《我叫阿三》（短篇小说），《佛山文艺》2005年第5期
《爱情是一个人的事》（短篇小说），《都市小说》2005年第6期
《出行》（中篇小说），《黄河》2005年第3期
《熔》（短篇小说），《天涯》2005年第6期
《输掉老公》（短篇小说），《都市小说》2006年第4期
《夏夜的微风》（短篇小说），《红豆》2007年第10期
《不认又如何》（短篇小说），《佛山文艺》2007年第7期
《不爱那么多》（短篇小说），《山西文学》2007年第12期
《冬日的午后》（短篇小说），《阳光》2008年第3期
《月华如练》（短篇小说），《都市》2008年第2期
《阳光女人与她的包》（短篇小说），《都市小说》2008年第4期
《噩梦醒来是天亮》（短篇小说），《佛山文艺》2008年第8期
《比邻若天涯》（中篇小说），《山西文学》2008年第11期
（《中篇小说选刊》2009第1期《小说月报》2009年第1期转载）
《黑水河》（短篇小说），《山西文学》2008年第11期
《人生一种》（短篇小说），《都市》2009年第2期
《守口如瓶》（中篇小说），《莽原》2009年第2期
《半个夏天》（中篇小说），《山西文学》2009年第11期
（《小说选刊》2009年第12期转载）
《卡》（中篇小说），《黄河》2009年第6期
（《小说选刊》2010年第1期转载）
《梨花梦》（短篇小说），《山西文学》2010年第1期
《零点有约》（中篇小说），《山西文学》2010年第1期
《假如你欺骗了我》（短篇小说），《佛山文艺》2010年第8期
《美丽的花》（短篇小说），《佛山文艺》2010年第9期
《水仙花开》（中篇小说），《山西文学》2010年第9期

七　个体化时代的文化拯救与诗意信仰

（《小说选刊》2010 年第 10 期转载）
《女人》（短篇小说），《都市》2010 年第 10 期
《茉莉花》（短篇小说），《飞天》2010 年第 11 期
《流水人生》（中篇小说），《黄河》2011 年第 1 期
《温城之恋》（中篇小说），《朔方》2011 年第 2 期
（《小说选刊》2011 年第 4 期转载）
《梦里见洛神》（中篇小说），《山西文学》2011 年第 5 期
《长久做梦》（短篇小说），《佛山文艺》2011 年第 8 期
《车祸》（中篇小说），《山西文学》2011 年第 9 期
（《北京文学中篇小说月报》2011 年第 11 期转载）
《唐娜姨妈的爱情》（短篇小说），《阳光》2011 年第 9 期
（《中华文学选刊》2011 年第 11 期转载）
《尾戒》（短篇小说），《广州文艺》2012 年第 2 期
《杨杨的理想》（中篇小说），《广州文艺》2012 年第 2 期
《我要向前飞》（短篇小说），《北京文学》2012 年第 2 期
（《短篇小说》选刊版 2012 年第 7 期转载）
《海棠引》（中篇小说），《山西文学》2012 年第 5 期
（《小说月报》2012 年第 7 期转载）
《失父记》（短篇小说），《山西文学》2013 年第 2 期
（《小说选刊》2013 年第 4 期，长江文艺出版社《2013 短篇小说精选》转载）
《余露和她的父亲》（中篇小说），《清明》2013 年第 3 期
（《北京文学中篇小说月报》2013 年第 8 期转载，《小说月报》2013 年第 4 期转载，花城出版社《2013 中国中篇小说》转载）
《你知道什么》（中篇小说），《山花》2013 年第 11 期
（《小说月报》2014 年第 1 期转载，《长江文艺好小说》2014 年第 1 期转载）
《回家》（中篇小说），《山西文学》2014 年第 6 期
《梅花簪子》（短篇小说），《西部》2014 年第 6 期

四　相关评论

魏小光：《灵魂的漂流图》，《山西日报》2006 年 7 月 18 日
王春林：《关注现实与情感世界的勘探表现》，《山西文学》2008 年第

11 期

孟宏儒:《评小岸的小说创作》,《山西日报》2010 年 3 月 29 日

何镇邦、张陵、石一宁:《如何让小说艺术地穿越——〈温城之恋〉三人谈》,《小说选刊》2011 年第 4 期

赵勇:《车祸还是人祸》,《南方日报》2011 年 10 月 30 日

师力斌:《捕捉精神世界的车祸》,《文艺报》2011 年 10 月 17 日

蔡润田:《睿智练达蕴藉》,《山西文学》2012 年第 5 期

杨国庆:《孝子慈父溢深情》,《文艺报》2013 年 10 月 14 日

赵春秀:《何需杀死安琪儿》,《文艺争鸣》2013 年第 5 期

傅书华:《神性、人性与社会性的纠结》,《当代文坛》2013 年第 6 期

贾礼庆:《与爱情有关》,《太原日报》2014 年 3 月 17 日

杜学文:《文学应该怎样给人以温暖》,《山西文学》2014 年第 6 期

王珍:《诗意的孤独》,《山西文学》2014 年第 6 期

裴指海:《在钢丝上奔跑的小说》,《文汇报》2014 年 5 月 26 日

廖高会

出生于1973年，四川邻水人，文学博士，副教授，研究方向为中国现当代文学。1997年毕业于长春理工大学，毕业至今任教于中北大学，其间2002—2008年于北京师范大学攻读硕士、博士学位。出版专著《诗意的招魂：中国当代诗化小说研究》，参著《中国文学期刊与思潮（1949—2000）》，参译《阿西莫夫论科幻小说》。主持或参与过多个国家级、省部级人文社科类项目。并在《文艺理论与批评》《北方论丛》等期刊上发表评论文章近30篇。目前为中北大学人文学院中文专业教师。

八　厂房上空的笛声
——张乐朋小说综论

廖高会

  张乐朋作为山西新时期文学中的新锐作家，其小说始终有一种黄土高原特有的凝重沧桑之感。在他的艺术空间中，高原横亘，沟壑纵横，黄沙漫过来又覆过去，有说不尽的人间故事。张乐朋的故事是鸣响在现代社会城乡相交地带的空中梆笛，那笛声悲愤而高亢，刺破森严凝固的时空，发人深思。张乐朋的小说，我们可以借用他诗中的两个意象来概括其特点，一个是"厂房"，一个是"笛声"。"厂房"隶属于工厂，而工厂既是张乐朋小说常用的故事背景，也是张乐朋曾经生活与工作过的地方。"厂房"的归属模棱两可，既属于城市，也属于乡村，因此，"厂房"这个意象恰好对应着张乐朋小说的叙事空间——城乡交叉地带，同时也意指张乐朋小说创作正处于乡土小说向城市小说转变的过渡性阶段。"笛声"来自于他的诗集《穷人心中的笛子》，不过这笛声不是出自南方柔美温婉的竹笛，而是出自北方高亢悲凉的梆笛。这只鸣响在厂房上空的笛子，流露出对现实的悲愤与沉痛，回荡着对世事的感伤与忧患。它既是诗人的忧愤抒怀，也是对现实的激越批判，同时还是重建文化生态的真诚呼唤。

城乡交叉地带的演奏空间

  改革开放以后，我国大量农村人口流向城市，在一定程度上加快了我国城市化进程。城市逐渐向乡村蔓延，出现了范围较广的"城乡交叉地带"。"城乡交叉地带"这个概念是由路遥在20世纪80年代初提出来的[①]。路遥敏锐地感觉到了城市化进程中出现的城乡之间新旧思想和生活方式的冲突与

---

  ① 路遥：《关于〈人生〉和阎纲的通信》，见《路遥文集》第二卷，陕西人民出版社1993年版，第401页。

穿越:乡村与城市

交融,并用文学形式加以表现,形成了早期的"城乡交叉地带"文学。自从进入 20 世纪 90 年代以来,有关"城乡交叉地带"的文学叙事已经成为潮流,而其中的主人公主要是通过高考、参军或打工的方式进入城市[1]。张乐朋小说的叙事空间便主要集中在这个"城乡交叉地带",这里是演奏他忧愤激昂笛声的艺术空间。

在张乐朋小说中,以乡村为背景写农村和农民的有长篇小说《桥堰》、短篇小说《汽油真香》《边区造》和中篇小说《走满风中的步子》等。其他几乎以小城镇(主要为矿区工厂)为叙事背景,以知识分子、工人和打工仔为叙述对象。《一束莲》《涮锅》《买房记》主要写厂矿中作为知识分子的教师,《快钱儿》《乱结层》写煤矿工人,《卢布的皮夹》《偷电》《童鞋》写工厂工人,《绣文的草样年华》《婚姻动了》写城镇打工仔。很明显,张乐朋小说以乡村为背景的小说仅有 4 篇,而以小城镇中工厂或矿区为背景的小说却有 10 篇,因而与城乡交叉地带相关者占绝对优势。

张乐朋笔下的人物多数在城乡之间穿行往返,人物本身就具有城乡双重特性。这些人物既没有上流社会奢侈豪华醉生梦死的生活习性,也没有高级白领优雅舒适高人一等的心理优势,他们只是城乡交叉地带谋求世俗生活的普通人。其中《一束莲》《涮锅》《买房记》中的教师,《卢布的皮夹》《偷电》《童鞋》中的工人,他们多数是农民子弟通过升学或参军进入城镇或工厂的,其文化性格中有着农民与知识分子的双重特性。而《快钱儿》《乱结层》中的煤矿工人和《绣文的草样年华》《婚姻动了》中的进城打工仔,他们的生存空间和谋生方式发生了变化,而其农民的文化身份没变,不过他们不同程度地受到了城市文化的影响,成为工作和居住在城镇中的"半城市化人口"[2],因而他们身上也具有城乡文化的双重特性。

张乐朋之所以选择城乡交叉地带作为叙事审美空间,除了现代化与城市化等社会文化背景外,更直接的原因在于其生活经历。张乐朋 1965 年出生于山西阳泉,是中国民主促进会会员,中国作协会员、山西文学院签约作家,鲁迅文学院第 21 届高研班学员。当过工人、教师、编辑,如今仍以教书为业。曾在《中国作家》《青年文学》《上海文学》《名作欣赏》《山西文

---

[1] 乔以钢、李彦文:《近三十年"城乡交叉地带叙事"中的"新才子佳人模式"——以〈人生〉〈高老庄〉〈风雅颂〉为中心的考察》,《南开学报》(哲学社会科学版) 2011 年第 4 期。
[2] 李炜等:《2011 年中国民生及城市化调查报告》,汝信等:《社会蓝皮书:2012 年中国社会形势分析与预测》,社会科学文献出版社 2012 年版。

学》《西部》《莽原》等报刊发表小说诗文。著有长篇小说《桥堰》，诗集《穷人心里的笛子》《蜜蜂的献词》。曾获赵树理文学奖、第三届鄂尔多斯中国作家文学奖新人奖，《莽原》2014年度文学奖中篇小说奖。张乐朋主要在内陆小城镇生活与工作，因而无论诗歌还是小说创作，城乡交叉地带始终是其主要的艺术审美空间。

张乐朋小说集中叙写城乡交叉地带，在对传统乡土题材继承的同时又有了超越与突破。这样的叙写一方面拓展了作家自身的创作视野，一方面增强了作品内涵的丰富性和深广度。

城乡交相观照的双重旋律

张乐朋的小说在以现代城市文明视角审视乡村的同时，也站在传统乡村社会的角度反观城市，于是其小说具有了双重视角。其双重审视的焦点集中在城乡交叉地带。城乡交叉地带受传统和现代的双重影响，文化的冲突、碰撞与交融便经常发生，极大地影响着人们的生存方式和价值观念。因而，张乐朋在审视城乡交叉地带的社会万象时，视角始终在"城市"与"乡村"之间来回交换，形成流动的双重视角，这极大地提升了其小说的艺术真实性。

张乐朋的小说创作所形成的城市与乡村的双重视角，除了社会历史原因外，还与其小城镇的生活经历有关。张乐朋内陆小城镇的生活经历，使其积累了丰富的乡村生活经验和城镇生活经验。在小说创作中，他采取融入一种经验而疏离并审视另一种经验的方式，形成"亲在"与"不在"的创作心理机制。正如他在诗歌《在厂房顶》中所写："山脚下　房顶上／我是唯一花费时间阅读这本大书的人／是这本典籍的最后一位借阅者／……我是思念这一切的局外人／我唯一的担心是心底的邪恶会伤及无辜。"张乐朋既"思念"并亲近于所生活的社会空间，也游离于其外成为"局外人"。因其对自身生活空间"亲在"和"思念"，其作品具有了浓郁的生活气息，因其"不在"的"局外人"审视，其作品又具有了客观深邃的理性判断。张乐朋既不对城市进行绝望式的批判，也不对乡村进行乌托邦式的赞美。他的灵魂游走在城乡交叉地带，享受着作为一个诗人倾诉的自由。

以城市为视点对乡土社会的审视和叙写，张乐朋在一定程度上继承了赵树理等前辈作家乡土文学的艺术经验，但张乐朋和其他山西新锐作家一样，和前辈作家们的写作思路有了差异。赵树理为代表的山药蛋派，受到中国共产党革命观念和政治观念的影响，在"农村包围城市"的革命成功后，作为革命根据地和力量源泉的农村和农民在社会观念及心理方面占了优势，成为肯定与赞美的对象，城市则成为批判的中心，因而城市不可能作为赵树理等的抒写对象。在赵树理时代，乡村的变革正如火如荼，革命的成功似乎给乡村带来了生机、活力与无限美好的憧憬。对此阶段的乡村社会，赵树理等"山药蛋派"作家理所当然地以肯定与赞美为主，他们的乡土小说中自然会洋溢着乐观与自信①。对于乡土社会存在的问题，他们多站在政治意识形态立场对农民落后的思想意识进行批评，如《小二黑婚》中对三仙姑、二诸葛封建迷信思想和传统包办婚姻观的批评。"山药蛋派"也有对乡村文化人格的审视与反思，比如赵树理在《锻炼锻炼》中对农民自私性格的批评，马烽的《村仇》对乡村家族仇恨的审视等，但"山药蛋派"作品中浓厚的政治意识、乡村社会的乌托邦设想以及民族国家的浪漫想象阻碍和弱化了他们的文化批判力度，也在一定程度上削弱了他们小说作品的批评深度。

在近半个世纪以后"城市包围农村"的城市化进程中，大量的农民涌入城镇成为"新农民"②。乡土社会主体的迁徙带来了张乐朋等一批当代作家写作视界的变化，即从乡土社会转向城镇或者城乡接合地带。张乐朋写作的对象不再以传统乡村社会中的农民为主，而是集中描写离开乡土进入城镇的"新农民"形象。但无论是对传统农民还是对"新农民"形象的塑造，张乐朋都是批判多于肯定。另外，张乐朋小说对农民或"新农民"的审视不再像赵树理等前辈作家那样以政治意识形态为主要参照，而是以现代城市文明作为参照标准来审视乡土社会的落后与蒙昧。在小说《快钱儿》中，农民矿工镐头和永年除了对金钱的迷狂和性的迷乱外再无他求，农民思想的麻木与眼界的狭隘跃然纸上。在《汽油真香》中张乐朋对主人公六叔快速的一本正经的忘本事件写得活灵活现且滑稽可笑。《乱结层》中的农民矿工春社是一个吝啬自私、毫无尊严的乡村小赖皮形象。《边区造》中的农民锄奸队员杨祥与满井在锄奸过程中的极度血腥与残忍，揭示了乡土社会存在的粗暴与野蛮。《童鞋》和《偷电》中的老张和老马都是爱贪小便宜的工人。《走满风中的步子》中真实而形象地刻画出六叔六婶的刻薄势利。《卢布的皮夹》写工人卢布依附权势和欺软怕硬的陋习。《一束莲》《涮锅》刻画出城镇工厂中有着浓厚乡土色彩的小知识分子的迂腐与自私。长篇小说《桥堰》对农民矿工的麻木和蒙昧、乡村家族仇恨及农民狭隘的心理都做了具

---

① 傅书华：《论山西作家群流变中的精神演化》，《中国现代文学研究丛刊》1994年第1期。
② 姜玉琴：《在城市疆域中拓展的乡土小说——对丁帆先生乡土小说研究之研究》，《福建论坛》（人文社会科学版）2010年第6期。

体而深入的叙写。

面对城市化进程中所产生的诸多现实问题,张乐朋选择乡村文化作为基点和叙事视角,进行单刀直入的揭示和批判。作为诗人的张乐朋,面对现实问题,他的小说唱响了现代城市化进程中古典乡土田园的挽歌。浪漫的抒情已不合时宜,揭示与批判成为张乐朋的时代使命。而重建诗意的浪漫抒写需要从揭示和批判开始,这或许正是拯救和重建民族精神的一条路途。

张乐朋以乡土为视角展开对城市的审视与批判,是通过对城乡交叉地带的教师、工人或民工等空间主体的叙写来实现的。在《一束莲》中,一群中小学老师参加电教比赛,为了获奖,大家都挖空心思使出浑身解数托人情拉关系,甚至贿赂评委。在《涮锅》中,一群中学老师在教师节聚餐,但其穷酸而小气的形象让饭店小老板都心生厌恶。以上两篇小说都是对现代化进程中教育现状的反思。在《汽油真香》中则对城镇化进程中滋生的贪腐现象和对生态环境恣意破坏等行为进行了一针见血的批判。小说中六叔从憨厚淳朴的农民演变成精于"搞政治"的土皇帝,吃喝嫖赌无所不为,为了政治资本大肆破坏乡村生态,为了攫取金钱在拆迁中对乡民威逼利诱。六叔是乡村暴发户和贪腐小官僚的典型,小说通过六叔的"创业史"和"发家史"形象地演示了当今社会钱权交易的腐败演化史。《买房记》中小城矿机厂的老倪是一位老师,不远千里到杭州为自己的儿子买房。老倪几经波折,最终买房计划仍落空,这其中充满了平民的期望、辛酸和伤痛。这种复杂的情感正是城镇化带给普通人的最为真实的感受,小说潜在式的反思诉求大于直露式的批判。《婚姻动了》中的主人公增科从农村来到小城做了上门女婿,和妻子瑞霞结婚多年不能生育,检查结果是增科身体有病,因此瑞霞提出和他离婚,但后来农村姑娘珍珍和他生活在一起后,其生育能力得到恢复。增科的经历象征城市对乡村的压抑和扭曲,也象征着现代城市的过度膨胀极大地影响到了乡村社会的生态,导致了乡村的自我再生能力的丧失。《绣文的草样年华》中的陈建国从农村到城市工作,却在一次事故中成了植物人,《走满风中的步子》中的农民巨成在车祸中失去了一条小腿,他们都象征着现代工业文明对乡村文明的破坏、侵蚀与伤害。长篇小说《桥堰》在叙写半个多世纪桥堰乡土社会文化变迁史的同时,也对孝文城里的黑恶势力进行了描写,它让我们产生了以史观今的联想。

对城镇化进程中诸多弊端和丑恶现象的揭示与批判,正是张乐朋小说中深刻的现实主义精神的表现。其批判视野的拓展和批判视角的多元化,在一定程度上突破了山西地域的时空限制,其创作逐渐汇入了整个当代文学创作的洪流中。

民族文化反思的情感基调

张乐朋的"梆笛"在奏响"城"与"乡"的双重旋律的同时，还始终回荡着对民族文化性格反思的情感基调。即张乐朋利用城乡双重视角审视城乡交叉地带社会万象的同时，还采用了超越城乡的更高层次的民族文化视角。在城乡双重视角的相互观照审视中，城乡的优缺点得到了相应的呈现，但由于城乡视角各自的局限，不足以对整个民族国家现代化进程中最为根本的精神特性进行客观的认识，因而对那些阻碍民族国家恒久发展的国民性格的探寻、揭示、反思与批判，还必须从更高层次的文化视角切入。张乐朋的作品在采用民族文化视角审视其叙事对象的过程中，所表现出来的忧患意识与批判精神，无疑是对现代文学国民性批判传统的继承与发扬。张乐朋小说对民族文化性格中存在的缺陷或劣根的批判主要表现在以下方面。

首先是对现实生活中拉关系走后门不讲原则不依法办事的国民陋习进行了揭示和批评。在《快钱儿》中农民工永年为了进入条件较好的国营煤矿，托镐头给人送了五千元钱才达到目的。在《一束莲》中为了评职称而参加电教课比赛的教师们，各自使出看家本领与评委们套近乎拉关系，使整个比赛完全陷入了一种病态的怪圈之中。在《汽油真香》中六叔办驾校、开工厂、搞房地产无不是拿着金钱打通关系而获得成功的。在《绣文的草样年华》中工人建国为了保住岗位，和妻子绣文一起到工科长家送礼。在《乱结层》中不少矿工为了获得相对轻松（同时有死亡威胁）的掘进活儿，争着给工头送礼找门路。在《童鞋》中工种最差工资最低吝啬成性的老张为了帮儿子找工作，也不得不花钱攀亲戚找关系。长篇小说《桥堰》中写桥堰解放后，在伍度市任手工业管理局副局长的徐天禄通过自己的权力把弟弟天祯调到了市委史志办。这种源于宗法制文化传统的情大于理、人治大于法治的文化陋习，在张乐朋的小说中成为被审视和批判的对象。这在构建法治社会的当前，张乐朋对这种围绕人情关系而产生的歪风邪气的批判与反思无疑有着较强的现实意义和警示价值。

其次是对民族文化中麻木愚昧、窝里斗、苟且偷生和奴性心理做了深入的揭示与批判。以上批判在长篇小说《桥堰》中得到了较为集中的展现。《桥堰》把对民族文化性格的审视与日本侵略中国的大背景相结合，让侵略者凶残而嚣张的战火探照出我们民族文化的病灶。《桥堰》中的徐卯泰和侄儿徐天元之间因家庭风波而引发的无休无止的仇恨与斗争几乎贯穿全书。小说把窝里斗和狭隘愚昧的民族性格淋漓尽致地展示了出来，表达了一种深层的文化忧患意识。当黑川带领日本兵进驻桥堰时，桥堰人夹道围观看热闹；日本人杀孙秃手时，桥堰人仍然争相看热闹。这种早被鲁迅深恶痛绝的看客心态，再次成为张乐朋的批判对象。桥堰人是非不分，善恶不辨，始终把阴险狡猾杀人如麻的日本宪兵队长黑川等当成好人，把抗日英雄徐天元当成坏人。桥堰人也奴性十足，冯六甲的老婆被日本兵强奸，但他们却对日本人赠送的膏药旗感到无比自豪。极具讽刺性的是桥堰人苟且偷生的奴性却被有的人错误地当成"以德报怨"的美德。在全球化和国际环境日益复杂的今天，这种反省民族文化的批判立场和国际性视野无疑具有巨大的现实意义和文化反思价值。

张乐朋其他作品对国民文化性格的反思与批评也多有涉及。《涮锅》特意设置了聚餐和男老师们去洗浴中心看脱衣舞表演两大主要情景，细微入神地刻画了教师们苟安于世俗生存的灰色人生。《边区造》中的除奸队员满井参加革命的原因是自己"觉得活得没劲儿，又气得不行，干脆破罐子破摔，革命了"。满井革命的目和阿Q为女人、劫财、报仇的革命目的相似。《卢布的皮夹》真实生动刻画出卢布那种自私赖皮、仗势跋扈同时又受人欺凌的可恨可怜的小人物形象。《乱结层》中的矿工春社属于不知好歹的底层人，他自私，目光短浅，冷漠麻木，在工友不幸死亡后反而幸灾乐祸。《偷电》里的老马是厂里的偷电高手，偷电几乎成为老马的第二职业，小说把国人爱贪小便宜的心理刻画得入木三分。满井、卢布、春社和老马等人物让我们看到，几乎一个世纪过去了，但确如鲁迅先生所说，阿Q的阴魂仍然不散。

张乐朋通过对城乡交叉地带普通小人物国民劣根性的叙写，表达了他对民族文化个性深层的忧患情感，在某种意义上来说具有一定的启蒙色彩，这种忧患与启蒙意识正是他在城乡交叉的时空中鸣奏梆笛的情感基调。

重构文化生态的七色音符

张乐朋小说不仅演奏出城乡交错的双重旋律、回荡着民族文化自省与反思的忧伤基调，同时飘扬着重建和谐城乡文化生态的多彩音符。这些音符共同组成了鸣响在厂房上空充满忧伤却又满怀期望的乐章。张乐朋小说无论是对乡村和城市的批判还是肯定，无不充满着重构健康民族性格与和谐城乡文化的憧憬。

在民族国家现代化的进程中，如何解决城乡之间的冲突是一个较为急迫而艰难的问题。对此问题，丁帆主张用"现代性"取代"对立性"①，即用"现代性"理念重估城乡文化的意义，重视城乡在冲突中的交融，而交融正是重构城乡和谐文化生态的关键。因为城市与乡村之间存在着你中有我我中有你的互补关系。张乐朋正是用"现代性"的眼光审视城乡文化的。其小说在关照城乡文化时并没有走当下乡土小说与城市小说所采用的"抑城扬乡"或"抑乡扬城"二元对立的思路，而是立足于民族文化和人道主义的制高点，客观地观照城乡文化的优劣得失以及重构和谐的城乡文化生态的可能性。

张乐朋对城乡文化生态重构的诉求更多是通过揭示和批判来传达的。这种揭示与批判一方面是从现象层面切入，包括前文所论及的利用双重视角对城乡交叉地带进行观照与审视。另一方面是从民族文化层面切入，对国民的弱点、陋习以至劣根性做出了较为深入的批判和反思。张乐朋把小说人物的现实生存处境与民族文化性格批判结合起来，把乡村社会的落后及日渐凋敝的现象与工业文明及后工业文明的批判结合起来，把民族国家的现代性诉求和现代人灵魂的深度污染与退化的反思结合起来。这样，张乐朋的小说抒写不再是对社会现象的简单再现，而是一种来自内心的充满了道义的悲愤呐喊，是饱含道德关怀的深沉抒情，其小说再次体现了他作为一位充满悲悯情怀的诗人一次次忧愤的呐喊。在这个缺少忏悔的时代中，在城乡交错地带，张乐朋独自思考繁芜的世事，以一个乡村知识分子的良知为人类自身的恶行恶德开始了反思与忏悔，这忏悔恰恰是一粒粒的种子，给我们重建城乡文化生态以慈爱的力量和希望的光芒。

除了揭示与批判以外，张乐朋对民族文化生态的重构还给予我们信心和激励。首先，张乐朋对城乡交叉地带的乡村性进行批判的同时，也有着对乡村美好人性的抒写。在《快钱儿》中，永年与镐头两位矿工在患难中互助互励的友谊，以及永年亡命为家的责任感，无不让人感到辛酸和感慨。《走满风中的步子》中的农妇凤英在丈夫巨成遭遇车祸后，艰辛地支撑着家庭，展示了农村妇女勤劳、坚韧而善良的品行。在《一束莲》中，厂区教师石庆仍然保持了一个知识分子应有的正义和良知。在长篇小说《桥堰》中更能体现出传统乡村的美好一面，比如吕先生教书育人，仁义而自尊，德高且望重；孙秃手送水为生，位卑却具有民族气节；史巧鱼与"半盘炕"靠出卖肉体照顾被日本人打得半死的徐天元，情深而义重；陶德义拿出自家祖传

---

① 丁帆：《中国乡土小说史》，北京大学出版社2007年版，第369—370页。

的珠宝拯救徐天元的母亲和妹妹,仗义而仁慈……因此在《桥堰》中,乡村美好朴质与蒙昧落后相互交融,形成了传统乡土社会特有的景观。

其次,张乐朋笔下的城市有着缺陷甚至恶的一面,但同时也有着其美好的一面。比如城市有着开放包容的文化特征,有着民主独立的精神个性,有着便捷的交通、咖啡的清香、公园的闲适等物质文明。小说《婚姻动了》中的主人公增科是进城的农民,在城市里不断努力,以真爱与善良打动了珍珍,获得了珍珍的爱情,从而在城市中找到了自己的幸福。而《绣文的草样年华》中的主人公绣文,在乡村找不到自己的生活目标与理想,嫁到城里后,经历了感情出轨、情人离弃、丈夫瘫痪、凑钱开店等诸多事件后,逐渐成熟起来,最后在城市里开了美发连锁店,有了事业和希望。增科与绣文的故事展现了城市开放、包容与美好的一面。在其他关于知识分子、工人和农民的小说中,张乐朋同样以近似局外人的身份客观冷静地叙写他所看到和理解的城市与乡村,把它们共同的美好面展示出来,向我们展示了重建和谐城乡生态的可能性。张乐朋构建现代城乡和谐生态文化的理想,力图让我们明白城市不应该是生长在大地上的现代毒瘤,而应该是盛开在大地上的美丽花团。

张乐朋用他美妙的笛声,吹奏出仁慈而善良的音符。其中有着乡村的真纯与自然,有着城市的包容与开放,他用人性中善良而悲悯的情感,以及悲愤而沉重的现世忧患,演奏出一曲曲满怀希冀的梆笛乐音。

艺术和鸣中的创新与不足

张乐朋小说的现实主义创作方法以及语言和题材所具有的地域性色彩,都是对山西前辈作家文学传统的继承。但在创作视野、创作理念和艺术技巧方面对前辈作家又有了一定的超越与突破。张乐朋小说是多种艺术形式的和鸣,这也正是在继承与创新基础上形成的艺术效果。

张乐朋的创作视野已经从传统乡土空间转向了现代城乡交叉的文化地理空间,小说内容与主题具有较强的时代性,形成了超越山西界域的艺术视野。张乐朋的创作理念具有现代意识,这种现代意识表现在强烈的文化批判与自我审视上,表现在对城乡辩证统一的认识上,表现在对现代人生存状态和内在心灵的深度关怀上,也表现在叙事的平等视角中。张乐朋小说的叙事视角不同于当前多数城市打工文学或乡土文学,他没有用居高临下的俯瞰来抒写底层生活,其小说消除了政治或道德的优越感。他在城乡交叉地带以小人物的身份和心理为起点,以丰富的城乡底层经验为基础,采用与小说中人物平等的叙事姿态和视角，因而其小说具有浓郁的生活气息和真实亲切的艺术感染力。张乐朋创作理念中所具有的现代意识为其小说叙写的广度和深度带来了可能性。

张乐朋的小说在继承山西前辈作家艺术传统的同时，很重视艺术的创新。其小说的创新主要体现在叙事结构的多样性、情节的戏剧性处理以及以俗为主和俗中含雅的语言风格等方面。

张乐朋的小说大多采用第三人称的方式进行叙事，但结构方式却各有特色。在《汽油真香》中采用了他者陈述的方法结构小说，从叙事视角来看，是第三与第一人称的交错使用，这样的结构方式增强了小说的艺术真实性。《涮锅》则采用一线串珠式的结构方法，用涮锅这件事让所有人物都亮相发言，人物的心理与性格特征通过作者的传神勾勒便跃然纸上，一场普通的教师聚会便让作者写得风生水起，让读者也看得百味杂陈，在看似平淡朴实的叙事中包含着巧妙的艺术构思。在《一束莲》中几个相互关联的阶段性故事连缀成一个完整的故事，而且每个阶段性小故事皆有标题，每个小故事又分为若干小节。这样的结构形式使片段性的故事统一为整体，避免了故事凌乱与松散。而《桥堰》主要依靠两条线索把众多的人物、丰富的内容、复杂的情节结构起来。主线是桥堰的社会文化历史变迁，辅线是徐卯泰与徐天元之间的家庭纠纷和恩恩怨怨。两条线索有时平行进行，而更多的时候是相互交织进行的，辅线相对于主线而言是时隐时显、时离时合的。整个小说以徐天元与徐卯泰之间的纠纷恩怨开始，最后还以二者的纠纷恩怨结束，如此首尾贯通、相互照应、线索交错变化的结构形式，集中体现了张乐朋不凡的小说结构能力。

张乐朋小说还擅长设置戏剧性的情节。在短篇小说《偷电》中结尾出人意料，属于"契诃夫式"的结尾方式。老马因与老高包养的女人偷情，被发现后跳楼摔伤住院，老高不但没有报复老马，还送来吃喝，并说了些"肺腑之言"。这种出人意料的结局，颇具深意：老高的大度并非他心胸宽广，而是来自其对女性工具化的思想意识和钱权至上的暴发户式心态。《边区造》的戏剧性更强，其中设置了"边区造"（一把手枪）走火把持枪者乔布喜打死、杀汉奸却错杀茂才老汉、王德贵"死"而复活等戏剧性情节，这为小说带来了较强的艺术张力。《一束莲》写参加电教比赛的教师各怀鬼胎走后门拉关系，玩权力耍手腕。锡矿厂花赞助费欲把厂长妻子许爱莲推上领奖台，当徐爱莲获奖希望落空后，锡矿厂马上取消了会务接待和相应的赞助经费，并赶走与会人员。作者以细腻的笔触和精巧的构思，巧设戏剧性情节，对权力寻租的丑象进行了入木三分的讽刺。在《走满风中的步子》中有一场人狗大战，小说进行了戏剧性处理，巨成用自己的假肢作武器，让狼狗失去了一颗牙而狼狈逃窜。这种戏剧性的情节隐含着非常丰富的现实性象征内涵。

张乐朋的小说语言朴实凝练，有着较为浓郁的乡土特色。这方面和山西其他本土作家几乎一致。但张乐朋是一位诗人，其小说语言也受其诗歌语言的影响。他常常把一些诗语雅言穿插在通俗的叙事语言之中，使其小说语言在自然流畅、朴实凝练中又增添了细腻雅致和极具表现力的文人化色彩。因而，张乐朋小说以俗为主，俗中有雅的语言风格和赵树理等"山药蛋派"作家又有了较为明显的不同，属于颇具个性化的语言。

张乐朋选择乡村和城乡交叉地带进行叙写，取决于他的人生经历和生活经验。然而，也正是其人生经历，决定了他城市经验的有限性，导致其对城市的想象较为逼仄，对城市的理解不够深刻。另外，张乐朋和不少新锐作家一样，他们日常生活经验碎片化和无根性特点使他们难以对城市经验模式做整体性把握[1]。因而他们较难触及城市真正的精神内核。另外，就张乐朋自身而言，其小说中较多的底层生活苦难与精神痛苦的彰显冲淡了对现代城市精神的审美关照和价值判断。更为重要的是，张乐朋与当前其他叙写城市文学的作家一样，"缺乏对现代城市国家和现代城市化自身的关照与理解"，即缺乏一种现代城市精神[2]，因而，很难形成真正意义的现代性审美理念，其小说在对城乡交叉地带的审视中，还缺少理性的深度和视野的广度。总体而言，类似张乐朋这样的山西新锐作家的小说很难算得上真正意义的城市文学，但可以视为从乡土文学向城市文学的一种过渡或转型。

张乐朋还年轻，我们相信他的文学创作将会有更大的突破与收获，正如他诗中所言"你的手臂能抬多高/高原就有多高"（《高原—高原—》）。我们期望他的笛声更加悠扬高亢，能穿透广漠的乡村和城市的天空。

---

[1] 郭艳：《城市文学写作与中国当下经验表达》，《当代作家评论》2014 年第 6 期。
[2] 同上。

张乐朋小档案

张乐朋 1965年生，山西阳泉人。中国作协会员，鲁迅文学院第21届中青年作家高级研讨班学员，民进会员。1986年毕业于铁道部株洲铁路电机学校机制专业，同年参加工作。1997年毕业于西安理工大学市场营销专业。1998年改行教书，于2010年至2013年受聘为《名作欣赏》执行副主编。先后从事工人、教师、编辑等职业。曾获第三届中国作家鄂尔多斯文学奖新人奖（2009）、赵树理文学奖（2010）、黄河诗歌奖（2005）、莽原文学奖（2014）等。著有长篇小说《桥堰》，小说集《乱结层》，诗集《穷人心里的笛子》《蜜蜂的献词》等若干作品。

张乐朋主要作品目录
(1989—2015)

一 出版著作

诗集《穷人心里的笛子》，光明日报出版社 2003 年版
长篇小说《桥堰》，北岳文艺出版社 2013 年版
历史丛书《龙争虎斗中国史·辽金夏传奇》《龙争虎斗中国史·元朝传奇》《龙争虎斗中国史·明朝传奇》，山西教育出版社 2012 年版
诗集《蜜蜂的献词》，北岳文艺出版社 2014 年版
小说集《乱结层》，三晋文艺出版社 2014 年版

二 获奖作品

短篇小说《边区造》获第三届（2009）中国作家鄂尔多斯文学奖新人奖，获 2007—2009 年度赵树理文学奖
中篇小说《走满风中的步子》获 2014 年度莽原文学奖
《一种快乐决定一种疼痛》（组诗）获 2005 年"太行杯"优秀诗歌奖

三 文学报刊发表作品

诗歌

《赞美天堂》，《山西文学》1989 年第 7 期
《在歌声中出走》，《山西文学》1991 年第 11 期
《留在门上的钥匙》，《星星诗刊》1992 年第 2 期
《农闲的日子（3 首）》，《山西文学》1992 年第 9 期
《丰收节》，《山西文学》1992 年第 9 期
《走在通向花园的路上》，《诗神》1992 年第 6 期
《虚掩的上升》，《上海文学》1996 年第 1 期
《遥远的核心》，《上海文学》1997 年第 2 期

《依恋》,《山西日报》1997年7月21日

《自牧》,《上海文学》1998年第9期

《五月》,《山西日报》1998年9月19日

《等》,《中国摄影报》1999年9月10日

《润物》,《香港摄影画报》2000年第5期

《心之隅》,《香港摄影画报》2000年第3期

《执子之手》,《山西青年报》2002年10月24日

《音乐栽培了天鹅》,《陕西日报》2003年3月2日

《出于恻隐》,《红豆》2003年第7期

《一种快乐决定一种痛苦》,《黄河》2004年第5期

《午夜歌台》《一根老鼠尾巴粗了》,《山西文学》2004年第12期

《含混的谷穗》,《山西文学》2005年第4期

《三朵孤儿花,一只木刻鸟——春天来啦》,《黄河》2005年第3期

《雁门》《高速路上的流星》,《山西日报》2007年4月3日

《一个句号的时速》,《山西文学》2008年第3期

《梦寐》,《诗刊》2014年第1期下半月刊

《我们都在根号下》,《芒种》2014年第7期上半月刊

中短篇小说

《童鞋》《偷电》,《青年文学》2008年第4期

《边区造》,《中国作家》2009年第2期

(收入李敬泽主编的《21世纪中国文学大系2009年短篇小说》,收入吴义勤主编的《当代文学经典必读 2009年短篇卷》)

《乱结层》,《中国作家》2010年第8期

(收入贾平凹主编《2010年文学年选 短篇小说卷》,延河出版社)

《婚姻动了》(中篇小说),《中国作家》2010年第9期

《涮锅》,《中国作家》,2011年第5期

《汽油真香》,《莽原》2011年第8期

《卢布的皮夹》,《诗江南》2012年第3期

《绣文的草样年华》(中篇小说),《西部》2012年第6期

《买房记》,《中国作家》2013年第1期

《一束莲》(中篇小说),《中国作家》2013年第5期

《快钱儿》,《西部》2013年第8期

《走满风中的步子》（中篇小说），《莽原》2014 年第 1 期
（目录中未标明体裁的均为短篇小说）

文学评论

《无题：出于神恩的文字》，《名作欣赏》1996 年第 3 期
《从〈黄河一夜〉说潞潞诗歌》，《新批评》文丛（第二辑）1998 年 4 月
《天工出清新》，《名作欣赏》1999 年第 6 期
《山西诗歌缺点甚》，《山西日报》2002 年 6 月 11 日
《读诗如观潮》，《名作欣赏》2003 年第 3 期
《汤的喝法和浇法》，《作家》2004 年第 5 期
《汤罐佚事》，《名作欣赏》2004 年第 11 期
《他拿性命赌诗歌，你用什么换此生？》，《中国诗人》2006 年第 1 期
《"小人"判》，《名作欣赏》2010 年第 2 期
《灵魂的光圈里的一种形式》，《中国诗人》2011 年第 8 期
《徒步者的寂静》，《星星》（诗歌理论半月刊）2012 年第 2 期
《〈庭院内外〉的伊犁》，《名作欣赏》2014 年第 4 期
《从〈雪夜访戴〉到〈突然的散步〉》，《文艺报》2014 年 10 月 14 日

散文随笔

《神苗》，《文汇报"笔会"》1999 年 6 月 6 日
《年关》，《文汇报"笔会"》2001 年 1 月 24 日
《〈背影〉：紧扎在视线尽头的风筝》，《山西文学》2004 年第 9 期
《我要去桂林……》，《山西青年报》2004 年 9 月 11 日
《仲春的蒲坂》，《山西日报》2009 年 5 月 18 日
《学生张 Y》，《山西日报》2009 年 10 月 12 日
《做美人的园丁》，《山西日报》2010 年 9 月 13 日
《小说的长相——点评潘向黎小说〈白水青菜〉》，《莽原》2014 年第 5 期

四　相关评论

潞潞：《厂房顶上的诗》，《山西日报》2008 年 4 月 15 日
唐晋：《寂静与诗美》，《山西日报》2008 年 4 月 15 日
钟法权：《〈快钱儿〉的现实呈现与精神缺失》，《文艺报》2013 年 12 月 20 日
桫椤：《观照小人物的微世俗》，《文艺报》2014 年 2 月 28 日

王春林

1966年出生，山西文水人。山西大学文学院教授。中国小说学会副会长、中国作家协会会员、第八届茅盾文学奖评委、第五届鲁迅文学奖评委、中国小说排行榜评委、中国当代文学研究会理事、山西省作家协会主席团委员。主要从事中国现当代文学研究。曾先后在《文艺研究》《文学评论》《中国现代文学研究丛刊》《当代作家评论》《小说评论》《南方文坛》《文艺争鸣》《当代文坛》等刊物发表学术论文二百余万字。出版有个人批评文集《话语、历史与意识形态》《思想在人生边上》《新世纪长篇小说研究》《多声部的文学交响》等。曾先后荣获中国当代文学研究第9届优秀成果奖、山西21世纪文学奖、赵树理文学奖、山西省人文社科二、三等奖等奖项。

九 失陷的乡村
——韩思中中短篇小说论

王春林

从新文学开始，乡村就一直是小说家们所着力书写的一大题材。到目前为止，乡村题材的小说创作大体上呈现出两种不同的思想艺术类型，一种是田园牧歌式的乡村书写，充满了理想色彩与清新气息；另一种则更多地充满着现实的沉重感，着重表现历史与现实冲击下可谓是苦难重重的乡村社会。前一种的典型代表，是沈从文对湘西的书写。在沈从文笔下，湘西的山水人物是经过高度提纯的、充满恒久意味的理想的乡土世界，处处都流露着自然与人性之美。他的受业弟子汪曾祺以《受戒》为代表的一系列散文化小说，颇得沈从文之神韵，亦可归于此类。与这前一种风格相比，后一种尤其是在进入"当代"阶段之后变得更为"主流"。从"五四"时期的鲁迅乡土小说派带有浓厚启蒙色彩的小说创作，到以赵树理为代表的革命语境中的乡村书写，再到"十七年"和"文革"时期"生搬硬套"阶级斗争理论的政治图解式小说，一直到新时期之后的改革小说，所有这些主流色彩鲜明的乡村书写，呈现出的，或者是亟须启蒙和改造，或者是充满了血雨腥风的阶级斗争与革命行动，或者是被改革大潮震荡着的乡村世界。从这个角度来看，韩思中的小说明显地属于后一种类型。韩思中从20世纪90年代始，一直笔耕不辍，创作了一批长中短篇小说，且关注点多为乡村世界。回顾其长达二十年之久的小说创作历程，我们就可以发现，在韩思中的小说中，乡村已然是一个逐渐走向没落的世界，并且不可挽回地呈现了一种衰颓崩溃的败落失陷态势。

早在创作之初，韩思中就已经格外敏感地体察到了乡村世界的失落。以发表于1995年的《异类》为例，在这篇小说中，作者以一头瘸腿老牛的视角审视并见证了传统乡村世界的失落。瘸腿老牛先后拥有过三个不同的主人。老主人是个典型的庄稼人，大约因为在传统耕作中，作为主要劳力的牛扮演着重要角色的缘故，庄稼人便特别看重耕牛："当年，老牛跟随的是一个壮实的像一截粗木桩的老汉。老汉无妻无子，只有它，待它也好，他们同样都热爱着那片一望无际的田野。每天清晨，老汉就拍击着它的腔，对它说：'伙计，咱们该出工了。'每天傍晚，他们都拖着疲乏的身体返回家。老汉拍击着它的腔，对它说：'伙计，一天又过去了。'他们就是这样一对相依为命的伙伴。"这种日出而作日入而息的生活，是典型的传统乡村生活图景，老主人真正地热爱土地，觉得"土地才是咱们真正的家"，也分外珍惜爱护耕牛。唯其因为倍感温暖，所以瘸腿老牛才会十分怀念与老主人相伴的这段日子："在那段日子里，它和老主人相依为伴，它慢慢地听懂了老主人所有的话，领会了老主人的每一个眼神。它跟老主人每日驰骋在绿色的田野上，吃遍了田野中的所有青草，喝足了小溪水、沙流水、井水，识别出了高粱、谷子、小麦。老主人从来不欺负它。老主人对它就像是对亲生的儿子。农闲时，老主人背手走在前，它精神抖擞地跟在老主人身后，他们村里巷里，田里野外四处里逛，招惹的村人们'唻唻'地咂舌。晚上，老主人依旧是埋着头，抽他那只硕大的烟锅。老主人和它讲自己轻佻的女人，讲她如何如何下作，讲她如何偷情又如何跟人私奔，也讲自己的亲儿子。老主人说，养女人、养儿其实都是靠不住的，到头来，走的走，跑的跑。你呢？老主人问卧伏在他身边的牛，你将来有一天会不会也离开我呢？老主人流着泪，用他那双粗糙的大手温柔地抚摸它壮实的脸颊。"《异类》关于老牛和老主人之间相濡以沫关系的深切描写，可谓颇得沈从文、汪曾祺们的三分神韵。

老牛之所以变瘸并离开第一个主人，是因为拖拉机的出现。很显然，这里的拖拉机可以被看作是现代化的某种象征。当这样一个现代化的机器怪物像"一头吃了失心草的疯牛"一般冲撞过来的时候，曾经在农村扮演着重要角色的耕牛，便被迫无奈地走上了无足轻重的"异类"之路。瘸了腿的牛被卖给了第二个主人，山后村庄一个同样瘸了腿的老汉。"瘸腿老汉心地还不坏，知道它腿瘸了，也知道它肚子里怀着小犊，走一走，停一停，慈眉善目地开导它些宽心的话，经过三天三夜时间，把它从平川牵引到山后的村庄。瘸腿老牛从此告别了躬耕的土地，一门心思配合瘸腿老汉承担起生儿育女、传宗接代的任务。"但瘸腿老牛根本想不到，就在自己为新主人接连生下了大黄、二黄、三黄三头牛，而且大黄也生下了小黄之后，自己却再一次被转卖了。它的第三个主人，是一个精瘦的黑皮汉。他显然没有前两个主人那么懂"牛性"，一路动用绳索和皮带进行驱赶。黑皮汉对耕牛性情的生疏显然与耕牛逐渐退出农耕有关,随着现代化机械进入农村,耕牛在农事中地位的日益下降,这也打破了人与牲畜之间那种亲密的感情关联。尤为可悲的是,瘸腿老牛满以为这次跟随黑皮汉回平川便是回家了,却不知这次的旅程竟是它自己的死亡之旅。当老牛再次回到平川,等待着它的是一场血腥屠杀。农家院里聚集了大量待宰的骡子和驴马,昔日曾经非常亲近的农民,此时竟毫不顾惜它们的耕作之功:"院子里,已经涌满男男女女、老老少少的村人们,一律都捧着空碗、瓷盆之类的物件。"乡民在等待着瓜分它们的骨肉。尤其让瘸腿老牛感到绝望的是,昔日的老主人在认出了它之后,不仅无心救它,反而开口向屠户讨要瘸腿老牛的皮。

《异类》中瘸腿老牛的命运,完全可以被视作乡村世界发生天翻地覆变迁的高度浓缩。韩思中看似在描述一头老牛的命运,其实是在通过老牛的命运演变折射表现着数十年间乡村世界的根本转型。一方面,老牛之死突出象征着在现代化的强势冲击下田园牧歌式传统乡村社会的行将消逝;另一方面,从老主人到瘸腿老汉,再到黑皮汉,又从老主人对待耕牛态度前后可谓天差地别的变化中,我们都能够入木三分地看到农民形象怎样一步一步地走向了最终的猥琐不堪。

失去土地的农民

《异类》无疑敏感地捕捉到了传统乡村世界逐步走向失落的征兆,但值得注意的是,虽然拖拉机等现代化机械已经进入农村,但我们却依然能够在这部小说中看到浓郁的乡土风情和刀耕火种的传统生活方式:"这儿的地势确实是与山区不同,平展展的土地上,麦子已经返了青,绿油油的,在轻风中飘动,很像是沙中缓缓流动的水;地畔间,零零星星有几个农民挥舞着锄头给土地舒松筋骨;路旁渠中的水哗哗啦啦地流动,欢快的涌没在茁壮的麦田里。"如果说在《异类》所呈现的乡村世界中,我们尚且能够感受到一种对土地的温情书写,那么到韩思中之后的一些小说作品中,我们看到的却是农民基本上失去了与土地的联系。出现在读者面前的,大都是被侮辱与被损害的农民群体,他们是讨要拖欠工资的农民工,是被煤矿矿难搞得家破人亡的贫苦人家,是进城卖烤红薯却要躲避城管的村妇。一句话,安宁祥和的乡村世界图景已经被强势结盟后的权力和资本撕扯得一片粉碎。权力与资本的触角渗透到了普通农民的日常生活中,对权力和资本的趋奉,已然成为农民一种下意识的行为处事原则。原本安土重迁的农民剪掉了连接土地的脐带,任由欲望的刺激和驱使。其实,这种极度沦陷的状态,并不仅仅局囿于乡村世界，韩思中小说中所呈现的乡村世界图景，在很大程度上可以被看作是当下中国社会的一个缩影。只不过，如此一种欲望冲击下的沦陷图景在乡村世界中的表现要更为触目惊心。

在韩思中的小说中，我们可以看到大量背弃土地的农民，《异类》中老主人那句"土地才是咱们真正的家"似乎已成为遥远的歌谣。在《儿女婚嫁》中我们看到的乡村爱情发生地已不再是高粱地或玉米地，而是鱼塘。作为新一代农民，村支书奎旺的儿子猴娃已脱离土地，而靠承包鱼塘生活，鱼塘也成为爱情发生的重要场所。另外，黄老石的女儿二凤在城里职业中学所学专业虽是如何科学种田，可最终也并没有与土地发生关系，而是跑到城里的饭店打工。《给你介绍个老婆吧》中的崔二一家，依靠村里的煤矿维持生活，结果崔二的爹在煤矿的塌方事故中丧生，崔二的哥哥崔大在另一次塌方事故中被砸断双腿，疯狂的采掘也让"整个村子都悬在半空"，时有窑洞垮塌的事故发生。《美穴地》里的后沟村也有着丰沃的煤炭资源，煤矿突出显要的地位让村里人不知村干部却皆知煤矿矿长："我们后沟村，有三分之二的人都是从外地来的煤黑子，问书记是谁主任是谁，别说外地人了，就算是本地人，谁操这个心？可是，如果你换种问法，问周二疙瘩或者是问周矿长，村子里三岁以上的人都知道！"如果说乡村的失落已经使得村庄失去了村之为村的根本而仅仅成为一级行政单位的话，那么后沟村的涣散程度就显然要严重得多。在后沟村，作为政治形态存在的乡村也是涣散的，后沟村的农民们不仅对煤矿有着严重的依赖，而且这煤矿也吸引了大量的外地人，从而使得后沟村竟有三分之二都是外地人。小说里朱木恼一家的悲喜剧，正与这座煤矿的存在有极大的关系：朱木恼靠挖煤为生，哥哥朱大恼也因一次矿难而被砸成痴呆。后沟村看上去已然成为一个大的厂区，而非传统意义的乡村。《烟火》中的门卫老丁，告别乡村和土地到县城谋生，老丁的婆娘翠香，在秋忙后也来到城里卖烤红薯。他们之所以要到县城谋生，很大程度是为了儿子有根的前途。翠香说："谁愿意来县城？谁愿意看别人的眼色？假如不是因为有根，我才懒得来这种地方呢。"——细读韩思中的这些小说，我们能够强烈感受到时代跳动变化的脉搏。在当下社会，农民仅靠土地已经难以维持生活，于是他们只能被迫远离故乡，背弃土地，这也是农民对土地深情不再的一个重要原因。《儿女婚嫁》中的猴娃一度想要放弃大凤而选择城里认识的婷婷，《挣挣扎扎》中的侯二小背叛马兰花而选择副县长的女儿，这里固然不能简单地将原因概括为想要成为城里人，或者想要谋求政治利益，但县城却无疑已经构成了对于村里人的一大诱惑所在，在这些背叛行

九 失陷的乡村

为的背后,实际上有着摆脱农村荒蛮原始生存状态的深层焦虑。在《烟火》中老丁一家的尴尬与辛苦,是为了下一代能在城里接受好的教育,他们所感同身受着的,无疑也是城市化畸形发展所带来的疼痛。

失去或背弃了土地之后,进城打工便无可逃脱地成为当下中国农民的普遍生存选择。但伴随着农民工群体的日益壮大,一系列相应的社会问题也随之产生了。其中,拖欠农民工工资,就是一个不容回避的重要社会问题。韩思中的小说《讨债去》,就深度涉及了这一问题。村委会主任润明经朋友介绍,带着草生、三小和猴娃来到崔银生的工地打工,他们干着推平车、拌水泥砂浆、搬运砖头等苦力活,干足了十天,却因为有个比润明朋友面子更大的人介绍了一批农民工,就被包工头崔银生给轻而易举地打发了:"当时,润明就傻了。傻过之后,润明觉得工钱很重要,不然,他没办法交代另外三个人,再就是,如果他要不回工钱,他的脸面往哪儿搁?不料,崔银生两眼往上一翻,开口说道:工钱?你还有脸向我要工钱?我还没有让你们包赔材料钱呢,况且,我还把你们几个包吃包住了,走吧走吧快走吧,我正忙着呢。"润明他们几位的打工遭遇,明显暴露了农民工用工方面存在着的混乱无序状态。因为润明他们事先并未与崔银生签订劳动合同,所以他们的权利就不可能得到保障。更严重的是,身为农民工的润明们根本没有这种法律维权意识,对润明来说"崔银生这家伙对人可黑",讨要不到工钱便也只能无奈作罢。最终竟然是,有些痴傻的草生因为无意间帮了"司机老王"的忙而成功地讨要到了自己和润明的工钱。何以如此呢?却原来,这"司机老王"的真实身份竟然是县长。待到草生可以凭着王县长的关系进一步地帮三小、猴娃去讨要工钱的时候,王县长自己却被双规了。失去了王县长的关照,草生他们非但没有讨到工钱,反而在工地惨遭崔银生的手下痛打一番。继而,崔银生又设局把草生他们关进了公安局。到最后,还是润明找到几年前曾在他们村下过乡的司法局的郝司法,才把草生他们几位解救出来。

在《讨债去》中一个不无残酷的对比是:草生他们尽管已经在崔银生那儿卖力地干了十天,工钱也不过是每人二百元。这点钱,对工头崔银生来说根本就不算什么,因为他一顿饭的花费就在上千元。在一次饭局上,草生"看到崔银生把三千多元甩废纸一样甩到饭桌上"。文本中的草生,被设定为一个痴傻之人,被人骂作"憨货"。正如同他们各自的名字所暗示出的,草生与崔银生无疑代表了两个不同的社会阶层。在这个意义上说,讨要工钱所导致的暴力行为,也是社会阶层矛盾尖锐爆发的一种必然结果。小说结尾处,韩思中最终将问题的解决交付给了"找关系"和崔银生们的良心发现,这样一个大团圆结局，很显然是作家一种被迫无奈妥协的结果，既有些牵强，也让人倍感悲哀。与此同时，那位以公正爱民形象出现的王县长的被"双规"，也能够让读者明显感觉到作家对官商勾结合谋现象一种隐然批判姿态的存在。一方面，对于草生他们而言，能够要到工钱是因为有着王县长的照顾，被从公安局救出，依然是"领导"关照的结果；另一方面，润明虽然在村里担任村委会主任，但一样得远离故土进城去打工，而且也同样无奈于工钱的拖欠问题，凡此种种，皆可以被看作是这乡村政权涣散失落的突出表征。

无处不在的权力

略作细致观察，我们就不难发现，《讨债去》中的几个官员，实际上构成了很有意味的对比参照。村委会主任润明、"司机老王"（王县长）以及司法局的郝司法等人，无疑是不同权力状态的隐喻。一个不容忽视的现象是，草生们生存困境的形成和解决，始终都笼罩在权力的阴影之下。而权力对农民生活的渗透，也正是韩思中笔下乡村世界的一个显要特征所在。虽然这种状态并非在当下时代方才初始形成，但因为这个时代的乡村世界已经失去了曾经的稳固性和常态性，曾经具有突出凝聚作用的乡村道德伦理谱系也逐渐走向崩溃，这一切，都使得乡村权力不仅愈益稳固，而且也更加无所遮掩地肆无忌惮。

权力的阴影，在韩思中的小说里可谓随处可见。《与歌手吴有有打官司》中的黄炳仁对吴有有态度的转变，很显然就是源于对权力的考量。黄炳仁无疑是一个很会"审时度势"的人："黄炳仁最早是把他的大闺女给了村长做儿媳妇，接着又把他的小闺女嫁到省城，为省电视台的一个半老男人续了弦，直到最后，他让唯一的儿子娶回来乡长的闺女，因此，他牛皮是没办法的事。"尽管说黄炳仁胆敢侵占吴有有的楼房自有他自己的道理，但主要却还是因为吴有有与嘟嘟婚姻的破裂让黄炳仁不再忌惮嘟嘟娘家的势力。黄炳仁最后之所以要主动迁出二层小楼，也是出于权力考量的结果："如果说，这件事情单单是嘟嘟出了面，倒还不打紧，问题是，嘟嘟一出面，她爹朱老幺迟早也会出面。他黄炳仁在朱老幺的面前算什么呢？他什么都不是，就算十个黄炳仁，一百个黄炳仁加起来，在朱老幺的面前也什么都不是。论钱？那是想都不敢想的事；论人？不说朱老幺在正经场面上的人惯马熟，他有那么多的钱，手里要什么人会没有？"在《儿女婚嫁》中，也写到了权力所带来的无形光环和权威："村支书奎旺和其他村民们没有什么区别。他和村民们一样的走路，一样的吃饭睡觉，一样的吵架放屁。不同的是，他头上罩着闪闪发光的官帽，说起什么话、吵起什么架，村民们都觉得他厉害，都觉得他说出的话应该就是真理了，自个儿就先灰溜溜的底气不足。"在《给你介绍个老婆吧》里，崔万生凭借他亲哥是村委会主任这层关系，在崔二不知情的情况下为他办理了结婚证；在《红口白牙》里，嘉嘉借助交警队队长的权力帮着丈夫"漂亮地"处理了交通事故；《毒日头》里的治保主任虎生，不仅因为根儿得罪了他而放任不管，致使警察带走了根儿，而且还纵容他手下的治保人员以招待上级领导的名义从村委果园里大搬瓜果；在《传说的影子》中，实习警察刘星星更是亲眼目睹警察赵刚如何利用职务之便"弄钱"；在《美穴地》里，计生员小高以嫁给土地局局长的瘸腿儿子为条件而最终实现了调动到县城工作的目标；在《树的影子》里，乡镇书记张森想任命宋树花为妇联主任，虽然他声称这样做和宋树花担任县委副书记的弟弟"一点关系都没有"，但这任命背后权力背景的存在，却是确凿无疑的事情；《色相》中的一场老同学聚会，干脆就成了蝇营狗苟的平台；《滋味》里的郝元，为了巴结讨好周副县长，更是"恨不得赤条条跳入水库，然后变成一条鱼，好让周副县长钓一回"。

  需要注意的是，韩思中在表现对权力的屈从与迎合的同时，也质疑批判了权力以及对权力的谄媚。关于这个问题，韩思中在小说里一般会借由若干动物形象的死亡而充分实现自己的艺术意图。在《异类》中，瘸腿老牛跟随黑皮汉重返平川，很显然是一条死亡之路，可老牛却非但不自知反而为能够重返平川而兴奋不已，而且还为自己通晓人性的驯顺表现而得意扬扬。正因为对它来说，主人就是权力的象征，就是需要臣服的对象，所以，它对主人才会表现出百分之百的信任，才会没有多少道理地逆来顺受。在返回平川的路上，黑皮汉曾经忘记拴牛，可温顺听话的牛却丝毫没有违逆逃跑之心生出："黑皮汉子发现自己的脑袋正枕在瘸腿老牛温暖的、毛茸茸的肚腹上。这时候，黑皮汉子惊奇地看见六头牛都在关注着他，都在用一种依赖的牛眼温顺地看他。四头大牛把他和小牛围在中间，卧成一个十分完美和谐的圆圈。黑皮汉子想起自己昨晚是忘记拴牛们了。细看果然就是没拴。黑皮汉子很热烈地抚摸着牛们，挨个儿的都摸遍。汉子也是种田的，是啊，有了这些牛们，种田人还有什么好怕的呢？黑皮汉子把老牛和小牛脖颈上的绳索解开。他知道，这完全是多余。"这样的场景，既让人心生悲悯，又让人感到恐惧。原因在于，牛们百分百地信任臣服于主人，但主人却要将它们置于残酷的死亡境地。在这里，瘸腿老牛的命运很容易让人联想到萧红《生死场》

中那匹同样要走向死亡却不自知的老马。无论是老马还是老牛，作者在这里都是在借由动物而揭示出一个骇人却又真实的生存哲理，那就是，无形的绳索显然要比有形的绳索更为可怕，不自知不觉醒而任人驱策的奴仆，大约也只能麻木地生或者死。

《结果》中的"四眼"土狗，同样也无可逃避地面临着被主人李仁义宰杀的悲剧命运。在死亡逼近时，它不仅毫无察觉反而还继续欢乐地讨好着自己的主人："李仁义闷头蹲在那儿，他用一大块黑布，把'四眼'土狗的眼睛严严实实包裹起来。在这个过程中，'四眼'土狗快活得吱吱乱叫，它用它的舌头，不断努力地追随李仁义的手掌……李仁义哈着腰身，慢慢把八宝大锤举了起来。而此刻，刚刚脱离羁绊的'四眼'土狗，越发兴奋得不像样子，快活地摇晃脑袋左右甩动尾巴，身体匍趴着活泛地前爬后退，继续想和李仁义戏耍，有几次，它差点儿把尾巴扫到通红的铁火炉上……'别动——'李仁义大喊一声。'四眼'土狗果然不动了，一动不动站在那儿。'趴下——'李仁义又说。'四眼'土狗果然匍趴在地，并且，乖乖地把下颌放平到地面上，似要小睡一会儿的样子。或许，'四眼'土狗还在等着主人的下一道指令。又或许，'四眼'土狗最后听到了从天而降的那股风声。"这些反复在韩思中小说里出现的动物死亡隐喻，值得引起我们的高度关注。很大程度上，正是这些动物的死亡，让作者笔下那些被迫无奈的趋附权势行为浸染上了浓烈的悲情色彩。《结果》中的"四眼"土狗可以被自己的主人李仁义结果，但李仁义却又因为想要扩建猪圈而任由村委会主任跟自己的老婆黄美丽胡搞。到最后，实在无法忍受这种毫无尊严生活的李仁义因饮酒过量而被送进了急救室。李仁义无异于自杀的狂饮行为，显然是这种权力压迫所导致的一种直接结果。除此之外，不容忽视的一点是，韩思中小说里经常出现的"毒日头"意象，也正强有力地象征隐喻着权力对农人们压迫的严酷无情。

负重前行的婚恋

还是在《结果》中，李仁义的婚姻承受着来自权力的重压。因为村委会主任王善本是权力的拥有者，所以，李仁义就不得不尽可能地巴结讨好。李仁义之所以能在村口的公路边开饭店，饭店开不成后又能批下二亩地盖猪场，就是巴结讨好带来的结果。但他也为此付出了巨大的代价，那就是，妻子的身体和自己的尊严。在韩思中笔下，乡村世界里的恋爱与婚姻很难变得单纯，往往要背负来自于金钱、权力以及生育等多方面的重压，除此之外，还要经受来自于"进城梦想"的诱惑与考验。

在《儿女婚嫁》中，猴娃之所以要背叛大凤的爱情，是因为他"不愿意一辈子待在村里"，而"婷婷的父亲在城里当官，婷婷说她父亲可以帮我找个工作"。与婷婷的关系被阻断之后，猴娃与大凤又重归于好。问题在于，"直到现在，猴娃也说不出大凤有什么不好的地方。大凤是不错，很不错，他把自己和婷婷发生的一些事当成是发高烧说胡话，或者干脆就觉得是做了一场梦"。归根到底，这一段感情纠结的生成，与猴娃"不愿意一辈子待在村里"，不愿再做农民的意愿之间，存在着紧密的内在关联。而这，也正是猴娃背叛大凤的深层原因所在。正处于城市化和现代化进程中的当下中国，乡村世界已经在不可挽回地走向衰落失陷的命运归宿。猴娃的背叛所反映出的显然是他对自己农民身份的强烈焦虑：既然"城市让生活更美好"，那么，农村人又该如何去争取和创造属于自己的幸福生活呢？《嫌犯在逃》中的裴庆春，之所以迟迟不敢接受米兰，迟迟不愿捅破那层窗户纸，也是源于城乡之间的巨大差别："米兰不管绷脸还是不绷脸，她的长相都是一样的好、一样的招人爱啊，只可惜是在这乡村，若把她放到县城里，不定多少人会拼着命追呢。复又无来由揣测，如果他和米兰现在都有机会调回县城，那么，他认认真真地开始追米兰，米兰会不会瞧得上他？"在这里，裴庆春认定他与米兰的爱情和婚姻必须要建立在两人都被调入县城的前提之下，这与猴娃的犹疑和焦虑其实如出一辙。

韩思中笔下的妻子形象，通常是强悍霸道的。《烟火》里的翠香，"不光是力大身板大，脾气也是大的，两口儿有时关起门来干仗，哪次老丁不是被她轻而易举压趴在炕上或者地下"；《给你介绍个老婆吧》中的崔万生，也是在老婆大梅强势的逼迫之下，才骗到了崔二的身份证，还瞒着崔二办了结婚证；《结果》中的黄美丽，对丈夫李仁义看不顺眼，嘲笑他不够硬气："一个大男人，眼睛怎么软成个稀松蛋？"《红口白牙》里的嘉嘉，生活态度远比丈夫要现实，是个十足的女强人；《美穴地》中的白玉兰，遇事大胆有主见，而丈夫朱木恼却是："看上去真的是没出息得可以，迟迟疑疑、嗫嗫嚅嚅站在那儿，间或小心地偷窥一眼许五月，很快又埋下头，看他自己的脚面。稍后又不甘心似地抬头看白玉兰，再窥许五月，眼神儿照样还是软的，像煮久了的、即将要化进锅里的面条。到后来，朱木恼身子一侧，径自把自己隐藏到了白玉兰的身后，那模样，就差孩子一样牵缠白玉兰的手或者是白玉兰的衣袖了。"如此一种夫妻关系模式的形成，与传统的男耕女织以及"男主外女主内模式"的变化存在着直接关系。从家庭关系的变化里，我们可以看到传统意义上的父权已经有了一定程度的松动，但尽管如此，女性在爱情与婚姻中实际上依然处于被歧视与损害着的弱势地位。

这里很突出的一个表现，就是对女性生育能力的格外看重与"尊奉"。在《异类》中，瘸腿老汉是在认真考察了瘸腿牛生育能力的前提下，才决定把这头牛买走的："老汉很内行地看它的牙口，看它隆起的肚腹，挺满足地把一把钞票交给了老主人。"《给你介绍个老婆吧》中的兰珍，要想成为崔二的老婆，也得经受如同牲口一样的检视："娘顺势把另外一只手也哆嗦出来了，人也一时从凳子上站起来，认真仰起脑袋，先是把兰珍的手哆嗦摩摸一番，跟着顺住兰珍的手臂，一路摩摸到了兰珍的两个肩头上。这还不算完，她的两只手缓缓一发力，就让兰珍转身背对了她……崔二娘的两只手，已经顺着她的腰身，游走到了她的臀胯间。这两只手终于停下来，迟迟疑疑留恋了好一会儿，总算松开。扎了没有？崔二娘沉着面孔，忽然冒出这样一句话。什么？兰珍惶惑问。我是说，你结扎了没有？……兰珍感觉就像被人当众剥光了衣服，愕然看住崔二的娘，又委委屈屈去看崔二。眼圈儿一时红了，潮润了，随即，眼眶中的泪水终究哗啦一下子冲出来。没有。兰珍小声嗫嚅。看上去，崔二娘一直紧绷着的面孔，这时总算松懈下来。"兰珍第一次见婆婆，便被婆婆当着众人审视牲口一般地检查一番，这样的描写或许略有夸张，但在乡村世界，受传宗接代思想的影响而对女性生育能力的看重确是事实。《挣挣扎扎》中的侯二小之所以在背叛马兰花时要对家里谎称马兰花是"石女"，也因为没有生育能力是说服家人的最佳理由；在《树的影子》中，计划生育政策在对抗农村传统生育观念时会显得充满着歇斯底里的血腥与暴力。借助于主人公宋树花的眼睛，我们既看到了"血一样殷红"的宣传标语："该扎不扎，房倒屋塌。""逮着就扎，跑了就抓，上吊给绳，喝药给瓶！""打出来！堕出来！流出来！就是不能生出来！"也看到了血腥的结扎现场："血啊，扑面而来的，满屋子、满世界都是黏稠黏稠的血腥气味，都是殷红殷红的血色：地上是星星点点、斑斑驳驳的血痕，窑洞正中的木床上，更是一大摊一大摊艳红的血迹，摆在床边的垃圾桶，已然溢满红迹斑驳的棉纱、卫生纸团。两个人，两个戴有白色口罩的人，她们的橡胶手套上，也都是血呼啦碴的红……"宋树花因为晕血而误被结扎，莫名其妙地失去了生育能力，同时失去的还有拥有幸福婚姻的可能。残忍暴力的政策和陈旧的生育观念两面夹击，共同造成了宋树花的人生悲剧。《美穴地》里的朱木恼抱怨："白玉兰生娃有瘾了，她还要给我生儿子……白玉兰生孩子的瘾和周二疙瘩挖煤矿的瘾一样大。"白玉兰已经生下四个女儿却还是要接着生，从而成为后沟村实行计划生育的"钉子户"。生育让朱木恼家生活贫穷，白玉兰的身体也受到极大的伤害："把大兰二兰三兰四兰一路产下来后，她的头发就开始变颜色，几乎都变成了泛着黄的干枯的杂草"，但即便这样，白玉兰却还是要生。这种对生育近乎疯狂的执迷不悟，很显然也正是由乡村世界中传宗接代的传统生育观念所造成的。

总之，韩思中这一系列乡村题材中短篇小说的思想艺术价值，主要体现为真实地记录了所谓转型跨越发展语境下的乡村世界农人们艰难异常的生存困境，为读者呈示出了一个现代化背景下虽然充斥着欲望的喧嚣但却难掩衰朽失陷之态的乡村社会。但在承认作品具有突出社会学价值的同时，我们也必须看到，韩思中的小说创作也并非不存在缺陷。最起码，作为一位已然受到过现代主义先锋文学洗礼与影响的"60后"作家，在基本写作手法上，我们很难感受到现代主义影响的存在，作家所采用的依然是一种多少显得有些僵化的传统现实主义创作手法，这样自然也就失去了艺术形式层面上的一种必要的冲击效应。此外，无论叙事方面节奏感的匮乏，抑或语言方面的干涩僵硬，也都应该在作家今后的小说写作中得到积极有效的克服。唯有想方设法开阔自己的艺术审美视野，韩思中的小说创作方才有可能在未来岁月中取得更加突出的成就。

韩思中小档案

韩思中 1966年7月生于山西省汾阳县,祖籍交城县阳渠村。中央党校法律专业毕业(大学本科)。1983年参加工作,先后供职于离石县建筑工程公司、交城县棉麻公司、交城县电影公司、吕梁市文联。中国作家协会会员,山西省作家协会全委委员,山西省散文学会常务理事,吕梁市作家协会主席,鲁迅文学院第十四届高研班学员。一级作家。著有长篇小说《歌谣》《温柔乡》《死去活来》,中短篇小说集《毒日头》《嫌犯在逃》《传说的影子》。作品多次被《小说选刊》《中篇小说选刊》选载。曾获《黄河》首届"雁门杯"优秀小说奖,《山西文学》优秀作家奖,山西省宣传文化系统首届"四个一批"优秀人才,2001—2003年度赵树理文学奖·文学新人奖,2010—2012年度赵树理文学奖·中篇小说奖等。

韩思中主要作品目录
（1994—2014）

一　长篇小说

《歌谣》，作家出版社 1999 年版

《温柔乡》，作家出版社 2002 年版

《死去活来》，花城出版社 2010 年版

二　中短篇小说集

《毒日头》，作家出版社 2002 年版

《嫌犯在逃》，中国文联出版社 2004 年版

《传说的影子》，北岳文艺出版社 2014 年版

三　获奖作品

《嫌犯在逃》获《黄河》2003 年首届"雁门杯"优秀小说奖

《撕票》获《山西文学》2000—2006 年度山西文学优秀作家奖

获 2001—2003 年度赵树理文学奖·文学新人奖

中篇小说《挣挣扎扎》获 2010—2013 年度赵树理文学奖·中篇小说奖

四　文学期刊发表作品

《秃哥》，《山西文学》1994 年第 10 期

《异类》，《作品》1995 年第 4 期

《犟骡子》，《延安文学》1995 年第 6 期

《家谱》，《山西文学》1996 年第 1 期

《最后一个猎人》，《延安文学》1996 年第 1、2 期

《山圪梁梁》,《北方文学》1997年第2期
《黑货》(中篇小说),《黄河》1997年第3期
《儿女婚嫁》(中篇小说),《小说》1997年第3期
《家土》(中篇小说),《北岳风》1997年第4期
《生活依旧》,《草原》1997年第8期
《对手》,《山西文学》1997年第9期
《生存动态》,《芒种》1998年第7期
《姐妹》(中篇小说),《山西文学》1998年第10期
《流浪的孤狼》,《草原》1998年第12期
《老墙》,《草原》2000年第3期
《毒日头》,《清明》2000年第4期
《拔痘》,《北方文学》2002年第1期
《狐灵》,《草原》2002年第4期
《谋杀》,《青海湖》2003年第1期
《嫌犯在逃》(中篇小说),《黄河》2003年第1期
《天堂之门》,《黄河》2003年第1期
《处女地》(中篇小说),《都市》2005年第6期
《与歌手吴有有打官司》(中篇小说),《延安文学》2005年第4期
(《中篇小说选刊》2005年第6期转载)
《杀人》,《延河》2005年第11期
《撕票》,《山西文学》2006年第11期
《感觉像在飞》(中篇小说),《都市》2006年第6期
《美穴地》(中篇小说),《延安文学》2007年第4期
(《中篇小说选刊》2007年增刊年末专辑转载)
《移棺》,《山西文学》2008年第4期
《挣扎》,《鹿鸣》2009年第1期
《结果》(中篇小说),《山西文学》2009年第9期
(《中篇小说选刊》2009年第6期转载)
《滋味》,《山西文学》2009年第9期
《传说的影子》(中篇小说),《黄河》2010年第3期
《红口白牙》,《长城》2011年第6期
《烟火》,《青年作家》2012年第2期
《讨活》,《山西文学》2012年第3期

《色相》,《天津文学》2012年第4期
《讨债去》(中篇小说),《延河》2012年第9期
《挣挣扎扎》(中篇小说),《黄河》2012年第5期
(《小说选刊》2012年第12期转载)
《喜、喜,喜鹊的鹊》,《延河》2013年第3期
《介绍个老婆给你吧》(中篇小说),《山西文学》2013年第7期
《大牛的记忆》,《花文百花》(澳门)2013年第4期
《树的影子》(中篇小说),《时代文学》2014年第9期
(目录中未标明体裁的均为短篇小说)

五 其他作品

《我的'99》(散文),《山西文学》1999年第11期
《走近延泽民》(散文),《火花》2002年第10期
《黄河的缘分》(散文),《火花》2004年第12期
《邀约千年》(散文),《山西日报》2011年5月9日
《怀念从前》(散文),《山西日报》2011年10月17日
《歌者的歌》(创作谈),《中篇小说选刊》2005年第6期
《让我带你去放羊》(创作谈),《中篇小说选刊》2009年第6期
《别样的爱情小说》(评论),《中华文学选刊》2010年第12期
《医疗援疆记事》(报告文学),《山西文学》2014年增刊

六 相关评论

李有亮:《韩思中的小说创作》,《山西作家通讯》1998年第3期
贺绍俊:《曲径通幽的天地》,《文艺报》2003年3月25日
刘维颖:《最后一朵美丽的云——韩思中近作二篇简评》,《黄河》2003年第4期
董大中:《既新且锐的一代》,《黄河》2003年第6期
杨占平王春林马明高:《关于"后赵树理写作"——以韩思中为例》,《山西文学》2009年第9期
杨占平:《深刻挖掘女性的人生内涵——读韩思中的〈死去活来〉》,《山西日报》2010年5月10日
白杰:《人之异于禽兽者几希——韩思中小说印象》,《新批评》2010年第1期

王春林：《在"转世"中思考生命与人性——读韩思中长篇小说〈死去活来〉有感》，《文艺报》2011年2月2日

马明高：《以民间的维度呈现人生真面目——读韩思中长篇小说〈死去活来〉》，《小说评论》2011年第5期

白 杰

1981年生，山西榆社人。现为太原师范学院文学院副教授、硕士生导师、现代文学教研室主任。2003年毕业于山西师范大学文学院，获学士学位；2006年毕业于西南大学中国新诗研究所，获硕士学位；2014年入南开大学文学院，师从罗振亚教授攻读中国现当代文学专业博士学位，主要从事中国新诗及区域文学研究。近年出版著作《嬗变与重建》《中国现代文学读本》《中国现当代文学史综合教程》（合作）等；在《文艺理论与批评》《文艺争鸣》《中西文化比较》《诗学》等刊物发表论文、评论三十余篇；主持省级课题四项，主研国家社科基金青年项目、国家社科基金重大项目子项目各一项；曾赴北京大学、韩国外国语大学进行学术交流；作为主要完成人两次获山西省教学成果一等奖。

十　点亮生存痛感中的生命之光
——评闫文盛的文学创作

白　杰

闫文盛，山西介休人，1978年生。按照一般的代际划分，他应属于20世纪70年代作家。但作为当代中国命运转捩点的1978，让他"躲过"了严苛的意识形态规训、极端的物质匮乏，在人生经历、价值观念上与其说贴近于贫穷而荒诞的20世纪70年代，不如说更应和了以个体生命为根基的20世纪80年代。在此意义上，他是幸运的。但从另一角度看，1978又是一个极具痛感的时间节点。它建立在劫后废墟之上，面对的是神灵退隐、理想沉沦、道德覆灭的精神荒原。改革开放在持续推进现代文明建设的同时，也加剧了阶层分化以及传统与现代、乡村与城市的对立冲突。在相当长的时间段内，此类矛盾非但没有伴随社会变革得到有效解决，反在乍暖还寒的政治气候中一度被悬置。生长在1978的基点上，农家子弟闫文盛经历了出走乡村、游走城市的坎坷行旅，真切感受到了城乡碰撞带给个体生命的痛楚。物质的挤压、经验的断裂、身份的失落、日常生活的平淡都曾引发巨大的情感真空、精神焦虑。但他始终没有被痛苦与虚无吞噬；相反，他将自己视作诊疗人生疾病的标本，不仅以抉心自食的勇气反复触摸常人习惯性回避的生存痛感，还努力开掘隐现其中的生命之光。在将近二十年的创作生涯中，他的写作类型由诗歌扩展至散文、小说，兼及报告文学、传记、文学批评等，艺术风格也从青春自叙走向生命哲思，在日常生活书写中构筑起深远的象征世界，但始终没有忽略社会的暗部、小人物的病疾，没有放弃对凡俗人生的问诊。

从青春自叙走向生命哲思

1996年12月，闫文盛在《中国校园文学》发表诗作《遥望大西北》。此后六七年里，他以极大的热情投入诗歌创作，在分行文字中寄存青春梦幻

穿越：乡村与城市

和日常感悟；其间也有一些散文发表。对于这批学徒制作，作家一度表达"悔意"："（它们）在某种程度上充当了时间记录者的角色，具有日记功能，除了当日的气候、风向，我几乎把什么都记下来了。"① 但不能不承认，在捕捉飘忽不定的青春思绪的过程中，作家很好地训练了对音韵、节律、意蕴的敏感。其在文字上所表现出的罕见的纯度、密度、精度、力度，以及简约凝练的表达效果，都可视作早期习作的馈赠。

2003年后闫文盛逐渐从青春写作进入自叙写作。当时他已从学校毕业六七年，其间在故乡县城待了三四年，后又南下北上讨生活，直至2002年才返回山西，在省城太原做副刊编辑。漂泊之旅冷却了青春激情，却密切了生命与生活的联系、丰富了人生经验，写作路向和艺术风格亦发生相应调整。这一阶段的诗歌创作在数量上大大减少，但质量有大的跃进，不仅文风变得素洁清峻，一改早前的纤细迷离，而且成功勾勒了置身城乡夹缝的"零余者"形象。在诗作《太原》中，"我"回北方城市谋得一份安稳生活，起初"身体平静，心情平静/连欲望也没有"，但很快发现精神流浪的命运并没有根本改变，"仿佛陌生人进了城"。城市的繁华喧闹以及背后悠久的历史文化都让这位"额头上粘着旧米粒"的农家子弟成为不折不扣的"外来者"，承受着乡土与城市对撞的痛苦，"我紧张地看着墙。一排排/蓝房子红房子绿房子"。类似书写在诗歌中多次出现："在乡亲们的赞誉中/你寄居在一座空城"（《一座空城》），"我的身前身后都是陌生人。陌生的口音/和陌生的地名"（《恍惚》），"但你只是经过。像院门外的过路人"（《我记忆中的重量》）。

作者此时已不满于单纯的情感抒发，而执着于复合的经验传达，努力用知觉、视觉、触觉点化外物，将涌动不安的情绪融注到生活场景当中，内心世界在冷静平实的叙事性文字中变得可感可知、鲜明具体。在一份创作自述中，作者将此归功于爱尔兰诗人希尼的启悟，"能把平凡的日常生活瞬间转化为诗"②。诗歌是世界万物在生命意识照耀下发散出的光泽，它并不隔绝于日常生活，更不反对及物，"诗人更多地还是要和日常经验打交道，和这个世界本身打交道，而不是和一个形而上的世界，一个宗教信仰世界打交道"③。闫文盛很好地领悟了这一点。他从不应景地去关注什么中心事件、

---

① 闫文盛：《创作自述：诗，散文，小说》，《作家通讯》2011年第4期。
② 吴德安：《希尼诗文集·序言》，作家出版社2001年版，第2页。
③ 唐晓渡：《与沉默对刺》，北京大学出版社2012年版，第133页。

重大主题，而习惯坐下来慢慢地从生活细节、日常感受中酝酿诗情、抽绎诗意。即便书写爱情，也不刻意制造花前月下的浪漫、海枯石烂的盟誓、望眼欲穿的相思，只以极尽简朴的文字写道，"你的发香在风中，像许多年前一样"，只是"额上的纹又多了一瓣/那么清晰"（《爱情诗》）。回眸一瞥，岁月于青春的磨蚀尽显无遗，而爱情也在磨蚀中获取了纯粹。关于爱情、生命、时间的深邃思考，都潜隐在不动声色的细节描写中。近年来，诗歌新作如《沉醉的迷途》《黑夜史》等强化了哲理探求一路，在强力思辨中叩问生命的终极价值，表现出高度自觉的哲学意识。

尽管诗歌创作突飞猛进，但在21世纪前十年里，闫文盛的写作重心还是转向了散文，相继完成了《宁静的加速度》《你往哪里去》《光线》等佳作。2010年，散文集《失踪者的旅行》入选由中国作家协会、中华文学基金会组织的"21世纪文学之星丛书"，他也由此坚定地站立在了青年散文家的前列。统贯这些作品的，既不是社会政治变迁，也不是文化精神的演变，而是作者本人曲折蜿蜒的人生行旅。在很多人看来，自叙性写作就是讲述自己的故事，是非常简单的。确实，任一作家的创作都离不开人生经验的支撑，都不同程度地有着"自叙"底色，但如果真要将自我作为主要的艺术对象，则会面临极大的写作难度。因为置身凡俗社会，即便是作家，其生活大多亦是平淡无奇的，很难在题材上满足读者追新逐异的心理。而且"自叙"偏重私人经验，有时会限制读者介入。相比之下，那些建立在宏阔时空架构中的文化散文、历史散文显然拥有更加丰富的素材、更加开放的格局、更加多元的叙述视角。但作者还是不改初衷，不急不躁地交代自己的日常见闻，一笔一画地绘制浩烦琐碎的生活场景，理发的、卖菜的、开车的，从集市到小巷，从车站到老宅，几乎所有吸呐人间烟火的人、事、物统统被收纳。那些早已为人们熟视无睹的日常生活，在进入艺术世界后，变得既亲切又陌生。在日常图景中，读者触摸到的不单是作者的真实血肉，还有久违的自己，为生计奔波、为琐事烦心，有软弱更有坚韧，努力奋斗却又时感无力。基于生命深处的相互体认，作者的自叙写作非但没有疏离读者，反倒唤起了普通生命的自我打量，具有了普泛的社会意义。就如《生年》里，作者抽空返乡，母亲异常高兴，诉说"当我不在家时，她又是怎么觉得日子的空旷和荒疏"，但当自己离家时，母亲又反复叮嘱要安心于工作和在外的生活，"无事莫回乡"。作品记述的是个人经历，但所蕴藉的生命体验却是天下儿女所共有的，母爱情深令人落泪。

2015年，闫文盛推出两部散文集《你往哪里去》和《主观书》。其中收录的部分新作,如系列散文《主观书》等开始突破自叙模式,延展出新的写作路向。它们不再追求对现实生活的触摸及对世俗的和解,甚至取消文本对读者的开放,而在密闭空间内拷问自我灵魂。主体生命由此发生裂变,分化出悖立而生的双方或多方。它们相互对抗、碰撞、辩诘,以近乎鲁迅《野草》的独语形态逼问生命的本质、生存的价值、写作的意义,显现出形而上的思辨色彩。如果说此前的散文创作还努力在现实社会中为主体生命寻找诗意栖居,那么在此作者已将外部世界完全"悬搁",而依循"存在先于本质"的存在主义律条,接受主体意志驱动,在"自由选择"中创造唯我独有的生命本质。不过每一次选择都意味着生命形态的重新定义,相伴而生的是无休止的焦虑,"每当我们自由时,焦虑便潜在地存在着;自由与焦虑互相靠拢"①。了解了这一点,我们也就不难明白《主观书》为何拥有如此峻急焦灼的精神湍流了。

诗歌、散文之外,闫文盛在21世纪还向小说进军。最初的尝试带有较浓的青春遗绪,像中长篇《恋爱的黄昏》《深渊》《少年情事》、短篇《粉红夜》都以青春爱情为主题,积极吸纳了诗歌、散文的文体特征、写作技法,力图在朦胧意绪中把把握恋爱男女的微妙心理。应该说,在爱情逐渐被纳入到欲望化、生理化写作潮流之时,作者坚持从情感、心理层面叙写纯然的爱情,细腻深入地呈现人物的内心世界,是难能可贵的。但也无须回避,诗意化的抒情笔调在面对长篇小说时显得捉襟见肘,没能很好地撑起故事架构,理想色彩过浓,人物形象欠丰满。作者显然意识到了这些不足,在此后创作中,他主要用力于中短篇,在继续推进文体互渗实验的同时,也强化了小说在虚拟叙事上的独特优势。从2007年的《人间往事》到2008年的《贫贱夫妻》及至2009年的《哥俩好》,作者一步步将主人公推至宽广的社会生活中,并着意拉开作者与叙述人、主人公的距离,以旁观者身份来审视自我命运,多维观测人性的深度广度,既承续了"新写实"的原生态书写,又融入了深刻的理性思考。2014年,作者出版了他的第一部中短篇小说集《在危崖上》。这部主要收录了2011年以后创作的选集,对挣扎在城乡夹缝的、游荡在城市边缘的"零余者"群体表达了极大关注,在细碎的日常生活中展现了他们的生存困境,笔触冷静尖锐,智性色彩大增。

---

① [美]罗洛·梅:《自由与命运》,杨韶刚译,中国人民大学出版社2010年版,第233页。

无根的隐痛与生命的救赎

与西方现代城市长达数百年的渐进发展不同，中国在 20 世纪 70 年代末基本完成工业化目标后，就马不停蹄地投入到大规模的城市化建设中来。在这场持续至今的加速运动中，城市板块在乡土中国快速隆起，集聚了最优质的经济、文化、教育、医疗、交通等各方面资源，城乡差距被进一步拉大。当然，早在改革开放之前，城乡二元格局就已牢牢确立，城市之于乡村的诸多优势已有充分体现。高度的计划经济体制、严格的户籍制度及相关行政管控，造就了"城乡分割，一国两策"的经济社会结构。直到 20 世纪 80 年代后期，社会成员的流动才渐趋自由，与此同时，新阶段的城市建设也要求乡村给予更多的人力支持，而非一般的物资供给。城乡壁垒开始松动，乡下人进城的热潮兴起。但整体来看，至 20 世纪 90 年代，考学仍是农家子弟进入城市并谋求一份体面工作的主要途径。闫文盛就是在 15 岁那年考取了省会一所中专，开始离乡生活的。

其小说主人公也如自己一样，多是通过读书进入城市，从事作家、编辑、记者等职业的青年男性。平日里他们衣着光鲜、谈吐优雅，但实际的生活处境并不理想。在《回乡偶书》里，"我"薪水颇低、积蓄寥寥，对领导低眉顺眼，做事谨小慎微，就连男女情事也在生活重压下变得生疏；在《作家的没落》中，"我"为生计所迫，不得不替一位粗暴蛮横的老板代写恋爱故事。可没待作品完成，老板已把故事中的貌美"表妹"追到了手。精神积郁的"我"大受刺激，在酒醉后扑向了邻家女孩。在《大人物》里，一直期待天降大任的"我"接连被欺骗玩弄，娶了被别人搞大肚子的女人，与跟公公偷情的女子同居。情爱道路上的接连失败，一次次明确着他们的流浪者身份，无论肉体还是精神都无所依归。在张开梦想之翼，飞越父辈祖辈望而却步的高墙，到城市搭窝筑巢多年后，"乡下人"印记依旧那样刺眼。"生则与世无补，死亦与人无损"的"零余者"命运还是无可逃避地降临了。

选择男性做主人公，除与作者性别有关外，还缘于男性在进城道路上承受着更大冲击。在乡村体系里，男性是绝对主导，他们比女性更多支配着社会生产，拥有更高的社会地位、更丰富的乡村经验。可是一旦进城，引以为傲的乡村经验就成了巨大阻碍，"乡下人进城就是一个没有历史的人，乡村的经验越多，在城里遭遇的问题就越多，城市在本质上是拒绝乡村的"①。

---

① 孟繁华：《"到城里去"和"底层写作"》，《文艺争鸣》2011 年第 7 期。

要为城市接纳，就不得不让渡乡村经验，无奈接受历史的断裂、权威地位的动摇。从乡村中心滑落到城市边缘，男性在精神情感上很容易遭受重创。物质层面，男性同样压力重重。他们需要购房买车、娶妻生子，努力以财富的拥有、事业的成功来稳固自己在社会和家庭中的地位。此外还须时时关照乡下亲人，参与些乡村事务，以尽"农民的儿子"的本分。以男性为主体的"零余者"的尴尬境遇，在短篇《回乡偶书》有集中展示：物质贫乏，情感空虚，精神漂泊。

父母想修整自家院落，很少回乡的"我"从京城匆忙赶回。虽然算不得衣锦还乡，但"我"还是扬眉吐气的。一是以前的恋人二妮待自己还很热情，二是路过旧日学校，回想起上学时受到的赞誉，三是村干部爽快答应了扩建占道的事。在乡村面前，拥有城市人身份的"我"不仅在与二妮的交往中占据主动，就连村长也颇给情面。只是骄傲没能维系多久。先是二妮的弟弟寻机暴打"我"一顿。接着邻居们反对扩建，理由是"我"已进城，用不着守祖宅过活。更麻烦的是，一口应诺的村长在这个时候玩失踪。面对利益冲突，城市人身份突然失效，"我"只得匆匆返京，可这时又接到了公司的解聘通知。于乡村、于城市，"我"都成为不折不扣的"他者"。回不去乡，进不了城，无根的痛感深深啮食着"零余者"的孱弱生命，它是物质的，更是精神的、情感的、心理的。

与一般进城者相比，借知识脱去农衣的"零余者"，在命运改变上有着更为强烈的意愿，尽管人生道路可能大相径庭。中篇《痴人妄想录》就围绕L、林和"我"讲述了三种命运选择。L中专毕业后留在城市，寄望以学历、财富、权力等改变命运。为此他不择手段，变得自私偏狭、虚伪粗暴。若干年后，他开煤矿、做旅游、搞房地产，成了大老板。林的遭遇很糟糕，工作不称心，因病不能组建家庭，恋情也昙花一现。但他对现世的态度既不是随波逐流，也不是正面反抗，而是拒绝或超越。在爱情死亡后，他以题为《遗产》的长篇独白结束了生命。"我"羡慕L的功名成就，但耻于他的道德沦丧，钦佩林的精神高洁，但又缺乏遗世独立的勇气，长期徘徊在世俗与理想、入世与出世之间。

零余者的病态生命清晰印刻了城市施予的侮辱与损害，其中自然包含了变革社会的吁求，但作者的思考重心依然没有偏移个体生命。在返乡之路已被切断的情况下，"零余者"应如何面对不断放逐自己的城市？是以理想人格、道德品性去换取生存资源，还是以决绝姿态抗拒城市畸态？两种答案，他可能都考虑过，甚至尝试过。但最终发现，无论与现世同流合污，还是与

十 点亮生存痛感中的生命之光

世俗格格不入，都会耗尽生命本真，制造出L那样的怪胎，上演林那样的悲剧。"零余者"的自救之途，还是在日常经验中寻求精神升华，在与世俗的和解中超越世俗，再圣洁的理想都离不开凡俗生活的滋养。在此过程中，女性扮演了相当重要的角色。

"零余者"的主体虽是男性，但其自救通常离不开女性，以及女性所迷恋的日常生活、所关注的"自我经验"。在《痴人说梦》中，"我"之所以能够顿悟亨利·米勒，进而走上一条不同于L和林的道路，较好协调了写作与生活关系，不能不感谢妻子。在"我"写作不畅、万念俱灰时，妻子及时朗读了亨利·米勒的句子，"我决定从我自己的经验出发来写，写我所知道的事情和感受。那是我的救赎"。对文学并不感兴趣的妻子为什么一下子选取了这段陈述呢？应该说是基于女性生命的本能认同，即对自我经验的重视。

"经验"介于体验与观念、感官与抽象之间，是生命与生活持续摩擦的积淀。自我经验离不开生命主体对日常生活的积极介入和细致体察。作为人类生存的基本状态，日常生活总是以相近的方式、相近的内容延绵展开，是此岸的、物质的、恒常的。充斥其间的多是琐碎繁杂之事，缺乏波澜起伏、激荡人心的戏剧场景。在许多意欲成为"大人物"的男性看来，植根日常生活的自我经验是没有多大价值的。即便那些连日常生计都难以应付的"零余者"，也都有意忽略眼下生活，凌空眺望远方理想。可一旦理想破灭，生命也就黯淡无光，呈现种种病态。在此情况下，女性借助自我经验燃烧的生命之火，就为男性的自我救赎提供了启示。

在《逆光像》里，柳书东婚后郁郁寡欢，生活很是潦倒。他把这一切都归罪于妻子当年将自己与心爱女友拆散。妻子也知道丈夫心思并不在自己身上，但还是毫无怨言地照顾着自己努力夺来的帅气男人。在他腹痛时，端上热乎乎的粥；在他丢了工作时，于梦中将他牢牢抱住，搬家当天早早起来炸好油条。她从不怨天尤人，对自己、对自己的生活、对自己的男人都是如此的珍惜。她在日常生活中的细致、宽容与担当，让柳书东看到了"圣母般的圣洁"。他从内心深处接纳了这位女人。

从外在形态看，日常生活是相当物质化的，构成它几乎全是生命得以延存的必要环节和必需品，吃喝拉撒、柴米油盐酱醋茶等等。但每个人在介入日常生活时，都须以身体在场而完成，无法用遥远的理想、抽象的观念来代替。或者说，看似乏味的日常生活内部灌注的是鲜活流动的、独一无二的自我经验，"生活不可能从外在于它自身的任何存在形式获得确定性或可靠性。它永远不可能从外部获得这些,而必须从它自身内部去寻求"①。对日常生活中细小事物表现出极大热情的女性,其真正迷恋的,往往并不是事物本身,而是藏于事物细部、生活皱褶里的经验印记。在男性努力用金钱、权力、知识、功名填充生命时,女性常常自足于某个生活细节中的经验贮存,并由此拥有顽韧的生命力。就如在短篇《怕天黑》里,在遭遇丈夫、女儿去世,女婿伤残的不幸命运后,八十多岁的独居老太太仍然极有生气地活在如同坟墓的屋子里,支撑她的就是去很远的陈村买一斤鸡蛋,捡回别人丢掉的花盆,精心给"死鬼老头子"做生日宴。是日常生活,以及留存在日常生活中的自我经验,让孤独的生命并不干瘪。同样在《大海苍茫如暮》中,在"我"对婚姻已极其厌倦时,老婆却能从"看海"中汲取生命激情。当男性理想不断坍塌、男性生命不断沉沦时,女性却在日常生活中开掘出无比迷人的诗意空间,绽放出勃勃生机。这也是《逆光像》里柳书东对妻子的赞叹:"女人身上的能量很惊人,尤其是应对逆境方面。"对于无力求助社会变革以纾解生存困境的"零余者"来说,执守日常生活和自我经验,或将有效弥合城乡挤压造就的破碎生命,结束无根的精神漂泊。

写实之上的生命象征

闫文盛的写作是写实的。他很少借助生活的变形去营造戏剧化、陌生化效果,而更着力于现实生活的高度还原,在含蓄蕴藉、节制内敛的冷态书写中让生活场景纤毫毕现,字里行间弥散着浓郁的烟火气息。即便是拟真的小说与内视的诗歌,也像自叙散文一样留有明显的生活印迹。不过,和缓的故事冲突、平静的叙述语调以及大量的细节吸纳,并没有影响结构的紧致,某种超越情节叙述的精神意旨牢牢统辖全篇,推进了写实与象征的紧密结合。

不妨先从散文看起。《沉重的睡眠》记叙了作者的一段睡眠经历。宿舍在铁道旁,刚入住时,他常常被列车吵醒,睡眠成了奢望。可日子久了,竟也能"视列车的轰响为无声之物",酣然入睡。这段颇具机趣的描述,形象展现了生命与生活的磨合。是列车的侵入、烦恼的搅扰,才使作为生命常态的睡眠显现出价值;是在与列车的斗争中,生命渐渐复归平静,获得新的和谐。某种意义上,生命就是在充满烦恼的生活中完成自我形塑,一旦与生活

---

① [德]鲁道夫·奥伊肯:《生活的意义与价值》,万以译,上海译文出版社1997年版,第108页。

的摩擦削弱了，就会驶入平静，但也可以说陷入凝滞。所以在渐然习惯列车轰鸣之时，作者也察觉到理想在睡眠中萎缩，于是决意到南方闯荡。此后几年里，以前的同事们相继结婚生子，渐入稳重内敛的中年之境。而奔波在外的他发现"外面的世界尚且不属于我，我只是处于一个尴尬的夹缝里"，于是又开始怀想过去那"沉重的睡眠"了。为此他专门住在铁道旁的宾馆，静待久违的轰鸣声，可是整夜都没等到。直到天亮开窗，才发现玻璃是双层加厚的。

其实，仅是日常生活基本一环的睡眠，亦是主体生命与日常生活艰难啮合的结果。无论哪一方发生改变，都可能致使"失眠"，带来焦躁、孤独和空虚。所以要珍惜睡眠，珍惜看似平淡乏味的生活常态。不过，一旦选择了流动的生活，那也应该毫不畏惧地去迎战它，在持续的"挑战——和解"中寻求新的睡眠，在勃勃生机中获得安宁，"窗子外面，万物萌生"，"我带着疲惫的肉身入梦"。作者的长篇"絮叨"之所以能够引人入胜，其一是细腻真切的生活描写，其二是在平朴的写实背后，涌动着强劲的哲性旋流。娓语式的生活故事，牵引出的是对生命与生活的辨证思考。或许在创作时，作者并没有预设此般理念，但以形而上的思考观照形而下的世俗，已是他最基本的写作姿态，许多文本都具有写实之外的象征指涉。

散文《世事如烟》在此方面同样有出色表现。作者写到，翻看泛黄的闫氏家谱，头一次在苍茫时空中找到自己的坐标，知道了闫氏的命运变迁。六百年前，先祖从山西洪洞迁至山东肥城，及至爷爷辈又逃难回到山西晋中。薄薄的纸张，经历了战乱和迁徙，承载着难以泯灭的血缘亲缘。只是，家谱真就代表了历史的"最大真实"吗？显然不是。如母亲就无法在闫氏家谱里找到自己的根脉，故而在谈论闫家时习惯用"你们"而非"我们"。

家谱是用文字构筑的符号体系，是一张父权编织的网，只有男性才可以成为独立节点。不过如无嗣或外出，他们亦会成为家谱枝杈的末端，永久地终止。至于女性，仅仅是节点的附缀，甚或被悄无声息地滤掉，如同吹拂即逝的尘埃。可是，即便驻留家谱，那抽象的符号又以何告知世人"他们曾经在这个世界上怎样地生活过"呢？抽空生命体验、斩断女性根脉、有种种改动可能的家谱不仅有违历史真实，而且持续扭曲着当下的现实。当家谱代表的符号系统成为实体，而真实的肉身存在反倒成为它的副产品时，生命也就沦为了空洞能指。所以作者在结尾处写到，他要重新捡拾家谱之外的记忆与经验，包括那掉灰的窑洞和塞入行李的鸡蛋。它们存留了更多的生命真实。

象征隐喻的哲学触角,同样延及小说。在《只有大海苍茫如暮》中,那穿越暮色上下翻飞的"海鸥",为激情不再的婚姻注入新的生机和希望;《邬村的青果》不仅以"青果"道出了无常命运下生命的酸涩与无奈,还用划过夜空的"流星"记录了与命运抗争所绽放的生命光亮;而《逆光像》更在收尾处用"炸油条的香味"形象展现了氤氲世俗的温馨美好。此外,梦境也是深化象征的重要手段。《回乡偶书》《长相思》《在危崖上》《大人物》《牛首崖》《分居》等作品中都有大量梦境描写。按照弗洛伊德学说,"梦利用象征来表现伪装的隐匿思想。"[1] 它不仅浮现了被遮蔽的生命本真,同时还将以极为隐秘的方式引导或规约人类的现实生活、未来世界。在《分居》中,久居京城的儿子梦到老家房塌、父母被压,于是偕妻子匆匆回乡。被城乡割裂的血缘亲情在此被激活、复苏,展现了趋向合理的生命状态、社会情态,"黄昏时分他们就站在家乡的土地上了"。

闫文盛绝少直接表露某种认识、某种理念,更少引经据典"掉书袋",而只钟情于那密密麻麻的生活经脉,上面缀满了零零碎碎的日常事务。不过这些漂浮生活表层的细碎之物,无论"睡眠"还是"家谱",无论婚姻的疲倦还是工作的烦恼,无一不勾连着对生命本质的追问,平淡写实背后隐伏着沉重的现实、繁复的历史。作者不仅毫不回避个体生命的生存苦痛,而且努力在象征的世界中探寻疗治疾病、自我救赎的可能。做到这一点,其所依凭的绝不仅仅是创作技艺,而更多是深厚的哲学素养与深切的人文关怀。

成长乡间,又长期行走在城市边缘,闫文盛的写作是在缺少文学光亮的社会角落展开的。这在相当程度上影响了他的写作姿态,习惯于内视、私语和自叙,敏感于生活的暗部、人生的苦楚。连缀全篇的,多是以个人成长为底本的凡俗人物的小悲小喜、小烦恼,看起来琐屑芜杂。可身处权力、财富、知识都高度集中的现代资本社会,绝大多数人都已丧失主宰时代风云、辨识历史趋向的雄心。小人物就是社会的大多数。他们长久地浸泡在庸常的日常生活中,不断地接受各种慢性疾病的缠绕:理想的破灭、物质的困窘、情感的褪色等等。疾病与疼痛渐已成他们生命存在的有机组成。只是当他们渐渐习惯以感官的麻木来应对这份无尽煎熬时,闫文盛却努力用文字铭刻痛感。很多习焉不察的事物、司空见惯的事件,都会在他心头荡起涟漪、引发波澜,显现出生命褶皱处的灵魂畸变。他笔下的"零余者"都有着或轻或重的病症。在无法全然跳出城乡夹缝、迅即适应现代转型之前,他们所应做

---

[1] [奥]弗洛伊德:《梦的解析》,罗生译,百花洲文艺出版社1996年版,第234页。

的就是努力从充满痛感的个人经验中发掘出带有人性温情的生命光芒，以对抗生活之苍白、社会之阴暗。这自然是他的创作的一种局限或缺陷。或许闫文盛的写作格局相当有限，几乎都是围绕自己展开，每一主人公都留有浓重的自我投影，每一文本都可视作个人的病情报告。但病历记载的疼痛并不为他一人所承受，而是许多小人物所共有的，是一时代普泛存在的，是传统与现代、城市与乡村、生命与生存相互碰撞造成的。在狭小的个人天地里，闫文盛用自己的疼痛显露了时代的病灶，并唤起"疗救的注意"，于小格局中现出大气象。这不能不让人想到别林斯基在1842年说的话，作家的神圣使命就是，"成为一个能够先于别人在自己身上发现大家共有的疼痛，并且以诗的复制去治疗这种疼痛的医生"[1]。

---

[1] ［俄］别林斯基：《别林斯基论文学》，梁真译，新文艺出版社1958年版，第24页。

闫文盛小档案

闫文盛 祖籍山东肥城，1978年生于山西介休。1996年开始发表诗歌，2000年开始散文写作，2003年开始涉笔小说与评论。迄今在国内百余家文学期刊上发表作品300万字。主要著作：《失踪者的旅行》《你往哪里去》《主观书》《在危崖上》《天脊上的祖先》《绵山访贤》《虚像与实像：孝义木偶艺术生态考》等散文、小说集、人文专著多部。另缉集有《一个人散步》《恋爱的黄昏》《为燃烧的烈火》《沉醉的迷途》《虚无主义者下的蛋》等多部著作待出。与人合作完成30集电视连续剧剧本《军统密杀令》。自2003年起，作品连续十二年入选各类文学年度选本。曾任《先锋队》《映像》《都市》等期刊编辑总监、执行主编等职。现为山西文学院专业作家，太原市青年学科带头人，中国作家协会会员。

闫文盛主要作品目录
（1996—2014）

一 著作

《绵山访贤》（人文专著），山西古籍出版社 2005 年版
《失踪者的旅行》（散文集），作家出版社 2011 年版
《在危崖上》（中短篇小说集），三晋出版社 2014 年版
《天脊上的祖先》（人文专著），北岳文艺出版社 2014 年版

二 获奖作品

2005 年《一个人散步》（散文），首届全国"鲲鹏文学奖"优秀作品奖
2010 年《贫贱夫妻》（中篇小说），《黄河》2008 年度"雁门杯"优秀小说奖
2010 年《贫贱夫妻》（中篇小说），"太原市第十届文艺创作奖"
2010 年 "2007—2009 年度赵树理文学奖·新人奖"
2012 年《读书琐谈》，山西省第八届文艺评论奖二等奖
2014 年《世事如烟》（散文），第二届"孙犁散文大赛"优秀作品奖
2014 年《透明》（散文诗），"2014 年度星星·中国散文诗大奖赛"优秀作品奖
2014 年《阮郎阮郎归何处——关于吕新的三段旁批》，山西省第九届文艺评论奖一等奖

三 文学期刊发表作品

《遥望大西北》（诗歌），《中国校园文学》1996 年第 12 期
《月光》（诗歌），《中文自修》1997 年第 10 期
《闫文盛的诗》（组诗四首），《诗歌月刊》2003 年第 6 期

《河流》（散文诗），《散文诗》2003年第6期
（收入《2003年中国年度最佳散文诗》，漓江出版社）
《主观书》（散文诗三章），《散文诗》2014年第6期
《所爱》（组诗三首），《诗歌月刊》2014年第9期
《奔腾》（诗二首），《山西文学》2014年第11期
《透明》（散文诗），《星星·散文诗》2014年第12期
《城市笔记》（散文三章），《散文》2003年第10期
《无规则叙事》（散文六章），《布老虎散文》2003年冬之卷
《避无可避》（散文三章），《都市》2003年第2期
《异乡记》（系列散文，七章），《散文》2014年第1期
《身心之累》（系列散文，五章），《天涯》2014年第2期
（《散文选刊》2014年第5期转载，收入《2014中国年度精短散文》，漓江出版社）
《主观书》（系列散文，二十三章），《大家》2014年第2期
《滴水时光》（系列散文），《边疆文学》2014年第6期
《脆弱的都城》（系列散文，六章），《雨花》2014年第7期
《七个我》（散文），《山西文学》2014年第7期
《夜色还乡》（系列散文，五章），《散文》2014年第8期
（收入《散文2014精选集》；其中，《幻影书》收入《2014中国散文年选》，花城出版社）
《主观书》（系列散文，五章），《鸭绿江》2014年第9期
《主观书》（系列散文，五章），《黄河文学》2014年第9期
（其中，《另一种人》收入《2014年中国精短美文精选》，长江文艺出版社）
《乌有之书》（系列散文，五章），《散文》2014年第11期
《粉红夜》，《台湾新闻报》"西子湾副刊"（连载），2004年6月
《T城爱情故事》，《台湾新闻报》"西子湾副刊"（连载），2004年6月
《咫尺天涯》，《台湾新闻报》"西子湾副刊"（连载），2004年8月
《深渊》（中篇小说），《鹿鸣》2004年第8期
（收入《2004中国青春文学作品精选》，长江文艺出版社）
《咫尺天涯》，《山西文学》2004年第9期
《粉红夜》，《都市》2005年第5期
（收入《2005年中国青春文学精选》，长江文艺出版社）

《滂沱的大雨》,《红岩》2005 年第 6 期

《少年情事》,《都市》2006 年第 2 期

《蛇信子》,《延安文学》2006 年第 6 期

《隐匿者遁逃》,《延安文学》2006 年第 6 期

《生日图谱》,《延安文学》2006 年第 6 期

《恋爱的黄昏》(长篇小说),《太原日报》全文连载,2006 年 12 月至 2007 年 2 月

《绿树浓荫》,《2006 年中国青春文学精选》,长江文艺出版社

《人间往事》(中篇小说),《文学界》2007 年第 2 期

《艳遇》,《文学界》2007 年第 7 期

《老五》,《黄河》2007 年第 6 期

《三缺一》,《黄河》2007 年第 6 期

《十五岁的月光曲》,《2007 年中国青春文学精选》,长江文艺出版社

《师范街的黄昏》,《黄河》2008 年第 2 期

《杨子和小红》,《都市》2008 年第 4 期

《杭州来的姑娘》,《都市》2008 年第 4 期

《我不是杜明》,《都市》2008 年第 4 期

《斑马线》,《都市》2008 年第 4 期

《姥姥在唐朝看我》,《百花洲》2008 年第 3 期

《终止符》,《百花洲》2008 年第 3 期

《贫贱夫妻》(中篇小说),《黄河》2008 年第 4 期

《弟弟的婚事》,《广西文学》2008 年第 8 期

《夜雨寄北》(中篇小说),《黄河》2008 年第 5 期

《桃花》,《文学界》2008 年第 11 期

《巢》,《延安文学》2009 年第 1 期

《相见欢》,《山西文学》2009 年第 5 期

《怕天黑》,《江南》2009 年第 5 期

《哥俩好》(中篇小说),《广西文学》2009 年第 11 期

《影子朋友》,《山花》2010 年第 1 期

《等候黎明》(中篇小说),《四川文学》2010 年第 6 期

《逆光像》,《山花》2010 年第 9 期(下)

《掌上的星光》,《山花》2010 年第 9 期(下)

《我的声色犬马》,《南方文学》2011 年第 1 期

《波浪说》，《广州文艺》2011 年第 2 期
《怕天黑》，《广州文艺》2011 年第 2 期
《只有大海苍茫如幕》，《山西文学》2011 年第 3 期
《分居》，《山西文学》2011 年第 3 期
《人间别久不成悲》，《当代小说》2011 年第 3 期
《有阳光的秋末》，《黄河》2011 年第 2 期
《天作之合》，《天津文学》2011 年第 6 期
《悬崖》（中篇小说），《西湖》2011 年第 6 期
《横穿马路》，《西湖》2011 年第 6 期
《流星划过夜空》，《星火》2011 年第 4 期
《回乡》，《雪莲》2011 年第 8 期
《外省人》，《四川文学》2011 年第 9 期
《回乡偶书》，《当代》2011 年第 6 期
《失声》，《作品》2012 年第 1 期
《流年》，《小说林》2012 年第 2 期
《看不见的仇敌》，《山花》2012 年第 3 期
《月光曲》，《鸭绿江》2012 年第 3 期
《暗疾》，《当代小说》2012 年第 3 期
《分手记》，《黄河》2012 年第 2 期
《大人物》，《西湖》2012 年第 4 期
《车站告别》，《广西文学》2012 年第 4 期
《星期六回家路上》，《当代小说》2012 年第 5 期
《伤疤》，《四川文学》2012 年第 5 期
《牛首崖》，《延河》2012 年第 5 期（下）
《与房地产商谈判》，《芙蓉》2012 年第 4 期
《失踪之旅》，《四川文学》2012 年第 8 期
《作家的没落》，《创作与评论》2012 年第 9 期
《2002 年的虚象》，《山东文学》2012 年第 12 期
《蹉跎诗》，《当代小说》2013 年第 11 期
《痴人妄想录》（中篇小说），《黄河》2014 年第 3 期
《莫逆之交》，《红豆》2014 年第 5 期
《短歌行》（中篇小说），《西部》2014 年第 5 期
（目录中未标明体裁的均为短篇小说。诗歌、散文只列入前后两个时段

的一小部分作品）

四　评论、对话、创作谈

《我们为什么要写作》，《都市》2003 年第 3 期

《时间的隐语——读齐菲诗集〈隐蔽的沙滩〉》，《名作欣赏》2009 年第 8 期

《读书琐谈》，《都市》2010 年第 2 期

《泥土里散发着汉字的馨香——张行健散文印象》，《名作欣赏》2010 年第 3 期

《2010—2011 读书记》，《都市》2012 年第 1 期

《小说家的人间世》，《都市》2013 年第 9 期

《阮郎阮郎归何处》，《作家》2013 年第 11 期

《条纹，或者斑点》，《都市》2014 年第 3 期

《书生的困境及散文之疑难——2013 山西散文年度报告》，《都市》2014 年第 7 期

《没有什么能影响到我的写作》（文学对话，与陈家桥），《都市》2009 年第 11 期

《经验主义的写作也是理念先行》（文学对话，与吴玄），《都市》2010 年第 1 期

《他要的就是浑浊和新生》（文学对话，与邱华栋），《编辑之友》2010 年第 5 期

《沉浸在传主和他们的时代里》（文学对话，与韩石山），《编辑之友》2011 年第 1 期

《纪实文学写作的奥秘》（文学对话，与赵瑜），《文学界》2011 年第 8 期

《文学的终点站在心灵深处》（文学对话，与王祥夫），《百花洲》2011 年第 5 期

《报告文学写作的实践与寻觅》（文学对话，与赵瑜），《中国报告文学》2011 年第 10 期

（收入《报告文学艺术论》，中国作家协会创作研究部编，作家出版社 2012 年版）

《吕新九问》（文学对话，与吕新），《白杨木的春天》（吕新著）

《是谁在夜里说话》，《长风文学》2005 年第 4 期

《我是怎么开始写小说的》，《山西作家通讯》2009 年第 1 期

《我希望心灵博大》,《山花》2010年第9期（下）
《试试看,可能不可能》,《山西文学》2011年第3期
《多余的字》（创作自述）,《文学界》2011年第3期
《听妈妈讲故事》,《西湖》2011年第6期
《诗,散文,小说》（创作自述）,《作家通讯》2011年第4期
《何必要小说,何必要空谈》,《黄河》2014年第3期

五　相关评论

聂尔：《独白的引力——读闫文盛散文》,《岁月》2008年第3期
杨占平：《寻求突破的闫文盛》,《都市》2010年第8期
徐肖楠：《城市角落的生命依恋》,《广州文艺》2011年第2期
张守仁：《散文重自我》,闫文盛散文集《失踪者的旅行·序言》,《文学界》2011年第3期
陈洪金：《文学创造性的拓展与实践——闫文盛作品印象》,《文学界》2011年第3期
毛守仁：《在路上的小闫》,《文学界》2011年第3期
闫文盛、杨红光：《向内部的追索》（访谈）,《文学界》2011年第3期
陈克海：《被想象的生活够不够宽阔》,《山西文学》2011年第3期
韩石山：《悬崖边的沉思》,《西湖》2011年第6期
宁珍志：《不露声色》,《诗刊》2011年第11期（下）
刘涛：《个体心灵维度的关注与表达——谈闫文盛的短篇小说创作》,《黄河》2012年第1期
闫文盛、高桦：《做一个现代社会中的"读古书者"》,《三晋都市报》2013年8月28日
李朝全：《闫文盛：写作多面手》,《太原日报》2014年1月6日
陈为人：《跨文体写作的价值和意义——闫文盛作品研讨会上的发言》,《书屋》2014年第3期
聂尔：《与影子对话》,《黄河》2014年第3期

许孟陶

1979年生，山西晋城人。2005年毕业于河南师范大学文学院，硕士研究生学历。现任太原师范学院文学院副教授，承担《中国当代文学》等课程的教学工作，主要从事中国当代文学、山西地域文学及赵树理研究。先后在核心刊物《文艺争鸣》等刊物上刊发论文《〈三里湾〉：情感化治理和爱情的冲突与"分配"》和《美学"样板"的政治分析——论赵树理的〈十里店〉兼及样板戏》等多篇，其中《美学"样板"的政治分析》一文被《中国现代文学研究丛刊》的《2013年中国当代文学研究述评》一文转引。出版专著《乡土经典与晋地文学》。

十一 "一点办法也没有"
——手指小说论

许孟陶

"一点办法也没有"是手指一篇诉说自己写作苦恼的文章的标题,但也不妨看作他对社会人生的一个基本态度。这种态度也渗透在他的小说中,曾有手指的一位作家朋友指出,他的小说始终没有脱离一个主题:虚无。"虚无"也许过于沉重和堂皇了,然而予以这样的概括对于一个成长中的手指而言也许并不为过。手指2004年正式步入文坛之前,刚从山西大学物理系退学,穿梭漂泊于省城各类出版单位,以文学编辑混生计。用青春的身体闯荡社会,其间有无知与无畏,亦有勇敢与朝气。由躁动与不安分而发展至困惑、迷惘乃至"虚无",正是许多青年作家会经历的心路历程。

无奈的叙述与叙述的无奈

手指小说烙印着一段青春,它丰富恣意,流露着洒脱的格调:表达干脆,爽快,叙述些许不恭,失之轻狂;而讲述人物不吝表现其处境之局促,尴尬和委顿。那些闪现在小说里的青春面孔,包括"我"在内,与周遭环境的关系紧张大于融洽,有些人力图挣脱,但成功者寥寥,有些人焦虑着,却无所作为,更多人麻木下去,或自甘堕落。这种困境似乎说明手指创作指向"底层"。正好手指也是从老家山西阳城农村出发,以大学生的身份到达让他"感到忐忑,却又有一种充满希望的感觉"的大城市,也许还来不及施展自己的企图和抱负,已经开始感受城市和农村的夹击,体会知识和生存的悖谬,面对占有与匮乏的触目对比,于是在这种种矛盾中猝不及防地被卷入"底层",成为又一个年轻的经历者和代言人。

这个"底层"实实在在地制约着手指的叙述,无论是小说中的"我",还是李东、老鸟、曹胖子、王爱国等,围绕他们的叙述无不暴露着底层的失落与被剥夺。这是城市对他们物质与精神上的双重剥夺。手指曾说"与那些没有出来的小时同伴聊天,和在城市里的聊天并没有什么区别",老家人所谈论的苦恼几乎与城市人无二致。他们不仅没有享受到城市发展的成果,连农村的底色也丢失殆尽。《小县城》里每个独立成章的故事就是一幕幕具有农村身份的普通人在城市生活的悲喜剧。他们只是单纯地想要在小县城里赢得一份自尊和充实,然而城市的优越性却总是挑战、压迫和扭曲着他们的想法和行动。第一个故事是胜利意图组织并主宰自己的好友圈,却冷不防被一个体面的城市朋友邀请到家里做客,遭遇到家庭差距悬殊的打击;第二个故事是向南的朋友为了获得别人对他的重视和尊敬,执意去城市打工,结识到城市里的混混并且自甘卑贱对其奉承以换取认可;第三个故事是李丽的举止穿着渐渐被城市同化,疏远了老家的未婚夫却对自己的老板产生了卑微的爱慕;第四个故事是建新被自己的虚荣心怂恿,在县城的豪华饭店里组织了一个饭局,席间不无荒唐地扮演着事业成功者的角色,享受了一番好友对他的仰视。故事其中的种种可怜与可笑,显示着他们在光怪陆离的城市生活面前脆弱的尊严,他们背负着农村身份一进入城市就已被城市无情地命名为"底层"。城市突飞猛进的发展已将"底层"向往与追赶的脚步远远地甩在后面,其实社会没有为"底层"提供任何充分的机会使他们获得必要的财富,进而能不卑不亢地实现自身真正的价值。感同身受的"底层"观察和体验让手指难以超越这其中的种种束缚与局限,只能是对这无奈现实的诚实叙述。

某种程度上,是这种"底层"困境将手指与小说连接起来。当作者无力与周遭的困境坦然对话时,也许小说就成为他与困境周旋的方式,以小说本身应对这种无奈和无力感。这种应对在手指那里当然不是虚构讨巧的图景迎合读者的幻想,他往往故意使用乖戾的比喻和象征,或者让叙述带上漫不经心有那么点反讽的口吻,呈现冰冷的底色,让困境显得发人深省。

《和小莫聊天的日子》是一篇"狗"的自白书。借用狗的口吻表达生存的困境。作为一条"狗"却不固守狗的本分,炫耀一流的口才和超脱的艺术天分,在庸俗和匮乏的狗群中只能深陷孤独和背弃,而且只能做一条"处狗"。为了摆脱不利处境,"我"被怂恿与一条声名败坏的母狗小莫交配,然而"我"对小莫所做的只有鄙夷和谩骂,表现出脆弱与怯懦。人的关系被置换为"狗"的关系,男女关系被置换为"公""母"关系,流露出手指的不屑,但也未尝不是底层的绝望与怀疑的投射。

《暴力史》没有像余华那样展示暴力精致的残忍和血腥,也没有表现出反抗的性质,在手指的叙述中反而显得虚弱和无力。小说借用武侠小说中的功夫为每一种暴力命名但却没有给出清晰的内容，也没有制造出侠肝义胆的情节，相反，他制造出的是投机，是卑贱，是隔阂和自轻自贱，暴力与其说是底层反抗的证明，不如说是麻木与堕落的证明。

《师范街的失眠者》在后半部分引入纪录片导演征求自愿表演者的故事线，质疑了前半部分人物角色的身份，并将他们一系列的无聊行动，沿街游荡，路边攀谈推入虚拟的戏剧情境，此种叙述手法不单是游戏，而是凸显了主人公精力过剩，无处释放，四处游荡，形同失眠的无奈无望的心态。

手指小说的结构比较随性，有时故意安插枝蔓，絮絮叨叨，有时半途跳跃有意省略，这样写作除去可以更贴近生活朴素粗糙的原始状态，也是小说人物无奈心境的一种反映，下文专有论及，此处不再赘述。也有一些小说虽未精心设计，但呈现出内在叙述线索构成的对比结构。如《关于老胖》《我所面临的情况》和《像马得力一样》三篇小说，"我"的故事和另一主人公的故事形成鲜明对比。《关于老胖》虽然是要说老胖，但是主要是说老胖他爸从小被人拐卖直到成人后意外发迹的故事，与我个人从小爱读书，后来成为大学生却一事无成的经历构成对比。投机取巧的生活与安分守己的生活相互构成反讽，以此强调改变生活的艰难性。《我所面临的情况》与"我"的好友曹胖子的生活状态形成对比，一方是投机取巧、傲慢冷血，另一方是诚恳老实、谦虚热诚，后来曹胖子离家出走，实际上是生活沉重压力下走投无路的无奈反抗。《像马得力一样》以马得力潇洒自由的生活态度反衬"我"的碌碌无为。通过这样对比式的叙述，既是凸显无奈的生活处境，也是面对无奈力图给出我们可能的价值选择。

怀念与告别　青春与成长

手指小说初读给人不认真、不稳重的印象，然而细究起来，其实背后又不无诚挚。这诚挚中蕴含着对生命本真的真诚缅怀，对成长与变化的热切关注，对社会阴暗面的警惕和怀疑。不管是承载着少年记忆与老家记忆的小说，还是记录城市生活的小说，那里都留存着他的怀念和告别，刻印着他的青春与成长。

《赵西啊赵西》可以看作是手指怀念少年生活的小说，其中对农村日常的表现和少年赵西的心境的揭示温柔而含蓄，表露着他视农村为家园的情怀。《马福是个傻子》里的马福患有痴呆，受到别人的轻侮，尤其受到小学女校长的取笑甚至殴打。作者描写这样的人物其实是对真实与本色生命的怜悯。两篇小说的风格在他的小说中鲜见，却值得重视。

《理想失踪记》像一则成长的寓言，对"理想"个人经历的记叙既可看作一种纪念，也可看作一次告别。主人公理想是名副其实的年轻人，不是说他怀抱明确的理想，而是他清醒地与环绕他周围的那些不务正业或者随波逐流的人保持精神距离。虽然他最后的溃败令人唏嘘，但是在他朋友的心目中理想始终脚踏实地，心怀善意，堪当模范。理想的失踪与溃败流露着作者的不甘与惋惜，也流露着年轻人失去参照后对未来命运的迷茫。《寻找建新》中的建新大哥在学生眼中是"一个恰当完美的老师"，他的真实与坦荡让他成为学生朋友们当之无愧的精神榜样，但是这榜样的力量没有走多远，随着建新出走后再次回归，当朋友们发现他变得更加成熟、世故和强大，便再也不能担当那种真诚的膜拜了，他们只能带着同样的失落与迷茫告别那一段真挚的兄弟情感。

手指的大部分小说围绕着进入城市，接触社会后的年轻人的"成长"状态而展开，其中经常弥漫着沮丧、伤心、无奈和虚无的情绪，然而《障碍》作为其中的一篇其风格稍有不同，它没有展示主人公麻木不仁、浑浑噩噩的生活景观，也没有提到那个常见的字眼"钱"，更不见手指惯用的漫不经心的手法，而是细腻地呈现了叙述者"我"随单位领导及同事外出旅游的短短几天内堪称跌宕起伏的心路历程。那个在小说中经常出现的玩世不恭的"我"在《障碍》中却表现出"和这个世界好好地相处"的意欲，以及把握命运的决心。经过一番激烈的内心斗争和精心安排，那个"我"如有神助般展示出令他自己也惊讶的口才和能力，那个"我"仿佛脱胎换骨般获得了信心、希望和力量。当然，我们很快就知道，这只是"我"一相情愿的努力。一个资历浅薄、地位卑微的普通单位职员，只是偶然得到了机会施展自己的"抱负"，而且"我"为此所做的不过是竭尽婢膝之能事的趋炎附势而已。所有心机算尽能得到的只是别有意味的嫉妒和警告。

虽然《障碍》的主人公缺乏令人尊敬的人格，动机也不那么光彩，但是作者对其成长与成功的渴望如此真切，并且使其每一步行动都努力遵循社会的竞争法则。相比这样一篇关心小人物的成长脚步，对他所付出的可悲努力做出忠实描写的小说，《学习游泳是一件困难的事》则显得已经不那么关心个体的"成长性"。主人公之一葛军满嘴兄弟义气，实际上却贪婪算计，对工人蛮横残忍，是社会上"恶"的代表。被他的合伙人派到身边监视他的"我"其实对他毫无威慑力，甚至根本没有信心融入他的生活。对这样一个狠角色，"我"虽然也想依靠他获得别人的认可与尊敬，但是只能力不从心地站在一旁看他胡作非为，直至卷款跑路。当手指的小说越多呈现出这种邪恶的人性力量，疯狂的社会风气，与此形成对比的"成长性"越显得不合时宜，正是葛军一类人扼杀了正义与善良的成长，使得像"我"一样的年轻人失去机会甚至斗志。当《障碍》中那种"成长"的冲动消退，"成长"的命题也就从小说中渐渐退隐，个体与社会、与时代的关联也越来越模糊和不确定。手指开始对小说中的人物不再寄寓一种乐观的期待，不会有恨其不争的投射，不再信任映照着"成长性"的上升通道，甚至抹去人物对于社会积弊的思考和反应，有意无意回避着读者对小说批判性主题的预期。手指曾说"我喜欢这样的故事，飞黄腾达之类，我就喜欢这个，问题是我讲不好……我离飞黄腾达太他妈远了一些"（《表哥很快乐》）。于是我们仿佛理解了成长背后的隐忧，那些小说中的失意与堕落，麻木与焦虑，无助与无奈。

底层困境："向下"与"无力感"

在《鹿燕平和李丽》《表哥很快乐》和《王胜利》这些小说中，主人公的出身和天分差异很大，但他们的成长空间却无一例外地不断萎缩，"成长性"态势岌岌可危。鹿燕平人生的转折点其实是面试教师资格的名额被有门路的人顶替，他由此转而投入收入不定的工作。但作者刻意略去鹿燕平失去机会后的精神反应，而且篇幅有限，毫无痛感地描述那些工作的奔波带来的劳累。反而呈现鹿燕平庆幸着自己的运气，盘算着满意的收入，而这些都只为了维持与李丽飘忽不定的恋爱，那几乎就是鹿燕平最大的抱负了；表哥天资聪颖，但这有限的才华很快就被城市里大学的环境和氛围淹没了，他的生活志向不断衰退，把生活的动力寄托在女人身上一败涂地后，只能通过对工作变态的热爱来麻木自己；王胜利的成长背景本来十分优越，但他对这种背景却并没有表现的得心应手如鱼得水，甚至荒唐地偏离了这个背景为他规定的道路，盲目又卑贱地追求对他虚情假意的恋爱对象并与之结婚。

这些年轻人身上一点点丧失着反省自己人生或是重新观察社会的理性能力，他们还没有机会没有勇气思考和怀疑社会就已经被社会驯服了，人格感与意志力逐渐萎缩，他们躲闪着逃避着，连挑战环境的念头也没有，反而不断拉开与环境的距离。他们漫不经心地完成着社会的规定动作，同时又让自己处于孤立无援的境地。他们简直过的就是一种积极地"向下"的生活。

这种"向下"的生活在那些指涉少年与老家记忆的小说中就已露出冰山一角。在《疯狂的旅行》《齐声大喝》和《大摇大摆地离开》这些篇章里，主人公们内心翻涌着印证自己价值的冲动，面对并不恶劣的生活环境，却偏偏选择以骗钱跑路、入室盗窃、耍牌赌博这些扭曲的方式将自我放逐出正常的生活轨道，并将自己置身于极端危险的处境中。

当手指对这些"向下生长"的个体生命用一种冷感的语言叙述出来时，无疑凸显了小说背后一种"坚硬"的东西的存在。这是手指摒弃书写"飞黄腾达"与可歌可泣的套路后冷静观察的结果，它对应的是一种固化的社会生活处境，一种隐藏在处境背后的坚硬的支配法则。这是一种当下的"底层"的现实。这里的"底层"看起来没有那么触目惊心，并具有警示意义，而是显得庸俗贫乏、暗淡无光、麻木不仁乃至空洞无聊。在这个没有亮色的写作场域里，"底层"里的个体生命蜕变为一种被环境所奴役的从属物和消耗品，他们尚来不及印证自己的价值就开始被动地承受来自环境的蛀蚀和消耗，这种消耗使得个体的自觉性一步步流失。角色与人物无力与周遭的成长环境建立起明朗与和谐的关系，作者也无力去承担并消解这其中的紧张与压迫。这种紧张与压迫弥漫为一种心境与情感，一种叙述的调性，这种调性我们可以称之为"无力感"。

"无力感"在小说中常常具化为钱的匮乏，对女人与性的渴望，琐事的消耗以及纯真朋友关系的涣散与瓦解。

手指不打算在小说里拷问钱的意义，也不打算讨论钱与主义和价值的关系，它的匮乏在小说中是一种最为实在的物质匮乏。《出门》篇幅不长，情节简单，却将这种匮乏写到了极致。"我非常清楚自己想要什么，可是我不知道自己该做什么"。主人公"我"最大的愿望就是不要出门，然而不出门借钱，愿望就会落空。"我"无法避免以"钱"为核心与基础来组织全部生活内容。《出门》就是匮乏的寓言，它意味着不论你想要什么样的生活，都无力摆脱用钱来展开和注释这种生活。文章开篇提及的《理想失踪记》和《寻找建新》，其中理想的失踪与建新的远去就都源于钱的无形支配。理想本不能接受钱作为衡量个人价值的标准，却终于因其一败涂地；而伴随建新不断强大的是他对钱赤裸裸的认识和追求。钱即使不能定义身份，也能冲击乃至区分人的精神状态，所以钱愈是匮乏，主人公愈是不能避免堕入无力。

与钱的匮乏相伴随的必然是女人的匮乏。手指总爱给他笔下的主人公一个处男的身份，一方面他们因为没有钱所以是处男，而反过来正因为他们是处男，于是更没有钱。有没有女人就是映射他们的身体困境与生活困境的镜子。手指的小说对女人并没有多少的崇拜和尊敬，她们往往线条简单、面目模糊，她们的重要性往往体现在刺激男人的"好胜心"，恢复一点生活的热情。在前述的《表哥很快乐》和《王胜利》两个篇章中，主人公无力掌控自己的生活，于是把证明自我价值的希望转移到对女人固执的追求中。这些女人越是虚荣傲慢、自欺欺人，主人公越是充满挑战的意志，同时也将主人公尴尬的生活处境暴露得更加彻底。《健康从早餐开始》的主人公要依靠对好友女人的暧昧好感和莫名兴奋来驱散无所作为的生活给他带来的阴霾。《你夏天看世界杯吗》的主人公则以表达对女人的怨念来排解自己生活中的失落感。《租碟》中的两个好朋友在出租屋外追求女人不得，只能靠出租屋内看碟来消耗对女人的热情，打发无聊的时光。《我们为什么没老婆》并不是追问原因，小说的逻辑是告诉我们：只要我们有老婆，那样我们的生活就不会在无聊的打赌与闲逛中度过。女人被讲述，只是因为她们是生活的必需品，对女人的执迷只是虚弱无力生活的一种剩余物。如此前提下，这些男主人公与女人的关系是失衡的，交流是单向的，男女彼此没有相互慰藉相互支撑，至多就是水准刚好拉平，男女性爱也许可以短暂地点燃生活，却不能为他们的生活带来更大的改变。

女人和钱的匮乏已经在最大程度上去除了生活的诗意，小说无所不在的琐碎细节更无时无刻地抵消着生活的意义。主人公们连寻找崭新的生活模式的机会都没有，只能将冲动和精力消耗在无目的无价值的行动上，他们同外界事物作着无灵魂的沟通与交流，不由自主的身心游离，由此进一步失去定义完整生活的能力。《怎样才能充满干劲》的追问在主人公兴致勃勃的大搬家中仍然得不到有力的回答，《我们干点什么吧》在伴随一次夸夸其谈、一回传销骗局、一场醉酒扯淡和一通公路暴走后所能得到的回答只能是一声无奈的叹息。《去张城》了断私事的目的没有实现，却被另一个途经城市的老友盛情款待，回头发现自己变成老友摆脱枯燥生活的救命稻草，成为他一场无聊旅行的陪伴者。《吃火锅》的主人公与女友在一起最有兴趣的活动就是不知厌倦的吃火锅，他甚至把火锅当作分手后化解失落与焦虑的工具。《在大街上狂奔而过》的主人公在夜晚的大街上骑车狂奔大声唱歌，直至凌晨，以此来消耗他们失去工作后的无助与焦虑。《朋友即将来访》中"我"得知来访的消息后方才打起一点生活的精神，然而却消耗在养狗这样无聊的事情上来。读者从这些生活碎片中最终无法还原出完整的生活意义，能感受到的只有他们无力支配与操控生活，甘愿接收任何一种消耗生命、虚度人生之方式的灰暗心境。

个人生活的无奈和无助即使在好朋友、小集体的相互支持下也难以摆脱，反而加速着集体的瓦解。《理想失踪记》中的每个伙伴都对理想这个人抱着尊敬和钦佩，但是这榜样却与个人积极地对生活做出改变无关，每个伙伴对自己都知之甚少，更不用谈对理想的真正了解。这个集体是虚幻的，他们没有惺惺相惜，只有在无力感上相互传染。《我们干点什么吧》的每个人聚在一起不务正业，吃喝玩乐，他们也许情感密切，但根本无法抵挡没有希望的人生对每个人的掏空。《寻找建新》中的建新作为一个集体的"引领者"，其实并没有实现对任何一个人精神上真正的开导，反而带去更多的苦恼与无奈，最终成为一个只能夸示自己实力的人。他颇为得意的人生感慨只不过证明了他的孤独和无奈，而他的追随者只有仰望和怯懦，只有"一副准备生活下去的模样"。

超越的可能

无力感的社会与人生现实对应的就是当下底层社会让人难以言说的颓败气息。手指曾自叙道："我老在想，为什么我们的小说没有一种积极向上的精神在里面。其实是因为我们的社会现实造成的。因为在大学你会想用工作来挣钱这样的事情，但是事实上，工作是挣不了钱的，大部分工作连养活人都养活不好。我们的现实是，巨大的财富的流通不是用工作来获得，而是在其下有一个庞大的系统，人情关系、投机倒把、贪污受贿之类。这样一种现实，造成了我们的无法协调，也造成了没有人热爱自己的工作，每个人都讨厌工作，每个人都怨恨学习，没有人努力向上。即使努力向上了，也不是学习知识，而是努力向上地爬，努力向上地认识更多的有作用的人。这样一种状况，造成了现实的萎靡不振。"这样的社会判断虽然悲观和黯淡，但也正是手指所重视的"我经验"的真实表达。已经有不少论者谈及手指小说中的"我"的强势介入，而正是因为作者这种个人的主体性介入和判断，才成就了手指创作强烈的个人风格。只不过这种个人化风格仍然与社会系统有着顽强的联系，沾染着鲜明的时代底色。对于一贯善于响应时代大命题的山西文学创作而言，手指的创作是在别开生面的揭示社会微观层面的情绪脉动和精神面貌，是对山西创作自有格局的回应与巩固。

而手指的小说所呈现出的社会判断，是否能与现实构成有力的对话和质询并进而成就文学自身的价值？这似乎是一个古老的关于"暴露性与倾向性"的难题。小说当然不能为社会弊端买单。手指诉说种种"无力感"源于他的社会位置，一方面，底层处于经济与财富结构的不利位置，另一方面，底层又处于社会关怀与文化惠及的末梢，但小说的力量不应仅仅表现为对社会位置的简单呼应，立足于底层的无奈现实作为小说的叙述本体恐怕不能成为小说创作持久的动力。

其实手指的小说隐约包含着一种"渴望被拯救"的心态，而这心态并不能在小说中完全呈现出来。除去作家人格精神的因素，除去需突破局部经验的因素，创作心态的转换和创作局面的提升，恐怕离不开"历史感"的积极获取。而"历史感"恰恰是手指有意无意忽略或回避的，也许是文体的缘故，手指的小说中极少出现明确的历史环境。然而底层的处境并非只是当下的现象，同样也有它的历史脉络。而与种种底层的历史相对应的是小说也积淀了书写底层历史的传统，尤其是山西文学一直有将底层的个体命运置于社会政治经济结构中进行表达的传统，这传统同样显示着它的主体性和生命力，手指若能更好地利用这主体性，也许他小说中那些被诉说的无奈处境，以及叙述者与读者共鸣到的无力感就会得到一种超越性的观照、指引乃至"拯救"，又或者说手指小说所流露的"宿命"与"虚无"感不会草率地呈现为简单狭隘的愤怒与无奈。

手指小档案

梁学敏 笔名手指，1981年生于山西阳城，2000年考入山西大学物理系，2008年10月开始就职于太原文学院。曾在《学习报》《语文报》《山西青年报》《山西妇女报》《娱乐·在路上》《开心世界》等杂志任职编辑、执行主编等职。从2004年开始，先后在《收获》《人民文学》《小说月报》《小说选刊》《中华文学选刊》《大家》《芙蓉》《山西文学》《黄河》等文学期刊发表中短篇小说多部。有小说被《小说月报》《小说选刊》《中华文学选刊》转载。入选过《北大选本·2008中国小说》《21世纪文学大系·2009年中国小说》《新世纪华语作家作品十年选》等年度选本。出版有中短篇小说集《暴力史》《鸽子飞过城墙》《在大街上狂奔而过》等。曾获赵树理文学奖短篇小说奖。

手指主要作品目录
（2003—2015）

一　中短篇小说集
《在大街上狂奔而过》，三晋出版社 2014 年版
《鸽子飞过城墙》，北岳文艺出版社 2015 年版
《暴力史》，作家出版社 2015 年版

二　获奖作品
《我们为什么没老婆》，《山西文学》2009 年度短篇小说奖
《寻找建新》，2010—2012 年度赵树理文学奖短篇小说奖

三　文学期刊发表作品
《去张城》，《收获》2004 年第 5 期
（入选《2004 年收获短篇小说精选》）
《我们为什么不吃鱼》，《芙蓉》2004 年第 6 期
《师范街的失眠者》，《延安文学》2006 年第 6 期
《暴力史》系列小说，《文学界》2007 年第 4 期
《关于老胖》，《山西文学》2007 年第 10 期
《大摇大摆地离开》，《大家》2008 年第 5 期
《我们干点什么吧》，《大家》2008 年第 5 期
（入选《北大年选·2008 中国小说》；入选《新实力华语作家十年作品选》）
《傻子马福》，《黄河》2008 年第 6 期
《在大街上狂奔而过》（中篇小说），《吴胖子，你现在好吗》，《西湖》2008 年第 8 期

《朋友即将来访》,《山西文学》2008 年第 9 期

《我们为什么没老婆》《怎样才能充满干劲》《向曹寇同志学习》,《山西文学》2009 年第 4 期

(《我们为什么没老婆》,《中华文学选刊》2009 年第 6 期转载、入选《21 世纪中国文学大系·2009 年短篇小说》)

《疯狂的理想》,《山西文学》2009 年第 10 期

《齐声大喝》,《中华文学选刊》2009 年第 12 期

《你夏天看世界杯吗》,《人民文学》2010 年第 11 期

《疯狂的旅行》,《山西文学》2010 年第 12 期

《遍地忧伤》,《山西文学》2011 年第 5 期

《表哥快乐记》,《山西文学》2011 年第 7 期

《寻找建新》,《人民文学》2011 年第 9 期

《小县城》(中篇小说),《山西文学》2012 年第 6 期

《曹胖子,咱们就此别过》(中篇小说),《山西文学》2013 年第 2 期

(《小说月报》2013 年中篇小说增刊转载)

《学习游泳是一件困难的事》,《黄河》2013 年第 4 期

《大酒店》,《收获》2014 年第 5 期

《李丽正在离开》(中篇小说),《山西文学》2015 年第 1 期

(《小说选刊》2015 年第 2 期选载)

《面对号啕大哭的婴儿(外六篇)》,《野草》2015 年第 2 期

《研究一段来源不明的情感》,《创作与评论》2015 年第 3 期

《障碍》(中篇小说),《文学港》2015 年第 4 期

(目录中未标明体裁的均为短篇小说)

四 创作谈

《一点办法也没有》,《西湖》2008 年第 8 期

《这也是一篇小说》,《山西文学》2009 年第 4 期

《十年之后》,《五台山》2013 年第 7 期

五 相关评论

晓苏:《小说情节理念的新变化》,《小说评论》2007 年第 3 期

刘波:《尖锐背后的疼痛》,《西湖》杂志 2008 年第 8 期

谢琼:当自我的世界失去意义——评手指《我们干点什么吧》,《西湖》

2009 年第 1 期

　　谢琼、郑小驴等：《"你们"的世界——青年作家谈话录》，《大家》2009 年第 1 期

　　刘凤阳：《青春的出路》，《文艺报》2011 年 9 月 26 日

　　李怡：《在卑微中，我们如何成长？》，《南方日报》2011 年 10 月 30 日

　　杨遥：《虚无将战胜什么》，《百家评论》2014 年第 3 期

　　王春林：《"我们"的"存在"故事——手指短篇小说印象》，《创作与评论》2015 年第 3 期

　　张艳梅：《薄悲世界里的温热之心》，《当代小说》2015 年第 4 期

　　刘芳坤：《"成熟"的况味——读手指小说〈研究一段来源不明的情感〉》，《创作与评论》2015 年第 3 期

赵春秀

1973年生于山西晋中，1996年山西大学中文系毕业后进入山西大学附属中学工作，2003年在山西师范大学中文系取得硕士学位，后调入太原师范学院。教授，硕士生导师。主要研究方向为中国现当代文学、女性文学。著有《山西新时期女性作家小说创作综论》，在《光明日报》《文艺报》《中国现代文学研究丛刊》《文艺争鸣》等报纸期刊发表多篇论文。参与主持多项科研课题，并多次获奖。曾获山西省高等院校中青年教师教学技能大赛一等奖，并被山西省劳动竞赛委员会记一等功。

十二　灰色人生的自我救赎
——李燕蓉的小说创作

赵春秀

李燕蓉的小说如她的人一样，一亮相就令人惊艳。2005年，李燕蓉的文学首秀就选中知名杂志《北京文学》，《对面镜子里的床》以老练的笔力、深刻的思想、细腻的心理语言得到了多方肯定。著名评论家白烨这样评论这篇小说："作者比较重视情绪表现与感觉描述，尤其善于以灵动而准确的语言，表达信马由缰的潜感觉与潜意识。作品中也能见出作者的美术功底对于写作的影响，那就是讲究画面感、色彩感，从而使作品整体上有一种与灵动的感觉桴鼓相应的流动的气韵。"① 之后另一篇获得众多好评的作品《那与那之间》发表在《山西文学》，后被《小说选刊》转载，并位列2005年度中国小说排行榜短篇小说第五名，被《2005年短篇小说新选（专家年选）》和《2005年度短篇小说选》收录。2010年《飘红》获第五届"赵树理文学奖"短篇小说奖。2012年她入选由中国作家协会、中国文学基金会主办的"二十一世纪文学之星"，并由此出版了第一本小说集《那与那之间》。也许是长期学习绘画积累的艺术感知，也许是天生的兰心蕙质，总之，李燕蓉出手不凡，作品产量不高却篇篇可圈可点，娴熟老到的程度令人惊叹。

流连文字与情绪的质感

李燕蓉有一颗敏感的心，有一双敏锐的眼，能捕捉并记录生活中缥缈不定的种种瞬间。精彩的文字需要付出时间去打磨，对此李燕蓉乐在其中，享受着将时间消磨在文字中的乐趣。读李燕蓉的小说，忍不住击节感叹的精彩语句俯拾皆是。令人耳目一新的动宾新搭配"摸太极"，将太极动作那种绵软试探形容得惟妙惟肖；空气不流通的审讯室里，浓重的烟"堆"在那儿，

---

① 白烨：《我看〈对面镜子里的床〉》，《北京文学》2005年第3期。

一个"堆"字不仅写出了烟雾的厚重感,还透露了相持时间久的讯息。讲究一个个单字的锤炼,成就了李燕蓉完整描摹人事物时的恰当妥帖。"她真白啊,白得密不透风,即使在澡堂这样湿漉漉的环境里也没有丝毫要化掉的意思。我看到了她的乳房,没有想象中那样小,它们没有那么坚挺,但也没有完全似袋子一样悬垂下来,它们恰如其分地保留了应有的美感;腹部也没有周围女人那么凌乱,腿有些太细了吧,我甚至注意看了她的脚,我一寸一寸地把目光在她身上移个遍。"① 在李燕蓉笔下,女人皮肤的"白"突然有了质感,女人的身材特点也突破了千篇一律的苗条或丰满。"大片大片的纯色就那样不加修饰地堆积在一起,艳得都有些不可思议。镏金的紫、呛黄的橘色、孔雀尾的宝石蓝、胭脂扣的红,每一样都夺目得让人窒息,连最不起眼的地方都用了深得化不开的猫眼绿。"② 一处风景竟然可以如此绚烂,那该是画家笔下的生动,然而作家却仅靠文字的排列组合,就将这让人沉溺的美景搬到了每个人的脑海。

李燕蓉的语言功力不仅表现在具体实在可触摸的人事物上,她对人物缥缈模糊的心理,特别是瞬间情绪的细腻描写,也常令人惊叹。那种精准、传神,于细微处仿佛靠一支生花妙笔就能冻结时间,让读者在现实时间的稍纵即逝中暂停,得以细细品味我们可能都曾经历,却来不及低眉流连一下的刹那。"自从刘莉走了以后,齐鹏的时间忽然就变得丰盈起来,不但三顿饭的界限模糊了,白天和晚上也随时随地可以衔接、互换。他的生活在那个女人走以前是为盲目而奔波。在那个女人走以后,或者说是暂时走以后,就变成了漫无边际的游走,像一个送货送到一半突然被告知不用再送的人一样,可以卸下一切,不必急着赶路,更不用去想方向、地点。"③ 空虚的心境很难描摹,然而当李燕蓉借助时间概念,再借助送货的比喻把抽象的空洞感填满时,那种浑身无力的疲软感觉就变得像抓在手里一样的清晰起来。《对面镜子里的床》一开始就描述了读者可能都曾经验过的一种感受:"应该发生许多事情的那个下午,事实上什么也没有发生。我还能清晰地记得我的手交叉放在膝盖上,过度的局促和期待使我的指尖微微地发麻。我的眼睛一直盯着桌子,但眼角的余光却在屋子里来回游走。时而也会从他身上滑过。一些音乐也掺杂其中。后来屋子里的光线变得昏黄、暗淡直至冥灭了踪迹。那个下

---

① 李燕蓉:《那与那之间》,作家出版社2012年版,第30页。
② 同上书,第232页。
③ 同上书,第67页。

午的时间在我后来的记忆里不断地出现。时间充裕的时候,我会仔细留心那个下午的许多细节。它们的羽毛在我的不断梳理中,变得日渐丰满。"① 那种局促不安时手脚轻微不适的麻木,突然变得灵敏无比的听觉捕捉到的平时不会注意的背景音乐,特殊时候才会留意到的光线变化,以及随着回忆次数的增加而逐渐填补起来的记忆空白,种种细致描述格外传神,读至此处不禁要为李燕蓉能讲述出那种生活中曾经验过的相似感觉由衷赞叹。

大量情绪与心理的描摹使李燕蓉的小说呈现一定的内倾性。不过,关注芸芸众生现实命运的意向使其作品远离"私语化"写作,只加倍细腻了生活化的逼真触觉。李燕蓉的小说大多没有完整的情节,也没有激烈的戏剧化冲突,事件发展脉络平淡。她放弃了传统小说开端、发展、高潮、结局的布局方式,故事构建呈片段性,仿佛就是真实生活的一个段落。大量照影式的细节极富质感,以写实的笔法,絮絮讲述人生的不尽如人意,在普通小人物的日常情感世界里,披露生活的真相与应对的态度,以包容接受等看似软弱的妥协,来洞明人生,展示生活的智慧。《百分之三灰度》慢节奏地讲述了主人公小奈空虚茫然的一天,他在本应美好的周末先是一个人无所事事地逛街,然后下意识地去看了朋友,再内心依旧空洞地去洗了澡,最后心情糟糕地回家。在这一天的游荡中,事实上什么故事都没有发生,就是一个人一生中最平常的一天,当然,对于小奈来说是迷茫低气压的一天。文末,小奈开始了他全无变化的第二天,可以预见,他将会重复前一天的空虚茫然。作家显得那么随意,好像轻轻巧巧就切出一个生活段落来呈给读者,没有特别设计的开始,也没有生活告一段落的结果。那一天的许多细节都清楚记录了下来,所以没错,那就是真实存在过的一天,可是放眼以后漫长的日子,却找不到这一天可供记忆的特别之处。就是这样毫无特殊意义的段落式,贴近了凡俗生活的本质,贴切地展现了小奈内心空虚疲惫的状态,也会同题目"百分之三灰度"一起揭示着我们身边真实存在的一群孤单寂寞者的生活、心理,甚至能触摸到他们渴望安放的漂泊灵魂。

这样"生活没有结束"的片段式平淡布局在李燕蓉的作品中还有很多,《对面镜子里的床》中女医生的生活从故事开始到结束没有丝毫变化,与她平常任何一段日子相比都找不出什么不同;《深白与浅色》直到最后赵峰的处理结果也没下来,那就意味着时间在行走,故事在继续;《青黄》的苏媛终于结婚了,仿佛开启了人生另一段全新的旅程,可是最后裙摆上那一圈小

---

① 李燕蓉:《那与那之间》,作家出版社 2012 年版,第 25 页。

小的污渍暗示我们，生活其实没有什么大的不同，仍旧是那朵开旧了，也还依然开着的花；《干燥》里的小惠，离婚后就陷在频繁的相亲与聚会里，然日复一日纠缠着她的还是那不变的寂寞……这些兜兜转转的没有故事的小人物们，注定不需要背负宏大的主题，不需要给读者带来巨大的感官刺激，他们只需要安安静静地过着自己或平常，或无奈的日子就好，而生活的真谛、生命的价值，就在这些凡俗的日子里静静流淌。

注目社会荒诞

德国哲学家弗洛姆说："人是唯一会感到他自己的存在是个问题，他不得不解决这个回避不了的问题的动物。"[①] 李燕蓉选择小说与哲学家的思考进行对接，在作品中有意或无意地探索着人何以存在、如何存在的问题。基于此，李燕蓉步入文坛之初就没有陷入商业化与世俗化的漩涡，而是在深层次上展示茫然的生存境遇、漂泊的孤寂心灵和荒诞的社会存在。她最初的几篇作品带有明显的现代主义色彩，挟带着一点点不与环境妥协的挑战心理，借鉴运用多种创作手法，描述现代社会人们复杂的心理状态和某些方面的荒诞秩序，以及膨胀的物欲挤压下人的异变。

《对面镜子里的床》以一位心理医生内心独白式的手法，将其疲累茫然的心理细致摊开。记叙的笔墨跟随自由联想的意识流动，任何一个突然跳出的信息都可能触发另一个看似毫无联系的片段。这些片段彼此衔接的方式乍一看显得凌乱无条理，突破了意识的逻辑，却逼真地将女医生"我们究竟在干什么"的茫然和迷失记录了下来。《那与那之间》是一个颇有些荒诞意味的故事，一场车祸在众人毫无防备的情况下突然变成了一个早已计划好的"行为艺术"，令人措手不及的真相，已经不单纯是一个荒诞的故事。围绕着李操的失忆与复忆，相关者的各类表演集聚了百态人生。正如阎晶明所论："'那和那'，不只是指这件事与那件事，还分明隐喻着所做与所说，求是与求非，天才与神经，真实与荒诞等相对关系。那看起来似乎是两个极端，实际上却只有一步之遥。"[②] 这显然已经触及了诸多哲学命题。《大声朗读》用另一个荒诞的故事嘲笑了人性的异变。在经济利益的驱使下，一场原本就不可行的精神病人征文朗诵的活动策划，最终以正常人伪装成病人

[①] 弗洛姆：《为自己的人》，生活·读书·新知三联书店1988年版，第56页。
[②] 阎晶明：《用女性视角为都市平民造影》，《那与那之间》（李燕蓉著）序，作家出版社2012年版，第2页。

"大声朗读"完成活动而结束。这场闹剧中,究竟是谁病了才是小说引人深思的地方。

这些作品突出的现代主义特点很容易让人将李燕蓉与一些先锋派作家划归同一阵营,将视线聚焦在相同的现代派技法上,而忽略了其落脚点的差异。中国当代先锋小说强烈反抗传统,以西方现代主义和后现代主义文学观念对抗当代现实主义文学观念和传统技法,刻意放弃文学发展过程中已成型的创作原则,试图改变读者的欣赏习惯。作为一个群体,先锋作家们各自有各自的"文体实验",莫言的民间话语,马原的"叙述圈套",余华的冷漠叙事等,其根本都是试图从主流意识的影响中摆脱出来,从文学的外部研究转向内部研究,以期进入所谓的文学本质,回归文学自身。这一思维方式有一个明显的漏洞,就是将文学自身与外界隔离开来,将文学作为一个独立的系统,然后进行纯粹技术层面的拆解分析,忽略了文学本身的人文性,忽略了文学主体——"人"的主观能动性和历史性、社会性特征,这种"弑父"与"割裂"在否定传统、否定文学社会性的同时,也剔除了文学的责任性和鲜活的魅力,显得枯燥没有生命力。李燕蓉的小说单纯从形式来看,与先锋派确实非常相似:艺术手法与创作风格均注重个体经验,始终徘徊在自己的世界,技法上大量采用隐喻、象征、暗示、自由联想、时空倒错、意识流动、片段组合等。但二者内在的灵魂却截然不同。单从题目来看,李燕蓉的小说就已经突破了先锋小说封闭的内部小世界,赋予作品以人文意义。她选用熟悉的油画色彩或类似给画作命名的方式给小说命名,《青黄》《深白或浅色》《百分之三灰度》《绽放》《对面镜子里的床》《蹲在黑夜里的男人》……不着痕迹地赋予了小说主题意义。它们是小说中人物某种生活状态的象征或隐喻,这是一种人本主义的关怀,与先锋派作家单纯讲究艺术形式而频繁使用多种艺术手法明显不同。进入作品内部解读,这种差异感会愈发明显,每一种艺术手法的使用都围绕着更好地表达主题,精神的悬置、人生的况味、应对的态度,虽是小题材却有大意义,赋予作品审美价值的同时锁定其社会性。

考查李燕蓉作品的发展轨迹,可以发现其逐渐生成的"生存"逻辑非常符合加缪荒诞哲学的实质。加缪作为法国存在主义哲学的集大成者,其哲学本质上是一种人生哲学,与其他存在主义哲学家关注世界本源最终推导出人生虚无不同,加缪思考的落脚点是荒诞的人生如何度过才有意义,这样的哲学观明显更积极、更入世。在他的《西西弗斯神话》中,随着石头一次次滚落又一次次被推上山,读者感受到的是与命运对抗的勇气,是切实行动的价值。这是一种全新的在虚无中确立意义的方式,不认输,不放弃。即使明知费尽心力也难以切实改变现状,掌握明亮未来,更无法明确自己全部的人生意义,但踏实诚恳的态度、打不垮的勇气,就是虚无中自己创造的意义,是一条真实的自我救赎之路。这一哲学观点具体投射到李燕蓉的作品中,就集中在探讨如何对待不完美的生存环境上。是批判、抱怨、颓废,还是理解、包容、抗争?李燕蓉用聪慧的心审视人间百态,然后慢慢沉淀成一股击不垮的生命向力。

让生命"落在尘埃里"

李燕蓉小说中的人物大多是最普通的饮食男女,社会身份基本定位在城市。不过他们生活的背景没有被描述为繁华躁动的声色迷离,他们是城市人,但不是现代意义上的都市人。他们不需要展示流光溢彩的都市风情,不需要承载惊心动魄的爱恨情仇,更不需要表达狂放恣肆的欲望。也许那样的内容更易击中现今读者略显浮躁的心,但李燕蓉无意讨好读者。她在一篇创作谈中说过,烟花腾空、流星滑落,瞬间的东西容易打动人,"但是,夜空中更多的星星还是寂寞的,它存在了几百万年,也未必能换来你的一眼凝视,可依然存在着,生活里最后磨砺我们的也都是那些平淡的周而复始的琐碎小事。如何能在漫长的跋涉里不颓废掉,才是我们真正需要面对和修炼的。"[①] 她只关注那些"平静地活在当下"的芸芸众生,只写自己的感觉和体验,她的小说浸润流动的是未加修饰的生活本真。

前文已经提到,即使在热衷尝试各种现代主义新艺术方法的创作初期,李燕蓉的小说也没有放弃现实主义的内核,她作品的关注点一直是庸常生活里小人物的生活精神状态。《百分之三灰度》中有这样一段话:"其实所谓的百分之三灰度正确的解释应该是人眼所能分辨的白色和灰色之间的一种界线色。至于百分之一、百分之三灰度人眼无法看到更谈不到分辨。那只是理论上的灰色。百分之三灰度极其响亮,有一些鱼肚白的意味,但色调比鱼肚白要暖一些。晴朗的日子里在天空中可以找到一小块、一小块这样的颜色,但常常转瞬即逝。"[②] 这一段文字虽然很专业地说明了"百分之三灰度"是一种什么颜色,但很明显,读者能否真的明白这颜色并不是李燕蓉要表述的

[①] 李燕蓉:《创作谈〈如秋水天长〉》,乡土文学编辑部的博客,http://blog.sina.com.cn/s/blog_ab3cb34b0102vasw.html。

[②] 李燕蓉:《那与那之间》,作家出版社2012年版,第6页。

重点。她也许更想借此颜色来隐喻凡俗人生的一种灰色状态，这种状态也许说出来不如纯白那么明亮耀眼，但也没有明显的晦暗，就像小奈和马温一样，无所事事、庸庸碌碌，但无界限分明的善恶是非。我们无法简单界定他们是好人还是坏人，甚至无法判断他们日常的言行是有意义还是无意义，但这样的状态，恰恰是现实人生中大多数人的常态。对比国内其他作家，在关注民生的"底层叙事"成为一种潮流的时候，李燕蓉的小说好像没有什么特别之处，但若综合考量各项因素，就会发现李燕蓉的独特。她不用悲天悯人的上帝情怀来故作姿态，不刻意渲染小人物的无力与无奈赚人眼泪，不让人物随波逐流后再给一个环境迫人的懦弱借口。李燕蓉笔下的小人物都在为生活得更好而努力着，即使曾经迷茫，也不妨碍他们挣扎着再次尝试，靠自己主动出击来对生活的质量进行微调。《开始熟睡》中，莉香与前夫离婚后就陷入了失眠的折磨，后来认识了刑警何健雄，二人的感情不是没有错位与矛盾，也不是像一般爱情故事那么甜蜜兴奋，但在略显平淡的相处中，二人依然走进了婚姻殿堂，莉香的焦虑精神状态得以缓解，终能开始熟睡。《青黄》的故事一开始，苏媛就以一个完全失败的形象出场，工作、婚姻、孩子，一头也没占，母女关系也越来越不顺心。当她最后解决了婚姻大事时，虽然不是童话故事王子公主的味道，但读者依然是随其长舒一口气，毕竟种种细节可以看出，在生活感受上她是真的觉得挺幸福。这就够了，我们不是王子公主，自然不奢求爱情童话，适合我们的，其实就是那种看似将就其实平和的庸常日子。还有《飘红》里精于打算的小五，《有风从湖面掠过》里费尽心思巴结领导的向红夫妇，他们的行为也许不够高尚，不能拿到太阳底下晾晒，但他们没有不切实际的妄想，没有自我放弃的心安理得，他们在自己单薄的历史里不放弃地书写着自己通过努力而变得越来越厚重的日子。正如李燕蓉在一篇创作谈里所说："关于未来，灿烂也好，渺茫也罢，只有走着你才能看到。"[①] 这样的生活主张在李燕蓉近期的小说里越来越清晰。看《让我落在尘埃里》，单凭题目，一定会以为这就是一个伤感的故事，"落在尘埃里"该是一种身不由己坠入尘埃的悲伤陨落吧？然而当雷歌和牧牧决定携手人生的时候，那种对待生命的宁静淡然，才令人恍然明白：所有的生命，终将如尘埃般安然坠落，没有英雄般的轰轰烈烈，没有传奇故事的荡气回肠，但安静接受生命的馈赠，即使渺小如尘埃，也自有一份

[①] 李燕蓉：《创作谈〈如秋水天长〉》，乡土文学编辑部的博客，http://blog.sina.com.cn/s/blog_ab3cb34b0102vasw.html。

从容。

用爱与宽容提亮人生

尤其值得一提的是，李燕蓉小说中的人物从来没有真正指向人性恶的一面。这是她的小说明明态度沉静到语调都略显清冷，却依然让人感觉暖意融融的原因。回顾她早期的小说，可以发现李燕蓉在创作手法上有非常清晰的变化脉络，由现代主义手法占上风逐渐调整为现实主义占上风。不过，对于人性善恶的表现，李燕蓉的作品一直没做大的变动。早期作品整体情绪色彩显得略暗淡一些，可以看出她在努力触摸现实，将笔触伸向批判的领域，试图寻找一个答案：人在怎样的境遇下，会沦落至此？她似乎找到了她要的答案：《那与那之间》《大声朗读》明显将人的异变归因于社会的病态，并认为群体性的精神病态不是单纯的个案征兆，而是一个时代集体性的疯狂。但即使是在这一阶段，在这些作品整体的叙事中，异变的人性虽趋于丑恶，却没有真的变得不可原谅。李操的老师、女友、记者郝刚、医生护士、电视台的节目策划等等，在李操失忆期间虽病态地兴奋，却没有一个人真的做出什么十恶不赦的事。即使后来李操以"行为艺术"的方式回归摆了大家一道，大家也不过是在激动气愤后淡然收尾。《大声朗读》这个发生在精神病院里的故事没有医生与病人的对立，没有暴力与歇斯底里，病人不狂躁，医生不冷漠。所有堪堪称得上是反面角色的人物，好像都坏得不深入。那时候的李燕蓉，用黑色幽默的笔法，嘲讽着这些被物欲异化的灵魂，但她很有节制，控制着自己不让他们变得歹毒。所以失忆又复忆的李操虽然让大家丢尽了面子，却没有一个人试图维持预想中的局面而悄悄杀死他；精神病人不配合朗读活动，李小小和医生们宁可委屈自己扮作病人，也没有使出什么邪恶手段迫使病人就范。那种狗血的桥段我们见过太多，甚至还常常名曰"深度剖析人性"，但李燕蓉不对人性做如此激进的定义。她批判讽刺那些荒诞的人和事，以此宣泄对周遭世界的不满，但温厚如她，终是决定以理解与宽容来解决问题，她愿意借助小说将自己的善意辐射出去，于是她将人性定位在了温情的基调上。这样的人性定位在她近期的作品中愈趋明显。《半面妆》中让人印象最深刻的是王书记对张昌顺道出自己也曾有狐臭的那一幕，一句"难过，是吧，我也是"让人突然莫名想哭，那是一种突然放下心防后面对亲人才会有的莫名委屈。在这篇小说里，无论是从上级变下级的林主任，还是看似疏远的同事们，还有那个最后出现的尚不懂掩饰的男孩子，身上都没有我们在其他艺术作品中的人物身上惯见的恶意。还有最后小佩说出自己其实能闻到味道时，我们竟会长舒一口气，觉得张昌顺的身边真的是被阳光照亮了，真的温暖。《阳光下的皮弹弓》中王艳身边的同事们，虽然都八卦到了别人家的房事上，但她们身上没有当面假装热情背后鄙夷撇嘴的丑恶，她们就是真的用略显粗鲁露骨的方式表达着关心。还有《飘红》里没有出轨的小五，《青黄》里有点不讲理却散发着热腾腾气息的苏媛的妈妈，《绽放》里宁愿背负着误解的王丽……这些个小人物的身上都有着这样那样的缺点，按文艺作品里习惯性的人物设置的套路，他们其实可以做出更有故事性的行为来，但那种卑劣残酷的人性，李燕蓉不爱，她不让丑陋污染她干净的文字。

　　李燕蓉的小说就是这样传达着淡淡的暖意，纠正着读者的生活认知，默默为当代文坛注入一脉清流。作品传达暖意的方式没有丝毫说教的痕迹，更多的是感同身受以后的思索与认同。在这些小人物并不精彩的故事里，对于那些认真生活的努力，我们看不到作者的主观评价，看不到作者对他人生活的指手画脚，我们看到的只是略显琐碎的生活和略显灰色的人性，完全就是生活中并不太光鲜的我们自己。不止一位论者发现，李燕蓉的叙事风格及表现内容颇有一些张爱玲的痕迹，当然也明显感觉到了二者笔力的差距。这除却才情与洞察人性的能力之外，也许更关键的是创作初衷差异的结果。张爱玲小说构建的人性悲剧实质上是一种时代的悲剧，是那个特定时代的悲剧性内核所限定的必然。我们生活的时代与那个日渐没落的"崩塌"世界不可同日而语，即使同样表现人生苍凉，批判反思的重点也应该调整。李燕蓉小说的着眼点在于为人物寻找一个出口，或是一条突破生活死局的出路，即使早期作品中揭露社会荒诞，也更多只是一种简单的宣泄，借以纾解自己对生活怪相的无法认同。毕竟时代不同，人物的生活环境与背景也大相径庭，那种揭露社会黑暗、人性畸变的内容，那种时刻剑拔弩张的斗士风格，都已经不太适合今时今日的小说创作。我们生活的这个国度，固然有种种的不尽如人意，但毕竟不再是那个个人命运不由自己掌握的黑暗时代。今天的你我，只要努力的方向正确，每个人都可以在原有的基础上或提升自己，或改变命运。"爱既不是一种飘落在人身上的较大力量，也不是一种强加在人身上的责任；它是人自己的力量，凭借着这种力量，人使自己和世界联系在一起，并使世界真正成为他的世界。"① 存在主义哲学将人生的意义推导为虚无，而我们身边的许多人对世界的厌弃并非缘于哲学上的意义，既然不认可

---

① 弗洛姆：《为自己的人》，生活·读书·新知三联书店1988年版，第34页。

"人生虚无干脆主动退出"的决绝逻辑,那就应该积极地生活,爱自己,爱他人,爱身边可以爱的一切,并凭借爱的力量使世界成为自己的世界。"其实,悲剧不总是社会的、政治的和时代的——就像伤痕文学等作品中表现的那样,特别是在平淡的日常生活中悲剧更多的是个人自我选择的结果,而这种选择依据从根本上说是人性的内部,决定于人物的既定性格——它是人物生活经历、文化遗传、观念意识和时代烙印的综合产物。"[1] 李燕蓉选择了爱与包容,从此走得活色生香,愿每一个读到她作品的人都能接力爱的力量。李燕蓉作品的社会价值正在于此。她不断暗示大家,芸芸众生的庸常生活中,蕴藏着变化的契机,值得每个人去努力寻找,只要找到那个出口,我们的人生虽不见得就此踏上康庄大道,但起码人生的底色会提高些亮度。这种以理性关注生活百态、表现凡俗人生的创作倾向,灵魂深处与山西的文学传统是一脉相承的。

---

[1] 转引自容嵩《意味深长的人生悲剧——读方方〈桃花灿烂〉有感》,《小说评论》1992年第1期。

李燕蓉小档案

李燕蓉 1975年生，山西晋中人，中国作家协会会员，山西省文学院签约作家，鲁迅文学院第十八期高级研修班学员。1997年就职于晋中市文联，从事《乡土文学》美编工作。2004年开始小说创作，至今已发表80多万字。作品散见于《十月》《北京文学》《青年文学》《钟山》《山花》《山西文学》《黄河》等杂志，并多次被《小说选刊》《中篇小说选刊》选载。2010年《飘红》获第五届"赵树理文学奖"短篇小说奖。2012年中篇小说集《那与那之间》入选"21世纪文学之星"丛书。

李燕蓉主要作品目录
(2005—2014)

一 出版著作

短篇小说集《那与那之间》2012年入选中国作协"21世纪文学之星"丛书，作家出版社2012年版

中短篇小说集《那与那之间》由二十一世纪出版社2013年出版，入选"全国10位最好看女性小说集"

二 获奖作品

《飘红》2010年获第五届"赵树理文学奖"短篇小说奖

三 文学期刊发表作品

《百分之三灰度》，《山花》2005年第2期

《对面镜子里的床》，《北京文学》2005年第3期

《蔓延》，《山西文学》2005年第5期

《那与那之间》，《山西文学》2005年第8期

（《小说选刊》2005年第10期转载，收入《2005年短篇小说新选（专家年选）》和《2005中国年度短篇小说选》）

《干燥》，《山西文学》2006年第3期

《底色》，《山西文学》2007年第1期

《大声朗读》，《山西文学》2007年第10期

《深白或浅色》（中篇小说），《十月》2007年第6期

（《小说选刊》2007年第12期转载）

《绽放》（中篇小说），《青年文学》2008年第4期

《旧事征兆》，《北京文学》2008年第4期

《青黄》（中篇小说），《青年文学》2008年第11期

《男人蹲在黑暗中》（中篇小说），《山西文学》2009年第2期

《飘红》，《山西文学》2009 年第 2 期

（2011 年《飘红》获第五届"赵树理文学奖"短篇小说奖）

《开始熟睡》（中篇小说），《钟山》2009 年第 3 期

（《中篇小说选刊》2009 年第 4 期转载）

《烈酒煮鸡汤》，《黄河》2011 年第 1 期

《让我落在尘埃里》，《芳草》2012 年第 4 期

《春暖花开》，《山西文学》2012 年第 10 期

（《长江文艺》2012 年第 10 期选载）

《阳光下的皮弹弓》，《山花》2013 年第 2 期

《半面妆》，《黄河》2014 年第 1 期

《当微风掠过湖面》，《黄河》2014 年第 1 期

《来吧，猫》，《山西文学》2014 年第 9 期

《等待》，《黄河》2014 年第 6 期

（目录中未标明体裁的均为短篇小说）

四　相关评论

鲁太光：《让蒙面人说话——论李燕蓉小说中的心理意识》，《山西文学》2009 年第 2 期

成方：《女性视野中的社会图景展示——略谈李燕蓉小说创作》，《黄河》2010 年第 6 期

杨占平：《既有慧心又不失深沉的写作——由〈飘红〉谈李燕蓉的小说》，《乡土文学》2012 年第 4 期

王春林：《她善于捕捉"百分之三灰度"——读李燕蓉小说集〈那与那之间〉》，《文艺报》2013 年 2 月 8 日

张艳梅：《在生活边缘与精神深处徘徊——读李燕蓉小说集〈那与那之间〉》，《文艺报》2013 年 3 月 15 日

白烨：《常中有异　淡而有味——读李燕蓉的小说集〈那与那之间〉》，《文学报》2013 年 4 月 18 日

陈涛：《孤独与游荡之间——读〈那与那之间〉》，《名作欣赏》2013 年第 4 期

张艳梅：《疲惫人生的城市牧歌——读李燕蓉〈让我落在尘埃里〉》，《乡土文学》2014 年第 4 期

傅书华：《修复现代人的人生感受——读李燕蓉的〈有风从湖面掠过〉》，《山西文学》2014 年第 5 期

李金山

1973年生，山西夏县人。1997年毕业于吉林大学哲学系，现任山西省作家协会创作研究部副主任。中国作家协会会员，中国传记文学学会理事。作品包括文学评论、散文、小说、传记等，散见于《黄河》《山西文学》《山西日报》《太原日报》《羊城晚报》《深圳特区报》等报纸杂志，作品入选多种文学选本；著有《司马光：自信不疑的保守派》（中国发展出版社2009年版）、《李鸿章："裱糊匠"的慷慨与悲凉》（中国发展出版社2010年版）、《重说司马光》（中国青年出版社2010年版）、《禹都沧桑》（山西人民出版社2013年版）等。

十三　现实主义道路上的探索
——杨凤喜和他的中短篇小说

李金山

在山西作家谱系当中，杨凤喜属于第五代作家中的现实主义派。

杨凤喜1992年开始发表作品，专事小说创作，以中短篇为主，迄今发表中短篇小说70余部，出版有中短篇小说集《愤怒的新娘》、长篇小说《银谷恋》。2003年，短篇小说《1983年的杏树和羊》获首届《上海文学》短篇小说新人奖；2014年，短篇小说《老戴的沧桑》获"安邦杯"全国小说大赛二等奖。

众所周知，所谓乡村题材小说，是指以乡村的现实、历史和农民的生活为题材范围的小说。与此相对应，所谓城市题材小说，就是以城市的现实、历史和市民的生活为题材范围的小说。此外还有一种情况，就是题材范围既包括乡村的现实、历史和农民的生活，也包括城市的现实、历史和市民的生活，笔者称之为城市·乡村题材，简称"城乡题材"。

有论者这样评价杨凤喜的创作："杨凤喜熟悉乡村社会的各种人物，塑造了一些性格鲜明的传统农民形象。"[1] 杨凤喜以乡村题材小说出道，作品中又以乡村题材居多，可能因此留给评论家这样的印象。

杨凤喜以乡村题材小说出道，作品中又以乡村题材居多，笔者认为其原因有四。

第一是中国乡村题材小说的大传统。孟繁华曾说："百年来，由于中国的社会性质和特殊的历史处境，乡土文学和农村题材一直占据着中国文学的主流地位。这期间虽然也有变化或起伏变动，但基本方向并没有改变。即便是在21世纪发生的'底层写作'，其书写对象也基本在乡村或城乡交界处

---

[1] 段崇轩主编：《山西文坛"风景线"（1949—2013）》，山西人民出版社2014年版，第397页。

展开。"① 这是国家层面的大传统。作家开始自己文学之路的时候，他不可能无视本国的文学传统；相反，他的文学启蒙与教育，都是从这个传统中获得的。长期浸淫于这样的传统之中，作家会自觉地与传统取得一致。百年中国的文学传统，决定了杨凤喜的题材选择。

第二是山西乡村题材小说的小传统。以赵树理为代表的"山药蛋派"，他们的作品都以乡村题材为主，"晋军崛起"一代作家的作品，也有相当的比例是乡村题材。山西地域乡村题材小说的小传统，让杨凤喜在开始文学之路的时候，自觉地选择了乡村题材。

第三是作家所在地区的文学刊物。每个作家文学之路的起点，往往是本地区的文学刊物。作家莫言就曾回顾过自己开始写作时的情形，他说自己最初的作品，就是发表在地方性的刊物上，写作趋向成熟后，才有作品发表在省级刊物，然后是国家级刊物。杨凤喜生活在山西晋中，过去叫晋中地区，现在叫晋中市。晋中市的文学刊物是《乡土文学》。该刊物自1962年创刊，其后虽然几易其名，但着力推进乡村题材创作的思路没有变。《乡土文学》的办刊宗旨是：刊发农村题材，弘扬民族文化。1992年6月，杨凤喜在《乡土文学》发表处女作《婚事》，由此开启他的文学之路。《乡土文学》是杨凤喜文学之路的起点，这样的起点，决定了他的小说的乡村题材。

第四是作家的早期经历。杨凤喜出生在乡村，熟稔乡村的人和生活。他1972年4月生于山西省榆次市（今晋中市榆次区）东长凝村，山西平定师范学校毕业后，又被分配到榆次石圪塔乡任教。作家早期的文学创作，必然是熟悉的题材，杨凤喜出生在乡村，乡村题材是他的强项。作家的早期经历也决定了他对乡村题材的选择。

杨凤喜出生在农村，后来进入城市工作。他的早期小说，以乡村题材为主，后期的小说中，城市题材与城乡题材渐多，这部分小说中的城市，是作家生活其中的小城，他写小城中的各色人物，以及他们的各色生活。

"思无邪"的创作追求

我国古代的典籍当中，《诗经》算是相对专门的文学书，孔子的《诗经》论，也比较更有系统。《论语》中说："诗三百，一言以蔽之：曰，思无邪。""思无邪"一句，是总论《诗经》的思想，是根本的要义，是从思

---

① 孟繁华：《建构时期的中国城市文学》，中国作家网，http://www.chinawriter.com.cn，2014年5月7日。

想的根本上着眼。《史记·孔子世家》说:"古诗三千余篇。孔子去其重,取可施于礼仪者,三百五篇。"孔子删诗的标准,就是这个"思无邪"。凡是孔子所录的诗,都是"思无邪"的,不但收录的诗是这样,他还希望读诗的人,也本着"思无邪"的眼光去看,作诗的人,也本着"思无邪"的意思去作。如果推而广之,写小说的人,也该本着"思无邪"的意思去写。考察杨凤喜的小说,可以看出,他在努力追求一种"思无邪"的文学品格。

《南来北往的友情》写关于友情的故事。爷爷与老崔重友情:多年前老崔下乡时,住在"我们"家,得到爷爷的照顾,三年前老崔来看爷爷,带来很多礼物;爷爷临终前吩咐父亲:一定给老崔送几个苹果。父亲为着友情,为着爷爷的嘱托,带着树上所有的13个苹果,来到陌生而遥远的石家庄,可老崔刚刚在十天前去世了。在石家庄火车站,父亲邂逅了同样重友情的安徽人李秋生,李秋生有着和父亲同样的遭遇,他要看望的朋友也去世了。两人在火车站互诉衷肠,然后依依惜别。可是他们拿错了背包。父亲的背包里,装着老崔的笔记本,那是在老崔下乡时住过的房间里找到的,本打算还给老崔的遗孀,可是伤心过度忘记了。为了取回老崔的笔记本,也为了还回李秋生的背包,父亲赶往千里之外的安徽,而李秋生也正从安徽出发,千里迢迢地赶来山西。他们当然都扑空了。但谢天谢地,父亲和李秋生,在太原火车站不期而遇。在车站附近的一家小饭馆里,两人醉意朦胧,成了亲密无间的兄弟。他们的友情继续着:李秋生每年寄来茶叶,父亲则不时地寄去土特产。可是前年初夏,父亲迟迟没收到茶叶,正焦急不安之际,邮包来了,是李秋生的儿子寄来的。原来李秋生前些天已经去世,但他临终留下遗言:茶叶要一直寄下去。爷爷和老崔、父亲和李秋生,他们除了重友情,还体现出古人所说的"信",读来让人深思让人感动。

《镰刀》写"我"与"老田驴"的故事。"我"考上大学离开了村庄,"老田驴"曾是村里的护秋员。"我"与"老田驴"的纠葛,发生在我上小学和初中的时候:"我"与小伙伴偷村里的玉米,结果被"老田驴"抓到了,"我们"不仅被点名批评,而且还被罚了款;"我们"对"老田驴"实施了报复,趁他醉酒时,对他拳打脚踢。报复使"我"愧疚不已。多年后"我"为赎罪,想捐给"老田驴"2000元钱,接济他拮据的生活。但是"老田驴"不接受。他就是这样一个人,不能忍受别人的怜悯,他不要"五保户"的待遇,不要给孤寡老人的慰问品。在"我"的求援下,"我"搞收藏的朋友,处心积虑千方百计地,将"老田驴"的那把镰刀当作古董,以2000元钱的价格买下。可是"老田驴"发现后,坚持要把2000元钱退回。

不该得的东西坚决不要，只为有尊严地活着。"老田驴"的品格高尚，读来让人肃然起敬。

《老庞的老婆》写民工妻子来城里探亲的故事。老庞的老婆叫游桂花，在老庞的描述中，她"柳叶眉，杏核眼，樱桃小嘴，杨柳细腰，比仇老板的女人还漂亮呢！"她成了工程队工友们的梦中情人。游桂花却来得一波三折：第一天她没来，她心疼路费；第二天又没来，她不放心家里的猪和鸡，不放心地里的庄稼；第三天她终于来了，却住进了医院，她得了癌症。老庞的老婆始终没来工程队，工程队的头儿老余却与业主起了冲突：老余将老庞夫妇的住处，安排在即将完工的宿舍楼里，而宿舍楼已经售出，那户的业主反对老余那样做，他们以退房相要挟，迫使开发商出面解决。冲突应该是作家表现的重点，但我们却从中读到人性的温暖：为了给老庞的老婆接风洗尘，老余吩咐灶上买肉；为了使老庞和他的老婆有个体面的住处，老余让出自己的房间；工友们则贡献出自己的被罩，等等。读罢小说，让人感觉温馨。

《丹妮的背影》写出轨的故事。小说的主人公叫闻燕来，出轨是在年轻的时候，而小说设置的时间，是在闻燕来的老年。闻燕来年轻的时候，丈夫在200里外的军工企业工作，直到47岁才调回来。闻燕来36岁那年出轨：男的叫段建国，沉稳踏实腼腆，丹妮是段建国的妻子。出轨仅仅维持了一年半。但就是这一年半，让闻燕来愧悔不已，她觉得愧对丈夫，也愧对丹妮。闻燕来因为好奇，几次想看看丹妮的样子，但都因为愧疚和心虚，没有走到丹妮的面前，她看到的始终是丹妮的背影。一个偶然的契机，闻燕来得知丹妮去世，她决定前往殡仪馆，与丹妮作别。小说关于闻燕来的出轨，可以说是一笔带过，而小说中大量的篇幅，用来写闻燕来的挣扎、她内心的纠结和愧悔。

综上所述，杨凤喜的小说，大多思想纯正，符合"思无邪"的标准。但杨凤喜也写出轨，除了《丹妮的背影》，还有《乌鸡》，这又如何理解呢？《诗经》三百篇中，也收有郑、卫风的淫诗，《毛诗序》说是"刺奔也"（如《卫风·桑中》），或说"刺乱也"（如《郑风·溱洧》），就是说孔子收录这些诗，为使人知道是刺的意思，是为使人得到鉴戒。笔者认为，杨凤喜作这一类的小说，也像《诗经》收入郑、卫风的淫诗一样，是融着刺的意思，是要读者从中得到鉴戒。

父亲的那缕亮光

精神分析原本是研究人的心理的一种途径，是研究人格的理论和心理治疗的一种重要方法，它是从医治人的心理障碍发展起来的，为了医疗目的，重视探索人的动机、行为的动力和根源问题。精神分析学批评是精神分析在文学批评上的运用，它是20世纪文学批评界具有最广泛与持久影响的批评理论，这种理论认为：梦是愿望的满足，文学是作家的白日梦。精神分析批评旨在探讨作家的无意识心态，从而更好地理解文学作品。

这里我们运用精神分析学批评方法，来分析杨凤喜的中短篇作品。杨凤喜12岁丧父，可以说是幼年失怙。我们来探讨幼年失怙，对作家创作的持久影响。

《亮光》中的那缕亮光，是从"父亲"眼中射出来的。亮光可能是温情的，因为"父亲"已病入膏肓，但"我"习惯地认为，它简直是凶光，"穿透了我的整个身体"。小说里的父亲像是暴君，因为"父亲不仅打我，还打母亲。母亲惹不起父亲，只能够用她的身体保护我"。而且"父亲骂我是杂种，他经常打我，打掉了我的一颗门牙。最严重的一次，他把我的腿打断了，我在炕上躺了很长的时间"。因此父子关系极度紧张：父亲要去县城的医院看病，一群人为他送行，而在"我"看来，这群人真像是一支"送葬的队伍"；在"我"的眼里，父亲还是狼心狗肺，在"奶奶"死了以后，"他的样子就很开心，他抽着一支烟，就着一碗酒，还吹起了口哨，那样子真是有些志得意满"。"我"甚至恨不得杀了父亲，"许多时候，我都想和母亲联合起来一起将父亲杀死，把他埋到山上去，再也不看他一眼了"。

精神分析学有个术语，叫做"俄狄浦斯潜意识情结"，即我们通常所说的"恋母情结"。精神分析学创始人、奥地利医生兼心理学家弗洛伊德（S. Freud 1856—1939）认为，儿童在性发展的对象选择时期，开始向外界寻求性对象。对于幼儿，这个对象首先是双亲，男孩常以母亲为选择对象。在这种情形之下，男孩早就对他的母亲发生了一种特殊的柔情，视母亲为自己的所有物，而把父亲看成是争得此所有物的敌人，并想取代父亲在父母关系中的地位。小说中的"我"与"父亲"，剑拔弩张势同水火，其背后的深层原因，正是这种"俄狄浦斯潜意识情结"。

同样的例子还可以举出一些。

《白气球》里的父子关系同样紧张："我来到了厨房。面已经和好了，锅里的水滋滋地叫，我妈却在卧房里和我爹团聚。我爹回来，我妈就不把我当回事了。""我妈说，你爹肯定是想你了。我说，他是想你了。说着，我赌气般把安全套从书包里翻出来，拍在了案板上。""我用线头把安全套的口子扎了起来。看来今天晚上我只能面对这个白气球了。"小说中，"我们"家的羊叫"小三"，"我"每次给它吃补餐，都会和它玩很长时间，它是"我"快乐的源泉，是"我"亲密无间的伙伴，可是最终"我爹"却残忍地将"小三"杀死了，尽管是因为其他原因。紧张的父子关系持续到小说的结尾："后来我爹就带着我和我妈来到了南方，到现在我都没有喊过他一声爹。"

《天南地北的友情》中的父子关系形同敌我："我"因为偷吃了苹果，"父亲扔下镢头，气愤地冲上来，一脚将我踢出去老远。父亲的样子让我魂飞魄散"。后来，又因为"我"试图打开李秋生背包里的盒子，"父亲几步跨到我身边，一只手将盒子夺过去，另一只手已经掐住了我的脖子。……当然，父亲又一次教训了我。这一次，比我偷吃苹果那一次更厉害，父亲差一点将我从屋顶上抛绣球一样扔下去"。

弗洛伊德认为，"俄狄浦斯潜意识情结"的存在，原因有两方面：一方面是由于儿童自身的"性本能"；另一方面是由于双亲的刺激，母亲天生偏爱儿子。一追就追到了"性本能"，听起来让人感觉不堪。然而，重温弗洛伊德的理论，有助于我们理解杨凤喜的小说。

幼年丧父与成年丧父，两者有着根本的不同。前一种情况下，在作家成长的过程中，最需要父爱的时候，父爱偏偏是缺失的，作家可能因此自卑，自卑使他走近文学：写作是不需要面对面的倾诉。幼年丧父可能留给作家无尽的遗憾。杨凤喜在为小说《亮光》所写创作谈《折射的光线》中，这样说到父亲："我在12岁的时候父亲就去世了，但20年后，我却想起了父亲的那缕亮光。那该是父亲生命的星辰最为壮丽的闪耀，虽然它发自即将陨落的时刻，虽然这缕光线在历经了20年时光的辗转后才又重新折射到我的心里。我真希望父亲的亮光能够一直在我脑海中闪耀下去，照亮我人生的行程和重新点燃的文学梦想。"[①] 这种遗憾悄然进入作家的潜意识，在作家的潜意识当中，可能希望时间永远停留在12岁以前，因此有许多小说中的"我"，都是12岁以下的儿童。《愤怒的新娘》中的"我"只有十岁。《白气球》中说："六一儿童节快到了，他回来给我送变形金刚。""我"的年龄也在12岁以前。笔者认为，作家这样的设置，必定是无意识的，在作家的潜意识当中，可能希望通过这种方式，来满足自己的愿望——既然现实中无法实现，那就在小说中来实现它，让父亲在小说中永远活着，而自己永远都是12岁。

从乡村到城市

1996年，24岁的杨凤喜调入榆次报社工作，从事新闻采编，后担任编

---

① 杨凤喜：《折射的光线》，《青年文学》2004年第12期。

辑部主任，2002年担任副总编。虽然因为工作繁重，文学创作一度中断，但作家生活工作在城市，城市成为他生存的空间，也成为他思考的对象。杨凤喜小说的题材，因此发生许多变化。

把杨凤喜发表的作品按年度排列、统计，我们会发现他的小说题材，前后期有较大变化：1998年以前，杨凤喜的小说完全是乡村题材；2003年，杨凤喜发表的小说中，城市及城乡题材开始出现，此后每年都占有一定的比例，这个比例时高时低，最高达到100%，如2008年、2010年、2011年，最低也有20%，是在2007年。

杨凤喜小说题材发生变化，这种变化不是个案，而是一种大的趋势，孟繁华曾说："近些年来，作家创作的取材范围开始发生变化，不仅一直生活在城市的作家以敏锐的目光努力发现正在崛起的新文明的含义或性质，而且长期从事乡村题材写作的作家也大都转身书写城市题材。"① 杨凤喜小说题材的转变，只是中国文坛转型的一个表征。杨凤喜的小说题材，所以会有以上变化，笔者认为其原因有二：首先是作家本人进入城市。其次是中国城市化的趋势。根据国家公布的城镇化率计算，2011年我国城镇人口超过了农村人口，"这个人口结构性的变化虽然不足以说明作家题材变化的原因，但可以肯定的是，城市人口的激增，也从一个方面加剧了城市原有的问题和矛盾。比如就业、能源消耗、污染、就学、医疗、治安等。文学当然不是处理这些事务的领域，但是，这些问题的积累和压力，必定会影响到世道人心，必定会在某些方面或某种程度上催发或膨胀人性中不确定性的东西。而这就是文学书写和处理的主要对象和内容"②。中国城市化的趋势，需要作家们去表现，在这种需求之下，城市题材的作品，在文坛蔚成风气。杨凤喜身处文坛，敏锐地感受到新风气，并积极地参与其中。

杨凤喜的创作当中，城市及城乡题材，2003年以后开始出现并占有相当比重，但此后他并未放弃乡村题材，而是乡村与城市、城乡题材并重。从2013年开始，作家对自己的写作，做了阶段性的小结，做了重新的梳理和定位："我以自己的名字命名了一个叫杨湾的村庄，一个叫喜镇的小镇，一个叫凤城的小城，希望能建立起自己的文学地理，让笔下的人物找到恰当的

---

① 孟繁华：《建构时期的中国城市文学》，中国作家网，http://www.chinawriter.com.cn，2014年5月7日。
② 同上。

归宿。"① 叫"杨湾"的村庄和叫"喜镇"的小镇，都属于乡村题材的范畴，而"凤城"则属于城市题材的范畴。杨凤喜在小说题材的选择上，不是非此即彼的一元逻辑，而是兼容并蓄的多元逻辑。

综观杨凤喜的各类题材小说，我们可以得出这样的结论：

他乡村题材小说中的乡村，基本不是现实中的乡村，而是记忆中的旧日乡村；作家对旧日乡村的书写，是沈从文式的浪漫抒情，他用温情的眼光打量记忆，又用温情的笔调呈现给读者，因此他呈现给读者的乡村，是田园牧歌式的精神家园，尽管那里也有许多的不尽如人意。如小说《白露》所写，一头叫"白露"的猪，它快要出栏了，父亲母亲对于它，有不同的态度，小说所要呈现的，就是此时的情态：为增加猪的分量，母亲喂给它白面，而父亲竭力阻拦，屠户则迟迟不来。作家似乎是站在岸边，他从记忆的长河里，顺手撷取一朵浪花，然后将它捧给读者，说这有多美。杨凤喜的此类题材小说，显然取材于进入城市前的乡村生活。

杨凤喜的城市题材小说，无疑取材于进入城市后的生活。小说中弥漫着灰暗的情绪，人的冷漠、猜忌、虚伪成为常态。《一步之遥》中，对门近在咫尺，却似乎远隔千里。《吸奶器》中，妻子的闺蜜"唐果"，对"我"永远是一个谜。《晚景》中的老年夫妇，则缺乏信任与和谐："我"将老伴"老冯"视作累赘，"老冯"脑出血了，"我"推着"老冯"散步，却心猿意马地想着"老温"。杨凤喜的城市题材小说灰暗情绪弥漫，笔者认为与作者的经历有关，杨凤喜出生在乡村后来进入城市，所以他观察城市的眼光，是通过乡村的有色眼镜，他是用个人的乡村经历来衡量当下的城市生活。

杨凤喜城乡题材的小说，介于乡村题材与城市题材之间，乡村与城市发生关联的模式大致有两种：一是农民进入城市，比如农民工进城；二是进入城市的"我"，某种原因重返乡村。与他的乡村题材小说相比，城乡题材小说中的乡村，是当下时代的乡村。这类题材的小说作品，提供了两种文化的碰撞。如《老庞的老婆》中，老庞的老婆要来工程队探亲，老余打算让他们暂住在建的单元楼，在他看来如此安排合情合理，但业主们却依据物权法，将老余们逐出了单元楼，两种文化在小说中激烈碰撞。

发出自己的声音

屠格涅夫曾说："在文学天才身上……重要的东西是我们想称之为自己

---

① 杨凤喜：《遗憾，或者不无遗憾》，《星火中短篇小说》2014年第6期。

的声音的东西。是的,自己的声音是重要的、生动的、自己特有的声调,其他任何人喉咙里都发不出的音调是重要的。"① 这个"自己特有的声调",在中国古典文论中,称之为"笔调"或者"文笔"。"文"接近形式,"笔"接近气质,形式可以相似,气质不会雷同。

在青年作家当中,杨凤喜是讲究笔调的。

《镰刀》中"我"被引领着,来到"老田驴"的院子前,"我"眼中的院子是这样的:

> 院落里原本是分门别类地种着玉米、葵花和大豆的,它们曾经绿意葱茏,青翠欲滴,现在却来不及收割就枯萎了,并且在瑟瑟冷风中倒了下去。那两间泥坯屋子呢,墙体已经倾斜,屋檐已经沉陷,泥皮尚在剥落,纸窗上挂满了油烟积垢,扭曲颓废的样子像是一个受尽磨难的侏儒,经历了风吹雨打后再不情愿站起来了,只是背靠着山坡,瞪着死气沉沉的眼睛,打量着脚下的一片枯黄,打量着这个让人捉摸不透的世界……②

杨凤喜的语言质朴、流畅、自然,紧贴着被描绘的事物,随着语言的流淌,一幅晋中的寒风图,一笔一笔地描画出来,最终得以完整呈现。

《天南地北的友情》中,"父亲"从石家庄归来,对父亲与果树的描写如下:

> 父亲回来后脸上明显地瘦了一圈,时常,他呆呆地望着那棵苹果树,在院子里一站就是好长的时间。秋风乍起,落叶纷飞,摘去果实后的苹果树也显得憔悴了。父亲与苹果树对视着,也像是一棵树,站立在满目的苍凉中,站立在季节的深处。③

杨凤喜的语言极有画面感,这一段描述犹如微电影,它由三个画面组成:消瘦的父亲雕塑般望向果树;秋风乍起,落叶缤纷,果树憔悴;父亲的眼部特写,他满目苍凉。

而在《白露》中,父亲出门去找屠户,母亲对白露百般不舍,小说对母亲的情态,描画如下:

---

① 转引自韩石山《韩石山文学批评选》,书海出版社 2004 年版,第 227 页。
② 杨凤喜:《镰刀》,载《愤怒的新娘》,三晋出版社 2014 年版,第 253 页。
③ 杨凤喜:《天南地北的友情》,载《愤怒的新娘》,三晋出版社 2014 年版,第 335 页。

母亲跑到院子门前的时候,父亲已经消失在了巷子的尽头。她在院门前站了很长的时间,望着空落落的巷子。后来起风了,地上的枯叶纷纷扬扬翻卷起来,她打了个寒噤,匆匆向白露走去。她的额头上一下子冒出了许多汗珠,顺着零散的眉毛滚落到眼眶里,明晃晃的阳光下她的步子错乱起来。①

作者如训练有素的画家,寥寥几笔,勾勒出画面的轮廓,然后是细部刻画,要紧的地方,他一丝不苟,不惜笔墨。

杨凤喜有自己独特的笔调,他的语言有较强的辨识度,质朴流畅而自然,且富于诗意,极有画面感,读小说像是看电影。

2014年,杨凤喜在创作谈《每一次出发都是告别过去》中说:"我给自己确定了一个整体的艺术走向,希望能写出日常生活的真实、沉重,更重要的是荒诞。"② 这是现实主义的走向。现实主义要求写作必须贴近社会现实,而如何让艺术想象腾飞起来,则是作家必须面对的问题,杨凤喜还有不少的考验在前面。笔者认为,现实主义是山西文学的优秀传统,优秀的传统值得继承,但绝对没有必要固守;作家可以在继承的基础上,适当地跳出地域传统,拓宽自己的写作路子。并且,小说的虚构本质使它与游戏在某种意义上可以等量齐观,作为游戏的小说有三个层面:一是作者的独自游戏,二是作者与读者的互动游戏,三是以文本世界为核心的"世界游戏"。笔者认为,现实主义所承载的社会功能,可以交给其他的人文学科,比如新闻学、社会学等等,由它们去承担,而小说家的任务,就是追求虚构之美:小说家应当在自己的文本中,穷尽一切可能,去追求虚构之美。

杨凤喜又说:"包括给自己确定的所谓的艺术走向,过不了多久也许就否定了。也许,写作的过程就是这么回事,每一次出发都是在与过去告别。"③ 杨凤喜的艺术走向,仍在不断的流变当中,他的文学之路,仍有着无限的可能,我们对此充满期待。

---

① 杨凤喜:《白露》,载《愤怒的新娘》,三晋出版社2014年版,第345页。
② 杨凤喜:《每一次出发都是在告别过去》,《山西文学》2014年第7期。
③ 同上。

杨凤喜小档案

杨凤喜

1972年出生，山西省晋中市榆次区人，曾当过山区教师、报社记者，现为晋中市文联《乡土文学》杂志主编。中国作家协会会员，山西省作家协会全委会委员，鲁迅文学院第20期高研班学员。1992年第6期《乡土文学》杂志发表处女作小说《婚事》，后又在《山西文学》等刊发表小说十余篇。创作一度中断。2003年起重新开始创作。先后发表中短篇小说70余篇，散见于《山花》《青年文学》《花城》《作品》《文学界》《山西文学》《黄河》《山东文学》《鸭绿江》《福建文学》《广西文学》《星火中短篇小说》《佛山文艺》等20余家文学杂志，作品曾被《新华文摘》《中篇小说选刊》《小说选刊》转载，获《上海文学》短篇小说新人奖、2014"安邦杯"小说大赛二等奖等奖项。著有长篇小说《银谷恋》，短篇小说集《愤怒的新娘》。

杨凤喜主要作品目录
（2003—2015）

一 著作

长篇小说《银谷恋》（与高怀壮合作），三晋出版社2013年版

短篇小说集《愤怒的新娘》，三晋出版社2014年版

二 文学期刊发表作品

《1983年的杏树和羊》，收入《新锐十八——首届〈上海文学〉文学新人大赛获奖作品选》（文汇出版社2004年版）

（2003年获《上海文学》首届文学新人大赛短篇小说新人奖）

《美目盼兮》，《山西文学》2003年第8期

《阳光落满黑夜的脸》《肚皮上的舞蹈》，《黄河》2004年第5期

《家长会》，《鸭绿江》2004年第12期

（《小说选刊》2005年第2期转载）

《亮光》，《青年文学》2004年第12期

（《新华文摘》2005年第4期转载）

《美丽婚纱》，《鸭绿江》2005年第8期

《羊群渐渐远去》，《岁月》2005年第11期

《谁让你哭了》，《鹿鸣》2005年第12期

《豆花》，《鸭绿江》2006年第2期

《镜子里的男人》（中篇小说），《星火中短篇小说》2006年第8期

《洗澡》，《星火中短篇小说》2006年第10期

《白露》，《花城》2007年第2期

《生米》，《鸭绿江》（下）2007年第5期

《绝响》，《星火中短篇小说》2007年第6期

《过期的脚趾》,《佛山文艺》2007 年第 6 期
《潘景文,你听到了吗》(中篇小说),《文学界》2007 年第 7 期
《农家一夜》,《文学界》2008 年第 2 期
《冷遇》,《黄河》2008 年第 5 期
《补花》,《文学界》2009 年第 1 期
《石棉瓦》,《鸭绿江》2009 年第 7 期
《天南地北的友情》,《佛山文艺》2009 年第 8 期
《飞翔的女人》(中篇小说),《广西文学》2009 年第 11 期
《镰刀》,《鸭绿江》2010 年第 5 期
《没有人给你打电话》,《山西文学》2010 年第 5 期
《第三者》,《芳草小说月刊》2010 年第 8 期
《吸奶器》《老头子,把你的雨伞拿出来用用》,《都市》2010 年第 8 期
《一步之遥》(中篇小说),《星火中短篇小说》2010 年第 5 期
《谁抓住了你的把柄》,《佛山文艺》2010 年第 11 期
《独自等待》(中篇小说),《芳草小说月刊》2010 年第 11 期
《死鱼眼》,《黄河》2010 年第 6 期
《给父亲搓背》(中篇小说),《佛山文艺》2011 年第 1 期
《你们叫我梁有才好不好》,《鸭绿江》2011 年第 1 期
《老庞的老婆》,《福建文学》2011 年第 2 期
《你的乳汁,我的孩子》,《作品》2011 年第 3 期
《陌生人的葬礼》,《佛山文艺》2012 年第 3 期
《棉花巷》,《山东文学》2012 年第 4 期
《在阳光里奔跑》,《山西文学》2012 年第 11 期
《猫现象》(中篇小说),《文学界》2012 年第 8 期
《朋友》(中篇小说),《山东文学》2012 年第 9 期
(《中篇小说选刊》2012 年第 6 期转载)
《固若金汤》,《文学界》2013 年第 4 期
《锁春阳》(中篇小说),《芳草小说月刊》2013 年第 7 期
《三筒》,《山花》2013 年第 8 期
《晚景》,《青年文学》2013 年第 9 期
《裂缝》,《山东文学》2013 年第 11 期
《下夜的男人》,《福建文学》2014 年第 5 期
《我想有个家》,《佛山文艺》2014 年第 5 期

《水果炸弹》,《山西文学》2014 年第 7 期
《丹妮的背影》,《山西文学》2014 年第 7 期
《城市钥匙》,《芳草小说月刊》2014 年第 8 期
《佛珠的礼遇》,《山东文学》2014 年第 10 期
《白气球》,《山西文学》2014 年第 10 期
《教育诗》(中篇小说),《星火中短篇小说》2014 年第 6 期
《植物人》,《佛山文艺》2014 年第 11 期
《愤怒的新娘》,《文学界》2015 年第 2 期
(目录中未标明体裁的均为短篇小说)

三 创作谈

《笑一笑,或者说茄子》,《乡土文学》2003 年第 2 期
《折射的光线》,《青年文学》2004 年第 12 期
《遗憾,或者不无遗憾》,《星火中短篇小说》2014 年第 6 期
《每一次出发都是告别过去》,《山西文学》2014 年第 7 期

四 相关评论

王晓瑜、王利娥:《乡村记忆的执着言说》,《黄河》2012 年第 1 期
李蔚超:《惊喜杨凤喜》,《山西文学》2014 年第 7 期

何亦聪

1985年生,河南濮阳人。2007年考入苏州大学文学院中国现当代文学专业,师从范培松教授,2010年获文学硕士学位。2010年考入北京师范大学中国语言文学系中国现当代文学专业,师从黄开发教授。2013年获文学博士学位,同年入山西大学文学院任教,现为山西大学文学院讲师。主持省级课题两项,主要研究方向为中国现当代散文研究,尤以周作人散文研究为重心,已发表论文十余篇。近年来学术兴趣转入中国近现代述学文体研究和现代散文的"文脉"(即其古典渊源)研究。

十四　萧然物外,自得天机
——读李来兵小说

何亦聪

"真正是与这个时代合拍"

在山西新锐小说家当中,李来兵向来以中短篇小说创作为人所知,自2004年步入文坛以来,他已发表的中短篇小说作品,共有五十余篇,散见于《人民文学》《黄河》《中国作家》等杂志。其最具代表性的作品有《一天》《姑娘》《客人》《城市民谣》《拜年》《猫》《节日》等。李来兵不是一个以创作型制之大或数量之丰见称的小说家,也无意于在其作品中灌注过多的时代、思想命题,在他的身上,我们看不到小说家所惯有的野心勃勃,也看不到面对时代与现实的强烈的问题意识,他的写作姿态,是背向繁华的,但也是轻松和自由的,这个僻处怀仁小城的小说家,以其独特的艺术个性和审美追求,予人一种"萧然物外,自得天机"的整体印象。

李来兵于1972年出生在山西北部的怀仁小城,虽然我不愿以"代际"的方式来探讨作家,但是,作为一个出生于20世纪70年代的小说家,李来兵的确面对着"70后"作家所共有的困境。这种困境,正如许多论者所言,是在于一种夹缝式的生存状态:在以"50后""60后"作家为主的文学体制和以"80后"作家为主的商业运作的夹击之下,"70后"作家事实上扮演的是一种"双重局外人"的角色,既在文学体制之外,亦在商业写作潮流之外。双重局外人的身份,一方面使得"70后"作家不得不承受更大的压力,遭遇更多的尴尬;另一方面,也赋予了他们某种优势,使得他们能够既不为20世纪80年代启蒙的宏大叙事所诱惑,也不致沦为商业文学流水线上的一个生产工,而是以一种相对冷静、独立的姿态来表达他们对时代、现实的思索。

王祥夫曾以"相信我们都没什么主义"为题谈论他对李来兵小说的印

象，这一说法的确能够抓住问题的关键。规避"主义"，尽可能地避免一切先入为主的观念、见解、倾向，尽可能地以冷静、理智的笔触描摹现实，为此甚至不惜抽空作品中有可能呈现的一切主观思考和道德判断……这的确是20世纪90年代以来一些小说家所孜孜以求的一种艺术风格，而这种创作倾向的出现，虽与知识分子启蒙热情普遍趋冷的时代背景有关，但具体到文学层面，也关乎我们对小说家身份定位的变化——小说家不再负责指引道路或者给出答案，甚至很难继续在价值层面发挥影响，一部《家》的出版就能够引发数以百计青年离家出走的时代已经一去不返了。鉴于此，我们的确可以说李来兵的小说"真正是与这个时代合拍"。

揭示当下中国人的精神困境

言及李来兵小说给人的阅读感受，已有论者指出其外在形式与精神内涵之间的差异（诸如"冷面热肠""行走在现实与先锋交会处"等说法），以及由此差异而拉伸出的艺术张力。但我以为，对于中国近二十余年的小说创作而言，无论是零度叙述还是符号叙事，抑或是以先锋之笔触行写实之目的，似乎都已不足为奇。我为什么要选择读李来兵，而不是拿出同样的时间去读罗伯—格里耶或者加缪，这首先必定是由于他的小说与我们中国人当下普遍的精神困境有关。李来兵生活在山西朔州的怀仁县城，偏僻小县的生活经历使得他的写作并不局限于乡村经验或城市经验的单一表述，而报社记者的身份更让他得以有机会将视线广泛地伸展到社会底层的各个角落，对于底层小人物的人生悲剧，他有着深刻入微的观察。

从叙事技巧方面讲，《拜年》在李来兵的短篇小说里面也许不算特别突出，但这篇小说中所蕴含的悲剧性，着实动人心魄。小说围绕一个名叫"大袁"的秧歌队鼓手展开，在王家场村，大袁算是一个有过"辉煌过去"的人物，他曾做过大队保管，获得过地区劳模称号，不仅敲得一手好鼓，更兼为人热情仗义，村里上上下下都把他看作是一个处事公平、能为人排忧解纷的"场面人"。但是，随着时间的推移，大袁不仅失去了他的地位和光环，甚至也将失去他最后的精神寄托——敲鼓。小说一开始就描写大袁去找年轻的村支书借鼓，新旧两代人之间的对立渗透于字里行间，而尘封在大队库房里的那面鼓，恰恰象征着大袁今日的处境。其中有一个细节特别值得注意，支书让他的女人带着大袁去库房里取鼓，库房里霉气很重：

一打开门，那女人就躲得远远的，捏住鼻子，门里扑出一股陈年的

十四　萧然物外，自得天机

霉雾。她不知大袁怎么就不怕那霉气，迎面挺着，像一棵树，雾气滚滚从他的头上脚下，从他的身体两侧弥漫出来。她以为大袁被熏晕了，从斜面去看，猛看到大袁的脸上湿湿的，眼睛扑眨扑眨打转。您怎么啦？这个白白的女人小心问，没怎么，大袁赶紧擦一下脸，笑着，你看几年没开过它，都捂出味儿了。①

可以说，小说的悲剧性从这一细节开始就已经埋藏下去了，而在此后的叙述当中，作者保持了尽可能的克制。随着故事的展开，我们似乎看到事情正朝着明朗的方向发展，大袁在村子里重新组织起了秧歌队，秧歌队随大袁出去拜年也不无收获，重要的是，作者不厌其烦地将笔墨停留在一些无关宏旨的琐事之上，而这些琐事似乎又预示着"日光之下，并无新事"——按照这种叙事节奏，理应不会有什么突兀的事情发生。直到小说结尾，大袁带领秧歌队到化肥厂拜年，与"朱主任"为红包数额的多少讨价还价的时候，才出现了令人惊诧的一幕：

> 一个死人多少钱？朱主任忽然听到大袁问。
> 什么死人？
> 我问你死人多少钱，一个？大袁的眼就在朱主任的眼前，他的眼很大，牛眼一样。
> 大过年的你说什么死人？朱主任笑着，觉得这个农民真是扫兴。
> 朱主任看到大袁走开了，还看到大袁把烟扔了，把衣服也脱了，看到大袁把一个女人的扇子也夺过来。
> 人们都没见过大袁扭秧歌，都看到他的左脚往右边一丢，又是，右脚往左边一丢，然后整个人就像被风鼓荡起的衣服，飘飘着，飘飘着。飘飘着，飘飘着。
> 鼓声停了一下，然后猛地又轰轰烈烈其乐无穷地敲打起来。人们就在这鼓噪出来的混混沌沌朦朦胧胧中，看到大袁真像一片衣服，轻飘飘地向平台下飘去了。

如此突兀的了结，生命就在"轻飘飘"的氛围中"像一片衣服"被随意地丢弃了，看到这里，读者也许会心生疑惑：大袁为何要这样草草送命？

---

① 李来兵：《拜年》，《黄河》2007年第4期。

如此安排，是否会影响小说的"现实感"？在我看来，这显然是一个蓄谋已久的结尾，十分精彩，它让人情不自禁地想起马尔克斯的小说名篇《没有人给他写信的上校》的结尾，所不同的是，后者更显自然、更具力量感，而李来兵的这个处理则让人意想不到，仿佛横来之笔，但细思前面的种种安排，又并非不可理解，小说的悲剧性底色本来淹没在层层日常琐事的铺叙中，到了这一刻终于不可阻挡地涌现出来。

《拜年》所书写的无疑是一种处于变动之中的乡村经验，而大袁的悲剧则似乎喻示着这种"变动"所可能造成的某种无从解脱的精神困境。乡村经验的书写在中国当代小说创作中绝非新奇事物，然而撮其大要，无非两个路数：一是将乡村经验做"凝固"处理，经过这番处理的乡村，逐渐从现实中抽象出来，失去了历史感，成为一种永恒的、理想的情境，数不清的小说家追随着沈从文的脚步，试图以此种方式来对抗罪恶的、充斥着欲望的、已步入歧途的都市文明，然而他们所最终对抗的，却很可能不过是脆弱的、几经挫折的、屡遭威胁和挑衅的中国现代启蒙；二是试图将小说"报告文学化"和"纪实文学化"，又或者"方志化"和"民俗化"，以尽可能精确的手法传达一时一地的经验，这一路小说家往往信奉"只有民族的才是世界的"这条颠扑不破的真理，并据此推演出"只有地域的才是民族的""只有乡土的才是地域的"等一整套观念。对于当下的小说创作而言，如何将地域经验、乡土经验的书写植根于普遍的人性基础之上，如何使小说作品本身成为沟通地域经验、乡土经验和普世价值之间的桥梁，如何在固守某种文化品格的同时不致因此而消弭掉小说家面对社会现实所应有的问题意识……我想，这恐怕才是当务之急。值得欣喜的是，已经有部分小说家对此有所警醒并以他们的作品展现了新的可能性，而李来兵的小说创作，或许也可归入其中，小说《拜年》即是一例。

《拜年》之所以令人印象深刻，我想，关键之处在于，作者在这篇小说当中，能够超越纯粹的乡村经验来描写乡村，或者说，是能够将对乡村经验的书写建立在人类共同经验的基础之上。秧歌、鼓、大队、支书、劳模以及充满戏剧性的拜年形式，皆与乡村经验有关，大袁所引以为豪的种种过去的辉煌，更是只有安放在乡村经验当中才成其为"辉煌"，然而大袁的绝望是深刻的，这种绝望并不仅仅是由具体的现实情境造成，他之所以选择死亡，也绝不仅仅是由于往日的辉煌不再或者个人的尊严遭到挑战，真正纠缠着大袁并最终造成悲剧的，毋宁说是一种"生活在别处"的疏离感——他在眼前的这个世界、这个时代当中，已经无法找到属于自己的位置——而这种疏离感，显然已非单一的乡村经验所能容纳，它是一种人的困境，或者说，是人类困境的一种可能。

在许多小说作品当中，李来兵都致力于去展现人的精神困境，他所展现的精神困境，一方面是"疏离感"，个体处身于现实世界之中感到无所适从、茫然无着的疏离感，这种疏离感，我们还可以在他的其他小说，诸如《城市民谣》《姑娘》《猫》等中短篇当中看到。《城市民谣》中的"隋他妈的"，无论是跟随师傅做学徒，还是在工厂里自己带一帮徒弟；无论是面对金纯、师娘还是荷花；无论他的生活境遇发生什么变化，有一点是始终不变的，就是对于眼前世界的疏离，小说中有几句描写特别值得注意：

> 我没去上班，也没去师傅家去找师娘。也没回我母亲在的村庄。我觉得世界上没有哪个地方能立即容得下我。我疯狂地奔跑，奔跑。大街小巷，田野阡陌。所有的人和动物都被我惊得四散而去。最后，只有我一个人孤零零地种在旷野的中心。①

这是一段颇具现代感的描写，描写的正是现代人所特有的孤独与茫然，"最后，只有我一个人孤零零地种在旷野的中心"，这句话简直让人头脑中产生一种近于"荒原"的意象。除了人与周遭环境的疏离之外，人与人之间的疏离，也是李来兵所欲着意表现的，《姑娘》中的"姑娘"，在经历了一场爱情的幻灭之后，出于现实考虑，嫁给了自己并不喜欢的王四有，于是小说结尾出现了这样意味深长的一幕：

> "四有，会不会说我爱你？"
> 王四有羞涩地笑了笑。"会呢，怎么不会，我爱你。"
> 他然后看着姑娘，姑娘看着白虚虚的一片墙。
> 姑娘一个字，一个字，每个字都吐得很真切。
> "我，爱，你。"②

虽然口中说的是"我爱你"三个字，但是她眼睛看的却是"白虚虚的一片墙"，这面墙，不仅象征着爱的无所依托，更象征着姑娘与王四有

---

① 李来兵：《城市民谣》，《黄河》2005 年第 2 期。
② 李来兵：《姑娘》，《中国作家》2007 年第 5 期。

之间横亘的那道无法逾越的屏障。而在短篇小说《猫》中，人与人之间的疏离感或隔膜感更是达到了令人震惊的程度。王老师所养的爱猫"咪虎"走丢了，他焦急万分、食不下咽，寻找了二十多天仍然无果之后，却意外地在自己七十多岁的老母亲所住的小房间里看到了它，而在此时，被他忽略多日的老母亲已经平静地死去了，咪虎站在他母亲的床上，以一种凶悍的、带着杀气的目光看着他："王老师看到床的四周横七竖八躺着几只死老鼠，它们都有那么大，大得简直吓人；就像要四面八方围攻这床一样，它们都头朝着床这边，但是都已经死掉了。只有猫活着，疲惫地，傲然地，像个武士似的，直挺挺在床头上。"①"只有猫活着"，这句话意味着死去的不仅仅是几只老鼠，还有王老师的母亲，反过来说，他母亲的境遇，与这几只老鼠相差无几——人与人之间的疏离，在此处达到了极点。

走出零度叙事

李来兵小说的叙事手法常常被认为是受到西方零度叙事的影响，也有人认为他秉承了海明威"冰山文体"的写作原则，我并不否认这些评价，然而在用零度叙事与"冰山文体"关照李来兵的作品之时，我们也需思考他选择此种叙事手法的深层原因。

用李来兵自己的话来说："最后，只有我一个人孤零零地种在旷野的中心。"虽然我们不能将这句话武断地理解为对作者本人进行精神解读的唯一凭据，但它也足以为我们提供思路。作者在这句话中表明自己是孤独的，却又种在空旷的大地上。他希望自己能够种在旷野与大地上，却依然会感受到孤独。这是作者困境的形象表达。李来兵尝试着用多种叙事手法，尤其运用零度写作的自由去逃离小说叙事的传统，去试图创造小说的另一种可能，这不能不说是作者对自我的放逐。他不想重复传统的叙事模式，希望有所颠覆与创新，然而叙事的实践又使他成熟，使他将自己种在大地上，汲取厚重的文学经验，与土地和时代不无缺憾地相爱着，这就是他面临并试图逃离的矛盾困境，他对叙事题材的多样选择也是这一困境的例证。他徘徊于乡村、县城与城市之间，变换着叙事环境与主体，书写着多样的题材，却又从这些题材中一一逃离，永远渴求着新题材的创造。他选择的多种叙事手法都有自由宽阔的叙事空间，他每一次的选择与自由抒写都体现着对时代与传统的逃

---

① 李来兵：《猫》，《山西文学》2008年第10期。

离，却又终会陷于时代语境的规训，沉入逃离不得的精神痛苦中。

从《客人》到《节日》《姑娘》，再到《跳舞的女人》，可以看出李来兵小说叙事的自觉改变与渐趋成熟。零度叙事的优缺点均与其极大的自由度有关。作者对文本的掌控既已达到任意而为的程度，那么读者在阅读之时就容易被文本中明显的违和因素打扰，期待视野受挫。李来兵早期的小说作品，如《客人》和《节日》，比较明显地体现出了这一叙事手法所带来的破碎感、断裂感。《客人》的故事发生背景是一个穷僻的小村庄，女主人只能用一碗豆面和一颗鸡蛋来招待客人，然而就在这样一种故事情境之中，却常常会出现颇富诗意的描写如"不想闻他满身风尘的味道""阳光下，客人这个词的形状是一架虚张声势的驴车""从一波一波推开的浪尖，看得出风是存在的"[1] 等，像这样的一些描写，皆与整篇小说的语言风格难以融合。这种叙事的断层虽在全知全能的叙事角度下得以缓和，但问题并未从根本上解决。正如契诃夫所说，一个农民对他形容海时说："海是大的。"这很美，但如果这个农民对他说海是苍茫的、浩瀚的，那就不对。在李来兵早期的小说中，突兀的叙事每每在不该出现的地方出现，它或是一个人不合身份的言行举止，或是一件事不合逻辑的发展，或是没有足够的铺垫就突然爆发的结局，似此种种，都会造成读者不同程度的阅读障碍。比如小说《节日》的结尾：

> 这个院子的墙面，也都是白，他们好像都经常粉刷，或者呢，因为他们习惯地爱干净，连那墙也一样保持着这份质地。[2]

看到这样的叙述读者可能就会下意识地思考其背后蕴含的深意，并希望能在小说的最后找到答案。然而紧接着的内容却是这样的：

> 吃饭的人是坐住了。只有大妹妹想着这边的两个，大概只吃了几口，就急慌慌提着饭盒回来，饭盒里是那种六畜兴旺的丰盛，还冒着热气，还有一瓶可乐，就把可乐倒开了。两个妹妹，不知是谁提议，她们也干一杯，大嫂先还忸忸怩怩的，后来，待她们一举，她也举起来了。

---

[1] 李来兵：《客人》，《黄河》2004年第4期。
[2] 李来兵：《节日》，《人民文学》2006年第6期。

显然，在这个结尾中，读者的期待视野没有得到完满的实现。阅读李来兵早期的小说作品，常有类似的断裂之感，究其原因，应当即是作者对零度叙事的刻意追求所致，但他并未受限于零度叙事，其叙事技巧随着创作经验的积累而渐趋成熟，同时，零度叙事的影响亦随之淡去。在2004至2011年的小说作品中，李来兵尝试了对话叙事、倒叙、插叙等多种叙事手法，变幻了不同的叙事结构，运用了各具特色的叙事功能，他对文本的处理和掌控更为得心应手，作品精神内核的连续性和连贯性亦较前大有改观。如其2009年创作的短篇小说《跳舞的女人》，叙事明朗，故事发展流畅自然，人物的一言一动皆与其身份高度契合，随着情节的展开，读者在"跳舞的女人"的日常琐屑中逐渐感受到家庭妇女生命活力无处释放的困境，以及岁月的空旷和虚无。小说中有这样一段描写：

>　　汉珍去买老郎的猪头肉，她把脸伸进玻璃窗，左看右看，没看到一块合适的，掏出头来看老郎，表示她的失望。
>　　……
>　　十块钱都拿走吧。她转身，听到老郎发了一言。声音很闷，好容易从那些大豆沫儿中挤身出来的。
>　　那么多肉，肥是肥了，也不是十块钱能买走的，但也不是就买不了，但汉珍终究是觉得自己赚了，窃喜喜的，却不表现在脸上，上了路，才腿上一阵发飘。[①]

这段描写细致而真实，尤其是最后汉珍的"窃喜"，更是使得这个人物鲜活灵动、跃然纸上，读者可以从这小小的窃喜中体味到更深更广的意味——究竟是怎样贫乏平庸的生活，才会使得一个女人去为此等小事而窃喜不已？生活的真实就通过这样一个个微小的细节进驻读者的内心。

多种艺术手法的融合

李来兵小说叙事有一个明显的特点，就是结尾的爆发。因这一爆发所需力量过于强大，如何收束即成为一个难题，在通常情况下，作者不得不通过安排角色走向死亡来使之达到完整的高潮。李来兵小说结尾之前的叙事往往不显山不露水，平静而流动，而在最后一刻的震荡与撞击后，作品

[①] 李来兵：《跳舞的女人》，《黄河》2009年第11期。

戛然而止，爆发出的力量瞬间收回，使读者陷于精神震撼的同时看到文本的空白。这种独特的叙事风格在其小说作品如《拜年》《姑娘》《猫》和《天堂伞》中表现得十分明显。李来兵早期小说作品之所以会为零度叙事所囿，大致是出于对传统叙事手法的怀疑。传统的叙事手法虽真实而细腻，但在抒写心灵、融入作家性情趣味、开掘人物内在精神世界方面却颇有欠缺。在李来兵早期的小说作品中，我们可以看到他为摆脱传统叙事的限制而做出的种种努力，一方面是零度叙事的引入，力图涤除文本中情感与思想的介入；另一方面，来兵本身又是一个有着强烈艺术个性的小说家，在实际的写作过程中，他往往无法控制这种强烈的艺术个性对文本的渗透，在他的笔下，人物的精神状况总是被变形地强调，这精神状况却缺乏现实凭依，漂浮于乡村和城市上空，无法落脚和扎根于坚实的大地。

在后来的小说写作中，李来兵逐渐意识到零度叙事的困境，便开始将自己曾经试图摒弃的传统叙事手法融入其中，以期建造一个清晰、坚朗的叙事结构，"锁骨观音"般皮肉散尽骨架尽显，仍挺立如前，我们可以在其中篇小说《姑娘》中看到这一尝试。比之两年前创作的《城市民谣》，《姑娘》体现出了明显的结构意识，两部作品分别围绕一个城市工人和一个乡村女孩的精神困境而展开。《城市民谣》的故事前后衔接基本上依靠男主人公的精神状态和意识流动来维系：

我从那儿钻进了另一片绿油油的地方。我不知道那是哪儿，但是那种无边无际让我放荡。我骤然膨胀，又倏地缩小

我变成了一片无边无际的田野，躺在大地上。一股股风。一股股风

每天上午，……一溜骑着自行车的女人，沐浴着满天金灿灿的阳光，像真正的鸽子一样飞翔，我那颗飘摇的心终于有些安定了。

作家试图用男主人公的精神状态勾连没有足够叙事支撑的生活现实，通过对内心与外在世界的对等叙述凸显现代人的现代情绪，但破碎、零乱的现实描述还不足以为其精神世界提供支撑，主人公的精神状态也就只能存活于小说中，无法化入读者的内心。《姑娘》的处理则更显真实厚重。传统的正叙、丰富而不造作的故事情节、来自未来的姑娘的声音，都将姑娘这个角色

塑造得可亲可信。比如文中对姑娘的这段描写：

> "宣栓林叔？姑娘，你是把我越看越远了啊。"宣栓林说，"你不如干脆称我大号算了，我还有个将就。"
> 姑娘低下头，娇俏地一笑，说："叔，我是嫌你没动静，这大秋天的，满院的菜伙都等着你呢。"
> 宣栓林知道姑娘开玩笑了，这姑娘居然能开玩笑了。他的心就像被点了一把火，霎时通明了。

姑娘的声音、笑容，继父与姑娘的对话，都鲜活、真实，使姑娘的形象近在眼前。作者在小说中还时常插入不同年龄的姑娘的回想，如：

> 几年后，姑娘还会梦见这个梦，三十岁的时候，也梦见过。

这类插叙使得姑娘的形象在时空流动中显得更加真实。

李来兵在其后来的小说创作中并未完全倒向传统叙事，他也尝试多种叙事手法，希望既能摆脱传统叙事的禁锢，又能融汇其优势于作品中，《猫》和《活法》即是很好的例子。这两篇小说的潜在主人公不再是人类，而是一只猫和一条狗。在《猫》中，作者试图让这只猫成为控诉现代人亲情之疏离的象征，而《活法》中的狗二混子则完全成了大老六的灵魂寄托，不可分离。这两篇小说初读虽颇令人感到吊诡、费解，但反复品味，却蕴含着异乎寻常的力量感。李来兵随后的短篇小说作品《跳舞的女人》再次回归现实主义的叙事传统，以细腻精致的笔墨成功地勾画出了生活在小城的家庭女性的精神状态。相比较而言，《天堂伞》的叙事则稍显失败，故事中已六七十岁还爱抽烟的老太太艾薇居然有一口洁白如玉的牙齿，二十多岁的朱米德就与这样的一位老太太产生了暧昧的情愫。虽然作者在小说中刻画了富有传奇色彩的爱情，小说的结尾也一如既往依靠死亡来展现人物的生命力量，然而故事本身既缺乏足够的现实感，其感染力亦不免大打折扣。整篇小说以"朱米德一直在低头听人们怎么说，也一直没有停下手中的活计。他想，阁楼里老太太的故事他是一定要讲给人们听的。首先讲给妻子。但是怎么讲，他还没有想好。"[①]黯然收场。作者最后似乎点破了他所面临的创

---

① 李来兵：《天堂伞》，《草原》2011年第3期。

作困境——他是一定要讲给人们听的，但是怎么讲，他还没有想好。

不管怎么说，李来兵在小说叙事上的种种尝试，突破也好，回归也好，都至少说明了他是一个具备充分的艺术自觉的小说家，在中国这样一个有着深厚的"讲故事"传统的国度，特别是在山西这样一个"讲故事"氛围更其浓郁的省份，能够如此执着地去探求故事"怎么讲"的艺术，堪称难能可贵。自20世纪80年代小说的"启蒙叙事"坍塌以后，在当代小说创作中，我们可以看到两种最具价值的努力方向，一是试图在叙事艺术上"回归古典"——此处之所谓"古典"，指的是中国古典小说的叙事艺术，而不是20世纪小说中的现实主义叙事传统；二是继续寻求与西方先锋叙事艺术的融合，但其底蕴已与早前的"先锋小说"不尽相同。然而，时至今日，"文学生态"已大异于昔日，在网络写作、商业化写作、套路化写作的多重夹击下，在"纯文学"日趋庸俗、僵化，逐渐形成一套封闭的话语系统之时，无论是"回归古典"，还是"融合先锋"，都显得举步维艰。李来兵的小说创作，从题材上看，徘徊于城市与乡村之间；从叙事上看，徘徊于传统与先锋之间。他试图超越城市与乡村的特定经验去观照城市与乡村，也试图超越传统与先锋的特定叙事模式去展开小说叙事，虽则出于视野的广度、思考的深度等方面的局限，他的小说创作仍存在一些不足，但是，在当代文学的大环境中，他的努力，他的探求，他的挣扎与突破，他的"萧然物外"的、不为潮流所动的姿态，则是值得我们去肯定与珍视的。

李来兵小档案

李来兵 生于1972年，山西怀仁人。2004年被朔州市委市政府授予"首届文艺新星"称号；山西文学院第二届、第三届签约作家。朔州市作家协会副主席。2010年加入中国作协。学生时期写作诗歌、散文。2004年起，在《人民文学》《中国作家》《小说月报原创版》《北京文学·中篇小说月报》《黄河》《山西文学》《鸭绿江》《佛山文艺》《长城》《芳草》《文学界》《芙蓉》《黄河文学》《红岩》等国内期刊发表中短篇小说50多部。中篇小说《一天》获2005年度黄河优秀小说奖。完成长篇小说《天合街》《天下姑娘》等两部。

李来兵主要作品目录
(2004—2014)

一　中篇小说

《一天》,《黄河》2004年第5期

(《北京文学中篇小说月报》2004年第12期转载)

《城市民谣》,《黄河》2005年第2期

《姑娘》,《中国作家》2007年第5期

《天空》,《鸭绿江》2007年第5期

《豆子身上的平哥》,《小说月报原创版》2008年第2期

《杏花那个开呀》,《滇池》2008年第5期

《掩盖》,《中国作家》增刊2009年第10期

(《芳草小说月刊》2010年第8期转载)

《冰河时代》,《鸭绿江》2010年第5期

《那锅儿》,《红岩》2012年第2期

《我的家在东北》,《芙蓉》2012年第2期

《横渡》,《滇池》2013年第4期

《至情至爱献给你》,《山西文学》2013年第11期

《跑合》,《小说月报原创版》2014年第2期

《过桥》,《黄河》2014年第4期

二　短篇小说

《赵丙哥》,《黄河》2004年第3期

《幸福惹的祸》,《黄河》2004年第3期

《客人》,《黄河》2004年第4期

《别人的村庄》,《黄河》2004年第4期

《亲戚》，《黄河》2004 年第 6 期
《恍惚》，《黄河》2005 年第 1 期
《信息》，《黄河》2005 年第 2 期
《花絮》，《黄河》2005 年第 2 期
《人物关系》，《都市》2006 年第 2 期
《节日》，《人民文学》2006 年第 6 期
《午后的旅行》，《都市》2006 年第 10 期
《教师节》，《人民文学》2006 年第 11 期
《死亡的秘密》，《佛山文艺》2007 年第 1 期
《苍蝇的死亡之旅》，《西部》2007 年第 2 期
《雪山雪山》，《山西文学》2007 年第 4 期
《拜年》，《黄河》2007 年第 4 期
《饺子》，《红豆》2007 年第 10 期
《在包厢》，《黄河》2008 年第 3 期
《日子》，《黄河》2008 年第 5 期
《制钱》，《山西文学》2008 年第 10 期
《猫》，《山西文学》2008 年第 10 期
《老不告草》，《鸭绿江》2009 年第 2 期
《活法》，《滇池》2009 年第 4 期
《雅座》，《山西文学》2009 年第 10 期
《跳舞的女人》，《黄河》2009 年第 11 期
《正月十五雪打灯》，《长城》2010 年第 1 期
《手擀面》，《滇池》2010 年第 5 期
《夜晚的秩序》，《文学界》2010 年第 11 期
《天堂伞》，《草原》2011 年第 3 期
《花巧的失踪》，《芙蓉》2011 年第 4 期
《无风向微风》，《山西文学》2011 年第 7 期
《你到底在我脸上写了什么》，《都市》2014 年第 4 期

三　创作谈

《与小说相遇——我的谢幕词》，《黄河》2005 年第 3 期
《叙述与虚构》，《黄河》2008 年第 8 期

四 相关评论

聂尔:《走向小说的尽头——李来兵小说读后感》,《黄河》2005 年第 3 期

鲁顺民:《李来兵制造》,《黄河》2004 年第 6 期

黄风:《李来兵一角》,《黄河》2004 年第 8 期

白杰:《李来兵:行走在现实与先锋交汇处》,《克拉玛依学刊》2012 年第 2 期

侯文宜

1960年生，山西省宁武县人。先后就读于山西大学汉语言文学专业、中国传媒大学文艺学专业，获文学博士学位。现为山西大学文学院教授、博士生导师。山西大学文艺学学科带头人，文艺学与文化生态研究中心主任，山西省作协评论委员会委员。主要研究方向为：文学理论与批评学、文艺美学、中西比较文论，同时从事文学评论及地域文化研究。已出版个人学术专著《当代文学观念与批评论》《中国文气论批评美学》和批评文集《文学双桅船：理论与批评》；与人合著有《20世纪山西文学史》《山西文坛"风景线"》《山西长篇小说史纲》等；另在《文学评论》《文艺理论与批评》《文艺报》《理论与创作》《黄河》等刊物发表学术论文和文艺评论数十万字。曾获山西省社科优秀成果奖一等奖、二等奖，山西省高校社科优秀成果一等奖、山西省文艺评论二等奖及赵树理文学评论奖等。

十五　黑色而温情的煤矿世界
——陈年小说综论

侯文宜

所以写下这个题目，完全是因为陈年小说的感染，小说中那黑油油的煤窑矿井、黑的脸和手，以至铺满黑煤尘的土街及自建的小石房，都让人仿佛走进一个黑色的世界。这里不无"黑色幽默"式的诙谐，但更多的是"黑色写真"的苦涩。在这个黯淡的小说世界里，让人看到的是一个不同以往煤矿文学的另一种生活写照与艺术形态。

后现代语境中入场的另类煤矿文学

陈年还不是一个名声多大的作家，作为文学新秀，她进入人们的视野还只是近年的事情。2009年其小说《胭脂杏》被《小说选刊》转载并入选《2009年中国短篇小说年选》《二十一世纪年度小说年选》；2012年到2013年《小烟妆》《九层塔》连续被《小说选刊》转载，前者曾引起广泛的争鸣讨论，同时入选2010—2012年赵树理文学奖中篇小说奖提名，后者则被收入《2013年中国短篇小说精选》；另外，《胭脂杏》还分别获得全国性乌金文学奖和阳光文学奖；系列散文《行走的生活》亦产生较大反响，入选2013年《中国散文年度佳作》。就这样，陈年的创作带着自己年轻的气息入场文坛，以独特的个性和文学魅力成为"晋军新锐"的"尖尖角"。

陈年小说的魅力何在，又是以什么打动选家或读者的呢？这里实际上有一个对陈年创作特质和文学价值如何把握的问题。很显然的一种看法是将陈年的小说归为时下正热的"底层写作""底层文学"，像《小说选刊》选载《九层塔》时的编者按语即说："《九层塔》是一篇典型的底层文学作品，刻画了一位典型的底层小人物——'戏女'陈平——的艺术形象，呈现了她游走在情感与风尘间的另类生活状态……"[①]这当然自有道理。然而，陈年

[①] 见《小说选刊》2013年第4期。

之所以为陈年，又与一般的"底层写作"不同，她的另一重身份在于"煤矿文学作家"。事实上，陈年开始走上文坛到圈内有些名声，都主要在煤矿文学领域，其最早获得认可是煤矿系统的文学最高奖项"乌金奖"和"阳光奖"，譬如在中国煤矿作家协会的总结报告中曾专门提到："陈年、岳伟等青年作家表现出深厚的创作潜力……为繁荣煤矿文学做出了自己的贡献。"① 故此应该说，陈年的小说之所以引起反响，不仅有着像"打工文学""草根文学"等共同的"写底层"色彩，同时在于"写底层"表象之下作为深层内涵的"写煤矿"。尽管煤矿也自在底层之中，但由地缘性和分工带来的生态复杂性、历史感、文化蕴含不同一般，对陈年的小说来说，失去煤矿就等于釜底抽薪。这是因为，她的全部小说都是构筑于"煤矿"生活之上的，没有煤矿生活的背景、环境、文化内涵，她的小说也就成了无源之水、无本之木。从其最早发表于1995年的《拾碳的女人》开始，我们就看到了一个直面"煤乡"的作者，一度中断搁笔后于2008年发表的第一篇小说《老乡》仍是写"煤乡"的。此后从早先的《天葵》《豆腐河》《梅花沟》《画景儿》到近年的《声声慢》《走亲戚》《社会青年》《女人与鸟》，从《胭脂杏》到《小烟妆》《九层塔》等获得广泛关注引起反响的作品，几乎无一不与煤矿息息相关。而其何以会如此专注于"煤乡底层"的写作呢？这就不能不追溯到作者独特的生平经历。

陈年，原名刘向莲，1973年出生在山西大同煤矿。父亲是煤矿工人，其从小就跟着母亲在煤矿的矸石山上拾碳，历经煤矿生活之艰辛甘苦。1990年被矿上招工做了一名煤矿女工，可幸运转瞬即逝，1998年即因煤炭市场疲软而下岗。从1998年到2008年，十年间在矿区开过各种各样的小店，但最后都以关门告结。正是这种种生活的艰辛与窘困，使她的心灵在滴血的同时也在梦飞，进而从现实中超越出来反观之，用文学的笔记录下这煤矿生活的一幕幕影像。

显然，陈年的小说与我们通常熟悉的煤矿文学不同。中国当代文学史上，写煤矿生活主要展现的是激情澎湃的革命斗争或社会主义工业战线的建设发展，多为宏大叙事，而陈年写的却是矿山人家苦难生活和生存的艰辛，小说的主人公不是娘、五女、翠姨、胭脂、小烟，就是陈小手、三鬼、刘军、老左、老徐，不是老矿工、农协工、下岗人员，就是婆姨、媳妇、烟尘女子，清一色的卑微的小人物，往来于日常生活、柴米油盐、邻里家庭等

---

① 见中国作家网 http://www.chinawriter.com.cn. 2011年8月19日。

等。由传统阅读的期待视野看，陈年的小说似乎与煤矿文学有些游离，它基本没有正面写到煤矿的生产劳动、技改管理等，但谁又能说她的小说不在煤矿文学的范畴呢？其实，陈年这种煤矿文学的出现，恰恰是20世纪90年代后至新世纪以来煤矿文学分化洪流中的一朵浪花，是与后工业社会、市场经济转型的时代与"后现代"文化思潮的氛围分不开的。一方面，贫富分化的加大、对弱势群体的关注是其产生的社会土壤，另一方面，"后现代"思潮反叛传统而标举多元化、边缘性、世俗化所形成的"众声喧哗"成为巨大推力，种种合力使得中国当今的边缘写作、底层写作得以进入主场。正是在这个意义上，我们说，陈年特有的煤矿底层生活的经历和体验是一粒文学种子，而当下"后现代"文化语境为之提供了生长条件和存在的价值，于是有了陈年的边缘化小说及其意义。

简言之，陈年是在"煤矿文学"与"底层文学"的接壤处找到了属于自己的文学绿洲。

童年情结与煤矿生活的原生态"写真"

陈年的小说创作至今已走过近十年的历程，就其全部作品来看，主要由两大主题内容构成，一个方面是写孩提时代和少小时"我"眼中的煤矿底层生活，另一方面是作为成年第三者现在时态下对煤矿底层现实的叙事。而很明显的是，记忆中的煤矿生活和人、事、景构成她初期创作的基本内涵与特色。

陈年最早发表的作品是一组写人短小说《拾碳的女人》，其中即是以第一人称的"我"视角叙事的，此后从2008年起写出的《老乡》《天葵》《给我一支枪》《风景》等都是如此，也就是说，在作者出版的第一部小说集《给我一支枪》中，除了2009年的《胭脂杏》和2010年发表的《新媳妇》《小酒壶》，几乎全部都是以第一人称"我"的视角展开生活描写的。故而读陈年这部分小说，很有点读散文的感觉，直接的见闻感受，隽永抒情的格调，但同时又有小说的人物塑造、环境描写、虚构情节，呈现出散文与小说的叠加状态。例如《翠姨》中以童真无邪、不谙世事的"我"讲述了邻居小伙伴母亲翠姨改嫁的故事，《天葵》从一个调皮少年"我"的眼睛去看世界讲述了爹娘、邻里、同学的故事，《给我一支枪》则是由充满好奇心和正义感的"我"对周围同学和父母、姐姐故事的讲述，《飞翔的猪》《寻找蝈蝈》《豆腐河》虽然没有出现"我"，但讲故事者显然并不是通常的第三人称客观叙事，仍是与故事中小主人公亲近熟悉的参与者"我"的孩童口吻讲述着小伙伴周围的故事,所有这些小说既充满了童趣和灿烂,也写出了深入骨髓的成长之痛。苍蝇、蚂蚁、水缸、蝈蝈、蚂蚱、小猪,在矿区的铁轨上学山羊走钢丝,将捡到的纸画片当宝贝,矿区临时户的艰难与歧视,大人之间的龌龊与世态炎凉,那样一种"我"和小伙伴们朴素的快乐与游戏,那样一种懵懂的无奈与沧桑,一切都充满亲历感。小说这样写来,既表明陈年初期小说写作的稚嫩,但又是很自然的。对陈年而言可以说没有什么比其童年时的那些情景刻骨铭心:黑乎乎的矿山、临时户区、自建石头房、运煤的闪亮铁轨、矸石场、黑窑衣……在陈年的叙事中,煤矿永远是基本的元素和一切故事发生的土壤——所有小孩大人都与煤矿有关,所有男人女人也都与煤矿有关,她的这部分作品几乎全部取材于她曾身处其中的煤矿临时户们的生活。由此可见,陈年的写作带着显著的个人化色彩,"童年情结"成为支配她创作的一个主旋律,也是我们理解陈年小说的最好通道。

于是,在陈年的创作中,无论是个人的"创作谈"还是小说作品,都可清晰地看到那个晃来晃去的"我"的"童年"或"早年"影子:

> 我是在煤矿的临时户区长大的,我家自建的石头房子盖在矸石场附近,一出院门就是亮闪闪的电车铁轨。夜里,倾倒煤矸石的铁牛车沿着简易铁轨轰隆轰隆地驶进孩子的梦,孩子们在梦里愉快地做着藏猫猫的游戏。
>
> 我们那里的女人几乎都没有工作,为了补贴家用,她们很多人都在矸石场捡过炭。我的母亲也拾炭,穿着父亲的旧窑衣,背着大大的铁丝筐。星期天我会去矸石场帮母亲拾炭,母亲怕危险不让我爬矸山,她让我把已经拾好的炭块背回家。背炭的滋味实在是不好受,炭块像座大山压在我肩上……累了想歇也不敢歇,因为歇下了没人帮忙,我一个人很难再背起来。有时实在太累了,只能连人带兜子一起贴在人家的石头墙上靠一会儿……①

无疑,这种童年情结随着作者的阅历越来越与其他意象粘连黏合,成为其情感忆念和创作的心理动力,正如作者所言:"我们都有一个共同的梦,那就是用文字写出自己内心深处的哀伤和快乐。"可以说,独特的童年情结和早年经验,不仅成为其创作冲动的来源,而且直接关系到其作品的主题内

---

① 陈年:《煤矿生活》,《山西作家》2012年第3期。

容、情感倾向、风格特点。

最突出体现这一特点的便是《拾碳的女人》，这篇小说的主人公主要是写娘，虽然这篇作品很难说是成熟的小说，但却可看出灌注于其中的童年生活：

> 在矿上生活了二十多年，留在我记忆中最深的两样东西，一样是公家用灰蓝色的方砖盖起的一排排整齐的大瓦房。之所以记忆深是因为它与我无缘，它们属于那些有城镇户口的"长期户"。我是"临时户"……
> 另一样是"应县村"女人用汗水和煤粉沤成乌黑色的背碳篓。它压弯了女人纤细的腰，抹去了女人好看的容颜，挤掉了女人爱干净的天性。

这一情境构成了陈年多半创作的底色和旋律，几乎所有的人和事都发生在这样的一个背景中。例如《豆腐河》，妮子因为从小在矿上长大，出门进门看到的都是黑黑的炭块和黑黑的矸石山，捡到一张好看的纸片以为上面画的是弯弯曲曲的小路，而当娘告诉她是"河"后，她从此就有了一个"看河去"的梦想。然而生长在一个底层下井矿工人家，含辛茹苦的娘只能陪着孩子的梦，更因如爹在煤矿事故中的伤残而变得渺茫国。因迷恋"河"，妮子把邻居家豆腐房的排水沟起了个名叫"豆腐河"，就在妮子盼望有朝一日娘带着她去看河时，娘却终因无法忍受爹的变态暴力跟着做豆腐的"大老虎"消失了，而剩下的只有妮子悲伤的哭。小说就是这样在一幅淡淡的童稚生活图中，写出了如画的梦想与残酷的现实的冲突，写出了矿山环境下孩子被揉碎的梦。再如《给我一支枪》，开头即写在矿山沿路铁轨上的"走钢丝"游戏，仍是童年的梦想和周围生活的冲突，它是"我"视角叙事下反映煤矿生活的一篇全景式小说。故事的主线是纯真调皮而富有英雄感、正义感的"我"的顽童生活，因为"是班里的大司令，领兵打仗时需要一把别在腰间的小手枪来配合我的司令身份"，缠着大姐买一支小手枪，好与家境优越有仿真手枪的同学冯志强一伙打架、争胜；故事的副线则是整个煤矿家属区和矿上的种种世相，有大姐、母亲挣扎的命运，也有父亲的人性堕落，有穿窑衣的人们抬着渗血的死人担架走向太平房，也有土街上的人们对选煤楼事故的紧张议论，同时还有浙江生意人从南边给矿上带来的花花绿绿的时新商品……这一切丰富驳杂的生活内容，都使这篇小说在表现童年生活的同时折射出煤矿生活广泛的社会真实。

而这也正是陈年此类小说一个值得注意的特点和深意所在。对陈年的这类小说，往往被一般论者看作是"成长小说"。这固然不无道理，但在我看来，其主题内涵要大得多，作者不仅旨在回忆"臭水沟"那段凄苦有趣的生活和小伙伴们，还在于借孩童的纯真眼光写出一个真实的世界。因而，这类小说大都是明暗两条线索和主题，孩童的生活是矿山中的，矿山亦在孩童眼中，最终呈现出的是一个透明的、本相的"画景儿"。即如深谙其昧的女作家程琪在《陈年小说印象》中所言："孩子的视角往往最真实、最纯净、最透明，只有孩子才能发现被大人世界忽略或故意隐匿的事物和细节，并童言无忌地将它们揭示出来。"[1] 著作作家王祥夫《读陈年小说》中说得更到位："陈年的小说，如果一一排列起来，亦可以说是一种关于当下底层人生活的素描……源于此，我们不妨把陈年说成是一位'现场提供者'。"[2] 由此，我们便可看到种种煤矿生活的原生态"写真"：

——这是一个"黑色"充斥的世界。煤矿、山沟、应县村、土街、小石房、煤矸石、窑黑子，拉煤车、拉煤路；路是黑色的，草是黑色的，风是黑色的；黑乎乎的大门洞，一群穿黑衣服的人走出来，一个黑脸黑手浑身黑乎乎的怪物："妈愣了一下，跑过去对着那个怪物又是哭又是笑，然后拉过我来让我叫那个黑怪物'爸爸'！"一切都笼罩在"黑色"包围之中。这样的"黑色"可以说是真正写出矿山生活外在环境与内心感受的真实。

——这是一个"嗜酒"的世界。"在矿上最幸福的一幕是男人下班回家，边吃边喝上点酒。""二麻子把剩下的鸟肉去毛去内脏煮熟，用盐花椒大料辣椒腌起来做下酒菜吃。""满满的一屋子人，看衣服大都是些下井的汉子……他们喝酒用喝水的玻璃杯，一杯子大约有半斤左右，端起来三口两口干了。"在社会生活中，大概与酒最密切的人群就要算矿工了，他们需要酒来麻醉和解脱。

——这是一个鬼魂游弋让人产生恐惧的世界。"这个神秘的黑衣女人沿着铁轨，悄悄走进土街，她又轻又薄的影子在巷口一闪又一闪，鬼一样地消失了……后来问过很多土街上的人，都说没见到。大人们都说，小孩子的眼睛干净明亮，所以他们能看到丑恶怪异的鬼怪。""对着风口，我转着圆圈撒了一泡尿，边尿边喊：'旋风旋风你是个鬼，三把刀刀砍断你

---

[1] 程琪：《陈年小说印象》，《阳光》2012年第2期。
[2] 王祥夫：《读陈年小说》，《山西文学》2014年第3期。

的腿。'"如此挥之不去的鬼魂或鬼的假想存在,恰恰真实地写出了煤矿特殊的生态环境——矿难和死亡的随时发生与民间鬼魂传说所形成的恐惧氛围。

——这是一个煤矿底层生活的粗糙世界。"临时户区的房子盖在荒山坡上,用山石片盖成,外面抹一层厚厚的黄泥巴。就像许多只土耗子集体在站岗。矿上在临时户籍栏里这样写:兴安街自建房几号。而我们这里的住户直接叫:臭水沟儿。""临时户区的孩子都传唱着一首童谣:临时户,胶皮肚,十八碗,十八碗喝糊糊。"迷路的孩子们被大胡子黑脸男人领回家,看到的是"一间石头屋,屋里什么也没有,比我们家还穷。床上有一个女人敞着怀在给孩子喂奶吃……男人不喝粥喝酒,喝得眼睛珠子比小白兔的眼睛还红,边喝酒边骂女人。女人怀里抱着猫一样的孩子,一声不吭。"多么典型的一幅矿工生活图和临时户区的原生态写真!

女性视角下的众生命运与人性温情

如果说初期的作品主要是写回忆写过去,那么,陈年近年来的小说已完全是另一副面孔,凸显出一个女性作家立足于女性经验和女性视角对现实的关注。对于作者来说,作为一个女性成年后的诸多生活体验,尤其十多年广阔生活的感受和对人的命运的思考,都需要更为自由灵活的叙事方式,从而有陈年创作的调整和拓展,即从2009年开始打破最初"我"的限定性视角,走向"他(她)者"化的全知视角。她凭借女性独到的视野和细腻的感受,将笔触探向煤矿底层的当下"此在",以矿工、矿工家属、婆姨媳妇等为主要对象展开了对众生命运与人性的探索,从过去时转向了现在时。其中既包括作者创作于2010年前的《胭脂杏》《新媳妇》《梅花沟》《小酒壶》,而更多为近年新作《小烟妆》《九层塔》《女人与鸟》《遗尿帖》《东南西北》《社会青年》《华》《朝朝暮》等,这部分小说已收入作者的第二部小说集《小烟妆》。

很显然,这些作品标志着陈年创作的高度,即将当今矿区底层现实的生存状态和命运沉浮鲜活地展现出来,成功地塑造了两类人物形象:新老矿工的形象和矿区的婆姨媳妇形象。而所有这些人的基本特点即是芸芸众生、卑微生活,小说主要描写他们日常生活的艰辛和生存的抗争,其中矿工的形象颇为沉重,像因工伤失去劳动能力后苟且谋生的陈小手(《胭脂杏》),为了多赚钱辞去教师工作下井挖煤死去的蓝孩(《梅花沟》),工伤锯掉腿抑郁中自我解脱的老曾(《遗尿帖》),为了改善生活下夜班到城里跑摩的三鬼、刘军们（《小烟妆》）；而女人们大多是嫁到矿上的，"矿上稀罕女人"，她们嫁给矿工主要就为矿工有钱讨个生活，所谓"黑脸脸挣钱，白脸脸花"，像爱洗澡勤快干净又仁善的新媳妇水儿（《新媳妇》），一心理家却因工伤事故中失去丈夫的陈果（《小烟妆》），还有无处寄身嫁给麻子脸矿工张顺的尹小夏（《女人与鸟》），等等。值得注意的是，陈年小说很少专门以男性矿工为主人公的，除《遗尿帖》《社会青年》外，小说主人公基本上都是婆姨媳妇们，这与作者的女性身份、女性经验和女性立场有着极大关系。一般就女性作家来说，往往有着不同于男性作家的生活范围和关注点，她们擅长着眼于家庭关系、日常生活、女人命运并真正可说是入乎其内，可以说这也是陈年最敏感最有体验的，我们从作者的"创作谈"中亦可看得很清楚：

> 我们那里的女人几乎都没有工作……在矿上最幸福的一幕是男人下班回家，手里拎着一块红润而肥腻的猪头肉，女人接过肉在案板上切开……女人欢喜地坐在男人的对面看他喝酒吃肉，欢喜地听男人吹牛皮，欢喜地和男人温存。他们的生活简单，幸福也简单。矿工是一个高危职业，如果有一天这家男主人忽然没有回家来，那对女人就是天塌地陷的灾难。她们不光要忍受失去亲人的痛苦，还要接受现实的无情……没有男人就没了经济来源，她们往往只有两条路——再嫁，或是另谋出路。①

这里显然主要表现出作者对女人的熟晓与关注，尤其是对女性生存方式和命运的思考。由此她的小说大都是以女性形象为中心构筑起来的，虽然要在两性关系中展开，但所写的男性形象一般都较模糊，甚至只是女性形象的一个陪衬或现代叙事学所说的"行动元"，即只是影响到女性形象塑造和命运的元素而非"角色"，如《新媳妇》《小酒壶》中女人的名字都很柔美——水儿、红扣儿，而男人连名字也没有，就称之为"男人"，可见其小说的"角色"用力在于女性形象的塑造及命运探索。

但我们并不能因此把陈年划归为女权主义文学，因为从作者倾向到作品中的女性人物，几乎看不到多少现代女权主义或女性主义的自觉理念或强烈意识，换言之，陈年的女性视角全然是自在状态下的选择。因而，其创作初期主要写的是以"娘"为代表的传统女性形象，如《娘》中的拾碳女人

---

① 陈年：《煤矿生活》，《山西作家》2012 年第 3 期。

"娘"、《天葵》中勤俭持家的"娘"、《豆腐河》中温柔忍耐的"娘",等等,这类形象给人的是亲切和感动,但真正代表其创作水平的是另一类介于传统与现代之间的女性形象的塑造,她们大多在生活的沉浮中命运多舛,体现了人在社会生活中的复杂性、丰富性和命运弄人的深厚蕴含,其中尤以《胭脂杏》《小烟妆》《九层塔》为代表作。

《胭脂杏》主要写了发廊妹胭脂与看澡堂的矿工陈小手之间的故事。一个是工伤后聊以维持生存经常靠偷矿铁卖钱的二流子,一个是被生活抛弃看破红尘的弱女子,他们相互支撑同居在一起,但面对陈小手不堪的经济状况和勉强生存,讲实际的胭脂并不想把命运交付与他,随时准备离开矿区去找新路。然而,就在陈小手被判盗窃罪入狱时,真挚的感情最终让已有身孕的胭脂等待着陈小手的归来。从社会道德来看两人都有污点,作者写得真实,这样的底层人物往往最易触碰社会法规、道德规范,他们的家庭背景、教育背景、生活条件都使他们只能挣扎在生活的地平线最低处,那就自然会不择手段地去谋生。但命运的不公并不能泯灭或磨平两个底层人对人生的期冀和生存的欲望,小说通过胭脂在明里的正常生活与暗里的苟且营生的两面人生,揭示了现代社会中的人格分裂与精神困顿,也写出他们不甘沉沦终必获得重生的希望。如果说《胭脂杏》中的女性步履虽艰尚有伦理底线和自我救赎意识,那么《小烟妆》中的陈果则是在生存要求的无奈下自甘堕落构成对社会道德的挑战。本来,陈果和矿工丈夫李春早上还在为理想生活而畅想奋斗,到晚上就被通知男人工亡到了太平间,之后由于经济没了来源,只好进城租房做起了卖身买卖。陈果虽然不无羞耻感,但为了孩子和养家,完全变成玩世不恭的女人躲避社会和执法人员,表现出善良人性与生存欲望、道德与沉沦之间的冲突,也写出矿山的女人因为矿难而不得不沦落的命运。不同于前两者的粉艳色彩,《九层塔》主要讲述了一个下岗离异的中年女人命运。女主人陈平从快餐店收碗工、超市清洁工、小生意人到最后落入风尘做起了"戏女",作为一个女人,她渴望再婚获得一个稳定的生活,一路寻找终于与矿工老徐结伴生活,没料到,就在陈平重新燃起生活的希望之时,老徐的合法妻子吴小花戏剧性地出现了,从此一切美好化为乌有,她不得回到继母处栖身……九层塔它能够保人平安吗?不甘于下沉的普通女人,出路和归宿又在何方?上述三个女性形象的塑造和命运的坎坷漂泊,深切表现出作者对女性问题的思索和探究。

还应特别看到的是,陈年在关注芸芸众生的生存命运时,也对他们的人性有着真切的烛照,并且总是于小说情节中自然而然地表现出来。作者小说的底色是苍冷的却并不绝望，相反，总是怀揣着"信念"和"梦想"："我冷，我要让那些字温暖自己"，这就使我们看到，其小说世界在灰暗和无常中往往充满人性的温情和温暖。《胭脂杏》中陈小手常常靠偷盗为生自顾不暇却热心帮助无助的胭脂，而胭脂不因陈小手入狱走开反而不离不弃；《小烟妆》中三鬼与刘军之间的兄弟情义和伸手相帮，几个善良的人彼此的同情呵护与关爱；《九层塔》中陈平宁愿自己痛苦，主动将好不容易争取来的幸福还给了"她人"；还有《走亲戚》中自家一贫如洗却有一副热心肠的大胡子矿工、《风景》中热心助人的矿工连成、《小酒壶》中富有人情味的红扣儿夫妇，他们都闪现出人性的善良、厚道、宽容、道义和相互扶助，这就是民间，这就是底层的力量。所以说，陈年的小说是一种有温度的小说，它不仅写出了矿山生活的苦情、悲情，同时写出了矿山生活的光明、力量。就像路遥《平凡的世界》中写到田晓霞对煤矿世界的亲身感触："这里就像是一片黑色的世界，但是特别温暖。"这正是陈年小说创作蕴含的社会意义。

个人化叙事与创作瓶颈

从整体叙事风格上看，陈年的小说无疑属于传统写实的笔法，围绕人物讲故事，素朴、平淡，乍一看并无什么抢眼处，但渐渐就有一种抓人的东西打动你，读着读着就有原汁原味的滋味蔓延开来。这滋味在哪里？我以为程琪的解读颇有见地，她说："陈年的小说或许较少直接触及社会问题，也很少追求戏剧化的冲突，但她更注重从精神层面摹写底层人的生活状态，挖掘其中的真、美与善。读陈年小说，最打动人的是那种看似粗糙琐碎灰暗却又无处不包裹着真美的气息。这气息，给人淡淡的忧伤甚至隐隐的痛，同时又给你纯净的快乐与温暖的抚慰。就是这种气息，让她的小说变得好看。"的确，陈年不是一个靠想象或虚构取胜的作家，也不是靠情节的曲折或心理的幽眇吸引人，如果从想象力和文学虚构来衡量，陈年似乎显得过实或者说与生活拉不开距离，但陈年小说的特殊魅力却又是无疑的，她用传统而富于个性的笔调创造出了属于自己的独特风格。

具体来说，其突出表现在独特的叙事结构、语言特色、形象刻画以及文体营构等方面，它们对于陈年小说的故事厚度、丰满度及审美效果都起到了至关重要的作用。

一是拉家常式的故事结构和个人化讲述特点。陈年的小说好看，首先在于故事性特征。读她的小说，你会觉得有一位朋友坐在你的对面，和你拉家常，她的声音是低沉而富有情味的，还夹杂着些许苦涩的幽默，而其中的人物和故事会给我们留下深刻印象。如五女的故事、翠姨的故事、新媳妇的故事,胭脂的故事、陈果的故事、陈平的故事,不像有些小说让人读后朦胧得难以进入。陈年小说打动我们的,是靠一个个人物哀婉凄怨的命运故事。

二是语言修辞魅力和鲜活的形象刻画。陈年小说擅长"素描"、惯于"写景",这与作者的形象感受力和语言表现力的天赋是分不开的。其小说往往有绘声绘色的造型能力,形象的描摹能力和语言修辞也极为到位,其语言自然鲜活、简洁凝练又细腻清丽、韵味悠然,形成叙述中描写与描写中叙述的效果。她的文字描写给人以强烈的冲击力和质感,几句简洁的话语,一个个生动的形象就勾画出来,让人获得醇厚的审美享受。有论者这样评说陈年的语言:"写出来的字,就这样不动声色地绘出鲜活的故事,让人读而忘情,深陷其中,为之伤感。这是语言的魔力,也是陈年的魔力。一篇《豆腐河》让人认识了这个会写画的女子。"①

三是小说文体的散文化风格与沉静涓流的"文气"美。读陈年小说,给人印象深刻的还有其独特的语气、语体形成的小说文体,这是一个作家个人风格的重要标记。其实这种"文气"来自于作家个性化的艺术表现,这里将之概括为沉静细腻的散文化小说文体。作者的语气中总是带着浓浓的抒情成分,选词与构句讲究精约、干净、凝练而又柔婉、清丽、辞奇,整体节奏舒缓有致,追求意境美,散文色彩很浓。可以说,其小说多是以半散文半小说的笔墨状写有一定时间跨度的生活故事,从而形成其沉静流淌的文体格调,给人以生命的节奏感和气场感。

上述几点无疑构成了陈年小说的特色和成功,使其成为晋军新锐中富有个性的后起之秀。然而也不能不说,陈年的创作生涯才刚刚开启,在出色之中依然存在"我执"的瓶颈与局限。这里的所谓"我执",即过度局限于自我的狭小天地,过度依恋于自我的经验世界,而究其原因大体上有这样几个方面:一是生活拘囿,二是视野拘囿,三是知识拘囿,四是艺术拘囿。例如就生活视野的狭窄、故事的某种重复性来说,作者的特点优势是写自己身边人身边事,但同时也显示出生活积累的捉襟见肘,或局限于童年生活过来的底层记忆见闻,或局限于作为女性圈子、开店经历所接触到的人与事,致使矿工形象平面化有余、丰满性不足,女人命运的苦难原因往往归结于矿工男人的矿难伤亡也显简单。再就是叙事方式及技巧上尚显单调和刻板,影响了心理开掘的深度。作者前期的小说局限于"我"的内视角多,近年拓展为

---

① 任和:《豆腐河的风景》,《同煤日报》2013年4月27日。

全视角的叙事，但小说中叙事方式仍显单一，缺少叙述视角的灵活转换，限制了人物心理世界的自动呈现以及人与人之间的心理冲突，既不能弥合情节突转又让人读之常产生单调感。如《声声慢》中，由女儿七弦角度切入写父母两性生活关系，父亲无缘无故好端端地悄然失踪，虽然之后补叙父母结婚时的某种不快和婚后进入老年时的分居，但似乎不足以构成父亲逃离家庭的理由，忽然又给女儿打电话并跟着回到家中也根据不足，由此削弱了整个小说的思想艺术效果。

最后再回到"底层写作"的问题上。对"底层写作"的概念内涵，文学界一直存在争议。在我看来，无非是两种：即非底层作家写底层与底层作家写底层。而两种各有特点和局限，非底层作家存在介入、俯观而不能入乎其内的问题，直接来自底层的作家又存在不能出乎其外的问题，陈年即是如此，因而像很多底层作家的作品一样，就缺乏些审视、批判意识，不免流于纪事与伤感美。国学大师王国维说："诗人对宇宙人生，须入乎其内，又须出乎其外。入乎其内，故能写之。出乎其外，故能观之。入乎其内，故有生气，出乎其外，故有高致。"无论哪种底层写作，要写出真正优秀的作品，必须能做到王国维所说的"出入"之间。对于陈年来说，显然需要的是"出"，站在艺术的高度予以审视和批判，而现在明显表现出思想力的匮乏和深度的不够。对"底层写作"需要我们思考的是，是否只要肯定它的"草根性""平民性""自我呈现"功能就够了，还是需要从更高的文学性、精神性、思想性来衡量之？答案是无疑的。由此而见，陈年的创作还有很长的路要走，提升自己的空间还很大。在文学的观照中如何加入历史的思考、人的哲学或思想的穿透力、反思批判的深度，也即《小说选刊》"编者按"提出的"底层文学需要新的艺术力量的注入"，显然是作者未来需要认真思考和修炼的境界。

陈年小档案

陈 年 原名刘向莲,1973年出生于山西大同煤矿,历经煤矿生活甘苦。1990年矿上招工做了煤矿女工,1998年因煤炭市场疲软而下岗,从1998年到2008年,十年间在矿区开过各种各样的小店,最后都以关门告结。1995年开始创作并发表作品《拾碳的女人》,之后一度中断,从2007年开始主写小说,2008年起连续在《天涯》《山花》《作品》《阳光》《芳草》《黄河》《山西文学》《散文世界》等杂志上发表了大量中短篇小说,并出版小说集《给我一支枪》《小烟妆》等。现为中国作家协会会员、中国煤矿作家协会会员,2013年曾在鲁迅文学院学习,近年作品不断引起反响:《小烟妆》《九层塔》分别被《小说选刊》转载,《胭脂杏》获全国煤炭系统乌金文学奖和阳光文学奖,《九层塔》入选《2013年中国短篇小说精选》,另有系列散文《行走的生活》被收入2013年《中国散文年度佳作》。

陈年主要作品目录
（1995—2014）

一 中短篇小说集
《给我一支枪》，文心出版社 2014 年版

二 获奖作品
《胭脂杏》，获第六届全煤系统乌金文学奖，获《阳光》（2009—2010）阳光文学奖

三 文学期刊发表作品
《拾炭的女人》，《中国煤矿文艺》1995 年第 5 期
《老乡》，《阳光》2008 年第 2 期
《飞翔的猪》，《黄河文学》2009 年第 4 期
《胭脂杏》，《阳光》2009 年第 6 期
（《小说选刊》2009 年第 7 期转载，《2009 年中国短篇小说年选》选载）
《天葵》，《芳草小说月刊》2009 年第 10 期
《寻找蝈蝈》（中篇小说），《山西文学》2010 年第 2 期
《豆腐河》，《阳光》2010 年第 3 期
《水儿》，《黄河文学》2010 年第 5 期
《画景儿》（中篇小说），《山西文学》2010 年第 5 期
《梅花沟》，《厦门文学》2010 年第 6 期
《八四年的童谣》，《佛山文艺》2010 年第 10 期
《生息图》，《山花》2010 年第 10 期
《声声慢》，《特区文学》2011 年第 5 期
《小鸡，小鸡，叫一叫》（中篇小说），《阳光》2011 年第 3 期

《走亲戚》，《文学与人生》2012 年第 1 期
《社会青年》，《山花》2012 年第 3 期
《小烟妆》（中篇小说），《阳光》2012 年第 8 期
（《小说选刊》2012 年第 9 期转载）
《九层塔》，《山花》2013 年第 3 期
（《小说选刊》2013 年第 4 期转载，收入《2013 年中国短篇小说精选》）
《女人与鸟》，《山西文学》2013 年第 6 期
《你有招工的消息吗》，《山花》2013 年第 8 期
《遗尿帖》，《天涯》2014 年第 1 期
《东南西北》（中篇小说），《山西文学》2014 年第 3 期
《浮生如寄》，《山西文学》2014 年第 3 期
《大同》，《阳光》2014 年第 6 期
《华》，《福建文学》2014 年第 6 期
《养》，《山西文学》2014 年第 9 期
《父亲记》，《阳光》2014 年第 9 期
（目录中未标明体裁的均为短篇小说）

《煤乡》（散文），《作品》2011 年第 3 期
《遗失的眼睛》（散文），《天涯》2011 年第 4 期
《忆忘如一》（散文），《阳光》2012 年第 8 期
《流年度》（散文），《都市》2013 年第 4 期
《鬼节日》（散文），《山东文学》2013 年第 3 期
《和老屋说说话》（散文），《鹿鸣》2014 年第 1 期
《行走的生活》（散文），《山东文学》2014 年第 6 期
《向西去》（散文），《鹿鸣》2014 年第 9 期

四　相关评论

程琪：《陈年小说印象》，《阳光》2012 年第 2 期
罗四鸰：《〈天葵〉从天真烂漫到无奈沧桑》，《芳草小说月刊》2009 年第 10 期
彭学明：《错乱叙事的匠心独运》，《小说选刊》2012 年第 9 期
何吉贤：《春风"沉沦"的晚上》，《小说选刊》2012 年第 9 期
王祥夫：《读陈年小说》，《山西文学》2014 年第 3 期

后　记

傅书华

伴随着中国社会的历史性转型，中国文学也正在转型，其主要特征是都市文明位居强势，都市小说蓬勃兴起，即使是写乡村生活的小说，也是都市文明观照下的乡村生活，或者是将都市文明视为潜在"对话者"的乡村书写。原有的强势作家群创作势头相对减弱，人生经验、价值形态、创作范型与中国社会转型同步生成的新一代作家正在兴起，一个新的文学时代正在开始。山西的第五代作家，同样置身于这场文学转型中，他们横跨两种题材、两种文化、两种创作范式，正进行着艰难的选择和探索，并逐渐呈现出了与"山药蛋派"作家与"晋军"作家不同的创作风貌。他们的发展如何，决定着山西文学的当下和未来，也是以中国内陆地区（如河南、山东、陕西、山西等）为代表的中国文学创作转型的一个典型范例。本书即围绕着这一重要现象和主题，力图对每位作家的创作做出深入、独到的阐释，以探讨这一转型的基本形态、特征，启迪和促进这一代作家的创作，推动山西文学的长足发展，并为中国目下的文学转型提供一个参照支点。

本书的选题在段崇轩提出后，在不同的场合，经过多次的研讨与论证，逐渐趋于成熟。遂在2014年底，由主编广泛征求意见最后敲定入选作家，落实编写人员，并提出具体的写作要求，那就是，对入选作家的创作，围绕着"转型"这一主题，作比较全面的评述，力争在大的文学格局中，审定该作家的创作生长点，提炼出该作家的创作特征，评述文字要简约、生动，最好能够将评述体与学术体熔为一炉。作家小档案的设立，有助于文学爱好者和评论者对该作家的进一步了解与研究。

山西的文学评论队伍，一度青黄不接。山西省作协文学评论委员会成立后，主要抓的一项工作，就是组织、帮助青年一代的文学评论者，本书的写作，即有意吸收更多的青年文学评论者特别是高等院校的青年评论人才参加进来。在这次的写作活动中，他们表现出了可贵的奉献精神、认真态度与合作姿态，也表现出了较高的研究水准，较强的评论写作能力。初显风姿，前途可观。

在本书的编写过程中，主编审读了全部文稿，并随时对文稿提出修改建议。参与编写的作者，对自己所负责撰写的部分，多次修订，认真态度，令人感动。全书完稿后，主编又对全书作了认真细致的审校，并具体负责联系协助出版事宜。副主编与主编密切配合，协助主编完成了组稿和编稿工作。

本书的完成，要感谢入选作家的积极配合，他们为评论者及时提供写作资料，帮助评论者了解相关背景材料，与评论者作深入的交流，从而保证了评论者评论文章的完成。作家与评论家的亲密合作，是本书编写过程的一段佳话。

山西省作协文学评论委员会自2010年成立以来，在作协党组及作协领导的支持下，每年组织出版山西年度文学评论选、山西年度文学评论报告，并先后组织出版了《山西文学评论家自述》《山西文坛"风景线"》，这本《穿越：乡村与城市——"晋军"小说新方阵扫描》即是评论委员会2015年的主要工作之一。

本书在编写与出版过程中，得到了山西省作协党组和领导的竭诚关怀与大力支持。作协党组在开会时，对本书的选题、指导思想、编写方案、出版落实作了专门的研究。原党组书记、常务副主席张明旺多次亲自过问本书的编写进度，提出自己的意见，解决编写、出版中遇到的问题。省作协党组书记、主席杜学文，自始至终地参加了本书的酝酿、组织、编写工作，并在百忙中亲自撰写了对杨遥小说的评述文章。在全书完稿后，作为编委会主任，张明旺、杜学文又审阅了全部书稿。中国社会科学出版社文学艺术出版中心的郭晓鸿老师，在编辑出版中做了大量细致的工作。对他们我们表示深深的感谢与敬意！

2015年8月26日